教育部推荐教材

21世纪高职高专系列规划教材

数据通信技术

主　编　徐　亮

副主编　邵汝峰　张逸昀

参　编　兰天明　王　彦　张金生

北京师范大学出版集团
BEIJING NORMAL UNIVERSITY PUBLISHING GROUP
北京师范大学出版社

图书在版编目(CIP) 数据

数据通信技术／徐亮主编.—北京：北京师范大学出版社，2010.8

ISBN 978-7-303-11317-0

Ⅰ.①数… Ⅱ.①徐… Ⅲ.①数据通信－通信技术－高等学校：技术学校－教材 Ⅳ.① TN919

中国版本图书馆 CIP 数据核字（2010）第 140330 号

出版发行：北京师范大学出版社 www.bnup.com.cn
　　　　　北京新街口外大街 19 号
　　　　　邮政编码：100875
印　　刷：北京嘉实印刷有限公司
经　　销：全国新华书店
开　　本：184 mm × 260 mm
印　　张：16.75
字　　数：361 千字
版　　次：2010 年 8 月第 1 版
印　　次：2010 年 8 月第 1 次印刷
定　　价：27.00 元

策划编辑：周光明　　　责任编辑：周光明
美术编辑：高　霞　　　装帧设计：华鲁印联
责任校对：李　菡　　　责任印制：李　丽

前　　言

　　近年来，通信技术和计算机网络发展十分迅猛，随着数据通信技术和计算机技术的快速发展，数据通信网已经成为国家的重要基础设施之一，信息科学技术已成为世界经济发展的强大推动力，学习和掌握现代通信理论和技术成为信息社会每一位成员的迫切需求。本教材内容精练、重点突出，既可作为通信行业工程技术人员的参考书，也可作为高职高专院校通信专业的教材，本书的重点在于培养学习者对通信技术的整体把握和相关知识的学习与了解。

　　本书以现代通信技术和现代通信系统为背景，全面、系统地论述了通信的基本理论和基本技术，重点介绍了数据通信的基本知识及数据通信技术，尽可能多地反映通信领域的新技术和新发展。本书共分8章：第1章主要介绍数据通信的基本概念、通信系统模型、通信系统的性能指标，信息的基本概念，信道的性能与信道容量的概念，信号的频谱分析。第2章主要介绍编码技术、数据通信中常使用的传输代码、检错与纠错编码、数据码型的压缩、加密和解密。第3章详细讨论了交换技术、电路交换、报文分组交换、异步传输模式（ATM）。第4章主要介绍了复用技术、频分多路复用、时分多路复用、码分多路复用技术。第5章主要介绍数据通信协议，包括TCP/IP协议、路由协议、Internet控制报文协议、传输层控制协议。第6章着重分析了局域网的概念与实现方法。第7章介绍了广域网技术、域名系统以及因特网提供的服务。第8章主要介绍了几种数据通信网的概念、实现以及应用。

　　本书由徐亮任主编，邵汝峰、张逸昀任副主编。王彦编写第1章，张金生编写第2章，兰天明编写第4章，邵汝峰编写第5章，张逸昀编写第6章，徐亮编写第3章、第7章、第8章。

　　限于作者的水平，书中错误疏漏在所难免，恳请读者批评指正。对本书引用的参考文献的各位译、作者，在此表示衷心的感谢和崇高的敬意。

编者

2010 年 5 月

目　录

第 1 章　绪　　论

本章内容

- 通信的基本概念
- 通信系统的组成
- 通信系统的分类与通信方式
- 信息及其度量
- 通信系统主要指标
- 通信技术的发展简史
- 信号频谱

本章重点

- 通信方式、信息的度量方法。
- 通信系统的主要指标。
- 信号的频谱、傅里叶变换的性质。

本章难点

- 信息及其度量。
- 周期信号与非周期信号的频谱。

本章能力目标和要求

- 掌握通信的基本概念。
- 掌握通信系统的组成及各部分的作用。
- 了解通信系统的分类和工作方式。
- 理解数字通信的特点。
- 掌握通信系统的有效性和可靠性指标。
- 了解通信技术的发展历史、现状和趋势。

▶ 1.1　通信的概念

当今的人类社会已经进入信息时代，信息和通信已成为现代社会的"命脉"。通信作为传输信息的手段或方式，已经成为推动人类社会文明进步与发展的巨大动力。

1.1.1　信号与通信

通信(Communication)就是由一地向另一地传递消息的过程。一般将语言、文字、数据、图片或活动图像等称为消息，而将消息给予对方的新知识称为信息。通信的目的是传递消息中所包含的信息。实现通信的方式和手段很多，如古代的消息树、烽火台和驿马传令，以及现代社会的电报、电话、广播、电视、遥控、遥测、因特网和计算机通信等，这些都是消息传递的方式或信息交流的手段。

在现代通信中，要实现消息高效率、高可靠性的远距离传输，必须借助于一定的运载工具，并将消息变换成某种形式。我们就将消息的运载工具和表现形式称为信号。因此信号是某种物理量，如电或光，并因此分别称作电信号或光信号。信号的变化即表现为物理量的变化，而物理量的变化就代表了一定的消息。所以利用信号来传送消息，一般都需要在发送端将欲传送的消息转变成信号，经过传输以后，在接收端再将信号还原成为消息。因而也可以说，信号是消息的运载工具，而消息蕴藏在信号之中。

在各种各样的通信方式中，利用电信号来传递消息的通信方法——电通信，得到了迅速的发展和广泛的应用，这是由于电通信方式能够迅速、有效、准确、可靠地传递消息的缘故，以致"通信"一词几乎变成了电通信的同义词。

1.1.2　信号分类

在可以作为消息载体的各种信号中，电信号是最为常见和应用最广泛的。任何电信号的波形都可以用幅度和时间两个参量来描述。根据信号参量的取值方式不同，可把信号分为两类：模拟信号和数字信号。

1. 模拟信号

模拟信号是随时间连续变化的信号，其特点是幅度连续。连续的含义是在某一取值范围内可以取无限多个数值。例如，电话的话音信号和传真、电视的图像信号都是模拟信号。图1-1(a)所示的信号即为模拟信号。

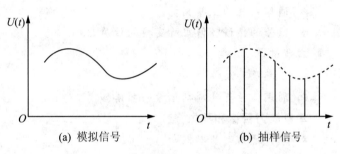

(a) 模拟信号　　　　(b) 抽样信号

图 1-1　模拟信号

图1-1(b)所示的信号是抽样信号，该信号在时间上是离散的，但其幅度仍是连续的，所以图(b)所示的仍是模拟信号。

2. 数字信号

数字信号是随时间离散变化的信号，其特点是：幅度被限制在有限个数值之内，它不是连续的，而是离散。图1-2是数字信号的波形，图(a)是二进制数字信号，每个码元只能取"0"、"1"二个状态之一；图(b)是四进制数字信号，其每个码元只能取(1，－1，3，－3)四个状态中的一个。这种幅度离散的信号称为数字信号。

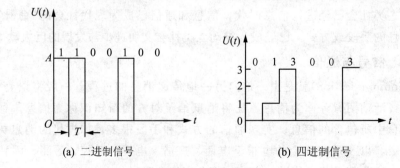

(a) 二进制信号　　　　　　(b) 四进制信号

图 1-2　数字信号

▶ 1.2　通信系统的组成

1.2.1　通信系统的一般模型

通信的目的是传递信息。而用于传递信息所需的全部技术设备和传输媒质的总和称为通信系统。通信系统的功能是对原始信号进行转换、处理和传输。由于通信系统的种类繁多，因此它们的具体设备组成和业务功能可能不尽相同，经过抽象概括，可以得到通信系统一般模型，如图 1-3 所示。

图 1-3　通信系统模型

1. 信息源

信息源(简称信源)是消息的产生来源，其作用是把各种消息转换成原始电信号。根据消息的种类不同，信源可分为模拟信源和数字信源。模拟信源输出的是模拟信号，电话机和摄像机就是模拟信源；数字信源输出离散的数字信号，如计算机等各种数字终端设备。

2. 发送设备

发送设备的作用是将原始电信号变换成适合信道中传输的信号，即使发送信号的特征和信道特性相匹配。发送设备涵盖的内容很多，例如放大、滤波、编码、调制等过程。对于多路传输系统，发送设备中还包括多路复用器。

3. 信道

信道是指信号的传输媒质，用来将来自发送设备的信号传输到接收端。信道概括起来分为两种，即有线信道和无线信道。在有线信道中，可以是架空明线、电缆和光缆；在无线信道中，可以是自由空间、电离层等。信道在给信号提供通道的同时，也会引入噪声，对信号产生干扰。信道的噪声直接关系到系统的通信质量。

图 1-3 中的噪声源是信道中的噪声和分散在通信系统中其他各处的噪声的集中表示。关于信道与噪声的问题将在第 2 章中讨论。

4. 接收设备

接收设备的作用是对接收的信号进行处理和反变换，如解调、译码等，其目的是从受到衰减的接收信号中正确恢复出原始电信号。对于多路复用信号，接收设备还应包括正确分路的功能。

5. 受信者

受信者(简称信宿)，它是传送消息的目的地，其作用与信源相反，即把原始电信号转换成相应的消息，如扬声器等。

1.2.2　模拟通信系统和数字通信系统

根据信道中所传输信号种类的不同，可以把通信系统分为两大类：模拟通信系统和数字通信系统。

1. 模拟通信系统

模拟通信系统是利用模拟信号来传递信息的通信系统，其模型如图 1-4 所示。这里将发送设备简化为调制器，接收设备简化为解调器，主要是强调调制、解调在模拟通信系统中的重要作用。通常，我们将从信息源发出的原始电信号称为基带信号，基带的含义是指信号的频谱从零频附近开始，如语音信号为 $300\sim3400Hz$，图像信号为 $0\sim6MHz$。由于基带信号具有很低的频谱分量，通常不能直接在信道中传输，它必须通过调制才能变换成适合不同信道中传输的信号，并可在接收端进行反变换（解调）。经过调制以后的信号称为已调信号，由于其频谱远离零频且具有带通形式，因而已调信号又称频带信号。

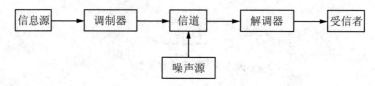

图 1-4 模拟通信系统模型

2. 数字通信系统

数字通信系统是利用数字信号来传递信息的通信系统，其模型如图 1-5 所示。在数字通信系统中，除了调制和解调外，还有信源编码与译码、信道编码与译码、加密与解密等。

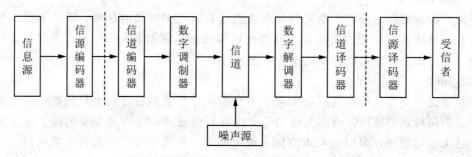

图 1-5 数字通信系统的模型

当信源发出的是模拟信号时，需要信源编码将其变换为数字信号，以实现模拟信号的数字化传输。信源编码的作用就是完成模/数（A/D）转换，信源译码则是信源编码的逆过程，即完成数/模转换。对于信源已经是数字信号的情况，则可省去信源编码和译码的环节。

信道编码的目的是提高数字信号的抗干扰能力。由于信道噪声的干扰，可能会使传输的数字信号产生差错，为了减小差错，需在信源编码后的信息码流中，按一定规律加入多余码元（称为冗余码），以使码元之间形成较强的规律性。接收端的信道译码器根据一定规律进行解码，以实现自动检错和纠错的功能，提高系统的可靠性。

数字调制的作用是把数字基带信号变换成适合在信道中传输的带通信号，在接收端采用数字解调还原数字基带信号。将数字基带信号直接送到信道上的传输方式称为数字信号的基带传输，而将数字基带信号经过调制后送到信道的传输方式称为数字信号频带传输。

在数字通信中，为了保证所传信息的安全，人为地将被传输的数字序列扰乱，即加上密码，这种处理过程称为加密。在接收端利用与发送端相同的密码对收到的数字序列进行解密，恢复原来的信息。

需要说明的是，图 1-5 是数字通信系统的一般化模型，实际的数字通信系统不一定包括图中的所有环节。例如，若信源是数字信号时，则信源编码和译码环节可以省略，对于数字基带传输系统，则无需调制与解调。

1.2.3　数字通信系统的主要特点

与模拟通信相比，数字通信具有以下特点。

1. 抗干扰能力强，无噪声积累

信号在信道中传输时会受到各种噪声的干扰。为了实现远距离传输，需要及时对幅度受到衰减的信号进行放大。在模拟通信中，由于传输的是幅度连续的模拟信号，难以把传输信号与噪声分开。在对模拟信号进行放大时，叠加在信号上的噪声也被放大了，如图 1-6(a)所示。所以，随着传输距离增加，噪声积累越来越大，通信质量越差。在数字通信中，传输的是幅度离散的数字信号，通过再生中继方法消除噪声积累，还原信号，如图 1-6(b)所示。由于无噪声积累，所以数字通信抗干扰能力强，易于实现高质量、远距离传输。这是数字通信的重要优点之一。

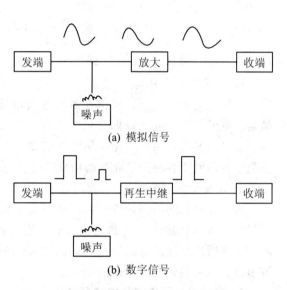

(a) 模拟信号

(b) 数字信号

图 1-6　模拟通信和数字通信抗干扰性能比较

2. 差错可控

在数字通信系统中，可以采用信道编码技术进行检错与纠错，降低误码率，提高信号的传输质量。

3. 便于加密处理

信息传输的安全性和保密性越来越显得重要。与模拟通信相比，数字通信更容易加密与解密。因此，数字通信保密性好。

4. 采用时分复用实现多路通信

时分复用是利用各路信号在信道上占有不同的时间间隙，同在一条信道上传输，并且互不干扰。数字信号本身可以很容易用离散时间信号表示，在两个离散时间之间可以插入多路离散时间信号，实现多路通信。

5. 便于实现集成化、小型化

数字通信设备中大部分电路都是数字电路，可以通过大规模和超大规模集成电路来实现，这样设备体积小，功耗较低。

6. 便于和电子计算机结合

显而易见，数字通信适于与数字电子计算机结合，由计算机来处理信号，这样就使通信系统变得更通用、灵活，具有很好的适用性和兼容性。

7. 占用频带宽

数字通信的许多优点都是用比模拟通信占据频带宽为代价而换取的。以电话为例，一路模拟电话通常只占据 4kHz 带宽，但一路接近同样话音质量的数字电话可能要占据约 64kHz 的带宽，因此数字通信的频带利用率不高。另外，由于数字通信对同步要求高，因此系统设备比较复杂。然而，随着光纤通信等宽带通信技术的日益发展与成熟，使数字通信得到了迅速的发展，正在逐步成为现代通信技术的主流。

▶ 1.3 通信系统的分类与通信方式

1.3.1 通信系统的分类

1. 按通信业务分类

根据通信业务不同，通信系统可分为电话通信、数据业务、计算机通信、数据库检索、电子信箱、电子数据交换、传真、可视图文及会议电视、图像通信等。由于电话通信最为发达，因而其他通信常常借助于公共的电话通信系统进行。未来的综合业务数字通信网中各种类型业务的信息都能在一个统一的通信网中传输。

2. 按传输媒质分类

按传输媒质的不同，通信系统可分为有线通信和无线通信两大类。所谓有线通信是指用导线作为传输媒质的通信方式，这里的导线可以是架空明线、电缆、光缆等。所谓无线通信是通过电磁波在空间的传播达到传递信息的目的，常见的无线通信有微波通信、卫星通信和激光通信等。

3. 按信道中所传信号的特征分类

按照信道中传输的是模拟信号还是数字信号，可以相应地把通信系统分为模拟通信系统和数字通信系统。

4. 按调制方式分类

根据是否采用调制，可将通信系统分为基带传输系统和频带传输系统。基带传输系统是指将没有经过调制的信号直接传送，如市内电话等；频带传输是对各种信号调制后再送到信道中传输的总称，如广播、卫星通信等。

5. 按工作频段分类

按通信设备的工作频率不同，通信系统可分为长波通信、中波通信、短波通信、微波通信等。为了比较全面地对通信中所使用的频段有所了解，下面把通信使用的频段及说明列入表 1-1 中，供大家参考。

工作波长与频率的换算公式为：

$$\lambda = \frac{c}{f} = \frac{3 \times 10^8}{f} \tag{1-1}$$

式中，λ——工作波长（m）

f——工作频率(Hz)

c——光速(m/s)

表 1-1 通信使用的频段及主要用途

波段名称	频率范围	波长	符号	用 途
长波	30~300kHz	10000~1000m	低频 LF	导航、信标、电力线、通信
中波	300kHz~3MHz	1000~100m	中频 MF	调幅广播、移动陆地通信、业余无线电
短波	3~30MHz	100~10m	高频 HF	移动无线电话、短波广播定点军用通信、业余无线电
超短波	30~300MHz	10~1m	甚高频 VHF	电视、调频广播、空中管制、车辆、通信、导航、寻呼
分米波	300MHz~3GHz	100~10cm	特高频 UHF	微波接力、卫星和空间通信、雷达、移动通信、卫星导航
厘米波	3~30GHz	10~1cm	超高频 SHF	微波接力、卫星和空间通信、雷达
毫米波	30~300GHz	10~1mm	极高频 EHF	雷达、微波接力

1.3.2 通信方式

通信方式是指通信双方之间的工作形式和信号传输方式。从不同的角度出发，通信方式有多种分类方法。

1. 单工通信、半双工通信和全双工通信

对于点对点之间的通信，按信息传递的方向与时间关系，通信方式可分为单工通信、半双工通信和全双工通信三种，如图 1-7 所示。

(1)单工通信

单工通信，是指信息只能单方向传输的通信方式，如图 1-7(a)所示。通信的双方中只有一方可以发送信息；另一方只能接收信息。例如广播、遥控等都属于单工通信。

(2)半双工通信

半双工通信，是指通信双方都能收发信息，但不能同时进行收和发的通信方式，如图 1-7(b)所示。对讲机、收发报机都是半双工通信方式。

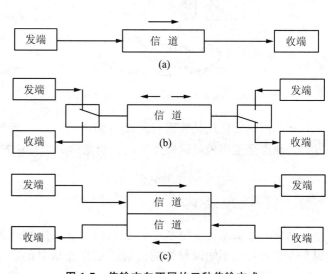

图 1-7 传输方向不同的三种传输方式

（3）全双工通信

全双工通信，是指通信双方可同时进行收发信息的通信方式，如图1-7（c）所示。有线电话、手机等都是常见的全双工通信，通信的双方可同时进行送话和收话。

2. 并行通信和串行通信

在数据通信中，按数据代码排列的方式不同，可分为并行通信和串行通信。

（1）并行传输

并行传输是指代表信息的数字码元序列以成组的方式，在多条并行信道上同时进行传输。常用的就是将构成一个字符代码的几位二进制码，分别在几个并行信道上进行传输。例如，采用8比特代码的字符，可以用8个信道并行传输。一次传送一个字符，如图1-8所示。

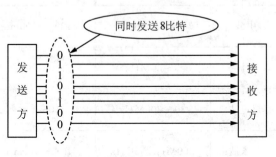

图1-8　并行通信

并行传输的优点是传输速率快，并且收发双方不存在字符的同步问题。缺点是需要 n 条并行信道，成本高，一般只用于设备之间的近距离通信，如计算机和打印机之间的数据传输。

（2）串行传输

串行传输是将数字码元序列以串行方式，一个码元接一个码元在一条信道上传输，如图1-9所示。

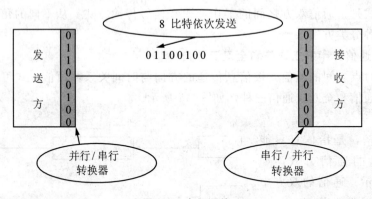

图1-9　串行通信

串行传输的优点是只需要一条传输信道，易于实现，是目前主要采用的一种传输方式。缺点是速率慢，需要外加同步措施解决收发双方码组或字符的同步问题。

▶ 1.4　信息及其度量

通信的目的是传输消息中所包括的信息，信息是消息中所包含的有效内容，或者说是收信者预先不知而待知的内容。消息是信息的物理表现形式，信息是其内涵。不同形式的消息，可以包含相同的信息。传输信息的多少可以采用"信息量"去衡量。那么，如何度量离散消息中所含的信息量？

消息中所含"信息量"的多少，与该消息发生的概率密切相关。例如，"某客机坠毁"这条消息比"今天下雨"这条消息包含更多的信息。这是因为前一条消息所表达的事件几乎不可能发生，它使人感到震惊和意外；而后一条消息所表达的事件很可能发生，不足为奇。这个例子说明，一个消息越不可预测，或者说消息所表达的事件越不可能发生，它所含的信息量就越大。因此，消息中包含的信息量与消息发生的概率密切相关。

假设 $P(x)$ 表示消息发生的概率，I 是消息中所含的信息量，则根据上面的可知，$P(x)$ 和 I 之间应该有如下关系：

(1)消息中所含的信息量 I 是该消息出现的概率 $P(x)$ 的函数，即

$$I = I[P(x)] \tag{1-2}$$

(2)$P(x)$ 越大，I 越小；反之 $P(x)$ 越小，I 越大；且当

$$P(x) = 1 \text{ 时，} I = 0;$$
$$P(x) = 0 \text{ 时，} I = \infty。$$

(3)若干个互相独立事件构成的消息，所含信息量等于各独立事件信息量的和，即

$$I[P(x_1)P(x_2)\cdots] = I[P(x_1)] + I[P(x_2)] + \cdots \tag{1-3}$$

可以看出，若 I 与 $P(x)$ 之间的关系式为

$$I = \log_a \frac{1}{P(x)} = -\log_a P(x) \tag{1-4}$$

则可满足上述三项要求。所以我们定义公式(1-4)为消息 x 所含的信息量。信息量的单位和式(1-4)中对数的底数 a 有关：

$a=2$，信息量的单位为比特(bit)；

$a=e$，信息量的单位为奈特(nat)；

$a=10$，信息量的单位为哈特莱(Hartley)。

通常广泛使用的单位为比特，这时有

$$I = \log_2 \frac{1}{P(x)} = -\log_2 P(x) \tag{1-5}$$

下面，我们讨论等概率出现的离散消息信息量的度量。

【例 1】设二进制离散信源，数字"0"或"1"以相等的概率出现，试计算每个符号的信息量。

解：二进制等概率时

$$P(0) = P(1) = \frac{1}{2}$$

由式(1-5)，每个二进制符号的信息量为

$$I(0) = I(1) = -\log_2 \frac{1}{2} = \log_2 2 = 1\text{bit}$$

上例说明，传送等概率二进制数字信号时，每个符号的信息量相等，都为 1bit。在工程应用中，习惯把一个二进制码元称作 1 比特。

同理，对于 M 进制离散信源，若每个符号等概率($P = 1/M$)独立出现，则每个符号的信息量为

$$I = \log_2 \frac{1}{P} = \log_2 \frac{1}{1/M} = \log_2 M \text{ bit} \tag{1-6}$$

式中，P 为每个符号出现的概率。

若 M 是 2 的整幂次，即 $M = 2^k$，则有

$$I = \log_2 2^k = k \text{ bit} \tag{1-7}$$

例如，当 $M = 4$ 时，即四进制信号，$I = 2$ 比特；当 $M = 8$ 时，即八进制信号，$I = 3$ 比特。

式(1-7)表明，传送一个 M 进制符号的信息量等于用二进制信号表示该信号所需的符号数目。

▶ 1.5 通信系统主要指标

通信系统的性能指标也称质量指标，它们是从整个系统的角度综合提出的。

通信系统的性能指标涉及其有效性、可靠性、适应性、经济性、标准性、可维护性等。尽管不同的通信业务对系统性能的要求不尽相同，但从研究信息传输的角度来说，通信系统的主要指标是有效性和可靠性。

所谓通信系统的有效性是指在给定信道内能够传输信息内容的多少，或者说是传输的"速度"问题；而可靠性则是指在给定信道内接收信息的准确程度，也就是传输的"质量"问题。这两个性能指标是衡量通信系统质量好坏的重要指标。

通信系统的有效性和可靠性既相互矛盾，又相互统一。一般情况下，要提高系统的有效性，就得降低其可靠性，反之亦然。在实际中常常依据实际系统的要求采取相对统一的办法，即在满足一定可靠性指标下，尽量提高消息的传输"速度"，即有效性，或者在维持一定有效性的条件下，尽可能提高系统的可靠性。

由于模拟通信系统和数字通信系统之间的区别，两者对有效性和可靠性的要求及度量的方法不尽相同。

1.5.1 有效性指标

1. 模拟通信系统的有效性

模拟通信系统的有效性通常用传输频带来度量。当信道的容许传输带宽一定时，信号的传输频带越窄，信道能容许同时传输的信号路数越多，其有效性就越好。另外，信号的传输频带与调制方式有关，例如话音信号，采用单边带调制(SSB)时，占用的带宽仅为 4kHz，而采用调频(FM)时，占用的带宽则为 48kHz(调频指数为 5 时)，显然调幅信号的有效性比调频的好。

2. 数字通信系统的有效性

数字通信系统的有效性可用传输速率和频带利用率来衡量。

(1)码元传输速率 R_B

码元传输速率简称码元速率，又称传码率。其定义为单位时间(每秒)传送码元的数目，单位为波特(Baud)，简记为 B。例如，某系统在 2 秒内共传送 2400 个码元，则该系统的码元速率为 1200B。码元传输速率仅仅表示单位时间内传送码元的个数，而没有限定码元是何种进制的码元，即码元可以是多进制的，也可以是二进制的。

根据码元速率的定义，若每个码元的持续时间为 T 秒，则有

$$R_{\mathrm{B}} = \frac{1}{T} \tag{1-8}$$

（2）信息传输速率 R_{b}

信息传输速率简称传信率，又称比特率。其定义为单位时间内平均传送的信息量或比特数，单位为比特/秒，简记为 bps，或 bps。

在信息论中已经指出，信息量的度量单位是比特（bit）。在"0"、"1"等概率出现的条件下，一个二进制码元含有 1bit 的信息量，所以信息传输速率可理解为单位时间内传送的二进制数字信号的个数。例如，某系统在 1 秒钟内传送 3600 个二进制数字信号，则该系统的信息速率 $R_{\mathrm{b}} = 3600\mathrm{bps}$。

对于 M 进制传输，由于每个码元可用 $k = \log_2 M$ 位二进制码元表示，因此，码元速率和信息速率可通过公式（1-9）来换算，即

$$R_{\mathrm{b}} = R_{\mathrm{B}} \log_2 M \tag{1-9}$$

或

$$R_{\mathrm{B}} = \frac{R_{\mathrm{b}}}{\log_2 M}(\mathrm{B}) \tag{1-10}$$

例如在八进制（$M=8$）中，若码元速率为 1200B，则信息速率为 3600bps。对于二进制数字信号，由于 $M=2$，故其码元速率和信息速率在数量上相等。

（3）频带利用率

在比较不同通信系统的有效性时，不能单看它们的传输速率，还应考虑所占用的频带宽度，因为两个传输速率相等的系统其传输效率并不一定相同。所以，真正衡量数字通信系统的有效性指标是频带利用率，其定义为单位带宽（1Hz）内的传输速率，即

$$\eta = \frac{R_{\mathrm{B}}}{B} \quad (\mathrm{B/Hz}) \tag{1-11}$$

或

$$\eta_{\mathrm{b}} = \frac{R_{\mathrm{b}}}{B} \quad \mathrm{b/(s \cdot Hz)} \tag{1-12}$$

1.5.2　可靠性指标

1. 模拟通信系统的可靠性

模拟通信系统的可靠性通常用整个通信系统的输出信噪比来衡量，由于信道内存在噪声，因此接收到的波形实际上是信号和噪声的叠加，它们经过解调后同时在通信系统的输出端出现。因此，噪声对模拟信号的影响可用输出信号功率与噪声功率之比来衡量。显然，输出信噪比越高，通信系统的质量越好，或者说该系统的抗噪声能力就越强。同样，不同调制方式的输出信噪比是不同的，如调频信号的输出信噪比，即抗干扰能力比调幅信号的好。但是，调频系统的有效性不如调幅系统，这里又出现了可靠性与有效性之间的矛盾。

2. 数字通信系统的可靠性

数字通信系统的可靠性常用误码率和误信率表示。

（1）误码率

误码率是指错误接收的码元数与传输的总码元数之比，即误码率等于

$$P_e = \frac{\text{错误接收码元数}}{\text{传输总码元数}} \tag{1-13}$$

（2）误信率

误信率又称误比特率，是指错误接收的比特数与传输的总比特数之比，即

$$P_b = \frac{\text{错误接收比特数}}{\text{传输总比特数}} \tag{1-14}$$

在二进制数字通信中，误码率与误比特率相等，即

$$P_b = P_e \tag{1-15}$$

显然，从通信的有效性和可靠性出发，希望单位频带的传信率越大越好，误码率越小越好。

【例2】设在$125\mu s$内传输256个二进制数字码元，（1）问其信息传输速率是多少？（2）若该信息在4秒内有5个码元产生误码，试问其误码率等于多少？

解：（1）根据定义，信息传输速率为

$$R_b = \frac{256}{125\mu s} = \frac{256}{125 \times 10^{-6}} = 2.048 \times 10^6 \text{ bps}$$

（2）由式(1-13)，可得误码率为

$$P_e = \frac{5}{2.048 \times 10^6 \times 4} = 6.1 \times 10^{-7}$$

▶ 1.6 通信技术的发展简史

如今，通信技术的发展堪称突飞猛进。载波通信、卫星通信和移动通信技术正在向数字化、智能化、宽带化发展。信息的数字转换处理技术走向成熟，为大规模、多领域的信息产品制造和信息服务创造了条件。下面我们来看看有关通信技术的发展历史相关信息。

目前，通信技术正在向着融合、宽带、高速的方向发展。代表性的通信技术主要有：光纤通信；数据通信；移动通信；智能网（IN）技术。

从通信技术的发展来看，主要经历了三个阶段。

第一阶段，初级通信阶段（以1838年电报发明为标志），代表事件有：1838年莫尔斯发明有线电报，开始了电通信阶段；1843年亚历山大取得电传打字电报的专利；1864年麦克斯韦创立了电磁辐射理论，并被当时的赫兹证明，促使了后来无线通信的出现；1876年贝尔利用电磁感应原理发明了电话；1879年第一个专用人工电话交换系统投入运行；1880年第一个付费电话系统运营；1892年加拿大政府开始规定电话频率；1896年马可尼发明无线电报。

第二阶段，近代通信阶段（以1948年香农提出信息论为标志），代表事件有：1948年香农提出了信息论，建立了通信统计理论；1950年时分多路通信应用于电话系统；1951年直拨长途电话开通；1956年铺设越洋通信电缆；1957年发射第一颗人造地球卫星；1958年发射第一颗通信卫星；1962年发射第一颗同步通信卫星，开通国际卫星电话；脉冲编码调制进入实用阶段；20世纪60年代彩色电视问世；阿波罗宇宙飞船登月；数字传输理论与技术得到迅速发展；计算机网络开始出现；1969年电视电话业务

开通；20 世纪 70 年代商用卫星通信、程控数字交换机、光纤通信系统投入使用；一些公司制定计算机网络体系结构。

第三阶段，现代通信阶段（以 20 世纪 80 年代以后出现的光纤通信应用、综合业务数字网崛起为标志），代表事件有：20 世纪 80 年代开通数字网络的公用业务；个人计算机和计算机局域网出现；网络体系结构国际标准陆续制定；20 世纪 90 年代蜂窝电话系统开通，各种无线通信技术不断涌现；光纤通信得到迅速普遍的应用；国际互联网得到极大发展；1997 年 68 个国家签订国际协定，互相开放电信市场。

相应的，通信文化也经历了三波浪潮，即模拟通信文化浪潮、数字通信文化浪潮和宽带通信文化浪潮三个阶段。受各国政治经济发展不平衡状况的影响，通信文化的三波浪潮并不是齐头并进的，而是参差不齐的。从全球范围看，通信文化目前正在经历数字通信文化浪潮和宽带通信文化浪潮。从严格意义上讲，宽带技术是数字通信技术的延伸，但是，考虑到宽带技术对通信文化的潜在影响十分巨大，从某种意义上讲不仅仅是一场新的通信文化革命，所以我们特别将其剥离出来，以表征这种特殊性。

当前通信技术仍在快速发展。在通信方面，从传输、交换到终端设备，从有线通信到无线通信，正在全面走向数字化，促进了通信技术从低速向高速、从单一语音通信向多媒体数据通信转变；在广播电视和新闻媒体领域，节目制作、传送和接收及印刷出版等均已开始实现数字化分布式处理。网络技术大趋势是试图将整个国家或地区经济和社会进步的发展都架构在信息网络上，发展网络经济、网络社会。与此同时，随着计算机结构和功能将向着微型化、超强功能、智能化和网络化的方向发展，人机界面将更为友好。其主要趋势如下：

(1)传输在向高速大容量长距离发展，光纤传输速率越来越高，波长从 $1.3\mu m$ 发展到 $1.55\mu m$，并已大量采用。波分复用技术已进入实用阶段，相干光通信，光孤子通信已取得重大进展。光放大代替光电转换中继器可使无中继距离延长到几百甚至上千公里。无线传输包括微波接力和卫星通信已由 4/6GHz 的 C 频段发展到 11/14GHz 的频段，并在向 20/30GHz 频段甚至更高发展，这样不但扩充了可用频段，而且大大地增加了容量。传输复用采用同步数字系列 SDH 使各国复用系列得到了统一，上下电路则更为灵活。同时采用数字交叉连接设备 DXC 使传输网上具有电路群交换功能，大大便利了组网，并提高了网的效率和可靠性。

(2)交换技术发展趋势：一是增大单个交换机的容量，目前技术上已可达到几十万线；二是实行分散化和采用模块技术，使之更接近用户以缩短用户线。模块的功能也在不断提高。更多吸收计算机技术，如总线技术、并行技术等，使交换机结构上更为合理。另一个趋势是为了适应传递宽带信号的要求发展宽带交换。目前以快速分组交换为原理的异步转移模式 ATM 作为宽带交换技术基础已成为定论。

(3)数据网的速率越来越高、DDN 已可达 149Mbps，同时随着传输质量的提高、误码率的减少，网的规程已简化，出现帧中继方式。另外随着美国的 Internet 计算机通信网向国际发展，TCP/IP 协议的应用范围越来越广，各种服务器、连接器也层出不穷，得到大量应用。

(4)为了克服每种业务(电报、电话、数据、图像)建单独网的缺陷，更好地满足用户多种业务的需要，通信网在向综合业务网发展。目前以两个话路带宽加一个信令通道(2B＋D，144kbps 宽带)为单元的宽带综合业务网已在使用，在发达国家已达到电话用户的 5％，宽带网正在大力开发中。

(5)随着通信接续的自动化，原来由话务员、报务员操作的功能已转由用户自己来操作。同时通信和使用越来越复杂，随着技术的发展，通信网可提供更多的功能。因此把由用户来判断、操作的相当部分功能交给通信网来进行，从而使通信网具有人工智能，这是通信发展的智能化方向。目前已有一批智能业务，使用最广泛的如被叫集中付费、转移呼叫、电话卡、语言信箱等业务，随着需求和技术的发展，还将有更多的智能业务被开发。

(6)随着人的流动性增加，移动通信使用越来越广泛，技术发展也非常快。从无绳电话、寻呼到蜂窝式移动电话。下一步发展目标是实现个人化，即一个人在任何地方均可以用一个号码实现主叫和被叫通信，这样号码就不是分配给固定地点的固定终端，而是分配给特定的人。为了实现更大覆盖，除了地面手段外，卫星移动通信正在取得进展。在业务上除了移动电话外，移动数据通信发展得也很快。

(7)由于综合业务，尤其是宽带业务的发展，用户接入就成为突出的问题。概念上已从用户线发展为接入网，目前已开始有采用原电话对称铜线提高使用频率，原电缆电视的同轴线与光纤混合，使用全光纤，无线接入等多种方式。这是一个正在蓬勃发展的领域。

▶ 1.7 信号频谱

1.7.1 频谱的概念

频谱就是频率的分布曲线，复杂振荡分解为振幅不同和频率不同的谐振荡，这些谐振荡的幅值按频率排列的图形叫做频谱。无线电波定义为频率在 3000GHz 以下，不用人工波导而在空间传播的电磁波。作为传输载体的无线电波都具有一定的频率和波长，即位于无线电频谱中的一定位置，并占据一定的宽度。无线电频谱(radio spectrum)一般指在 9kHz～3000GHz 频率范围内发射无线电波的无线电频率的总称。

无线电频率是自然界存在的一种电磁波，是一种物质，是一种各国可均等获得的看不见、摸不着的自然资源，它具有以下六种特性：

有限性，由于较高频率上的无线电波的传播特性，无线电业务不能无限地使用较高频段的无线电频率，目前人类对于 3000GHz 以上的频率还无法开发和利用，尽管使用无线电频谱可以根据时间、空间、频率和编码四种方式进行频率的复用，但就某一频段和频率来讲，在一定的区域、一定的时间和一定的条件下使用频率是有限的。

排他性，无线电频谱资源与其他资源具有共同的属性，即排他性，在一定的时间、地区和频域内，一旦被使用，其他设备是不能再用的。

复用性，虽然无线电频谱具有排他性，但在一定的时间、地区、频域和编码条件下，无线电频率是可以重复使用和利用的，即不同无线电业务和设备可以频率复用和共用。

非耗竭性，无线电频谱资源又不同于矿产、森林等资源，它是可以被人类利用，但不会被消耗掉，不使用它是一种浪费，使用不当更是一种浪费，甚至由于使用不当产生干扰而造成危害。

固有的传播特性，无线电波是按照一定规律传播，是不受行政地域的限制，是无国界的。

易污染性，如果无线电频率使用不当，就会受到其他无线电台、自然噪声和人为噪声的干扰而无法正常工作，或者干扰其他无线电台站，使其不能正常工作，使之无法准确、有效和迅速地传送信息。

1.7.2　周期信号的频谱

周期信号的频谱有幅值频谱和相角频谱。频谱是指将周期信号的各谐波分量的幅值和初相分别按照它们的频率依次排列起来构成的。其各次谐波分量可以是正弦函数或余弦函数，也可以是指数函数。不同的周期信号，其展开式组成情况也不尽相同。在实际工作中，为了表征不同信号的谐波组成情况，时常画出周期信号各次谐波的分布图形，这种图形称为信号的频谱，它是信号频域表示的一种方式。描述各次谐波振幅与频率关系的图形称为振幅频谱，描述各次谐波相位与频率关系的图形称为相位频谱。

周期信号的傅里叶级数展开为：

$$x(t) = x_0 + \sum_{k=1}^{\infty} \left[a_k \cos(k\omega_1 t) + b_k \sin(k\omega_1 t) \right] = X_0 + \sum_{k=1}^{\infty} X_{mk} \cos(k\omega_1 t + \phi_k)$$

例如，设电流信号 $i(t)$ 已展开为傅里叶级数

$$i(t) = \frac{\pi}{4} + \cos\omega_1 t - \frac{1}{3}\cos3\omega_1 t + \frac{1}{5}\cos5\omega_1 t - \frac{1}{7}\cos7\omega_1 t + \cdots$$

$$= \frac{\pi}{4} + \cos\omega_1 t + \frac{1}{3}\cos(3\omega_1 t + \pi) + \frac{1}{5}\cos5\omega_1 t + \frac{1}{7}\cos(7\omega_1 t + \pi) + \cdots$$

则其频谱可按以下原则绘出：

(1)如果每一谱线的高度表示该频率谐波的幅值，则所做出的图形称为幅值频谱，如图 1-10(a)。

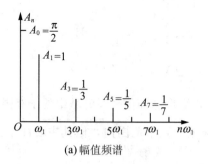
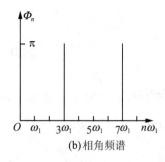

(a)幅值频谱　　　　　　　　　　　　(b)相角频谱

图 1-10　电流信号的频谱

(2)如果每一谱线的高度表示该频率谐波的初相角，则所做出的图形称为相角频谱，如图 1-10(b)。

频谱图直观而清晰地表示出一个信号包含哪些谐波分量，以及各谐波分量所占的比重和其间的相角关系，便于分析周期信号通过电路后它的各谐波分量的幅值和初相发生的变化。这对于研究如何正确地传送信号有重要的意义。

周期信号频谱的特点：

(1)离散性，指频谱由频率离散而不连续的谱线组成，这种频谱称为离散频谱或线谱。

(2)谐波性，指各次谐波分量的频率都是基波频率 $\Omega = \dfrac{2\pi}{T}$ 的整数倍，而且相邻谐波的频率间隔是均匀的，即谱线在频率轴上的位置是 Ω 的整数倍。

(3)收敛性，指谱线幅度随 $n \to \infty$ 而衰减到零。因此这种频谱具有收敛性或衰减性。

1.7.3 非周期信号的频谱

1. 非周期信号的频谱函数

对于周期信号 $f(t)$，已知它可表示为

$$f(t) = \sum_{n \to \infty}^{\infty} F_x e^{jn\Omega t}$$

式中

$$F_n = \frac{1}{T} \int_{-T/2}^{T/2} f(t) e^{-jn\Omega t} \, dt$$

2. 矩形脉冲信号 $G_\tau(t)$ 的表达式为

$$f_8(t) = \begin{cases} E & |t| < \tau/2 \\ 0 & |t| > \tau/2 \end{cases}$$

其频谱函数

$$F_8(j\omega) = \int_{-\tau/2}^{\tau/2} E e^{-j\omega t} \, dt = E\tau \frac{\sin\left(\dfrac{\omega\tau}{2}\right)}{\dfrac{\omega\tau}{2}} = E\tau S_a\left(\frac{\omega\tau}{2}\right) \tag{1-16}$$

并有

$$|F_8(j\omega)| = E\tau \left| \frac{\sin\left(\dfrac{\omega\tau}{2}\right)}{\dfrac{\omega\tau}{2}} \right|$$

$$\theta(\omega) = \begin{cases} 0 & S_a\left(\dfrac{\omega\tau}{2}\right) > 0 \\ \pi & S_a\left(\dfrac{\omega\tau}{2}\right) < 0 \end{cases}$$

其波形和频谱如图 1-11 所示。可以看出，矩形脉冲信号在时域中处于有限范围内，而其频谱却以 $S_a\left(\dfrac{\omega\tau}{2}\right)$ 规律变化，分布于无限宽的频率范围内，但其主要能量处于 $0 \sim \dfrac{2\pi}{\tau}$ 范围。

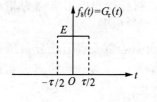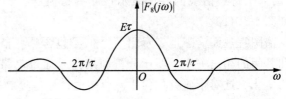

图 1-11

所以，通常认为这种信号的占有频带为 $B_\omega = 2\pi/\tau$ 或 $B_f = 1/\tau$。

1.7.4　傅里叶变换的性质

1. 线性

若　$f_1(t) \leftrightarrow F_1(\omega)$，$f_2(t) \leftrightarrow F_2(\omega)$

则　$af_1(t) + bf_2(t) \leftrightarrow aF_1(\omega) + bF_2(\omega)$

其中，a，b 均为常数，相加信号的频谱等于各个单独信号的频谱之和。

2. 对称性

若　$f(t) \leftrightarrow F(\omega)$

则　$F(t) \leftrightarrow 2\pi f(-\omega)$

3. 尺度变换

若　$f(t) \leftrightarrow F(\omega)$

则 $f(at) \leftrightarrow \dfrac{1}{|a|} F\left(\dfrac{\omega}{a}\right)$

$a \neq 0$，为任意实常数，信号在时域中压缩（$a>1$）等效于在频域中扩展；信号在时域中扩展（$a<1$）等效于在频域中压缩。

4. 时移特性

若　$f(t) \leftrightarrow F(\omega)$

则　$f(t-t_0) \leftrightarrow F(\omega)e^{-j\omega t_0}$

信号在时域中的延时和频域中的移相相对应。

5. 频移特性

若　$f(t) \leftrightarrow F(\omega)$

则　$f(t)e^{j\omega_0 t} \leftrightarrow F(\omega - \omega_0)$

信号在时域中乘以 $e^{j\omega_0 t}$，实际上是将信号在频域当中将整个频谱沿频率轴右移 ω_0 个单位。

6. 卷积定理

（1）时域卷积定理

若　$f_1(t) \leftrightarrow F_1(\omega)$，$f_2(t) \leftrightarrow F_2(\omega)$

则　$f_1(t) * f_2(t) \leftrightarrow F_1(\omega)F_2(\omega)$

（2）频域卷积定理

若　$f_1(t) \leftrightarrow F_1(\omega)$，$f_2(t) \leftrightarrow F_2(\omega)$

则　$f_1(t)f_2(t) \leftrightarrow \dfrac{1}{2\pi}F_1(\omega) * F_2(\omega)$

7. 时域微分和时域积分

（1）时域微分性质

若 $f(t) \leftrightarrow F(\omega)$，则　$\dfrac{df(t)}{dt} \leftrightarrow j\omega F(\omega)$

（2）时域积分性质

若 $f(t) \leftrightarrow F(\omega)$，则　$\int_{-\infty}^{t} f(\lambda)d\lambda \leftrightarrow \pi F(0)\delta(\omega) + \dfrac{1}{j\omega}F(\omega)$

8. 频域微分和频域积分

(1)频域微分性质

若 $f(t) \leftrightarrow F(\omega)$，则 $(-jt)f(t) \leftrightarrow \dfrac{\mathrm{d}F(\omega)}{\mathrm{d}\omega}$

(2)频域积分性质

若 $f(t) \leftrightarrow F(\omega)$，则 $\pi f(0)\delta(t) + j\dfrac{f(t)}{t} \leftrightarrow \displaystyle\int_{-\infty}^{\omega} F(\Omega)\mathrm{d}\Omega$

▶ 1.8 本章小结

1. 通信就是由一地向另一地传递消息的过程。通信的目的是传递消息中所包含的信息。消息是信息的物理表现，信息是消息的内涵。

2. 信号是消息的运载工具和表现形式。在可以作为消息载体的各种信号中，电信号是最为常见和应用最广泛的。根据信号参量的取值方式不同，信号分为模拟信号和数字信号。

3. 根据信道中所传输信号种类的不同，可以把通信系统分为两大类：模拟通信系统和数字通信系统。

4. 通信系统的性能指标涉及其有效性、可靠性、适应性、经济性、标准性、可维护性等。尽管不同的通信业务对系统性能的要求不尽相同，但从研究信息传输的角度来说，通信系统的主要指标是有效性和可靠性。

5. 通信技术正在向着融合、宽带、高速的方向发展。代表性的通信技术主要有：光纤通信；数据通信；移动通信；智能网(IN)技术。

6. 无线电频率是自然界存在的一种电磁波，是一种物质，是一种各国可均等获得的看不见、摸不着的自然资源，周期信号的频谱有幅值频谱和相角频谱。频谱是指将周期信号的各谐波分量的幅值和初相分别按照它们的频率依次排列起来构成的。

▶ 1.9 思考与练习题

一、单项选择题

1.（　　）可以看成是星形拓扑结构的扩展。

    A. 网形网　　　　B. 星形网　　　　C. 树形网　　　　D. 环形网

2. 在网络的基本结构当中，总线形网是指所有节点都连接在（　　）公共传输通道总线上。

    A. 一个　　　　　B. 两个　　　　　C. 三个　　　　　D. 无数个

3. 实现数字传输后，在数字交换局和传输设备之间均需要实现信号（　　）的同步。

    A. 频率　　　　　B. 速率　　　　　C. 传导　　　　　D. 时钟

4. 在网络的基本结构当中，星形网也称为辐射网，它是将（　　）个节点作为辐射点。

    A. 1　　　　　　　B. 2　　　　　　　C. 3　　　　　　　D. 任意多个

5. 任何人在任何时间都能与任何地方的一个人进行通信是实现（　　）。

　　A. 个人化　　　　　B. 群体化　　　　　C. 个人通信　　　　D. 自由通信

6. 支撑网包括（　　）。

　　A. 同步网、信令网、传输网　　　　　　B. 同步网、信令网、交换网

　　C. 同步网、信令网、管理网　　　　　　D. 传输网、交换网、传输网

7. （　　）的功能是实现网络节点之间（包括交换局、网络管理中心等）信令的传输和转接。

　　A. 信令网　　　　　B. 同步网　　　　　C. 管理网　　　　　D. 智能网

8. 电信网按服务对象分有（　　）。

　　A. 数字、数据网　　　　　　　　　　　B. 传输、交换网

　　C. 模拟、数字网　　　　　　　　　　　D. 公用、专用网

9. 电话语音被量化编码后以（　　）k 的速率进行传送。

　　A. 16　　　　　　　B. 32　　　　　　　C. 64　　　　　　　D. 128

10. 智能网是在原有通信网络的基础上为快速提供（　　）而设置的附加网络结构。

　　A. 新技术　　　　　B. 新网络　　　　　C. 新业务　　　　　D. 新电路

二、问答题

1. 通信系统由哪几部分组成？各部分的作用是什么？

2. 什么是模拟信号和数字信号？二者的根本区别是什么？

3. 什么是码元速率和信息速率？它们的单位分别是什么？二者之间有何关系？

4. 数字通信的主要特点是什么？

5. 什么是通信系统的有效性和可靠性？它们分别反映通信系统的什么性能？其相互间存在什么关系？

6. 什么是信息？信息的度量是什么？

7. 什么是误码率和误比特率？

8. 某一数字信号的码元速率为 4800B，试问当采用四进制或二进制传输时，其信息传输速率各为多少？

9. 某一数字传输系统传送二进制信号，码元速率为 3600B，求该系统的信息速率？若系统改为十六进制信号，码元速率保持不变，则此时的系统信息速率为多少？

10. 某信源的符号集由 A、B、C、D、E 和 F 组成，设每一符号独立出现，且出现概率分别为 1/4、1/4、1/16、1/8、1/16、1/4，信息源以 1000B 速率传送信息，求：

　　(1)信息源输出符号的平均信息量。

　　(2)系统的信息传输速率。

11. 某系统经长期测定，其误码率为 $P_e = 10^{-5}$，系统码元速率为 1200B，问在多长时间内可能收到 360 个错误码元？

12. 对于一个频带限制在 0～4000Hz 的模拟信号，求对其进行抽样时的奈奎斯特速率和奈奎斯特间隔分别是多少？

▶ 1.10 实践项目

1.10.1 项目 1-1

实训目标：

1. 了解示波器的带宽、采样率。

2. 学会用示波器观察波形以及测量。

3. 掌握 Nyquist 采样定理。

实训内容：数字示波器的带宽和采样率。

实训仪器：双踪数字存储示波器、函数信号发生器等。

实验原理：

带宽、采样率和存储深度是数字示波器的三大关键指标。在选择示波器时，首先需要确定测量所需的带宽。然而当示波器的带宽确定后，影响实际测量的恰恰是相互作用、相互制约的采样率和存储深度。图 1-12 是数字示波器的工作原理简图。

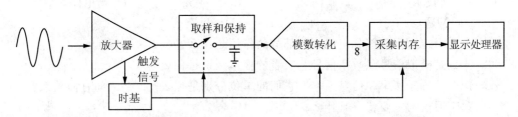

图 1-12 数字存储示波器的原理组成框图

输入的电压信号经耦合电路后送至前端放大器，前端放大器将信号放大，以提高示波器的灵敏度和动态范围。放大器输出的信号由取样/保持电路进行取样，并由 A/D 转换器数字化，经过 A/D 转换后，信号变成了数字形式存入内存中，微处理器对内存中的数字化信号波形进行相应的处理，并显示在显示屏上。这就是数字存储示波器的工作过程。

采样、采样速率

我们知道，计算机只能处理离散的数字信号。在模拟电压信号进入示波器后面临的首要问题就是连续信号的数字化(模/数转化)问题。一般把从连续信号到离散信号的过程叫采样(sampling)。连续信号必须经过采样和量化才能被计算机处理，因此，采样是数字示波器作波形运算和分析的基础。通过测量等时间间隔波形的电压幅值，并把该电压转化为用 8 位二进制代码表示的数字信息，这就是数字存储示波器的采样。采样电压之间的时间间隔越小，那么重建出来的波形就越接近原始信号。采样率(sampling rate)就是采样时间间隔。比如，如果示波器的采样率是每秒 10G 次(10GSa/s)，则意味着每 100ps 进行一次采样。

根据 Nyquist 采样定理，当对一个最高频率为 f 的带限信号进行采样时，采样频率 SF 必须大于 f 的两倍以上才能确保从采样值完全重构原来的信号。这里，f 称为 Nyquist 频率，$2f$ 为 Nyquist 采样率。对于正弦波，每个周期至少需要两次以上的采样

采样是等间隔的进行

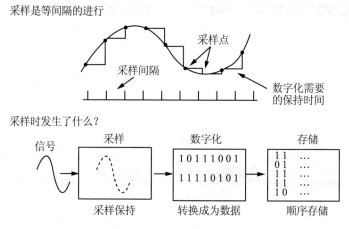

图 1-13   示波器的采样

才能保证数字化后的脉冲序列能较为准确的还原波形。如果采样率低于 Nyquist 采样率则会导致混迭(Aliasing)现象。

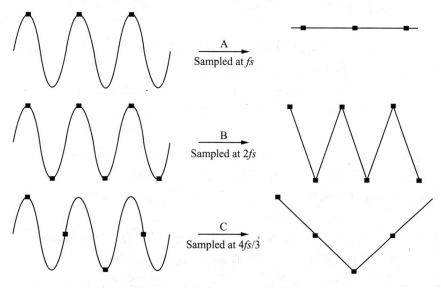

图 1-14   采样率 $SF<2f$，混迭失真

　　图 1-15 和图 1-16 显示的波形看上去非常相似，但是频率测量的结果却相差很大，究竟哪一个是正确的？仔细观察我们会发现图 1-15 中触发位置和触发电平没有对应起来，而且采样率只有 250MS/s，图 1-16 中使用了 20GS/s 的采样率，可以确定，图1-15 显示的波形欺骗了我们，这即是一例采样率过低导致的混迭(Aliasing)给我们造成的假象。

　　因此在实际测量中，对于较高频的信号，眼睛应该时刻盯着示波器的采样率，防止混迭的风险。我们建议工程师在开始测量前先固定示波器的采样率，这样就避免了欠采样。力科示波器的时基(TimeBase)菜单里提供了这个选项，可以方便地设置。

　　由 Nyquist 定理我们知道对于最大采样率为 10GS/s 的示波器，可以测到的最高频率为 5GHz，即采样率的一半，这就是示波器的数字带宽，而这个带宽是 DSO 的上限

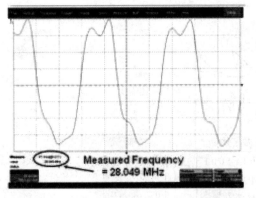

图 1-15　250MS/s 采样率的波形显示

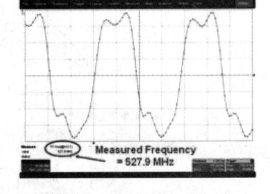

图 1-16　20GS/s 采样的波形显示

频率，实际带宽是不可能达到这个值的，数字带宽是从理论上推导出来的，是 DSO 带宽的理论值。与我们经常提到的示波器带宽（模拟带宽）是完全不同的两个概念。

那么在实际的数字存储示波器，对特定的带宽，采样率到底选取多大？通常还与示波器所采用的采样模式有关。

采样模式

当信号进入 DSO 后，所有的输入信号在对其进行 A/D 转化前都需要采样，采样技术大体上分为两类：实时采样模式和等效时间采样模式。

实时采样（real-timesampling）模式用来捕获非重复性或单次信号，使用固定的时间间隔进行采样。触发一次后，示波器对电压进行连续采样，然后根据采样点重建信号波形。

等效时间采样（equivalent-timesampling）模式是对周期性波形在不同的周期中进行采样，然后将采样点拼接起来重建波形，为了得到足够多的采样点，需要多次触发。等效时间采样又包括顺序采样和随机重复采样两种。使用等效时间采样模式必须满足两个前提条件：1. 波形必须是重复的；2. 必须能稳定触发。

实时采样模式下示波器的带宽取决于 A/D 转化器的最高采样速率和所采用的内插算法。即示波器的实时带宽与 DSO 采用的 A/D 和内插算法有关。

这里又提到一个实时带宽的概念，实时带宽也称为有效存储带宽，是数字存储示波器采用实时采样模式时所具有的带宽。这么多带宽的概念可能已经看得大家要抓狂了，在此总结一下：DSO 的带宽分为模拟带宽和存储带宽。通常我们常说的带宽都是指示波器的模拟带宽，即一般在示波器面板上标称的带宽。而存储带宽也就是根据 Nyquist 定理计算出来的理论上的数字带宽，这只是个理论值。

通常我们用有效存储带宽（BWa）来表征 DSO 的实际带宽，其定义为：

图 1-17　不同插值方式的波形显示

BWa＝最高采样速率$/k$，最高采样速率对于单次信号来说指其最高实时采样速率，即 A/D 转化器的最高速率；对于重复信号来说指最高等效采样速率。k 称为带宽因子，取决于 DSO 采用的内插算法。DSO 采用的内插算法一般有线性(linear)插值和正弦(sinx/x)插值两种。k 在用线性插值时约为 10，用正弦内插约为 2.5，而 k＝2.5 只适于重现正弦波，对于脉冲波，一般取 k＝4，此时，具有 1GS/s 采样率的 DSO 的有效存储带宽为 250MHz。

　　内插与最高采样率之间的理论关系并非本文讨论的重点。我们只须了解以下结论：在使用正弦插值法时，为了准确再现信号，示波器的采样速率至少需为信号最高频率成分的 2.5 倍。使用线性插值法时，示波器的采样速率应至少是信号最高频率成分的 10 倍。这也解释了示波器用于实时采样时，为什么最大采样率通常是其额定模拟带宽的四倍或四倍以上。

　　图 1-18 是用模拟带宽为 1GHz 的示波器测量上升时间为 1ns 的脉冲，在不同采样率下测量结果的比较，可以看出：超过带宽 5 倍以上的采样率提供了良好的测量精度。进一步，根据我们的经验，建议工程师在测量脉冲波时，保证上升沿有 5 个以上采样点，这样既确保了波形不失真，也提高了测量精度。

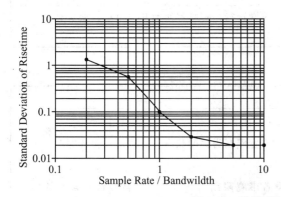

采样率	时间/采样点	采样率/带宽	平均上升时间	方差
200MS/s	5ns	0.2	4.7ns	1.3ns
500MS/s	2ns	0.5	2.3ns	0.6ns
1GS/s	1ns	1.0	1.6ns	0.1ns
2GS/s	0.5ns	2.0	1.27ns	0.03ns
5GS/s	0.2ns	5.0	1.16ns	0.02ns
10GS/s	0.1ns	10.0	1.15ns	0.02ns

图 1-18　采样率与带宽的关系

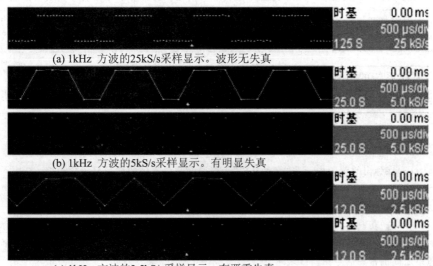

(a) 1kHz 方波的25kS/s采样显示。波形无失真

(b) 1kHz 方波的5kS/s采样显示。有明显失真

(c) 1kHz 方波的2.5kS/s采样显示。有严重失真

图 1-19　采样率过低导致波形失真

提到采样率就不能不提存储深度。对 DSO 而言，这两个参量是密切相关的。

实训步骤：

（一）功能检查

目的	做一次快速功能检查，以核实本仪器运行是否正常。
练习步骤	（1）接通电源，仪器执行所有自检项目，并确认通过自检； （2）按 STORAGE 按钮，用菜单操作键从顶部菜单框中选择存储类型，然后调出出厂设置菜单框； （3）接入信号到通道 1(CH1)，将输入探头和接地夹接到探头补偿器的连接器上，按 AUTO（自动设置）按钮，几秒钟内，可见到方波显示(1kHz，约 3V，峰峰值)； （4）示波器设置探头衰减系数，此衰减系数改变仪器的垂直挡位比例，从而使得测量结果正确反映被测信号的电平(默认的探头菜单系数设定值为 10X)，设置方法如下： 　按 CH1 功能键显示通道 1 的操作菜单，应用与"探头"项目平行的 3 号菜单操作键，选择与使用的探头同比例的衰减系数。 （5）以同样的方法检查通道 2(CH2)。按 OFF 功能按钮以关闭 CH1，按 CH2 功能按钮以打开通道 2，重复步骤 3 和 4。
提示	示波器一开机，调出出厂设置，可以恢复正常运行，实验室使用开路电缆，探头衰减系数应设为 1X。

（二）带宽限制的设置

目的	学习、掌握通道带宽限制的设置方法。
练习步骤	（1）在 CH1 接入正弦信号，$f=1$kHz，幅度为几毫伏； （2）按 CH1 →带宽限制→关闭，设置带宽限制为关闭状态，被测信号含有的高频干扰信号可以通过，波形显示不清晰，比较粗； （3）按 CH1 →带宽限制→打开，设置带宽限制为打开状态，被测信号含有的大于 20MHz 的高频信号被阻隔，波形显示变得相对清晰，屏幕左下方出现带宽限制标记"B"。
提示	带宽限制打开相当于输入通道接入一 20MHz 的低通滤波器，对高频干扰起到阻隔作用，在观察小信号或含有高频振荡的信号时常用到。

（三）采样系统的设置

目的	学习和掌握采样系统的正确使用。
练习步骤	（1）在通道 1 接入几毫伏的正弦信号； （2）在 MENU 控制区，按采样设置钮 ACQUIRE； （3）在弹出的菜单中，选"获取方式"为普通，则观察到的波形显示含噪声； （4）选"获取方式"为平均，并加大平均次数，若为 64 次平均后，则波形去除噪声影响，明显清晰； （5）选"获取方式"为模拟，则波形显示接近模拟示波器的效果；选"获取方式"为峰值检测，则采集采样间隔信号的最大值和最小值，获取此信号好的包络或可能丢失的窄脉冲，包络之间的密集信号用斜线表示。

续表

提示	观察单次信号选用**实时采样**方式，观察高频周期信号选用**等效采样**方式，希望观察信号的包络选用峰值检测方式，期望减少所显示信号的随机噪声，选用**平均采样**方式，观察低频信号，选择**滚动模式**方式，希望避免波形混淆，打开**混淆抑制**。

（四）显示系统的设置

目的	学习、掌握数字式示波器显示系统的设置方法。
练习步骤	(1)在MENU控制区，按显示系统设置钮 $\boxed{\text{DISPLAY}}$ ； (2)通过菜单控制调整显示方式； (3)显示类型为**矢量**，则采样点之间通过连线的方式显示。一般都采用这种方式； (4)显示类型为**点**，则直接显示采样点； (5)屏幕网格的选择改变屏幕背景的显示； (6)屏幕对比度的调节改变显示的清晰度。

（五）整理实验数据，并进行分析。

1.10.2　项目 1-2

实训目标：

1. 了解示波器的存储和存储深度。

2. 学会用示波器观察波形以及测量。

3. 理解存储深度。

实训内容：数字式示波器的存储和存储深度。

实训仪器：双踪数字存储示波器，函数信号发生器等。

实训原理：

把经过 A/D 数字化后的 8 位二进制波形信息存储到示波器的高速 CMOS 内存中，就是示波器的存储，这个过程是"写过程"。内存的容量（存储深度）是很重要的。对于 DSO，其最大存储深度是一定的，但是在实际测试中所使用的存储长度却是可变的。

在存储深度一定的情况下，存储速度越快，存储时间就越短，它们之间呈反比关系。存储速度等效于采样率，存储时间等效于采样时间，采样时间由示波器的显示窗口所代表的时间决定，所以：

存储深度＝采样率×采样时间（距离＝速度×时间）

力科示波器的时基（TimeBase）卷标即直观的显示了这三者之间的关系，如图 1-20 所示：

图 1-20　存储深度、采样率、采样时间（时基）的关系

由于 DSO 的水平刻度分为 10 格，每格所代表的时间长度即为时基（TimeBase），单位是 s/div，所以采样时间＝TimeBase×10。

由以上关系式我们知道，提高示波器的存储深度可以间接提高示波器的采样率：当要测量较长时间的波形时，由于存储深度是固定的，所以只能降低采样率来达到，但这样势必造成波形质量的下降；如果增大存储深度，则可以以更高的采样率来测量，以获取不失真的波形。

图 1-21 的曲线充分揭示了采样率、存储深度、采样时间三者的关系及存储深度对示波器实际采样率的影响。比如，当时基选择 $10\mu s/div$ 文件位时，整个示波器窗口的采样时间是 $10\mu s/div * 10$ 格＝$100\mu s$，在 1Mpts 的存储深度下，当前的实际采样率为：$1M \div 100\mu s = 10GS/s$，如果存储深度只有 250kpts，那当前的实际采样率就只有 2.5GS/s 了！

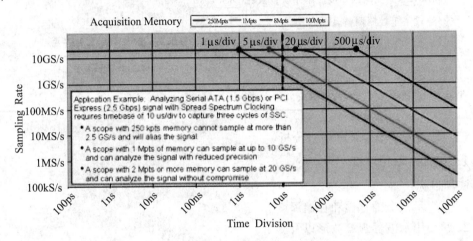

图 1-21　存储深度决定了实际采样率的大小

一句话，存储深度决定了 DSO 同时分析高频和低频现象的能力，包括低速信号的高频噪声和高速信号的低频调制。

实训步骤：

(一)观察幅度较小的正弦信号

目的	学习、掌握数字式示波器观察小信号的方法。
练习步骤	(1)将探头菜单衰减系数设定为 10X； (2)将 CH1 的探头连接到正弦信号发生器(峰-峰值为几毫伏，频率为几 kHz)； (3)按下 $\boxed{AUTO}$ (自动设置)按钮； (4)按 $\boxed{CH2}$—$\boxed{OFF}$，$\boxed{MATH}$—$\boxed{OFF}$，$\boxed{REF}$—$\boxed{OFF}$； (5)按下信源选择选相应的信源 CH1； (6)打开带宽限制为 20MHz； (7)采样选平均采样； (8)触发菜单中的耦合选高频抑制； (9)存储波形。 在此基础上，可以进一步调节垂直、水平挡位，直至波形显示符合要求。
提示	观察小信号时，带宽限制为 20MHz、高频抑制都是减小高频干扰；平均采样取的是多次采样的平均值，次数越多越清楚，但实时性较差。

（二）观察两不同频率信号

目的	学习、掌握示波器双踪显示的方法。
练习步骤	(1)设置探头和示波器通道的探头衰减系数相同； (2)将示波器通道 CH1、CH2 分别与两信号相连； (3)按下 AUTO 按钮； (4)调整水平、垂直挡位直至波形显示满足测试要求； (5)按 CH1 按钮，选通道 1，旋转垂直(VERTICAL)区域的垂直 POSITION 旋钮，调整通道 1 波形的垂直位置； (6)按 CH2 按钮，选通道 2，调整通道 2 波形的垂直位置，使通道 1、2 的波形既不重叠在一起，又利于观察比较。
提示	双踪显示时，可采用单次触发，得到稳定的波形，触发源选择长周期信号，或是幅度稍大，信号稳定的那一路。

（三）整理实验数据，并进行分析

第 2 章 数据通信中的编码技术

本章内容

● 数据通信基本码型单极性非归零码、双极性非归零码、单极性归零码、双极性归零码、差分编码、AMI 码、HDB3 编码特点及应用。

● 数据通信中常使用的传输代码规则。

● 数据通信的检错与纠错编码，检错与纠错方法，奇偶校验编码汉明码、线性分组码、循环码编码规则。

● 数据码型的压缩、加密和解密，数据压缩就是削减表示信息的符号的数量，分为有损压缩和无损压缩，加密即是将"明文"变为"密文"的过程，将"密文"变为"明文"的过程被称为解密。常用的加密算法分为对称加密算法、公钥加密算法、不可逆加密算法。

本章重点

● 数据基本码型特点。

● 数据检错纠错编码。

● 数据码型的压缩。

● 数据的加密解密。

本章难点

● HDB3 码。

● 汉明码与循环码。

● 加密技术。

本章能力目标和要求

● 理解数据基本码型特点。

● 理解数据通信的传输代码。

● 掌握数据通信的检错与纠错编码方法。

● 掌握数据编码压缩技术。

● 掌握数据码型的加密技术。

● 掌握光缆的型号。

● 数据编码是数据的表现方式，在数据通信中体现为信号的波形。

▶ 2.1 基本码型

数据基带信号都是用携带信息的电脉冲来表示的。表示单个数据信息或码元的电脉冲形状称为波形，如矩形波、三角波、升余弦波等。表示数据信息序列或码元序列的电脉冲格式称为码型，如单极性归零码、双极性非归零码等。在有线信道中传输的基带信号又称为线路传输码型，即传输码。为了适应信道传输特性和恢复数据信号的需要，数据基带信号应具有下列主要特性：

（1）对于传输频带低端受限的信道，线路传输码型的频谱中应不含有直流分量。

（2）信号的抗噪声能力要强。产生误码时，在译码中产生误码扩散的影响越小越好。

（3）便于从信号中提取位定时信息。

（4）尽量减少基带信号频谱中的高频分量，以节省传输频带并减小串扰。

（5）对于采用分组形式传输的基带通信，收信端除了要提取位定时信息，还要恢复出分组同步信息，以便正确划分码组。

（6）码型应与信源的统计特性无关。信源的统计特性是指信源产生各种数字信息时频率分布。

（7）编译码的设备应尽量简单，易于实现。

数据基带信号的常见码型：单极性非归零码、双极性非归零码、单极性归零码、双极性归零码、差分码等，下面分别介绍基本码型的编码规则、特点及应用等。

2.1.1　单极性非归零码

单极性编码（见图 2-1）只使用一个电压值代表二进制中的一种状态，而以零电压代表另一种状态。非归零码（Not Return Zero code，NRZ 码）指的是在整个码元期间电平保持不变。

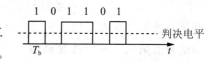

图 2-1　单极性编码

单极性非归零波形如图所示，这是一种最简单、最常用的基带信号形式。这种信号脉冲的零电平和正电平分别对应着二进制代码 0 和 1，或者说，它在一个码元时间内用脉冲的有或无来对应表示 0 或 1 码。它有如下特点：

（1）发送能量大，有利于提高接收端信噪比；

（2）在信道上占用频带较窄；

（3）有直流分量，将导致信号的失真与畸变；且由于直流分量的存在，无法使用一些交流耦合的线路和设备；

（4）不能直接提取位同步信息；

（5）接收单极性 NRZ 码的判决电平应取“1”码电平的一半。

由于单极性 NRZ 码的上述缺点，数字基带信号传输中很少采用这种码型，它只适合用于导线连接的近距离传输。

2.1.2　双极性非归零码

双极性的非归零编码指的是描述信号的 0 和 1 均可以由正电平和负电平来表示。

非归零电平码指的是用正电平来描述信号 1，用负电平来描述信号 0。双极性非归零码电平的码型如图 2-2 所示。

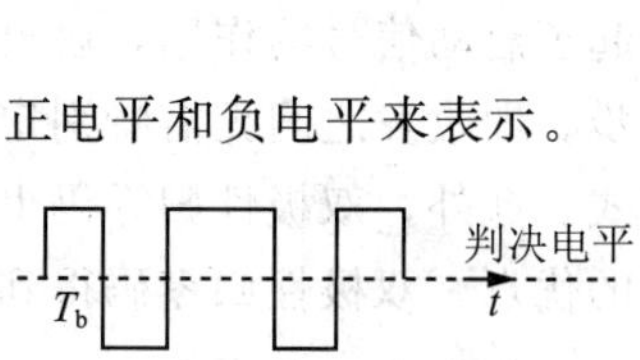

图 2-2　双极性非归零电平码

用正电平和负电平分别表示 1 和 0，在整个码元期间电平保持不变，双极性码在 1、0 等概率出现时无直流成分，可以在电缆等无接地的传输线上传输。其特点除与单极性 NRZ 码特点（1）、（2）、（4）相同外，还有以下特点：

（1）从统计平均角度来看，“1”和“0”数目各占一半时无直流分量，但当“1”和“0”出现概率不相等时，仍有直流成分；

（2）接收端判决门限为0，容易设置并且稳定，因此抗干扰能力强；

（3）可以在电缆等无接地线上传输。

2.1.3　单极性归零码

单极性归零码（Return Zero code，RZ码）指的是在整个码元期间高电平只维持一段时间，其余时间返回零电平，即归零码的有电脉冲宽度比码元宽度窄（即占空比＜1），每个脉冲在还没有到一个码元终止时刻就回到零值。

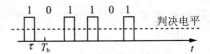

图 2-3　单极性归零码

脉冲宽度 τ 与码元宽度 T_b 之比 τ/T_b 叫占空比。单极性 RZ 码（如图2-3）与单极性 NRZ 码比较，除仍具有单极性码的一般缺点外，主要优点是可以直接提取同步信号。此优点虽不意味着单极性归零码能广泛应用到信道上传输，但它却是其他码型提取同步信号需采用的一个过渡码型。即它是适合信道传输的，但不能直接提取同步信号的码型，可先变为单极性归零码，再提取同步信号。

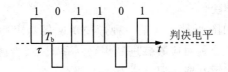

图 2-4　双极性归零码

2.1.4　双极性归零码

双极性归零码（如图2-4）使用正、负二个电平分别来描述信号0和1，每个信号都在比特位置的中点时刻发生信号的归零过程。通过归零，使每个比特位（码元）都发生信号变化，接收端可利用信号跳变建立与发送端之间的同步。它比单极性和非归零编码有效。缺陷是每个比特位发生两次信号变化，多占用了带宽。

在接收端根据接收波形归于零电平便知道比特信息已接收完毕，以便准备下一比特信息的接收。所以，在发送端不必按一定的周期发送信息。可以认为正负脉冲前沿起了启动信号的作用，后沿起了终止信号的作用，因此，可以经常保持正确的比特同步。即收发之间无需特别定时，且各符号独立地构成起止方式，此方式也叫自同步方式。此外，双极性归零码也具有双极性不归零码的抗干扰能力强及码中不含直流成分的优点。双极性归零码得到了比较广泛的应用。

2.1.5　差分码

在差分码（见图2-5）中，1和0分别用电平的跳变或不变来表示。在电报通信中，常把1称为传号，把0称为空号。若用电平跳变表示1，称为传号差分码。若用电平跳变表示0，则称为空号差分码。传号差分码和空号差分码分别记作 NRZ(M) 和 NRZ(S)。这种码型的信息1和0不直接对应具体的电平幅度，而是用电平的相对变化来表示，其优点是信息存在于电平的变化之中，故得到广泛应用。由于差分码中电平只具有相对意义，因此又称为相对码。即使传输过程中所有电平都发生了反转，接收端仍能正确判决，是数据传输系统中的一种常用码型。

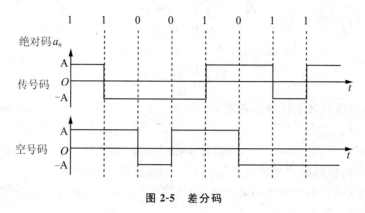

图 2-5　差分码

2.1.6　交替码(AMI 码)

AMI(图 2-6)是交替极性(Alternate Mark Inversion)码。这种码名称较多，如双极方式码、平衡对称码、信号交替反转码等。在 AMI 码中，二进制码 0 用 0 电平表示，二进制码 1 交替地用＋1 和－1 的半占空归零码表示，这种码型实际上把二进制脉冲序列变为三电平的符号序列(故叫伪三元序列)，利用传号交替反转规则，在接收端可以检错纠错，比如发现有不符合这个规则的脉冲时，就说明传输中出现错误。AMI 码是目前最常用的传输码型之一。其优点如下：

(1)在"1"、"0"码不等概率情况下，也无直流成分，且零频附近低频分量小。因此，对具有变压器或其他交流耦合的传输信道来说，不易受隔直特性影响。

(2)若接收端收到的码元极性与发送端完全相反，也能正确判决。

(3)只要进行全波整流就可以变为单极性码。如果交替极性码是归零的，变为单极性归零码后就可提取同步信息。

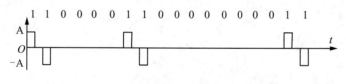

图 2-6　AMI 码

AMI 码缺点是对一连串的比特 0 并无同步信息确保机制。

2.1.7　三阶高密度双极性码(HDB3)

上述的 AMI 码有一个缺点，即连"0"码过多时提取定时信息困难。这是因为在连"0"码时 AMI 输出均为零电平，无法提取同步信号。为了克服这一弊端可以采取一些措施。例如，将发送序列先经过一个扰码器，将输入的码序列按一定规律进行扰乱，使得输出码序列不再出现长串的连"0"，在接收端通过去扰恢复原始的发送码序列。有一种广泛应用的解决方法就是采用高密度双极性码(HDB，High Dendity Bipolar)。HDB3 码就是一系列高密度双极性码中最重要的一种。HDB3 码的波形如图 2-7 所示。

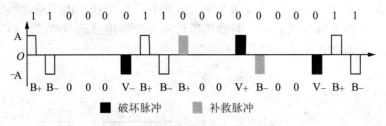

1 1 0 0 0 0 0 1 1 0 0 0 0 0 0 0 0 0 1 1

B+ B- 0 0 0 V- B+ B- B+ 0 0 V+ B- 0 0 V- B+ B-

■ 破坏脉冲　　■ 补救脉冲

图 2-7　HDB3 码

HDB3 编码原理是这样的：先把消息变成 AMI 码，然后检查 AMI 的连"0"情况，如果没有 3 个以上的连"0"串，那么这时的 AMI 码与 HDB3 码完全相同。当出现 4 个或 4 个以上的连"0"时，则将每 4 个连"0"串的第 4 个"0"变换成"1"码。这个由"0"码变换来的"1"称为破坏脉冲，用符号 V 表示；而原来的二进制码"1"码称为信码，用符号 B 表示。当信码序列中加入破坏脉冲以后，信码 B 和破坏脉冲 V 的正负极性必须满足以下两个条件：

(1)B 码和 V 码各自都应始终保持极性交替变化的规律，以便确保输出码中没有直流成分。

(2)V 码必须与前一个信码同极性，以便和正常的 AMI 码区分开来。

但是当两个 V 码之间的信码 B 的数目是偶数时，以上两个条件就无法满足，此时应该把后面的那个 V 码所在的连"0"串中的第一个"0"变为补信码 B′，即 4 个连"0"串变为"B′00V"，其中 B′的极性与前面相邻的 B 码极性相反，V 码的极性与 B′的极性相同。如果两 V 码之间的 B 码数目是奇数，就不用再加补信码 B′。

【例 2-1】中，(a)是一个二进制数字序列，(b)是相对的 AMI 码，(c)是信码 B 和破坏脉冲 V 的位置，(d)是 B 码、B′码和 V 码的位置以及它们的极性，(e)是编码后的 HDB3 码。其中+1 表示正脉冲，-1 表示负脉冲。

编码过程如下：

(a)代码　　　　　 0　1　0　0　0　0　1　1　0　0　0　0　0　1　0　1　0

(b)AMI 码　　　　0　+1　0　0　0　0　-1　+1　0　0　0　0　0　-1　0　+1　0

(c)B 和 V 码　　　0　B　0　0　0　V　B　B　0　0　0　V　0　B　0　B　0

(d)B 码、B′码和 V 码极性　0　B+　0　0　0　V+　B+　B+　B′-　0　0　B+　0　B-　0

(e)HDB3 码　　　 0　+1　0　0　0　+1　-1　+1　-1　0　0　-1　0　+1　0　-1　0

在接收端译码时，由两个相邻的同极性码找到破坏脉冲 V，从 V 码开始向前连续四个码(包括 V 码)变为 4 连"0"。经全波整流后可恢复原单极性码。

HDB3 的优点是无直流成分，低频成分少，使连"0"串减少到至多 3 个，即使有长连"0"码时也能提取位同步信号。缺点是编译码电路比较复杂。

2.1.8　曼彻斯特码

曼彻斯特编码(图 2-8)的规则是：将每个比特的周期分为前与后两部分；通过前传送该比特的反码，通过后传送该比特的原码。每个比特的中间有一次跳变，它既可以作为位同步方式的内带时钟，又可以表示二进制数据。当表示数据时，由高电平到低电平的跳变表示"0"，由低电平到高电平的跳变表示"1"，位与位之间有或没有跳变都不代表实际的意义。曼彻斯特编码的优点一是"自带时钟信号"，不必另发同步时钟信号；二是不含直流分量。

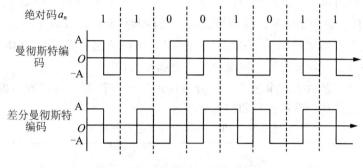

图 2-8　曼彻斯特编码

差分曼彻斯特编码是每个 1 信号都发生相邻的交替反转过程，而每个 0 作为跟随信息。差分曼彻斯特编码每个比特的中间有一次跳变，它作用是只作为位同步方式的内带时钟，不论由高电平到低电平的跳变，还是由低电平到高电平的跳变都与数据信号无关。

二进制数据 0，1 是根据两比特之间有没有跳变来区分的。如果两比特中间有一次电平跳变，则下一个数据是"0"；如果两比特中间没有电平跳变，则下一个数据是"1"。编码规则是：码元为 1，则其前半个码元的电平与上一个码元的后半个码元的电平一样；但若码元为 0，则其前半个码元的电平与上一个码元的后半个码元的电平相反。不论码元是 1 或 0，在每个码元的正中间时刻，一定要有一次电平的转换。差分曼彻斯特编码需要较复杂的技术，但可以获得较好的抗干扰性能。

差分曼彻斯特编码中，比特间隙中的信号跳变只表示同步信息，不同比特通过在比特开始位置有无电平反转来表示。在比特开始位置电平跃迁代表 0，否则为 1。曼彻斯特编码中，比特位中的信号跳变同时是同步信息和比特编码。

▶ 2.2　数据通信中常使用的传输代码

由数据终端设备发出的数据信息一般都是字母、数字或符号的组合。为了传递这些信息，必须设法将这些字母、数字或符号转换成机器能识别的二进制数"0"或"1"的组合，即二进制代码来表示（在 OSI 参考模型上位于表示层）。目前常用的传输代码有：ASCⅡ码（国际 5 号码）、博多码（国际电报 2 号码）、EBCDIC 码和信息交换用汉字代码。

2.2.1　ASCⅡ码

ASCⅡ码是最广为流行的编码，是美国标准信息交换码 ASCⅡ码。它是一种 7 位编码，为每一个键盘字符和特殊功能字符分配一个惟一的组合，大多数计算机都使用这种编码方式。国际标准组织 ISO 和国际电报电话咨询委员会 CCITT（Consultative Committee International Telegraph and Telephone）提出了七单位国际五号字母

（ITA5），其编码见表 2-1。它与美国标准信息交换码 ASCII 码（American Standard
Code for Information Interchange)很接近。表 2-2 是 ASCII 编码表。表 2-1 和表 2-2 除
个别字符有差异外，其余大部分字符代码相同。

七单位代码的每个字符均以七位二进制 $b_7 b_6 b_5 b_4 b_3 b_2 b_1$ 组成。$b_7 b_6 b_5$ 为高三位，b_4
$b_3 b_2 b_1$ 为低四位。表中某字符的编码由该字符所在的行及列位置确定，书写时高三位在
前，低四位在后。如字符 A 的编码为 1000001，代码传送时从低位至高位串行传送。
为校验传送是否正确，常在第 8 位增加一位奇偶校验位。

七单位代码可表示 128 个字符，可分为图形字符和控制字符两种。控制字符包括
传输控制、格式控制、设备控制和信息分隔等。

表 2-1　CCITT 七单位国际五号字母表

高位组 低位组		b_7　b_6　b_5						
	000	001	010	011	100	101	110	111
$b_4 b_3 b_2 b_1$ 0000	MUL	TC_7 (DEL)	SP	0	@	P	`	p
0001	TC_1 (SOH)	DC_1	!	1	A	Q	a	q
0010	TC_2 (STX)	DC_2	"	2	B	R	b	r
0011	TC_3 (ETX)	DC_3	#	3	C	S	c	s
0100	TC_4 (EOT)	DC_4	$	4	D	T	d	t
0101	TC_5 (ENQ)	TC_8 (NAK)	%	5	E	U	e	u
0110	TC_6 (ACK)	TC_9 (SYN)	&	6	F	V	f	v
0111	BEL	TC_{10} (ETB)	'	7	G	W	g	w
1000	FE_0 (BS)	CAN	(	8	H	X	h	x
1001	FE_1 (HT)	EM	)	9	I	Y	i	y
1010	FE_2 (LF)	SUB	*	:	J	Z	j	z
1011	FE_3 (VT)	ESC	+	;	K	[	k	{
1100	FE_4 (FF)	IS_4 (FS)	,	<	L	\	l	|
1101	FE_5 (CR)	IS_3 (GS)	—	=	M	]	m	}
1110	SO	IS_2 (RS)	·	>	N	ˆ	n	~
1111	SI	IS_1 (US)	/	?	O	—	o	DEL

表 2-2　ASCII 码表

高位组 低位组		b_7　b_6　b_5						
	000	001	010	011	100	101	110	111
$b_4 b_3 b_2 b_1$ 0000	MUL	DEL	SP	0	@	P	`	p
0001	SOH	DC_1	!	1	A	Q	a	q

续表

高位组 低位组	$b_7\ b_6\ b_5$							
	000	001	010	011	100	101	110	111
0010	STX	DC_2	″	2	B	R	b	r
0011	ETX	DC_3	#	3	C	S	c	s
0100	EOT	DC_4	$	4	D	T	d	T
0101	ENQ	NAK	%	5	E	U	e	u
0110	ACK	SYN	&.	6	F	V	f	v
0111	BEL	ETB	′	7	G	W	g	w
1000	BS	CAN	(	8	H	X	h	x
1001	HT	EM	)	9	I	Y	i	y
1010	LF	SUB	*	:	J	Z	j	z
1011	VT	ESC	+	;	K	[	k	{
1100	FF	FS	,	<	L	\	l	!
1101	CR	GS	—	=	M	]	m	}
1110	SO	RS	•	>	N	^	n	~
1111	SI	US	/	?	O	—	o	DEL

在 ASCII 码表中看出，十进制码值 0～32 和 127（即 NUL～SP 和 DEL）共 34 个字符，称为非图形字符（又称为控制字符）；其余 94 个字符称为图形字符（又称为普通字符）。在这些字符中，从"0"～"9"、从"A"～"Z"、从"a"～"z"都是顺序排列的，且小写比大写字母的码值大 32，即位值 b_5 为 0 或 1，这有利于大、小写字母之间的编码转换。有些特殊的字符编码请读者记住，例如：

"a"字符的编码为 1100001，对应的十进制数是 97；则"b"的码值是 98；

"A"字母字符的编码为 1000001，对应的十进制数是 65；则"B"的码值是 66；

"0"数字字符的编码为 0110000，对应的十进制数是 48；则"1"的码值是 49；

" "空格字符的编码为 0100000，对应的十进制数是 32；

"LF（换行）"控制符的编码为 0001010，对应的十进制数是 10；

"CR（回车）"控制符的编码为 0001101，对应的十进制数是 13。

2.2.2　博多码

博多码是由法国邮政工程师摩雷在 1875 年博多开发的五单位电报码，随后又出现了适合于国际性要求的通用的国际二号电报字母五单位码（ITA2），其编码见表 2-3。5 单位代码是起止式电传电报通信中的标准代码，目前仍在采用普通电传机作终端的低速数据通信系统中使用。5 单位码能表示 32 个字符，但是在博多码中定义了一个转义字符"数字/字母"，该字符功能类似于计算机键盘上的"Shift"键，使得每个编码可以表示两种字符，这样 5 单位码就能最多表示 64 个字符，国际 2 号码使用了其中的 58 个，包括字母、数字、符号和控制符。五单位代码多用于传输速率在 50Baud 以下的传输线上。

表 2-3　国际二号电报字母五单位码

字母	数字	起始	1	2	3	4	5	终止	字母	数字	起始	1	2	3	4	5	终止
A	—	0	1	1	0	0	0	1	Q	1	0	1	1	1	0	1	1
B	?	0	1	0	0	1	1	1	R	4	0	0	1	0	1	0	1
C	:	0	0	1	1	1	0	1	S	、	0	1	0	1	0	0	1
D		0	1	0	0	1	0	1	T	5	0	0	0	0	0	1	1
E	3	0	1	0	0	0	0	1	U	7	0	1	1	1	0	0	1
F	%	0	1	0	1	1	0	1	V	=	0	0	1	1	1	1	1
G		0	0	1	0	1	1	1	W	2	0	1	1	0	0	1	1
H	″	0	0	0	1	0	1	1	X	/	0	1	0	1	1	1	1
I	8	0	0	1	1	0	0	1	Y	6	0	1	0	1	0	1	1
J		0	1	1	0	1	0	1	Z	+	0	1	0	0	0	1	1
K	(	0	1	1	1	1	0	1		>	0	0	0	0	1	0	1
L	)	0	0	1	0	0	1	1		≡	0	0	1	0	0	0	1
M	·	0	0	0	1	1	1	1	字母		0	1	1	1	1	1	1
N	,	0	0	0	1	1	0	1	数字		0	1	1	0	1	1	1
O	9	0	0	0	0	1	1	1	间隔		0	0	0	1	0	0	1
P	0	0	0	1	1	0	1	1									

2.2.3　EBCDIC 码

扩展的二-十进制交换码 EBCDIC（Extended Binary Coded Decimal Interchange Code）码，它是 IBM 公司开发的 8 比特代码，可以表示 256 个不同字符。主要用于 IBM 大型机和外围设备。EBCDIC 编码（见表 2-4）目前只定义了 143 种，剩余 113 个，这对需要自定义的字符非常有利。

表 2-4　EBCDIC 编码集

	0	1	2	3	4	5	6	7	8	9	A	B	C	D	E	F
0	NUL	DLE	DS		SP	&	—						{	}	\	0
1	SOH	DC1	SOS				/		a	j	~		A	J		1
2	STX	DC2	FS	SYN					b	k	s		B	K	S	2
3	ETX	TM							c	l	t		C	L	T	3
4	PF	RES	BYP	PN					d	m	u		D	M	U	4
5	HT	NL	LF	RS					e	n	v		E	N	V	5
6	LC	BS	ETB	UC					f	o	w		F	O	W	6

续表

	0	1	2	3	4	5	6	7	8	9	A	B	C	D	E	F
7	DEL	IL	ESC	EOT					g	p	x		G	P	X	7
8	GE	CAN							h	q	y		H	Q	Y	8
9	RLF	EM						`	i	r	z		I	R	Z	9
A	SMM	CC	SM		φ	!	|	:								|
B	VT	CU1	CU2	CU3	.	$	,	#								
C	FF	IFS		DC4	>	*	%	@								
D	CR	IGS	ENQ	NAK	(	)	_	'								
E	SO	IRS	ACK		+	;	<	=								
F	SI	IUS	BEL	SUB	|		?	"								EO

EBCDIC 是一种八位编码，其字符的编码方案与 ASCII 的完全不同。EBCDIC 字符集的头 64 个字符(0x00～0x3F)为控制字符，接着的 64 个字符(0x40～0x7F)为标点符号(其中有很多编码位置没有被使用)。字母和数字的编码都大于 0x7F(即最高位为1)，而且它们的编码的低 4 位都位于十六进制的 0～9 之间，便于与十进制编码交换。其中小写字母的编码范围是 0x80～0xAF、大写字母的编码范围是 0xC0～0xEF、数字的范围为 0xF0～0xF9，当中也有很多编码位置(绝大多数的低 4 位大于9)没有被使用。

2.2.4　信息交换用汉字代码

信息交换用汉字代码是汉字信息交换用的标准代码，它适用于一般的汉字处理、汉字通信等系统之间的信息交换。为了能够同时表示和处理汉字和英文，实现中外文混排，汉字编码必须兼容通用的 ASCII 编码，1980 年我国制定了与国际标准 ISO 646：1972(即 ASCII)对应的国家标准 GB 1988-80《信息处理交换用的七位编码字符集》(只是货币符 \$ 可以用人民币符 ￥ 代替)。1993 年年底又推出了等同于国际通用字符编码标准 ISO/IEC 10646.1-1993 的中国国家标准 GB 13000.1-93，收汉字 20 902 个。由于 GB 13000 与 GB 2312 的编码不兼容，作为过渡，2000 年我国又公布了(编码兼容 GB2312、汉字兼容 GB 13000 的)GB 18030-2000(GBK)。

▶ 2.3　数据通信的检错与纠错编码

数据通信要求信息传输具有高度的可靠性，即要求误码率足够低。然而，数据信号在传输过程中不可避免地会发生差错，即出现误码。造成误码的原因很多，但主要原因可以归结为两点：一是信道不理想造成的符号间干扰；二是噪声对信号的干扰。对于前者通常可以通过均衡方法予以改善以至消除，因此，常把信道中的噪声作为造成传输差错的主要原因。差错控制是针对后者而采取的技术措施，其目的是提高传输的可靠性。

差错控制的基本思路是：发送端在被传输的信息序列上附加一些码元(称为监督码元)，这些附加码元与信息(指数据)码元之间存在某种确定的约束关系；接收端根据既定的约束规则检验信息码元与监督码元之间的这种关系是否被破坏，如传输过程中发生差错，则信息码元与监督码元之间的这一关系受到破坏，从而使接收端可以发现传输中的错误，乃至纠正错误。可以看出，由于增加了不携带信息的附加码元，从而增加了传输的任务，使得传输效率降低。故而用纠（检）错控制差错的方法来提高数据通信系统的可靠性是以牺牲有效性为代价来换取的。

2.3.1 差错类型及基本概念

1. 差错类型

数据信号在信道中传输，会受到各种不同的噪声干扰。噪声大体分为两类：随机噪声和脉冲噪声（突发噪声）。随机噪声导致传输中的随机差错；脉冲噪声使传输出现突发差错。

随机差错又称独立差错，是指那些独立地、稀疏地和互不相关地发生的差错。存在这种差错的信道称为无记忆信道或随机信道。

突发差错是指一串串，甚至是成片出现的差错，差错之间有相关性，差错出现是密集的。这种突发的噪声主要是由雷电、开关引起的瞬态电信号变化等。

由发送的数据序列与接收序列对应码位的模 2 和，所得的差错序列称为错误图样，如图 2-9 所示：

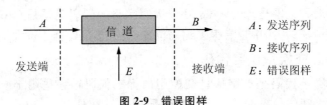

图 2-9　错误图样

图中 $E=A+B$，"0"表示正确，"1"表示错误。

随机错误错误图样与突发错误错误图样如图 2-10 和图 2-11 所示：

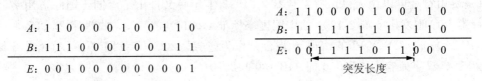

图 2-10　随机错误错误图样　　　　图 2-11　突发错误错误图样

如：

发送数据序列：111111111111100000000

接收数据序列：011010111101101100000

　　差错序列：100101000010011100000

在差错序列中由一个长度为 6 和一个长度为 5 的突发错误，其错误图样分别为100101 和 10011。这里，我们为什么要分出两个错误图样，而不是找出100101000010011 这个错误图样呢？这就是我们刚才说的相对错误较多区域。显然，差错序列或错误图样中的"0"表示这码位没有错误，"1"表示有错误。产生这种突发错误的信道称为有记忆信道或突发信道，如短波、散射等信道。突发错误也可能是由存储系统中磁带的缺陷或读写头的接触不良引起的。

"错误图样"是相对，不是绝对的，它的定义主要是看错误的区域而定，就像下雨后的操场，有一片地方积水，但是中间可能有一小片是干的，但我们通常说"那里都积水了"这也就包含了干的那一片。这就是上示图样中 11011 存在"0"的原因。

实际信道是复杂的，所出现的错误也不是单一的，而是随机和突发错误并存的，只不过有的信道以某种错误为主而已，这两类错误形式并存的信道称为组合信道或复合信道。一般来说，针对随机错误的编码方法与设备比较简单，成本较低，而效果显著；而纠正突发错误的编码方法和设备较复杂，成本较高，效果不如前者显著。因此，要根据错误的性质设计编码方案和选择差错控制的方式。

2. 差错控制方式

在数据通信系统中，差错控制方式（图 2-12）一般可以分为 4 种类型：检错重发（ARQ）、前向纠错（FEC）、混合纠错（HEC）和信息反馈（IRQ）。

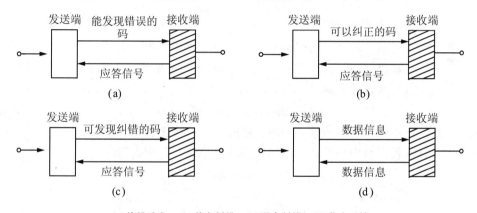

（a）检错重发；（b）前向纠错；（c）混合纠错；（d）信息反馈

图 2-12　差错控制方式的基本类型

（1）检错重发

在检错重发方式中，发送端加上的监督码具有检测错误的功能，经编码后发出能够发现错误的码，接收端收到后经检验如果发现传输中有错误，则通过反馈信道把这一判断结果反馈给发送端，然后，发送端把前面发出的信息重新传送一次，直到接收端认为已正确地收到信息为止。

（2）前向纠错

前向纠错简称 FEC。在前向纠错系统中，发送端经编码发出能够纠正错误的码，接收端收到这些码组后，通过译码能自动发现并纠正传输中的错误。前向纠错方式不需要反馈信道，特别适合于只能提供单向信道的场合。由于该系统能自动纠错，不要求检错重发，因而具有延时小，实时性好等特点。

（3）混合纠错

混合纠错方式是前向纠错方式和检错重发方式的结合。在这种系统中，发送端不但有纠正错误的能力，而且对超出纠错能力的错误有检测能力。遇到后一种情况时，通过反馈信道要求发送端重发一遍。混合纠错方式在实时性和译码复杂性方面是前向纠错和检错重发方式的折中。

（4）信息反馈

信息反馈方式（简称 IRQ）又称回程校验。它是接收端把收到的数据序列全部由反馈信道送回发送端，发送端比较发送的数据序列与送回的数据序列，从而发现是否有错误，对有错误的数据序列的原数据再次传送，直到发送端没有发现错误为止。

信息反馈的优点是不需要纠错、检错的编译器，设备简单。缺点是需要和前馈信道相同的反馈信道，实时性差；并且发送端需要一定容量的存储器以存储发送码组，环路时延越大，数据速率越高，所需存储容量越大。

上述差错控制方式应根据实际情况合理选用。除 IRQ 方式外，都要求发送端发送的数据序列具有纠错或检错能力。为此，必须对信息源输出的数据以一定规则加入多余码元（纠错编码）。对于纠错编码的要求是加入的多余码元少而纠错能力却很高，而且实现方便，设备简单，成本低。

2.3.2 检错和纠错

1. 检错和纠错的基本原理

现在来讨论检错和纠错编码的基本原理。为了便于理解，先通过一个例子来说明。一个由三位二进制数字构成的码组，共有八种不同的可能组合。若将其全部利用来表示天气，则可以表示八种不同的天气，譬如：000（晴），001（云），010（雨），011（阴），100（雪），101（霜），110（雾），111（冰雹）。其中，任意码组在传输中若发生 1 个或多个错码，则该码组将变成另一信息码组。这时接收端将无法发现错误。

若在上述八种码组中只准许使用四种来传送信息，分别表示的信息如下：

$$
\begin{cases}
000 = 晴 \\
011 = 云 \\
101 = 阴 \\
110 = 雾
\end{cases}
$$

则 000、011、101、110 称为许用码组，任何一位误码都会变成禁用码组：111（冰雹），100（雪），010（雨），001（云），所以可检出一位误码。

也可以这样理解，用两位二进制代码来传输信息，分别表示晴、云、阴、雾。两位二进制代码有四种组合 00、01、10、11。现在我们加上一位监督码，则可构成八种组合，其中 000、011、101、110 分别表示晴、云、阴、雾称为许用码组。111、100、010、001 为禁用码组。如果在传输中，任何一位许用码组出错，都会变成禁用码组。比如 000 出错一位，变成 100、010、001，都是禁用，可认为有错，但是 000、011、101、110 任何一种错一位都可能变成 100、010、001。故不能错误定位，所以不能纠错。

假如说现在我们用一位二进制来传输信息，1 表示晴，0 表示阴。现在加上 2 位监督位。也构成 8 种情况。我们用 111 表示晴、000 表示阴为许用码组，其余六种为禁用码组。当传输中只错一位时，111 错的可能为 101、011、110；而 000 错误的可能为 001、010、100。101、011、110 判决时有 2 个 1，可认为是 111 错误一种的概率大于 000 错误两种的概率，则判为 1，纠正了错误；001、010、100 判决时有 2 个 0，可认为是 000 错误一种的概率大于 111 错误两种的概率，则判为 0，纠正了错误。这种原则是大数原则。由此可见，当监督码增加以后，整个码组不仅具有检错能力，而且还初步具有纠错能力。因此，冗余度越大，许（准）用码组间的区别越大，检错和纠错能力越强。

2. 码距与检错和纠错能力

先介绍几个基本概念：

(1)在信道编码中，定义码组中非零码元的数目为码组的重量，简称码重。例如"010"码组的码重为 1，"011"码组的码重为 2。

(2)把两个码组中对应码位上具有不同二进制码元的位数定义为两码组的距离，简称码距。

(3)在一种编码中，任意两个许用码组间距离的最小值，即码组集合中任意两个元素之间的最小距离，称为这一编码的汉明（Hamming）距离，以 $d_{\min}$ 表示。

编码的最小码距 $d_{\min}$ 与这种编码的检错和纠错能力的数量关系：

(1)为检测 e 个错码，要求最小码距为

$$d_{\min} \geqslant e+1 \tag{2-1}$$

或者说，若一种编码的最小距离为，则它能检出 $e \leqslant d_{\min}-1$ 个错误。

(2)为纠正 t 个错码，要求最小码距

$$d_{\min} \geqslant 2t+1 \tag{2-2}$$

(3)为纠正 t 个错码，同时检测 e 个错码，要求最小码距为

$$d_{\min} \geqslant e+t+1 \quad (e>t) \tag{2-3}$$

3. 编码效率

编码效率是指一个码组中信息位所占的比重，用 R 表示。设码组长为 n，信息位长度为 k，监督位长度为 r，编码效率定义为

$$R = \frac{k}{n} = \frac{k}{k+r}$$

R 越大编码效率越高，它是衡量码性能的一个重要参数。对于一个好的编码方案，不但希望它的抗干扰能力高，即检错纠错能力强，而且还希望它的编码效率高，但两方面的要求是矛盾的，在设计中要全面考虑。

4. 纠错编码的分类

按码组的功能分，有检错码和纠错码；按监督码与信息码之间的关系分，有线性码和非线性码。有线性码是指监督码元与信息码元之间的关系是线性关系，即可用一组线性代数方程联系起来；非线性码指的是二者是非线性关系；按照对信息码元处理方法的不同分，有分组码和卷积码。分组码是指信息码与监督码以组为单位建立关系；卷积码是指监督码与本组和前面码组中的信息码有关。

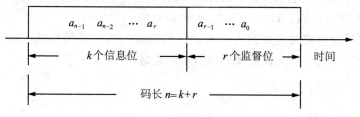

图 2-13   分组码的结构

分组码一般用符号(n, k)表示，结构如图2-13，其中k是每组二进制信息码元的数目，n是编码组的总位数，又称为码组长度（码长），$n-k=r$为每个码组中的监督码元数目或称监督位数目。通常，将分组码规定为具有如下图所示的结构。图中前面k位$(a_{n-1}\cdots a_r)$为信息位，后面附加r个监督位$(a_{r-1}\cdots a_0)$。

按照信息码元在编码后是否保持原来的形式不变，可划分为系统码和非系统码。系统码是指编码后码组中信息码保持原图样顺序不变；而非系统码是指编码后码组中原信息码原图样发生变化；按纠正差错的类型可分为纠正随机错误的码和纠正突发错误的码；按照每个码元取值来分，可分为二进制码与多进制码。

2.3.3　奇偶校验编码

1. 奇偶监督码

奇偶监督码是一种最简单的检错码，又称奇偶校验码，在计算机数据传输中得到了广泛的应用。在ISO和CCITT提出的七单位国际5层字母表、美国信息交换码ASCII字母表及我国的七单位字符编码标准中都采用7比特码组表示128种字符，如字符A的编码表示为1000001。

一般情况下奇偶监督码的编码规则是：首先将要传输的信息分成组，然后将各位二元信息及附加监督位用模2和相加，选择正确的监督位，保证模2和的结果为0（偶校验）或1（奇校验）。这种监督关系可以用公式表示。

设码组长度为n，表示为$(a_{n-1}a_{n-2}a_{n-3}\cdots a_0)$，其中前$n-1$位$(a_{n-2}a_{n-3}\cdots a_0)$为信息，第$n$位$(a_{n-1})$为校验位，则偶校验时有：

$$a_0 \oplus a_1 \oplus a_2 \oplus \cdots \oplus a_{n-1} = 0$$

监督码元a_0即为
$$a_0 = a_1 \oplus a_2 \oplus \cdots \oplus a_{n-1} \tag{2-4}$$

奇校验时有
$$a_0 \oplus a_1 \oplus \cdots \oplus a_{n-1} = 1$$

监督码元a_0即为
$$a_0 = a_1 \oplus a_2 \oplus \cdots \oplus a_{n-1} + 1 \tag{2-5}$$

这种奇偶校验只能发现单个或奇数个错误，而不能检测出偶数个错误，因而它的检错能力不高，但这并不表明它对随机奇数个错误的检错率和偶数个错误的漏检率相同。对于随机差错，出现错一位码的概率比错两位码的概率大得多、错三位码的概率比错四位码的概率大得多，因此绝大多数随机差错都能用简单奇偶校验查出，这正是这种方法被广泛用于以随机错误为主的计算机通信系统的原因，但这种方法难于对付突发差错，所以在突发错误很多的信道中不能单独使用。奇偶校验码码组间最小距离$d_{min}=2$。

2. 水平奇偶监督码

针对上述奇偶监督码检错能力不高，特别是不能检测突发错误的缺点，可以将经过奇偶监督编码的码元序列按行排列成方阵，每行为一组奇偶监督码（如表2-5所示），但发送时则按列的顺序传输：1110111001100001010000011010111101011000011011011010101，接收端仍然将码元排成发送时的方阵形式，然后按行进行奇偶校验。由于按行进行奇偶校验，因此称其为水平奇偶监督码或行奇偶监督码。

表 2-5　奇偶监督码

信息码元	监督码元
1110011000	1
1101001101	0
1000011101	1
0001000010	0
1100111011	1

可以看出，由于发端是按列发送码元而不是按码组发送码元，因此把本来可能集中发生在某一个码组的突发错误分散在了方阵的各个码组中，因此可得到整个方阵的行监督。这样，采用这种方法可以发现某一行上所有奇数个错误以及所有长度不大于方阵中行数的突发错误。在未增加监督位的条件下，检错能力为原来的 m 倍，这是香农信道编码定理应用的一个例子。

比如，上式我们假想 11101 11001100000101000001101011110101100000110110110101 这个序列的第 6～10 位出错。那么当按照行分组，按列发送时，则连续突发错误被分散到不同的行当中，见表 2-6 斜体处，（本为 11001 的错误后变成 00110。）

表 2-6　奇偶监督码

信息码元	监督码元
1*0*10011000	1
1*0*01001101	0
1*1*00011101	1
0*1*01000010	0
1*0*00111011	1

可以看出，由于发端是按列发送码元而不是按码组发送码元，因此把本来可能集中发生在某一个码组的突发错误分散在了方阵的各个码组中，因此可得到整个方阵的行监督。这样，采用这种方法可以发现某一行上所有奇数个错误以及所有长度不大于方阵中行数的突发错误。

由上表可以看出。突发连续错误被分散到每行，当收端按行监督检验时，则可检测出有错。然而，由于该编解码在检错过程中需要对所有数据进行重组，所以需要的缓存空间较大，并且在数据的处理方面延时增大。这也是可靠性和有效性矛盾的一个表现。

3. 水平垂直奇偶监督码

水平垂直奇偶监督码是将水平奇偶监督码推广到二维奇偶监督码，又称为行列监督码和方阵码，是在水平奇偶监督码的基础上增加列的奇偶效验，可得到如表 2-7 的方阵，发送时按列序顺次传输。

表 2-7　水平垂直奇偶监督码

信息码元	监督码元
1110011000	1
1101001101	0
1000011101	1
0001000010	0
1100111011	1
0110110001	1

　　显然，这种码比水平奇偶监督码有更强的检错能力，它能发现任一行和任一列的所有奇数个错误，及长度不大于行数（按列发）或不大于列数（按行发）的突发错误；这种码还有可能检测出偶数个错码，因为如果每行的监督位不能在本行检出偶数个错误时，则在列的方向上有可能检出。当然，在偶数个错误恰好分布在矩形的四个顶点上时，这样的偶数个错误是检测不出来的。此外，这种码还可以纠正一些错误，例如当某行某列均不满足监督关系而判定该行该列交叉位置的码元有错。从而纠正这一位上的错误。这种码由于检错能力强，又具有一定的纠错能力，且实现容易因而得到广泛的应用。

2.3.4　汉明码及线性分组码

1. 汉明码

　　汉明码是 1950 年由美国贝尔实验室汉明提出来的，汉明码是一种能够纠正一位错码且编码效率较高的线性分组码。

　　(1)汉明码的原理

　　在前面讨论奇偶校验时，如按偶监督，由于使用了一位监督位，故它就能和信息位 $a_{n-1}\cdots$ 一起构成一个代数式

$$a_{n-1}\oplus a_{n-2}\oplus\cdots\oplus a_0=0,$$

　　在接收端解码时，实际上是计算

$$S=a_{n-1}\oplus a_{n-2}\oplus\cdots\oplus a_0 \tag{2-6}$$

　　若 $S=0$，就认为无错；若 $S=1$，则认为有错，则上式就称为监督方程（或监督关系式），S 称为校正子，或称伴随式。简单的奇偶监督只有一位监督码元，一个监督方程，S 也只有 1 和 0 两种取值，因此只能表示有错和无错两种状态。不难推想，如果增加一位监督码元，相应的就会增加一个监督方程，这样校正子的值有 4 种组合：00、01、10、11，故能表示 4 种不同的信息。若用其中一种表示无错，则其余 3 种就有可能用来指示一位错码的 3 种不同位置。

　　一般来说，若有 r 位监督码元，就可构成 r 个监督方程，计算得到的校正子有 r 位，可用来指示 2^r-1 种误码图样。当只有一位误码时，就可指出 2^r-1 个错码位置。若码长为 n，信息位数为 k，则监督位数 $r=n-k$。如果希望用 r 个监督位构造出 r 个监督关系式来指示一位错码的 n 种可能位置，则要求

$$2^r-1\geqslant n \text{ 或 } 2^r\geqslant k+r+1 \tag{2-7}$$

由此可见：$r=3$，则有三个校正子 S_1、S_2、S_3，他们对应有 8 种组合。其中 000 无错，剩下 7 种错误，刚好可以对应指示 $n=4+3=7$ 个位置的错误情况。

(2)汉明码编码方法

以 $k=4$ 为例，则 $r=3$，$n=4+3=7$。用 $a_6 a_5 a_4 a_3 a_2 a_1 a_0$ 表示，由于有三个监督位，则对应 3 个校正子 $S_1 S_2 S_3$。刚好有 8 种组合，除掉 $S_1 S_2 S_3=000$ 无错外，其余均有错误。设 3 个校正子构成的码组 S_1，S_2，S_3 与错码位置的对应关系如图 2-14 所示。

由图可见，仅当 1 个错码位置在 a_2、a_4、a_5 或 a_6 时，校正子 S_1 为 1；否则 S_1 为 0。这就意味着 a_2、a_4、a_5 和 a_6，4 个码元构成的偶数监督关系为

$$S_1=a_6 \oplus a_5 \oplus a_4 \oplus a_2 \tag{2-8}$$

同理，a_1、a_3、a_5 和 a_6 构成的偶数监督关系为

$$S_2=a_6 \oplus a_5 \oplus a_3 \oplus a_1 \tag{2-9}$$

以及 a_0、a_3、a_4 和 a_6 构成的偶数监督关系为

$$S_3=a_6 \oplus a_4 \oplus a_3 \oplus a_0 \tag{2-10}$$

校正子与错码位置

注：a_2、a_1、a_0 错码位可以随意和校正子 $S_1 S_2 S_3$ 中的 001、010、100 对应

$S_1 S_2 S_3$	错码位置	$S_1 S_2 S_3$	错码位置
001	a_0	101	a_4
010	a_1	110	a_5
100	a_2	111	a_6
011	a_3	000	错码

注：a_3、a_4、a_5、a_6 错码位也可以随意和校正子 $S_1 S_2 S_3$ 对应的情况进行交换

图 2-14　校正子与错码位置的对应关系

在发端编码时，信息位 a_6、a_5、a_4 和 a_3 的值决定于输入信号，因此它们是随机的。而监督位 a_2、a_1 和 a_0 应根据信息位的取值按监督关系来确定，监督位应使上式中 S_1、S_2 和 S_3 的值为零(表示编成的码组中应无错码)，即

$$\begin{cases} a_6 \oplus a_5 \oplus a_4 \oplus a_2=0 \\ a_6 \oplus a_5 \oplus a_3 \oplus a_1=0 \\ a_6 \oplus a_4 \oplus a_3 \oplus a_0=0 \end{cases} \tag{2-11}$$

由上式经移项运算，解出监督位为

$$\begin{cases} a_2=a_6 \oplus a_5 \oplus a_4 \\ a_1=a_6 \oplus a_5 \oplus a_3 \\ a_0=a_6 \oplus a_4 \oplus a_3 \end{cases} \tag{2-12}$$

已知信息位后，就可根据上式计算出监督位，从而得出 16 个许用码组如表 2-8 所示。

表 2-8　(7，4)汉明码的许用码组

序号	码　字		序号	码　字	
	信息元	监督元		信息元	监督元
0	0000	000	8	1000	111
1	0001	011	9	1001	100
2	0010	101	10	1010	010
3	0011	110	11	1011	001

序号	码字		序号	码字	
	信息元	监督元		信息元	监督元
4	0100	110	12	1100	001
5	0101	101	13	1101	010
6	0110	011	14	1110	100
7	0111	000	15	1111	111

接收端收到每个码组后，先按校正子关系式计算出 S_1、S_2 和 S_3，再按上表判断错误情况。

例如，若接收码组为 0000011，则校正子关系式计算可得 $S_1=0$，$S_2=1$，$S_3=1$。由于 $S_1S_2S_3$ 等于 011，故根据表 2-8 可知在位有一错码。

另外对于 (7，4) 汉明码的最小码距 $d_{min}=3$，因此，根据码距与检错和纠错能力的关系式可知，汉明码能纠正一个错码或检测两个错码。

（3）汉明码编码效率

通常将码长 $n=2^r-1$ 的线性分组码称为汉明码，即 $(2^r-1, 2^r-1-r)$ 码。其编码效率为

$$R = \frac{k}{n} = \frac{n-r}{n} = 1 - \frac{r}{2^r-1} \qquad (2-13)$$

对于 (7，4) 汉明码，$r=3$，编码效率为 $R=57\%$。与码长相同的能纠正一位错码的其他分组码相比，汉明码的效率最高，且实现简单。因此，至今在码组中纠正一个错码的场合还广泛应用。当 n 很大时，则编码效率接近 1。可见，汉明码是一种高效码。

2. 线性分组码

（1）监督矩阵

线性分组码是指码组中的信息位和监督位之间的关系由线性方程确定，或者说线性码是指信息位和监督位满足一组线性方程的码。汉明码属于线性分组码，我们可以将汉明码中的

$$\begin{cases} a_6 \oplus a_5 \oplus a_4 \oplus a_2 = 0 \\ a_6 \oplus a_5 \oplus a_3 \oplus a_1 = 0 \\ a_6 \oplus a_4 \oplus a_3 \oplus a_0 = 0 \end{cases}$$

改写成下面的方程组：

$$\begin{cases} 1 \cdot a_6 + 1 \cdot a_5 + 1 \cdot a_4 + 0 \cdot a_3 + 1 \cdot a_2 + 0 \cdot a_1 + 0 \cdot a_0 = 0 \\ 1 \cdot a_6 + 1 \cdot a_5 + 0 \cdot a_4 + 1 \cdot a_3 + 0 \cdot a_2 + 1 \cdot a_1 + 0 \cdot a_0 = 0 \\ 1 \cdot a_6 + 0 \cdot a_5 + 1 \cdot a_4 + 1 \cdot a_3 + 0 \cdot a_2 + 0 \cdot a_1 + 1 \cdot a_0 = 0 \end{cases} \qquad (2-14)$$

上式中将"$\oplus$"简写为"$+$"，这类式中的"$+$"都指模 2 加。对于上式还可以写成矩阵形式为：

$$\begin{bmatrix} 1 & 1 & 1 & 0 & 1 & 0 & 0 \\ 1 & 1 & 0 & 1 & 0 & 1 & 0 \\ 1 & 0 & 1 & 1 & 0 & 0 & 1 \end{bmatrix} \cdot [a_6 a_5 a_4 a_3 a_2 a_1 a_0]^{\mathrm{T}} = \begin{bmatrix} 0 \\ 0 \\ 0 \end{bmatrix} \qquad (2-15)$$

上式还可以简记为

$$HA^{\mathrm{T}} = 0^{\mathrm{T}} \ \text{或} \ HA^{\mathrm{T}} = 0 \qquad (2\text{-}16)$$

其中：

$$H = \begin{bmatrix} 1110100 \\ 1101010 \\ 1011001 \end{bmatrix} \qquad A = [\,a_6 a_5 a_4 a_3 a_2 a_1 a_0\,] \qquad O = [000]$$

H 称为线性码的监督矩阵，右上标"T"表示将矩阵转置，即 H^{T} 是 H 的转置。只要监督矩阵 H 给定，编码时监督码元和信息码元的关系就完全确定了。由此可知，一个线性分组码具体如何编码，取决于监督矩阵的选择。

H 是一个 $r \times n$ 阶矩阵，可以看出，其行数就是监督位的数目 r，也就是监督关系式的数目。而 H 的列数就是码长 n。进一步还可观察出，上述的 H 可以分成两部分：

$$H = \begin{bmatrix} 1 & 1 & 1 & 0 & 1 & 0 & 0 \\ 1 & 1 & 0 & 1 & 0 & 1 & 0 \\ 1 & 0 & 1 & 1 & 0 & 0 & 1 \end{bmatrix} = [\,P \quad I_r\,] \qquad (2\text{-}17)$$

P 为 $r \times k$ 阶矩阵，I_r 为 $r \times r$ 阶单位方阵，将具有 $[P \cdot I_r]$ 形式的 H 矩阵称为典型形式的监督矩阵。$HA^{\mathrm{T}} = 0^{\mathrm{T}}$，说明 H 矩阵与码字的转置乘积必为零，可以用来作为判断接收码字 A 是否出错的依据。

由监督矩阵我们可以知道监督位 $a_2 a_1 a_0$ 与信息位 a_6，a_5，a_4，a_3 之间的关系，而在发送端，监督位是根据信息位的取值按监督关系来确定的，但直接用 H 矩阵并不易确定监督位是多少，在发送端是由生成矩阵 G 得出监督位。

（2）生成矩阵

对于监督位与信息位之间的关系我们同样可以转换为矩阵表示的形式：

$$\begin{bmatrix} a_6 \\ a_5 \\ a_4 \\ a_3 \\ a_2 \\ a_1 \\ a_0 \end{bmatrix} = \begin{bmatrix} 1 & 0 & 0 & 0 \\ 0 & 1 & 0 & 0 \\ 0 & 0 & 1 & 0 \\ 0 & 0 & 0 & 1 \\ 1 & 1 & 1 & 0 \\ 1 & 1 & 0 & 1 \\ 1 & 0 & 1 & 1 \end{bmatrix} \cdot \begin{bmatrix} a_6 \\ a_5 \\ a_4 \\ a_3 \end{bmatrix} \qquad (2\text{-}18)$$

即

$$A^{\mathrm{T}} = G^{\mathrm{T}} \cdot \begin{bmatrix} a_6 \\ a_5 \\ a_4 \\ a_3 \end{bmatrix} \qquad (2\text{-}19)$$

变换为

$$A = [\,a_6 a_5 a_4 a_3\,] \cdot G$$

其中

$$G = \begin{bmatrix} 1 & 0 & 0 & 0 & 1 & 1 & 1 \\ 0 & 1 & 0 & 0 & 1 & 1 & 0 \\ 0 & 0 & 1 & 0 & 1 & 0 & 1 \\ 0 & 0 & 0 & 1 & 0 & 1 & 1 \end{bmatrix} \qquad (2\text{-}20)$$

称为生成矩阵，由 G 和信息组就可以产生全部码字。G 为 $k\times n$ 阶矩阵，各行也是线性无关的。生成矩阵也可以分为两部分，即

$$G = [I_k \quad Q] \tag{2-21}$$

其中
$$Q = \begin{bmatrix} 1 & 1 & 1 \\ 1 & 1 & 0 \\ 1 & 0 & 1 \\ 0 & 1 & 1 \end{bmatrix} = P^T \tag{2-22}$$

Q 为 $k\times r$ 阶矩阵，I_k 为 k 阶单位阵。可以写成式(2-20)形式的 G 矩阵，称为典型生成矩阵。非典型形式的矩阵经过运算也一定可以化为典型矩阵形式。

（3）伴随式（校正子）S

设发送码组 $A=[a_{n-1}, a_{n-2}, \cdots, a_1, a_0]$，在传输过程中可能发生误码。接收码组 $B=[b_{n-1}, b_{n-2}, \cdots, b_1, b_0]$，则收发码组之差定义为错误图样 E，也称为误差矢量，即

$$E = B - A \tag{2-23}$$

其中 $E=[e_{n-1}, e_{n-2}, \cdots, e_1, e_0]$，且

$$e_i = \begin{cases} 0 & 当\ b_i = a_i \\ 1 & 当\ b_i \neq a_i \end{cases} \tag{2-24}$$

式(2-23)也可写作

$$B = A + E \tag{2-25}$$

令 $S=BH^T$，称为伴随式或校正子。

$$S = BH^T = (A+E)H^T = EH^T \tag{2-26}$$

由此可见，伴随式 S 与错误图样 E 之间有确定的线性变换关系即 S 仅与 E 和 H^T 有关。由 S 查表即可找出错误位置。接收端译码器的任务就是从伴随式确定错误图样，然后从接收到的码字中减去错误图样。(7，4)码 S 与 E 的对应关系如表2-9。

表 2-9 (7，4)码 S 与 E 的对应关系

错误位置	错误图样 E $e_6 e_5 e_4 e_3 e_2 e_1 e_0$	伴随式 S $S_2 S_1 S_0$
无错	0000000	0　0　0
b_0	0000001	0　0　1
b_1	0000010	0　1　0
b_2	0000100	1　0　0
b_3	0001000	0　1　1
b_4	0010000	1　0　1
b_5	0100000	1　1　0
b_6	1000000	1　1　1

（4）线性分组码主要性质

线性分组码是一种群码，对于模 2 加运算，其性质满足以下几条：

①封闭性。封闭性是指群码中任意两个许用码组之和仍为一许用码组，这种性质也称为自闭率。

②有零码。所有信息元和监督元均为零的码组，称为零码，即 $A_0 = [00\cdots0]$。任一码组与零码相运算其值不变。

③有负元。一个线性分组码中任一码组即是它自身的负元，即 $A_i + A_i = A_0$。

④结合律。即 $(A_1 + A_2) + A_3 = A_1 + (A_2 + A_3)$。

⑤交换律。即 $A_2 + A_3 = A_3 + A_2$。

⑥最小码距等于线性分组码中非全零码组的最小重量。

线性分组码的封闭性表明，码组集中任意两个码组模 2 相加所得的码组一定在该码组集中，因而两个码组之间的距离必是另一码组的重量。为此，码的最小距离也就是码的最小重量。

【例 2-2】若信息位为 7 位，要构成能纠正一位错码的线性分组码至少要加几位监督码？其编码效率为多少？

解：已知 $k = 7$，由式 $2^r - 1 \geqslant k + r$，得

$$2^r \geqslant 7 + r + 1$$

取 $r = 4$，满足上式，应附加 4 位监督码，码长 $= 4 + 7 = 11$ 可构成 (11，7) 线性分组码，其编码效率为 $R = 7/11 = 63\%$。

【例 2-3】设一线性分组码，码字为 $A = (a_8, a_7, a_6, a_5, a_4, a_3, a_2, a_1, a_0)$ 码元之间有下列关系

$$\begin{cases} a_3 = a_8 a_7 a_5 a_4 \\ a_2 = a_8 a_6 a_5 a_4 \\ a_1 = a_8 a_7 a_6 a_4 \\ a_0 = a_8 a_7 a_6 a_5 \end{cases}$$

试求：(1) 信息码元长度 k，码字长度 n；(2) 校验(监督)矩阵 H；(3) 最小码距。

解：(1) $a_3 a_2 a_1 a_0$ 取值由前 5 位码元决定，根据线性分组码构成，该码字的前 5 位为信息码元，后 4 位为监督码元，即为 (9，5) 码。

(2) 将给出的监督方程重新写为

$$\begin{cases} a_8 + a_7 + 0 + a_5 + a_4 + a_3 + 0 + 0 + 0 = 0 \\ a_8 + 0 + a_6 + a_5 + a_4 + 0 + a_2 + 0 + 0 = 0 \\ a_8 + a_7 + a_6 + 0 + a_4 + 0 + 0 + a_1 + 0 = 0 \\ a_8 + a_7 + a_6 + a_5 + 0 + 0 + 0 + 0 + a_1 = 0 \end{cases}$$

得监督矩阵

$$H = \begin{bmatrix} 1 & 1 & 0 & 1 & 1 & 1 & 0 & 0 & 0 \\ 1 & 0 & 1 & 1 & 1 & 0 & 1 & 0 & 0 \\ 1 & 1 & 1 & 0 & 1 & 0 & 0 & 1 & 0 \\ 1 & 1 & 1 & 1 & 0 & 0 & 0 & 0 & 1 \end{bmatrix}$$

(3) 　　　　　　　　　　$d_{\min} = 4$

2.3.5 循环码

1. 循环码的循环特性

循环码是一种线性分组码，且为系统码，即前 k 位为信息位，后 r 位为监督位，它除了具有线性分组码的一般性质外，还具有循环性，即循环码中任一许用码组经过循环移位后(将最右端的码元移至左端，或反之)所得到的码组仍为它的许用码组。表2-10给出一种(7，3)循环码的全部码组，由此表可以直观看出这种码的循环性。例如，表2-10中的第2码组向右移一位即得到第5码组；第5码组向右移一位即得到第7码组。

表 2-10　(7，3)循环码

码组序号	信息元			监督元			
	a_6	a_5	a_4	a_3	a_2	a_1	a_0
1	0	0	0	0	0	0	0
2	0	0	1	0	1	1	1
3	0	1	0	1	1	1	0
4	0	1	1	1	0	0	1
5	1	0	0	1	0	1	1
6	1	0	1	1	1	0	0
7	1	1	0	0	1	0	1
8	1	1	1	0	0	1	0

一般来说，若 $(a_{n-1}, a_{n-2}, \cdots, a_0)$ 是一个 $(n，k)$ 循环码的码组，则

$(a_{n-2}, a_{n-3}, \cdots, a_0, a_{n-1})$

$(a_{n-3}, a_{n-4}, \cdots, a_0, a_{n-1}, a_{n-2})$

$\vdots$

$(a_0, a_{n-1}, a_{n-2}, \cdots, a_2, a_1)$

也都是该编码中的码组。

2. 循环码的多项式表示

(1)码多项式

为了便于用代数理论研究循环码，可将码组用多项式表示，该多项式称为码多项式。一般地，长为 n 的码组 $C_{n-1}C_{n-2}\cdots C_1C_0$，对应码多项式 $A(x)$

$$A(x) = C_{n-1}x^{n-1} + C_{n-2}x^{n-2} + \cdots + C_1 x + C_0 \qquad (2-27)$$

式中，x_i 系数对应码字中 C_i 的取值，它的存在只表示该对应码位上是"1"码，否则为"0"码。对于(7，3)循环码中的任一码组都可以表示为：

$$A(x) = C_6 x^6 + C_5 x^5 + C_4 x^4 + C_3 x^3 + C_2 x^2 + C_1 x + C_0$$

例如：(7，3)码字：1001110 对应的多项式表示为

$$A(x) = x^6 + x^3 + x^2 + x$$

(2)模 N 运算

若　　　　　$\dfrac{M}{N} = Q(商) + \dfrac{p(余数)}{N}$　　　　$(Q 为整数 p < N)$　　(模 N)

则记为：

$$(M)_N \equiv (p)_N \qquad (2-28)$$

所有余数为 p 的整数属于关于 N 的一个同余类。

类似地，可以定义关于多项式 $N(x)$ 的同余类，若

$$\frac{M(x)}{N(x)} = Q(x) + \frac{R(x)}{N(x)}$$

式中 $Q(x)$ 为整式，余式 $R(x)$ 的幂 $<N(x)$ 的幂。则 $M(X)$ 求模 $N(x)$ 运算的结果就为 $R(x)$。上式可写成：

$$M(x) = Q(x)N(x) + R(x) \qquad (2-29)$$
$$M(x) \equiv R(x) \qquad \mathrm{mod}\ N(x)$$

例：在系数为二元域的多项式中，因为是模 N 运算。有

$$\frac{x^n}{x^n+1} = \frac{x^n+1+1}{x^n+1} = 1 + \frac{1}{x^n+1}$$

从而有上述结论：若 $A(x)$ 是长度为 n 的循环码中的一个码多项式，则 $x^i A(x)$ 按模 x^{n+1} 运算的余式必为循环码中的另一码多项式。

3. 循环码的生成多项式 $g(x)$ 及生成矩阵

一般地，线性分组可表示为

$$C = [C_{n-1} C_{n-2} \cdots C_{n-k}]G = [C_{n-1} C_{n-2} \cdots C_{n-k}][I_k \mid Q] \qquad (2-30)$$

矩阵 G 中每一行均为一许用码组，如第 i 行对应第 i 个信息位为 1，其余为 0 时生成的码组。由于 G 中包含一个 I_k 分块，所以 G 为 k 个独立的码组组成的矩阵。即：任一线性分组码码组均可由 k 个线性无关的码组组合而成。利用上述线性分组码的性质，设 $g(x)$ 为幂次数为 $n-k$ 且常数项不为 0 的多项式，则由 $g(x)$，$xg(x)$，$x^2 g(x)\cdots$，$x^{k-2} g(x)$，$x^{k-1} g(x)$ 可构成循环码生成矩阵 $G(x)$。

$$G[x] = \begin{bmatrix} x^{k-1} g(x) \\ x^{k-2} g(x) \\ \vdots \\ xg(x) \\ g(x) \end{bmatrix} \qquad (2-31)$$

其中，$g(x)$ 称为循环码生成多项式。

标准生成多项式：

CRC-12：

$$g(x) = x^{12} + x^{11} + x^3 + x^2 + x + 1 \qquad (2-32)$$

CRC-16：

$$g(x) = x^{16} + x^{15} + x^2 + 1 \qquad (2-33)$$

CRC-32：

$$g(x) = x^{32} + x^{26} + x^{23} + x^{22} + x^{16} + x^{12} + x^{11} + x^{10} + x^8 + x^7 + x^5 + x^4 + x^2 + x + 1 \qquad (2-34)$$

在循环码中，$n-k$ 次的码多项式 $g(x)$ 有一个且只有一个，所有的码多项式 $A(x)$ 都能够被 $g(x)$ 整除。

4. 循环码的编码方法

编码的任务是在已知信息位的条件下求得循环码的码组，而我们要求得到的是系

统码，即码组前 k 位为信息位，后 $r=n-k$ 位是监督位。因此，首先要根据给定的$(n,$ $k)$值选定生成多项式 $g(x)$，即从$(xn+1)$的因子中选一$(n-k)$次多项式 $g(x)$）。

设信息位的码多项式为

$$m(x) = m^{k-1}x^{k-1} + m^{k-2}x^{k-2} + \cdots + m^1 x + m^0 \qquad (2\text{-}35)$$

其中 m^i 系数为 1 或 0。

我们知道(n,k)循环码的码多项式的最高幂次是 $n-1$ 次，而信息位是在它的最前面 k 位，因此信息位在循环码的码多项式中应表示为 $x^{n-k}m(x)$。

循环码的编码步骤如下：

(1)用 x^{n-k} 乘 $m(x)$，要求 $m(x)$对应的码组，需要算 $x^{n-k}m(x)$。

这一运算实际上是把信息码后附上$(n-k)$个"0"。例如，信息码为 110，它相当于 $m(x)=x^2+x$。当 $n-k=7-3=4$ 时，$x^{n-k}m(x)=x^6+x^5$ 它相当于 1100000。

(2)用 $g(x)$除 $x^{n-k}m(x)$，得到商 $Q(x)$和余式 $r(x)$，即

$$\frac{x^{n-k}m(x)}{g(x)} = Q(X) + \frac{r(x)}{g(x)}$$

例如，若选定 $g(x)=x^4+x^2+x+1$ 作为生成多项式，则

$$\frac{x^{n-k}m(x)}{g(x)} = \frac{x^6+x^5}{x^4+x^2+x+1} = (x^2+x+1) + \frac{x^2+1}{x^4+x^2+x+1}$$

上式相当于

$$\frac{1100000}{10111} = 111 + \frac{101}{10111}$$

(3)编出的码组 $A(x)$为 $A(x)=x^{n-k}m(x)+r(x)$

在本例中，$A(x)=1100000+101=1100101$。这样编出的码就是系统码了。

5. 编码器

(n,k)循环码的生成多项式为：$g(x)=x^r+g_{r-1}x^{r-1}+\cdots+g_2x^2+g_1x+1$

其中 $r=n-k$，则该(n,k)系统循环码的编码电路如下图 2-15 所示：

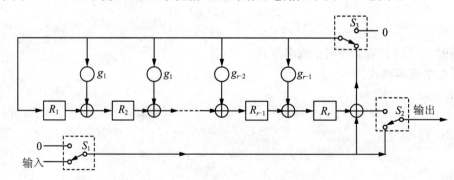

图 2-15 循环码编码器

编码器工作过程：

①r 级线性移位寄存器的初始状态全为零，所有开关均向下连通；

②在寄存器时钟的控制下进行 k 次移位，输出 $M(x)$的系数（即信息码组），同时实现除法电路的功能；

③所有开关均倒向上方连通，在寄存器时钟的控制下再经过 $r=n-k$ 次移位，将

监督元输出到信道；

④所有开关向下连通，输入下一组信息重复上述过程。

【例 2-4】(7，3)循环码生成多项式：$g(x) = x^4 + x^2 + x + 1$

由其可得编码电路如图 2-16 所示：

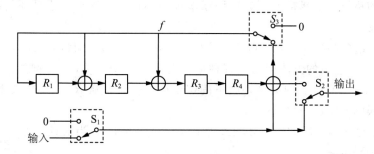

图 2-16　(7，3)循环码编码器

假设 $M = 110$，编码器工作过程如下表 2-11 所示。

表 2-11　(7，3)循环码编码器工作过程

输入		移位寄存器状态				反馈	输出	
		R_1	R_2	R_3	R_4	f		
0		0	0	0	0	0	0	
$m2$	1	1	1	1	0	1	1	$a6$　信
$m1$	1	1	0	0	1	1	1	$a5$　息
$m0$	0	1	0	1	0	1	0	$a4$　元
0		0	1	0	0	0	0	$a3$　监
0		0	0	1	0	1	1	$a2$　督
0		0	0	0	1	0	0	$a1$　元
0		0	0	0	0	1	1	$a0$

现在检验上表编码结果，因为 $M = 110$，所以

$$\because M(x) = x^2 + x$$

$$\therefore x^{n-k}M(x) = x^4(x^2 + x) = x^6 + x^5$$

$$\therefore \frac{x^{n-k}M(x)}{g(x)} = \frac{x^6 + x^5}{x^4 + x^2 + x + 1} = x^2 + x + 1 + \frac{x^2 + 1}{g(x)}$$

$$\therefore r(x) = x^2 + 1$$

$$\therefore A(x) = x^{n-k}M(x) + r(x) = x^6 + x^5 + x^2 + 1$$

即所得的码字为 $A = 1100101$。

6. 循环码的解码方法

接收端解码的要求有两个：检错和纠错。达到检错目的的解码原理十分简单。由于任一码组多项式 $A(x)$ 都能被生成多项式 $g(x)$ 整除，所以在接收端可以将接收码组 $R(x)$ 用原生成多项式 $g(x)$ 去除。当传输中未发生错误时，接收码组与发送码组相同，即 $R(x) = A(x)$，故接收码组 $R(x)$ 必定能被 $g(x)$ 整除；若码组在传输中发生错误，则 $R(x) \neq A(x)$，$R(x)$ 被 $g(x)$ 除时可能除不尽而有余项。即有

$$\frac{R(x)}{g(x)} = Q'(x) + \frac{r'(x)}{g(x)} \qquad (2\text{-}36)$$

因此，我们就以余项是否为零来判断码组中有无错码。这里还需要指出一点，如果信道中错码的个数超过了这种编码的检错能力，恰好使有错码的接收码组能被 $g(x)$ 整除，这时的错码就不能检出了。这种错误称为不可检错误。对于循环码纠错可以按如下步骤进行：

(1)用生成多项式 $g(x)$ 除接收码组 $R(x) = A(x) + E(x)$，得出余式。

(2)按余式用查表的方法或通过某种运算得到错误图样 $E(x)$，例如，通过计算校正子 S 和利用许用码组表的关系，就可确定错码的位置。从 $R(x)$ 中减去 $E(x)$，便得到已纠正错误的原发送码组 $A(x)$。

【例 2-5】已知循环码的生成多项式为 $g(x) = x^3 + x + 1$，当信息位为 1000 时，写出它的监督位和码组。

解：已知 $g(x) = x^3 + x + 1$，最高为 3 次，即 $r = 3$，在信息码 1000 后加 3 个 0，即 1000000 作为被除数，从 $g(x)$ 得除数 1011。1000000 除以 1011，运算以后得余数 101，此即为监督位。所以码组为 1000101。

▶ 2.4　数据码型的压缩、加密和解密

随着通信技术与计算机技术的发展，大量的新应用不断涌现，需要建立更加廉价的数据发送方法，要对传输的数据压缩，另外为保证数据不被篡改，对数据加密后再传输，到达对端再解密。

2.4.1　数据压缩

数据压缩就是削减表示信息的符号的数量，即通过一些方法将数据转换成为更加有效、需要更少存储量的格式，以减少传输的字节数。数据压缩的目的是能较快地传输各种信号，如传真信号和 MODEM 通信信号等，数据压缩在通信时间、传输带宽、存储空间甚至发射能量等方面都会起很大作用，数据压缩分为无损压缩和有损压缩。

1. 无损压缩

无损压缩就是经过压缩编码后，不能丢失任何信息。无损压缩常常用于磁盘文件、数据通信和气象卫星云图等场合，因为这些场合不允许在压缩过程中有丝毫的损失。下面是在无损压缩中使用的一些技术。

(1)游程压缩

当数据中包含有重复符号串(如比特，字符等)时，这个串可以用一个特殊的标记所代替，接着是重复的符号，再后面是出现的次数。

(2)统计压缩

统计压缩使用短编码表示常用的符号，使用长编码表示不常用的符号。

(3)相对压缩

相对压缩也称为差分压缩，这种方法在发送视频数据时非常有用。

2. 有损压缩

若解码后的数据信息不必和原始数据信息是完全一样的，只要非常接近就可以了，

则可以使用一种有损压缩的方法实现。

表 2-12 给出了一种使用 0～25 的 5bit 代码。根据这张表，发送站点用一个 5 bit 代码代替原来的 8 bit 代码，接收站点可以进行反向的转换。结果是数据信息照样发送出去了，而传送数据的比特数只有 $5n$，比原编码减少了 37.5%。

表 2-12　大写字母可行编码

字母	代码
A	00000
B	00001
C	00010
D	00011
⋮	⋮
X	10111
Y	11000
Z	11001

3. 哈夫曼编码

哈夫曼编码(Huffman)编码基本思想是：出现概率大的字符编长度较短的码，反之出现概率小的字符对应的编码长度较长。创建一个哈夫曼编码可分为以下几个步骤：

(1)为每一个字符制定一个包含一个结点的二叉树。把字符的频率指派给对应的树，我们称之为树的权。

(2)寻找权最小的两棵树。如果多于两棵，就随机选择。然后把这两棵合并成一棵带有新的根结点的树，其左右子树分别是我们所选择的那两棵树。

(3)重复前面的步骤直到剩下最后一棵树。

假设表 2-13 显示了一个数据文件中字符的频率(即它们出现的次数的百分比)。为了让这个例子易于处理，假设只有 5 个字符。表 2-14 给出了这些字符的一种哈夫曼编码。

表 2-13　字母 A～E 的频率

字母	频率
A	25%
B	15%
C	10%
D	20%
E	30%

表 2-14　字母 A～E 的哈夫曼编码

字母	频率
A	01
B	110
C	111
D	10
E	00

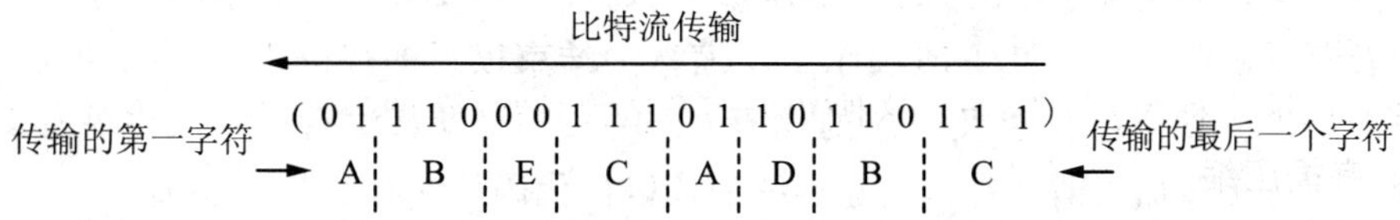

比特流传输

传输的第一字符 (0 1 1 1 0 0 0 1 1 1 0 1 1 0 1 1 0 1 1 1) 传输的最后一个字符

A　B　E　C　A　D　B　C

图 2-17　接收并解释哈夫曼编码信息

图 2-17 显示了如何解释一个哈夫曼编码字符串的过程。当一个站点接收到比特流时，它把比特位连接起来构成一个子字符串。当子字符串对应某个编码字符时，它就停下来。在图 2-17 的例子中，站点在形成字符串 01 时停止，表明 A 是第一个被发送的字符。为了找到第二个字符，它放弃当前的子字符串，从下一个接收到的比特开始构造一个新的子字符串。同样，它还是在子字符串对应某个编码字符时停下来。这一次，接下来的 3 个比特 110 对应字符 B。注意在 3 个比特都被收到之前，子字符串不会与任何哈夫曼编码匹配。这是无前缀属性决定的。站点持续该动作直到所有的比特都已被接收。图 2-17 的数据包含字符串 ABECADBC。

图 2-18 说明了怎样创建表 2-14 中的哈夫曼编码。其中，图(a)显示了五棵带权的单结点树。字母 B 和 C 对应的树权最小，因此我们把它们合并起来，从而得到图(b)。关于第二次合并有两种可能：把新生成的树与 D 合并起来，或者把 A 和 D 合并起来。我们随意地选择第一种，图(c)显示了结果。持续该过程最终将产生图(e)中的树。

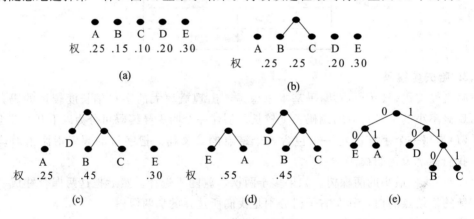

图 2-18　合并哈夫曼树

(a)初始树；(b)一次合并后；(c)二次合并后；(d)三次合并后；(e)四次合并后

4. LZW 编码

LZW 压缩算法的基本思路为：

(1)为原始文本文件中的每个字母分配一个代码并存储到一个代码表中。

(2)设置一个循环，每次从文件中获取一个字符。我们将使用一个缓冲字符串，把从文件中取出的字符连接在一起。

(3)在每次循环中，读取一个字符接到缓冲字符串的后面，形成一个新的临时字符串。如果该临时字符串以前曾经出现过，就把它移到缓冲区里。

(4)如果临时字符串不出现在代码表中，就为它分配一个代码，并把字符串和代码存储到代码表中，同时发送缓冲字符串所对应的代码。这里的代码指的是与字符串等价的压缩编码。最后，重新设置字符串为刚刚读取的单个字符。

假设要读取的文件字符为 ABABABCBABABABCBABA。表 2-15 列出了相关变量的值以及每一步的动作。表 2-16 显示了压缩算法结束以后的代码表。最初的代码表只包含三个条目：A、B、C 以及对应的代码 0、1、2。假设算法在代码表中添加新的字符串时，为每个新加入的字符串创建连续的代码，代码从 3 开始。

表 2-15　压缩算法的每步运行结果

循环次数	缓冲区内容	当前字符	发送内容	表中存储的内容	新的缓冲值
1	A	B	0	AB3	B
2	B	A	1	BA4	A
3	A	B			AB
4	AB	A	3	ABA5	A
5	A	B			AB
6	AB	C	3	ABC6	C
7	C	B	2	CB7	B
8	B	A			BA
9	BA	B	4	BAB8	B
10	B	A			BA
11	BA	B			BAB
12	BAB	A	8	BABA9	A
13	A	B			AB
14	AB	C			ABC
15	ABC	B	6	ABCB10	B
16	B	A			BA
17	BA	B			BAB
18	BAB	A			BABA

表 2-16　压缩算法产生的表

字符串	A	B	C	AB	BA	ABA	ABC
代码	0	1	2	3	4	5	6

字符串	CB	BAB	BABA	ABCB
代码	7	8	9	10

5. 游程编码

游程：数据流中连续出现同一字符的字符串；游程编码就是把每个游程用一个符号再加上游程长度来取代，其实现很容易，对于具有长重复值的串的压缩编码很有效。

(1)相同比特的游程

比如说，假设用 4 个比特表示序列的长度。考虑图 2-19(a)所示的比特流。图 2-19(b) 显示了被发送出去的压缩流。原始流以 14 个 0 开始，因此压缩流的前 4 个比特为 1110 (14 的二进制表示)。压缩流中接下来的 4 个比特为 1001(9 的二进制表示，对应第二个长度为 9 的序列)。在此之后有两个连续的 1。然而这种技术将它们当作两个独立的 1， 中间隔着长度为 0 的零序列。因此第三组 4 个比特就是 0000。第四个序列有 20 个 0， 但 20 无法用 4 个比特表示。这种情况下的序列长度用两组 4 bit 来表示。然后把两个 4

bit 数字加起来得出序列的长度。在图 2-19(b)中，1111(15 的二进制表示)和 0101(5 的二进制表示)合起来表示序列的长度为 20。

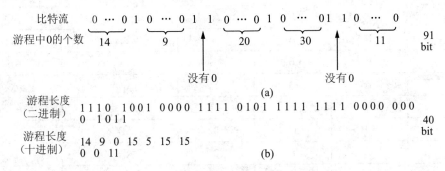

(a)

游程长度 (二进制)	1110 1001 0000 1111 0101 1111 1111 0000 000 0 1011						40 bit
游程长度 (十进制)	14 9 0 15 5 15 15 0 0 11						

(b)

图 2-19　未压缩的流和经游程编码后的流

(a)未压缩的流；(b)经游程编码后的流

(2)不同字符的游程

如果碰到不同的比特甚至字符序列，在这种情况下，需要在序列长度后面发送实际的字符，例如，字符串如下：

AAAAAAAAASSSSSSDDDDDDDDDDLLLLLLLLLLMMMMMMMMMMMMMM

可以用数字和字符交替的形式发送出去，即 9A6S11D10L14M。

6. 相对编码

图 2-20 显示了其工作过程。这里用一个二维的整数数组来表示一个帧。它们是毫无意义的；只不过画起来比视频信号简单而已。第一个帧包含一些整数，第二个帧与第一个帧差别极小。

```
5762866356        5762866356        5762866356
6575563247        6576563237        6585563347
8468564885        8468564885        8468564885
5129865566        5139865576        5129765586
5529968951        5529968951        5529968951
   第一帧             第二帧             第三帧

                  0000000000        0000000000
                  00010000-10       0010000100
                  0000000000        0000000000
                  0010000010        0000-100010
                  0000000000        0000000000

              被传送的帧是第一、      被传送的帧是第二、
              第二帧的差值编码        第三帧的差值编码
```

图 2-20　相对编码

图 2-20 中在第二个帧下面给出了一个包含 0、1 和 −1 的二维数组。任何位置上的 0 表示该位置上的元素与前一个帧相同位置上的元素相同。一个非 0 值表示具体的差值。因此 1 意味着帧的这个位置上的元素比前一个帧相同位置上的元素大 1，−1 则表示小 1。当然，也可以用 1 和 −1 之外的值。重要的是发送出去的帧包含许多零序列，

使得它们可以使用游程编码技术。

2.4.2　加密和解密

出于对数据保密的目的,在数据传输或存储中,采用加密技术对需要保密的数据进行处理,使得处理后的数据不能被入侵者或非授权者读懂或解读,而接收者能从被处理过的数据中恢复原始数据,加密技术是指对数进行编码和解码的技术。在加密处理过程中,需要保密的数据称为"明文",经加密处理后的数据称为"密文"。加密即是将"明文"变为"密文"的过程;与此类似,将"密文"变为"明文"的过程被称为解密。

1. 基本概念

(1)密写和编码

把真实信息转化成为秘密形式信息的技术,有密写和编码两种类型。转化前的信息称为明文,转化后产生的信息称为密文。

(2)加密和解密

通信双方中的信息发送者把明文转换成密文的过程称之为加密;而信息接收者,把接收到的密文再现为明文的过程就是解密。

(3)算法

算法即计算某些量值或对某个反复出现的数学问题求解的公式、法则或程序,它规定了明文和密文之间的变换方式。

(4)密钥

密钥是一串数字或字符,控制算法的实现,是信息通信双方所掌握的专门信息。

密钥和算法是密码体制中两个最基本的要素。在某种意义上,可将算法视为常量,它可以是公开的;将密钥视为变量,它是秘密的。

2. 加密算法

常用的加密算法分为对称加密算法、公钥加密算法、不可逆加密算法。

(1)对称加密算法

对称加密算法是应用较早的加密算法,技术成熟。在对称加密算法中,收信方和发信方使用相同的,即加密密钥和解密密钥是相同的。加密解密过程如图 2-21 所示。

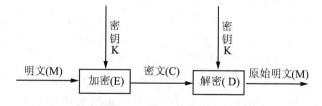

图 2-21　对称加密算法

用 M 表示明文,C 表示密文,E 表示加密函数,K 表示密钥,那么基于密钥(K)的加密函数(E)作用于明文(M)得到密文(C)。相反的,用 D 表示解密函数,基于密钥(K)的解密函数(D)作用于密文(C)产生明文(M)。

以上过程可描述为:发送方用加密密钥,通过加密算法,将信息加密后发送出去。接收方在收到密文后,用解密密钥将密文解密,恢复为明文。如果传输中有人窃取,他只能得到无法理解的密文,从而对信息起到保密作用。

对称加密算法中目前最常用的是数据加密标准(Data Encryption Standard，DES)和国际数据加密算法(International Data Encryption Algorithm，IDEA)。美国国家标准局倡导的高级加密标准(Advanced Encryption Standard，AES)将作为新标准取代 DES。

对称算法的特点是：算法公开、计算量小、加密速度快和加密效率高。不足之处是：交易双方都使用同样的密钥，安全性得不到保证；每对用户每次使用对称加密算法时，都需要使用其他人不知道的惟一密钥，这会使得发收信双方所拥有的密钥数量呈几何级数增长，密钥管理成为用户的负担。

(2)公钥加密算法

在公钥加密算法，收信方和发信方使用的密钥互不相同，而且几乎不可能从加密密钥推导出解密密钥。加密解密过程如图 2-22 所示。

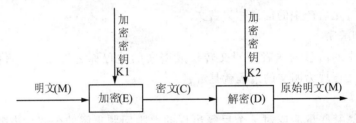

图 2-22　公钥加密算法

用 K_1 表示加密密钥，K_2 表示解密密钥，在这个算法中，加密密钥可完全公开，因此被称作公用密钥，解密密钥也被称作私有密钥。以上过程可描述为发送方用公用密钥，通过加密算法，将信息加密后发送出去。接收方在收到密文后，用私有密钥将密文解密，恢复为明文。

公钥密码的优点是可以适应网络的开放性要求，且密钥管理问题也较为简单，尤其可方便地实现数字签名和验证。但其算法复杂，加密数据的速率较低。尽管如此，随着现代电子技术和密码技术的发展，公钥密码算法将是一种很有前途的网络安全加密体制。最有影响的公钥密码算法是 RSA。

(3)不可逆加密算法

不可逆加密算法的特征是，加密过程中不需要使用密钥。输入明文后，由系统直接经过加密算法处理成密文，这种加密后的数据是无法被解密的，只有重新输入明文，并再次经过同样不可逆的加密算法处理，得到相同的加密密文并被系统重新识别后，才能真正解密。

不可逆加密算法不存在密钥保管和分发问题，非常适合在分布式网络系统上使用，但因加密计算复杂，工作量相当繁重，通常只在数据量有限的情形下使用，如计算机系统中的口令加密，利用的就是不可逆加密算法。近年来，随着计算机系统性能的不断提高，不可逆加密的应用领域正在逐渐增大。在计算机网络中应用较多不可逆加密算法的有：RSA 公司发明的消息摘要算法 5(Message Digest 5，MD5)算法和由美国国家标准局建议的不可逆加密标准 SHS(Secure Hash Standard，安全散列标准)等。

3. 常用的加密标准

(1)数据加密标准(Data Encryption Standard，DES)

DES 是美国国家标准局修订的一种对称密钥加密标准，用于商业和非机密政府事务中。DES 用 64 位密钥加密 64 位明文块。实际上，64 位密钥中的 8 位用作奇偶校验位(即一个 8 位字，所以 DES 密钥中只有 56 位是有效的。

DES 采用置换和移位的方法加密。每次加密可对 64 位的输入数据进行 16 轮编码，经一系列替换和移位后，输入的 64 位原始数据转换成与原始的 64 位完全不同的输出。

DES 算法仅使用最大为 64 位的标准算术和逻辑运算，运算速度快，密钥生成容易，适合于在当前大多数计算机上用软件方法实现，同时也适合于在专用芯片上实现。

DES 主要的应用范围有：计算机网络通信中对民用敏感信息的加密，例如电子资金传送系统；保护用户文件，例如用户可自选密钥对重要文件加密，防止未授权用户窃密；可用于计算机用户识别系统中。

DES 是一种世界公认的较好的对称加密算法，在民用密码领域得到了广泛的应用。它曾为全球贸易、金融等非官方部门提供了可靠的通信安全保障。但是任何加密算法都不可能是十全十美的。它的缺点是密钥太短(56 位)，影响了它的保密强度。此外，由于 DES 算法完全公开，其安全性完全依赖于对密钥的保护，必须有可靠的信道来分发密钥。因此，它不适合在网络环境下单独使用。

(2)国际数据加密算法(International Data Encryption Algorithm，IDEA)

IDEA 是在 DES 算法的基础上发展起来的，IDEA 算法的密钥长度为 128 位。IDEA 设计者尽最大努力使该算法不受差分密码分析的影响。假定穷举法攻击有效的话，那么即使设计一种每秒钟可以试验 10 亿个密钥的专用芯片，并将 10 亿片这样的芯片用于此项工作，仍需 1013 年才能解决问题；另一方面，若用 1024 片这样的芯片，有可能在一天内找到密钥，不过人们还无法找到足够的硅原子来制造这样一台机器。目前，尚无一篇公开发表的试图对 IDEA 进行密码分析的文章。因此，就现在来看应当说 IDEA 是非常安全的。这么长的密钥在今后若干年内应该是安全的。

类似于 DES，IDEA 算法也是一种数据块加密算法，它设计了一系列加密轮次，每轮加密都使用从完整的加密密钥中生成的一个子密钥。与 DES 的不同处在于，它采用软件实现和采用硬件实现同样快速。

(3)RSA 算法(RSA algorithm，取创立人 Ron Rivest、Adi Shamir 和 Leonard Adleman 的首字母得名)

DES 和 IDE 都是对称密钥算法，这种密钥算法的缺点是生成、注入、存储、管理、分发等很复杂，特别是随着用户的增加，密钥的需求量成倍增加。在网络通信中，大量密钥的分配是一个难以解决的问题。

例如，若系统中有 n 个用户，其中每两个用户之间需要建立密码通信，则系统中每个用户须掌握$(n-1)/2$ 个密钥，而系统中所需的密钥总数为 $n^*(n-1)/2$ 个。当 $n=10$ 时，每个用户必须有 9 个密钥，系统中密钥的总数为 45 个。对 $n=100$ 时，每个用户必须有 99 个密钥，系统中密钥的总数为 4950 个。如此庞大数量的密钥生成、管理、分发确实是一个难处理的问题。

公开密钥加密与传统的加密方法不同，加密密钥是对外公开。使任何用户都可将传送给此用户的信息用公开密钥加密发送，而该用户唯一保存的私人密钥是保密的，也只有它能将密文复原、解密。

例如，李四发送给张三信息。张三先生成一对 RSA 密钥(私有密钥和公用密钥)。

张三自己保存私有密钥(Y)，公用密钥(X)对外公开。李四用公用密钥 X 加密信息并发送信息，张三收到信息后用私有密钥 Y 解密。

RSA 算法为公用网络上信息的加密和鉴别提供了一种基本的方法，但为提高保密强度，RSA 密钥至少为 500 位长，一般推荐使用 1024 位，这就使加密的计算量很大。

RSA 的密钥很长，计算量大，加密速度慢，而采用 DES 加密速度快，正好弥补了 RSA 的缺点；而 RSA 又可解决 DES 密钥分配的问题，所以在发送信息时常采用 RSA 和 DES 结合的方法。即用 DES 加密明文，RSA 加密 DES 密钥。美国的保密增强邮件 (PEM) 就是采用了 RSA 和 DES 结合的方法，目前已成为 E-mail 保密通信标准。

2.4.3　基本的加密技术

数据加密技术要求只有指定的用户才能解除密码而获得原来的数据，基本数据加密技术有传统密钥技术和公开密钥加密技术。在传统密钥中，有基于字符的和基于比特的加密方法。加密是通过单字母替换法、多字母替换法和位置变换等方法实现的。公开密钥加密技术要求密钥成对使用，即加密和解密分别由两个密钥来实现。每个用户都有一对选定的密钥，一个可以公开，即公共密钥，用于加密。另一个由用户安全拥有，即秘密密钥，用于解密，公共密钥和秘密密钥之间有密切的关系。当给对方发信息时，用对方的公开密钥进行加密，而在接收方收到数据后，用自己的秘密密钥进行解密。下面我们介绍几种在数据通信领域中广泛使用的加密技术。

1. 数字签名(Digital Signature)技术

数字签名技术是公钥加密算法的典型应用。发信人 Alice 用自己的私钥(K_A)对要发送的报文(m)加密，加密后的文档 $K_A(m)$ 就是 Alice 已签名之后的文档。Alice 将加密文档 $K_A(m)$ 发送到收信人 Bob 处。Bob 应用 Alice 的公钥到 Alice 的数字签名 $K_A(m)$ 之上，从而得到了原始报文(m)。Bob 据此就可以认证只有 Alice 能签署该报文。

数字签名的应用过程是：数据源发送方使用自己的私钥，对数据校验和、其他与数据内容有关的变量进行加密处理(直接加密原始数据速度较慢)，完成对数据的合法"签名"。数据接收方则利用对方的公钥来解读收到的"数字签名"。并将解读结果用于对数据完整性的检验，以确认签名的合法性和不可否认性。

可见公钥加密技术提供一种简单的同时又是一流的方式，进行可鉴别的、不可否认和伪造的数字签名技术，

2. 不可否认技术(Non-Repudiation)技术

报文摘要是对一个任意长的报文进行处理后，计算生成一个固定长度的数据"指纹"。称之为报文摘要 H(m)。报文摘要具有如下的特性：对于任意两个不同的报文 x 和 y，它们的报文摘要是不可能相同的。这个特性意味着攻击者不可能用其他报文来替换由报文摘要保护的报文。发送者 Alice 只要对报文摘要进行数字签名，将原始报文 (m)和数字签名后的报文摘要 $K_A[H(m)]$ 一起发到接收者，与发送一个签名完整报文 $K_A(m)$ 的效果几乎相同。接收者 Bob 据此就可以认证只有 Alice 能签署该报文。

例如当用户执行某一交易时，这种签名能够保证用户今后无法否认该交易发生的事实。由于不可否认技术的操作过程简单，"指纹"签名直接包含在用户的某类正常的电子交易中，因而成为当前用户进行电子商务、取得商务信任的重要保证。

3. PGP(Pretty Good Privacy)技术

PGP 技术是一个基于非对称加密算法 RSA 公钥体系的邮件加密技术，也是一种操作简单、使用方便、普及程度较高的加密软件。PGP 技术不但可以对电子邮件加密，防止非授权者阅读信件；还能对电子邮件附加数字签名，使收信人能明确了解发信人的真实身份；也可以在不需要通过任何保密渠道传递密钥的情况下，使人们安全地进行保密通信。

PGP 技术创造性地把 RSA 非对称加密算法的方便性和传统加密体系结合起来，在数字签名和密钥认证管理机制方面采用了无缝结合的巧妙设计，使其几乎成为最为流行的公钥加密软件包。

▶ 2.5　本章小结

1. 数据基带信号的常见码型：单极性非归零码、双极性非归零码、单极性归零码、双极性归零码、差分码等。

2. 单极性编码只使用一个电压值代表二进制中的一个状态，而以零电压代表另一个状态。常见的单极性编码包括单极性归零码和单极性非归零码两个类型。

3. 双极性归零码使用正、负二个电平分别来描述信号 0 和 1，每个信号都在比特位置的中点时刻发生信号的归零过程。

4. 曼彻斯特编码的规则是当表示数据时，由高电平到低电平的跳变表示"0"，由低电平到高电平的跳变表示"1"，位与位之间有或没有跳变都不代表实际的意义。差分曼彻斯特编码是每个 1 信号都发生相邻的交替反转过程，而每个 0 作为跟随信息。差分曼彻斯特编码每个比特的中间有一次跳变，它的作用是只作为位同步方式的内带时钟，不论由高电平到低电平的跳变，还是由低电平到高电平的跳变都与数据信号无关。

5. AMI 码指的是用零电平代表二进制 0，交替出现的正负电压表示 1。

6. HDB3 码编码时，先把消息代码变成 AMI 码，当出现 4 个或 4 个以上连 0 码时进行处理，根据相邻的两个 4 零串中所夹的 1 的个数的奇偶性来进行替换。当所夹的比特 1 个数为奇数时，用 000D 代替 0000；当所夹的比特 1 个数为偶数时，用 100D 代替 0000。

7. 常用的传输代码有：ASCII 码(国际 5 号码)、博多码(国际电报 2 号码)、EBC-DIC 码和信息交换用汉字代码。

8. 差错控制方式一般可以分为 4 种类型：检错重发(ARQ)、前向纠错(FEC)、混合纠错(HEC)和信息反馈(IRQ)，这些方式各有特点，适用于不同的场合。

9. 为检测 e 个错误码，要求最小码距为 $d_{min} \geqslant e+1$；为纠正 t 个错误码，要求最小码距 $d_{min} \geqslant 2t+1$；为纠正 t 个错误码，同时检测 e 个错误码，要求最小码距为 $d_{min} \geqslant e+t+1(e>t)$。

10. 常用的简单差错控制编码有：奇偶监督码、水平奇偶监督码和二维奇偶监督码等。

11. 分组码是信息位和监督位用线性方程联系在一起的一类码。在线性分组码中，接收端是通过计算校正子 S 来检验或者纠正错误。当码长为 n，信息位为 k，则监督位

为 $r=n-k.$，若希望 r 个监督位构造出 r 个监督关系式，即用 r 个校正子 S 来表示一位错码的 n 种可能性位置，则要求 _____。

12. 循环码是一种重要的线性分组码，它除了具有线性分组码的一般特性之外，还具有循环特性。求循环码编码的方法主要是找到生成多项式 $g(x)$，从而通过 $g(x)$ 得到所有许用码组。

13. 数据压缩就是削减表示信息的符号的数量，分为有损压缩和无损压缩。

14. 加密即是将"明文"变为"密文"的过程，将"密文"变为"明文"的过程被称为解密。常用的加密算法分为对称加密算法、公钥加密算法、不可逆加密算法。

▶ 2.6　关键术语

码型：表示数据信息序列或码元序列的电脉冲格式称为码型。

单极性编码：只使用一个电压值代表二进制中的一个状态，而以零电压代表另一个状态。

非归零码（NRZ 码）：指的是在整个码元期间电平保持不变。

归零码（RZ 码）：指的是在整个码元期间高电平只维持一段时间，其余时间返回零电平。

随机差错：随机差错又称独立差错，是指那些独立地、稀疏地和互不相关地发生的差错。

突发差错：突发差错是指一串串，甚至是成片出现的差错，差错之间有相关性，差错出现是密集的。

码重：码组中非零码元的数目为码组的重量。

码距：把两个码组中对应码位上具有不同二进制码元的位数定义为两码组的距离。

汉明（Hamming）距离：在一种编码中，任意两个许用码组间距离的最小值，即码组集合中任意两个元素之间的最小距离，以 d_{min} 表示。

编码效率：它是指一个码组中信息位所占的比重，用 R 表示。

数据压缩：削减表示信息的符号的数量，即通过一些方法将数据转换成为更加有效、需要更少存储量的格式，以减少传输的字节数。

无损压缩：是经过压缩编码后，不能丢失任何信息。

加密：通信双方中的信息发送者把明文转换成密文的过程。

解密：信息接收者把接收到的密文再现为明文的过程。

密钥：是一串数字或字符，控制算法的实现，是信息通信双方所掌握的专门信息。

算法：计算某些量值或对某个反复出现的数学问题求解的公式、法则或程序，它规定了明文和密文之间的变换方式。

▶ 2.7　复习题

一、选择题

(1)用相邻电平发生跳变来表示码元 1，反之则表示 0 的二元码是（　　）。它由于信码 1、0 与电平之间不存在绝对对应关系，可以解决相位键控同步解调时的相位模糊现象而得到广泛应用。

  A. AMI 码   B. HDB3 码

  C. 传号差分 NRZ(M)码   D. 空号差分 NRZ(S)码

  (2)对于同一组数字信息而言，它可以根据不同选择得出不同形式的对应基带信号，其频谱结构也将因此(　　)。

  A. 相同   B. 相似   C. 不确定   D. 不同

  (3)设 M 为发送的水平奇(偶)监督码方阵的行数，则水平奇(偶)监督码除了具备一般奇(偶)监督码的检错能力外，还能(　　)。

  A. 纠正所有突发长度不大于 M 的突发错误

  B. 发现所有突发长度不大于 M 的突发错误

  C. 发现所有突发长度不大于 $M+1$ 的突发错误

  D. 纠正所有突发长度不大于 $M+1$ 的突发错误

  (4)数字信息的电脉冲表示过程也叫码型变换或选择。根据一般信道的特点，选择传输码的码型时，主要应考虑(　　)。

  A. 码型中低频分量应尽量少，尤其频谱中不能含有直流分量

  B. 码型中不能有长的连 0 码或连 1 码，以便提取同步定时信息

  C. 码型应具有一定的检错能力，以便接收方判断接收信码的正确与否

  D. 根据信源的统计特性进行码型变换

  (5)常见的二元码基带信号波形有(　　)。

  A. AMI 码   B. 单极性非归零码

  C. 双极性非归零码   D. HDB3 码

  E. 单极性归零码   F. 双极性归零码

  G. 传号差分码   H. 空号差分码

  (6)常见差错控制工作方式有(　　)。

  A. 前向纠错(FEC)   B. 检错重发(ARQ)

  C. 混合纠错(HEC)   D. 信息反馈(IF)

二、简答题

(1)基带传输码型有什么要求？

(2)什么是单极性编码与双极性编码？各有什么特点？

(3)曼彻斯特编码与差分曼彻斯特编码的编码规则是什么？

(4)AMI 码与 HDB3 码的编码规则是什么？

(5)给定二进制序列 1001010000001010001000000011000，试编为 AMI 码与 HDB3 码。

(6)码距与纠错的错误码个数有何关系？

(7)循环码有何特点？

(8)已知循环码的生成多项式为 $g(x)=x^3+x+1$，当信息位为 1000 时，写出它的监督位和码组。

(9)常用的数据压缩技术有哪些？

(10)常用的加密解密技术有哪些？

2.8 实践项目

项目 2-1 常见基带码型及变换

实训目标：

1. 了解几种常见的数字基带信号。

2. 掌握常用数字基带传输码型的编码规则。

3. 掌握用 CPLD 实现码型变换的方法。

实训仪器：

1. 信号源模块

2. 码型变换模块

3. 40M 双踪示波器　　一台

4. 连接线　　　　　　若干

实训内容：

1. 用示波器观察单极性非归零码(NRZ)、传号交替反转码(AMI)、三阶高密度双极性码(HDB3)、整流后的 AMI 码及整流后的 HDB3 码。

2. 用示波器观察从 HDB3 码中和从 AMI 码中提取位同步信号的电路中有关波形。

3. 用示波器观察 HDB3、AMI 译码输出波形。

实训原理：

1. 编码规则

①NRZ 码

NRZ 码的全称是单极性不归零码，在这种二元码中用高电平和低电平(这里为零电平)分别表示二进制信息"1"和"0"，在整个码元期间电平保持不变。例如：

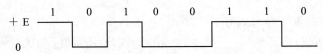

②RZ 码

RZ 码的全称是单极性归零码，与 NRZ 码不同的是，发送"1"时在整个码元期间高电平只持续一段时间，在码元的其余时间内则返回到零电平。例如：

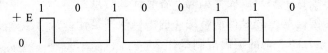

③BNRZ 码

BNRZ 码的全称是双极性不归零码，在这种二元码中用正电平和负电平分别表示"1"和"0"。与单极性不归零码相同的是整个码元期间电平保持不变，因而在这种码型中不存在零电平。例如：

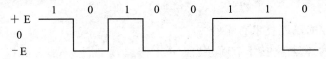

④BRZ 码

BRZ 码的全称是双极性归零码，与 BNRZ 码不同的是，发送"1"和"0"时，在整个码元期间高电平或低电平只持续一段时间，在码元的其余时间内则返回到零电平。例如：

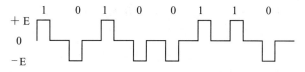

⑤AMI 码

AMI 码的全称是传号交替反转码，其编码规则如下：信息码中的"0"仍变换为传输码的"0"；信息码中的"1"交替变换为传输码的"+1、-1、+1、-1、…"。

AMI 码的主要特点是无直流成分，接收端收到的码元极性与发送端完全相反也能正确判断。译码时只需把 AMI 码经过全波整流就可以变为单极性码。由于其具有上述优点，因此得到了广泛应用。但该码有一个重要缺点，即当用它来获取定时信息时，由于它可能出现长的连 0 串，因而会造成提取定时信号的困难。

⑥HDB₃ 码

HDB₃ 码的全称是三阶高密度双极性码，其编码规则如下：将 4 个连"0"信息码用取代节"000V"或"B00V"代替，当两个相邻"V"码中间有奇数个信息"1"码时取代节为"000V"；有偶数个信息"1"码（包括 0 个）时取代节为"B00V"，其他的信息"0"码仍为"0"码，这样，信息码的"1"码变为带有符号的"1"码，即"+1"或"-1"。例如：

代码：　　　　1000　　0　　1000　　0　　1　　1　　000　　0　　1　　1
HDB₃ 码：　-1000　-V　+1000　+V　-1　+1　-B00　-V　+1　-1

HDB₃ 码中"1"、"B"的符号符合交替反转原则，而"V"的符号破坏这种符号交替反转原则，但相邻"V"码的符号又是交替反转的。HDB₃ 码的特点是明显的，它除了保持 AMI 码的优点外，还增加了使连 0 串减少到至多 3 个的优点，而不管信息源的统计特性如何。这对于定时信号的恢复是十分有利的。HDB₃ 码是 ITU-T 推荐使用的码之一。本实验电路只能对码长为 24 位的周期性 NRZ 码序列进行编码。

2. 电路原理

将信号源产生的 NRZ 码和位同步信号 BS 送入 U01 进行变换，可以直接得到各种单极性码和各种双极性码的正、负极性编码信号（因为 CPLD 的 I/O 口不能直接接负电平，所以只能将分别代表正极性和负极性的两路编码信号分别输出，再通过外加电路合成双极性码），如 HDB₃ 的正、负极性编码信号送入 U02 的选通控制端，控制模拟开关轮流选通正、负电平，从而得到完整的 HDB₃ 码。解码时同样也需要先将双极性的 HDB₃ 码变换成分别代表正极性和负极性的两路信号，再送入 CPLD 进行解码，得到 NRZ 码。其他双极性码的编、解码过程相同。

①NRZ 码

从信号源"NRZ"点输出的数字码型即为 NRZ 码，其产生过程请参考信号源工作原理。

②BRZ、BNRZ 码

将 NRZ 码和位同步信号 BS 分别送入双四路模拟开关 U03 的控制端作为控制信

号，在同一时刻，NRZ 码和 BS 信号电平高低的不同组合（00、01、10、11）将控制 U03 分别接通不同的通道，输出 BRZ 码和 BNRZ 码。X 通道的 4 个输入端 X_0、X_1、X_2、X_3 分别接 $-5V$、GND、$+5V$、GND，在控制信号控制下输出 BRZ 码；Y 通道的 4 个输入端 Y_0、Y_1、Y_2、Y_3 分别接 $-5V$、$-5V$、$+5V$、$+5V$，在控制信号控制下输出 BNRZ 码。解码时通过电压比较器 U07 将双极性的 BRZ 和 BNRZ 码转换为两路单极性码，即双（极性）—单（极性）变换，再送入 U01 进行解码，恢复出原始的 NRZ 码。

③AMI 码

由于 AMI 码是双极性的码型，所以它的变换过程分成了两个部分。首先，在 U01 中，将 NRZ 码经过一个时钟为 BS 的 JK 触发器后，再与 NRZ 信号相遇后得到控制信号 AMIB，该信号与 NRZ 码作为控制信号送入单八路模拟开关 U06 的控制端，U06 的输出即为 AMI 码。解码过程与 BNRZ 码一样，也需先经过双—单变换，再送入 U01 进行解码。

④HDB$_3$ 码

HDB$_3$ 码的编、解码框图分别如图 2-23、2-24 所示，其编、解码过程与 AMI 码相同。

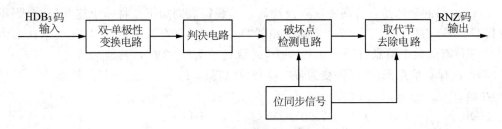

图 2-23　HDB$_3$ 解码原理框图

实训步骤：

1. 将信号源模块、码型变换模块小心地固定在主机箱中，确保电源接触良好。

2. 插上电源线，打开主机箱右侧的交流开关，再分别按下两个模块中的开关 POWER1、POWER2，对应的发光二极管 LED01、LED02 发光，按一下信号源模块的复位键，两个模块均开始工作。（注意，此处只是验证通电是否成功，在实验中均是先连线，后打开电源做实验，不要带电连线）

3. 将信号源模块的拨码开关 SW04、SW05 设置为 00000101 00000000，SW01、SW02、SW03 设置为 01110010 00110000 00101010。按实验一的介绍，此时分频比千位、十位、个位均为 0，百位为 5，因此分频比为 500，此时位同步信号频率应为 4kHz。观察 BS、FS、2BS、NRZ 各点波形。

4. 分别将信号源模块与码型变换模块上以下四组输入/输出点用连接线连接：BS 与 BS、FS 与 FS、2BS 与 2BS、NRZ 与 NRZ。观察码型变换模块上其余各点输出的波形。

5. 任意改变信号源模块上的拨码开关 SW01、SW02、SW03 的设置，以信号源模块的 NRZ 码为内触发源，用双踪示波器观察码型变换模块各点输出的波形。

6. 将信号源模块上的拨码开关 SW01、SW02、SW03 全部拨为 1 或全部拨为 0，观察码型变换模块各点输出的波形。

　　输入/输出点参考说明

　　1. 输入点说明

FS：帧同步信号输入点　　　　　　　　BS：　　　位同步信号输入点。

2BS：2 倍位同步频率方波信号输入点　　NRZ：NRZ 码输入点。

　　2. 输出点说明

RZ：　　　　　　RZ 编码输出点。

HDB_3-1：　　　HDB_3 编码正极性信号输出点。

HDB_3-2：　　　HDB_3 编码负极性信号输出点。

HDB_3：　　　　HDB_3 编码输出点。

BRZ-1：　　　　BRZ 编码单极性输出点。

BRZ：　　　　　BRZ 编码输出点。

BNRZ-1：　　　BNRZ 编码正极性信号输出点。（与 NRZ 反相）

BNRZ-2：　　　BNRZ 编码负极性信号输出点。（与 NRZ 同相）

BNRZ：　　　　BNRZ 编码输出点。

AMI-1：　　　　AMI 编码正极性信号输出点。

AMI-2：　　　　AMI 编码负极性信号输出点。

AMI：　　　　　AMI 编码输出点。

ORZ：　　　　　RZ 解码输出点。

OBRZ：　　　　BRZ 解码输出点。

OBNRZ：　　　BNRZ 解码输出点。

OAMI：　　　　AMI 解码输出点。

$OHDB_3$：　　　HDB_3 解码输出点。

　　实训报告要求

1. 分析实验电路的工作原理，叙述其工作过程。

2. 根据实验测试记录，画出各测量点的波形图，并分析实验现象。

第 3 章　数据交换技术

本章内容

● 电路交换和报文分组交换。

● 报文分组交换技术所具有的主要优点，包括灵活性、资源共享、响应能力。

● 帧中继在阻塞控制策略上与报文分组交换技术的区别。

● ATM 基本原理 AAL(ATM 适配层)。

● 报文分组交换技术的设计思想，帧中继和 ATM 技术发展的意义。

本章重点

● 电路交换及报文分组交换技术的基本原理。

● X.25 协议的主要技术及其存在的缺点，帧中继和 ATM 的自身特性。

本章难点

● X.25 协议的缺陷。

● 帧中继和 ATM 技术在改进报文分组交换技术方面的发展。

本章能力目标和要求

● 掌握电路交换的特点。

● 掌握分组交换技术的工作原理。

● 理解比较帧中继机制和传统的 X.25 报文分组交换业务之间的关键。

● 掌握帧中继的体系结构。

● 理解 ATM 信头结构及各字段的作用。

3.1　电路交换

3.1.1　电路交换基本概念

数字通信网也能像老式电话那样采用电路交换，在通信双方间经若干级转接，建立起端对端的连接，使用实际连通的完整的通信线路。在这个连接上，通信双方将以很小的传输时延，在独占的线路上，可靠地传送信息。

电路交换，在建立连接时涉及了一系列硬件开关的动作，需要较长的时间延迟；且线路所途经的各个交换机之中，倘若有某台无法立即接通本次呼叫所需的线路(该线路正被其他用户占用)，必将导致连接失败，需要重新开始呼叫的全过程；此外这个包含了诸多路段的连接，在建立后是被通信双方独享的，尽管收发双方在许多瞬间并不传送信息，其他用户也无法使用本连接中的任一个通信路段。显然，该连接总的通信能力是由各路段中能力最差的路段限定的。

电路交换也有多种方式，上述这种完全依靠硬件选择开关实现的交换，又可称作"空分"(空间分隔式)交换。

电路交换又称为线路交换，它类似于电话系统，希望通信的计算机之间必须事先建立物理线路（或者物理连接）。整个电路交换的过程包括建立线路、占用线路并进行数据传输、释放线路三个阶段。

第一阶段，建立线路，发起方站点向某个终端站点（响应方站点）发送一个请求，该请求通过中间结点传输至终点。

如果中间结点有空闲的物理线路可以使用，接收请求，分配线路，并将请求传输给下一中间结点；整个过程持续进行，直至终点。

如果中间结点没有空闲的物理线路可以使用，整个线路的"串接"将无法实现。仅当通信的两个结点之间建立起物理线路之后，才允许进入数据传输阶段。线路一旦被分配，在未释放之前，其他结点将无法使用，即使某一时刻，线路上并没有数据传输。

第二阶段，数据传输，在已经建立物理线路的基础上，站点之间进行数据传输。数据既可以从发起方站点传往响应方站点，也允许相反方向的数据传输。由于整个数据传输物理线路的资源仅用于本次通信，通信双方的信息传输延迟仅取决于电磁信号沿媒体传输的延迟。

第三阶段，释放线路，当站点之间的数据传输完毕，执行释放线路的动作。该动作可以由任一站点发起，释放线路请求通过途径的中间结点送往对方，释放线路资源。

3.1.2 电路交换网络结构和特点

1. 电路交换网络结构

包括四个部分：

客户机：网络终端。

本地回路（用户回路）：用户和网络之间的链路。

交换机：网络的交换中心。

主干线：交换机之间的线路。

2. 电路交换的特点

独占性：建立线路之后、释放线路之前，即使站点之间无任何数据可以传输，整个线路仍不允许其他站点共享，因此线路的利用率较低，并且容易引起接续时的拥塞。

实时性好：一旦线路建立，通信双方的所有资源（包括线路资源）均用于本次通信，除了少量的传输延迟之外，不再有其他延迟，具有较好的实时性。

电路交换设备简单，不提供任何缓存装置。

用户数据透明传输，要求收发双方自动进行速率匹配。

3.1.3 电路交换关键技术

（1）空分交换（Space Division Switching）技术。指在交换过程中的入线是通过在空间的位置来选择出线，并建立接续。通信结束后，随即拆除。比如，人工交换机上塞绳的一端连着入线塞孔，由话务员按主叫要求把塞绳的另一端连接被叫的出线塞孔，这就是最形象的空分交换方式。此外，机电式（电磁机械或继电器式）、步进制、纵横制、半电子、程控模拟用户交换机、以至宽带交换机都可以利用空分交换原理实现交换的要求。交换机的基本构件是可由控制部件通断的金属交叉形触点或半导体门电路，通过它可在各输入线和输出线之间构成任意物理通路。

空分接线器又称为 S 型接线器，是另一种类型的接线器。对于容量不大的交换机，数字交换网络只用 T 型接线器构成。适当提高接线器输入、输出复用线的复用度（增加每一帧的时隙数），可以加大交换容量，但这种加大是有限的。对于大容量交换机的数字交换网络，必须既能实现时分交换又能实现复用线之间的交换。S 型接线器即可完成不同复用线之间相同时隙的数字信息的交换。如图 3-1 所示是空分接线器。

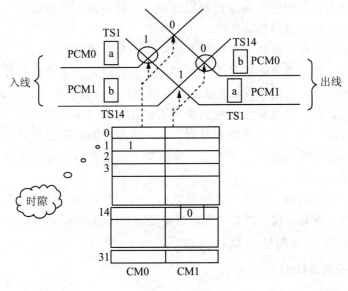

图 3-1 空分接线器

S 型接线器由 $m*n$ 个交叉点矩阵和 m（或 n）个控制存储器组成。m 表示接线器的输入复用线数，n 表示输出复用线数。这种接线器具有 $m*n$ 个交叉结点，各结点的"闭合"时刻由控制存储器控制。这些结点不是普通开关，而是由数据选择器构成的。

（2）时分交换（Time Division Switching）技术。是时分复用（TDM）在交换上的应用，将输入信号按顺序取样，组织成位流段的循环帧，每帧的位流段数量等于输入信号的数量。允许多个低速位流共享一条高速总线，以提高线路的利用率。因此，总线上的数据传输速率决定了可同时进行通信的线路数量。

时分交换把时间划分为若干互不重叠的时隙，由不同的时隙建立不同的子信道，通过时隙交换网络完成话音的时隙搬移，从而实现入线和出线间话音交换。时分交换的关键在于时隙位置的交换，而此交换是由主叫拨号所控制的。为了实现时隙交换，必须设置话音存储器。在抽样周期内有 n 个时隙分别存入 n 个存储器单元中，输入按时隙顺序存入。若输出端是按特定的次序读出，这就可以改变了时隙的次序，实现时隙交换。

时分接线器又称为 T 型接线器，功能是完成一条 PCM 复用线上任意时隙间信息的交换。主要由话音存储器（SM）和控制存储器（CM）两部分组成。话音存储器（SM）用于存储输入复用线上传输的各时隙的数字信号，每一个存储单元存放一个时隙的信号（8bit）。控制存储器（CM）用于存储话音时隙的地址，其作用是控制话音存储器（SM）各单元内存储内容的读出或写入顺序。

话音存储器（SM）的容量（存储单元数）等于进入 T 型接线器的输入复用线的时隙

数，控制存储器的容量（存储单元数）与话音存储器的容量（存储单元数）相同，T 型接线器的结构如图 3-2 所示。话音存储器（SM）和控制存储器（CM）均为随机存储器（RAM），可以是 MOS 型也可以是 TTL 型的。

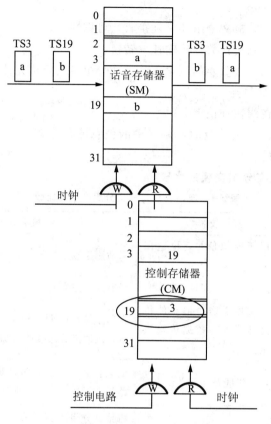

图 3-2　时分接线器

依照话音信号在话音存储器（SM）的读/写受控性不同，时分接线器又分为"顺序写入、控制读出"和"控制写入、顺序读出"两种工作方式。所谓顺序是指存储器在读写操作时，复用线上的时隙序号与存储单元序号一一对应，控制就是表示不按顺序，即时隙序号与存储单元序号不一一对应，而由控制信息决定当前写入或读出的单元地址。

▶ 3.2　报文分组交换

3.2.1　报文分组交换

1. 报文分组交换

报文分组交换：把较长的报文分解成一系列报文分组，以分组为单位采用"存储-转发"交换方式进行通信。报文分组交换是面向无连接的传输方式，中间结点具有路径选择功能，延迟大不适做实时要求高的数据传输，模拟数据必须在传输前面被转换成数字信号。

由于报文分组交换是一种存储转发的交换方式，它将需要传送的信息划分为一定长度的包，也称为分组，以分组为单位进行存储转发的。而每个分组信息都载有接收地址和发送地址的标识，在传送数据分组之前，必须首先建立虚电路，然后依序传送。

2. 报文分组交换的优点

■线路利用率高。

■在通信量超载时，报文分组还是被接收，可靠性高。

■报文分组交换网能实行数据传输速率转换。

■能使用优先级别。对重要的、紧急的报文分组可实行优先传送。

3. 报文分组交换的缺点

大量的资源消耗在纠错补偿上。

报文分组交换存在一定的延时，网络中的信息流量越多，时延就越大。这是采用存储—转发方式工作的代价。

4. 电路交换与报文分组交换的比较

表 3-1　电路交换与报文分组交换的比较

比较项目	线路交换	报文分组交换
信息形式	既适用于模拟信号，也适用于数字信号。	只适用于数字信号。
连接建立时间	平均连接建立时间较长。	没有连接建立时延。
传输时延	提供透明的服务，信息的传输时延非常小，数据传输数率恒定。	在每个结点的调用请求期间都有处理延时，且这种延时随着负载的增加而增加。
传输可靠性	完全依赖于线路。	设置有代码检验和信息重发设施，此外还具有路径选择功能，从而保证了信息传输的可靠性。
阻塞控制	没有相关控制机制。	将报文分组丢弃；采用某种流量控制手段将报文分组从其相邻结点通过。

3.2.2　数据报和虚电路

报文分组交换采用两种不同的方法来管理被传输的分组流：数据报和虚电路。

（1）数据报（Datagram）：面向无连接的数据传输，工作过程类似于报文交换。采用数据报方式传输时，被传输的分组称为数据报。在数据报传输方式中，把每个报文分组都作为独立的信息单位传送，与前后的分组无关，数据报每经过一个中间结点时，都要进行路由选择。

数据报的前部增加地址信息的字段，网络中的各个中间结点根据地址信息和一定的路由规则，选择输出端口，暂存和排队数据报，并在传输媒体空闲时，发往媒体乃至最终站点。

当一对站点之间需要传输多个数据报时，由于每个数据报均被独立地传输和路由，因此在网络中可能会走不同的路径，具有不同的时间延迟，按序发送的多个数据报可能以不同的顺序达到终点。因此为了支持数据报的传输，站点必须具有存储和重新排序的能力。

（2）虚电路（Virtual Circuit）：报文分组发送前，在源主机与目标主机之间各个中间结点建立发送路由，再进行报文分组的传输，所有报文分组都是按发送顺序到达目标主机，路由在逻辑链接期间都是固定的。虚电路是面向链接的数据传输，工作过程类似于电路交换，不同之处在于此时的电路是虚拟的。虚电路有永久虚电路和呼叫虚电路两种。永久虚电路是指在两个站点之间事先建立固定的链接，类似于存在一条专用电路，任何时候，站点之间都可以进行通信。呼叫虚电路是指用户应用程序可根据需要，动态建立和释放虚电路。采用虚电路方式传输时，物理媒体被理解为由多个子信道（称之为逻辑信道 LC）组成，子信道的串接形成虚电路（VC），利用不同的虚电路来支持不同的用户数据的传输。

采用虚电路进行数据传输需要经过以下三个过程：

虚电路建立：发送方发送含有地址信息的特定的控制信息块，该信息块途经的每个中间结点根据当前的逻辑信道（LC）使用状况，分配 LC，并建立输入和输出 LC 映射表，所有中间结点分配的 LC 的串接形成虚电路（VC）。

数据传输：站点发送的所有分组均沿着相同的 VC 传输，分组的发收顺序完全相同。

虚电路释放：数据传输完毕，采用特定的控制信息块，释放该虚电路。通信的双方都可发起释放虚电路的动作。

虚电路方式不适合站点之间具有频繁链接和交换短小数据的应用，因为虚电路的建立和释放需要占用一定的时间。

（3）数据报与虚电路比较。

表 3-2   数据报与虚电路比较

比较项目	数据报	虚电路
链接的建立与释放	传输无需链接建立和释放的过程。	传输需链接建立和释放的过程。
数据报（块）中的地址信息量	每个数据报中需带较多的地址信息。	数据块中仅含少量的地址信息（LC 号）。
数据传输路径	用户的连续数据块会无序地到达目的地；接收站点处理复杂。	用户的连续数据块沿着相同的路径，按序到达目的地；接收站点处理方便。
可靠性	当使用网状拓扑组建网络时，任一中间结点或者线路的故障不会影响数据报的传输（可以选择不同的路径），可靠性较高。	如果虚电路中的某个结点或者线路出现故障，将导致虚电路传输失效。
适用性	较适合站点之间少量数据。	较适合站点之间大批量的数据传输。

3.2.3   X.25 协议

（1）X.25 协议简介

X.25 协议，也是报文分组交换协议标准，是"在公用数据网（PDN）上以分组方式工作的数据终端设备 DTE 和数据电路与接收设备 DCE 之间的接口"。X.25 协议分物理层、链路层、报文分组层三个功能层次。X.25 与 OSI 的各层映射对照如图 3-3 所示。

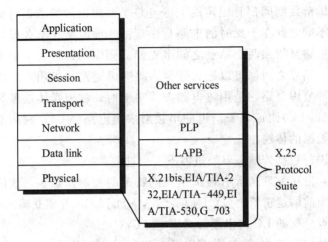

图 3-3　X.25 与 OSI 的各层映射对照

分组层采用异步时分复用方法,根据需要将 DTE-DCE 链路复用为多条全双工呼叫虚电路(调用虚电路)或永久虚电路。我国公用数据网遵守 X.121 编号制度的建议,根据该建议,DTE 与 DCE 之间的链路最多有 4 095 条虚拟线路。

(2)X.25 协议的设备

X.25 协议所使用的设备分为三类:

- 数据终端设备(DTE):是通过 X.25 网络通信的端点设备,常用为终端、PC 或网络主机。
- 数据链接设备(DCE):是通信设备,如调制解调器、交换机,它们链接 DTE 和 PSE。
- 分组交换(PSE):是将散的网络组合在一起的开关,它们传输数据到其他的 X.25 设备。

X.25 三种设备的关系如图 3-4 所示。

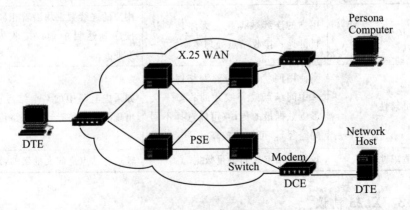

图 3-4　X.25 设备关系图

（3）X.25 会话的建立

当一个终端设备为了一次通信而请求另一个设备时，会话便建立了。接收到请求的设备可以接受也可以拒绝连接，如果请求被接受，那么两个设备便进行全双工通信。任何一个设备都可以终止链接，当会话终止后，任何新的会话都需要新的请求。

（4）X.25 的虚电路

虚电路是逻辑上的链接，确保两个网络设备之间的通信。虚电路表示逻辑的、双向的存在。物理上，链接可以通过多个结点，如 DCE、PSE。多条虚电路能够存在于同一条物理电路上。虚电路链接遥远的终点，并且数据被发送到适当的目标。下面为四条虚电路共存于同一条物理电路上的示意图。

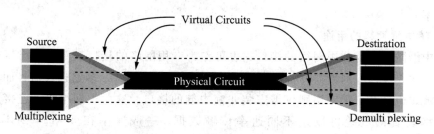

图 3-5　X.25 的虚电路示意图

虚电路有两种类型：

■ 交换式虚电路（SVC）：是为了零星传输而建立的临时链接。两个设备在建立、维持和终止时都需要进行通话。

■ 永久性虚电路（PVC）：是永久性的链接，用于经常发生的数据通信，它不需要为建立和终止而通话。

X.25 虚电路的基本操作：

当源 DTE 在包头指明虚电路将要被使用，同时发送包到临近的 DCE 设备。这时，该 DCE 检查包头以便决定将要使用哪一条虚电路，然后将包发送到这条虚电路中最近的 PSE。PSE 传递包到路径中的下一个结点，它可能是一个 PSE 或远程 DCE。当数据到达远端 DCE，将会检查包头确定目标地址，接着这个包便被发送到目标设备上。如果没有设备要传送信息则虚电路终止。

▶ 3.3　帧中继

3.3.1　帧中继简介

帧中继（Frame Relay）是利用数字系统的低误码率和高传输速率的特点，为用户提供质量更高的快速分组交换服务，是一种用于链接计算机系统的面向分组的通信方法。它主要用于公共或专用网上的局域网互联以及广域网链接。大多数公共电信局都提供帧中继服务，把它作为建立高性能的虚拟广域链接的一种途径。帧中继是进入带宽范围从 56kbps 到 1.544Mbps 的广域分组交换网的用户接口。

1. 帧中继的基本原理

帧中继是继 X.25 后发展起来的数据通信方式。从原理上看，帧中继与 X.25 及

ATM 都同属分组交换一类。但由于 X.25 带宽较窄，而帧中继和 ATM 带宽较宽，所以常将帧中继和 ATM 称为快速分组交换。

帧中继保留了 X.25 链路层的 HDLC 帧格式，但不采用 HDLC 的平衡链路接入规程(Link Access Procedure-Balanced，LAPB)，而采用 D 通道链路接入规程(Link Access Procedure on the D-Channel，LAPD)。LAPD 规程能在链路层实现链路的复用和转接，所以帧中继的层次结构中只有物理层和链路层。

与 X.25 相比，帧中继在操作处理上做了大量的简化。帧中继不考虑传输差错问题，其中结点只做帧的转发操作，不需要执行接收确认和请求重发等操作，差错控制和流量控制均交由高层端系统完成，所以大大缩短了结点的时延，提高了网内数据的传输速率。

2. 帧中继网络的用途

帧中继既可作为公用网络的接口，也可作为专用网络的接口。专用网络接口的典型实现方式是为所有的数据设备安装带有帧中继网络接口的 T₁ 多路选择器，而其他如语音传输、电话会议等应用则仅需安装非帧中继的接口。这两类网络中，连接用户设备和网络装置的电缆可以用不同速率传输数据，一般速率在 56kbps 到 E1 速率 (2.048Mbps)间。

3. 帧中继的常见应用有：

- 块交互数据
- 文件传送
- 支持多个低速率复用
- 字符交互
- 互联局域网

3.3.2 帧中继的体系结构

帧中继的体系结构：它沿用了分组交换把数据组成不可分割的帧的方法，以帧为单位发送、接收和处理。为了克服分组交换开销大，时延长的缺点，遵从 ISDN 用户数据与信令分离的原则，分成与用户信息传输有关的 U(User)功能及与呼叫控制有关的 C(Control)功能，将网络的工作减少到了最小程度。

1. 数据帧格式

帧中继帧的格式：帧中继的帧格式和 HDLC 的帧格式非常类似，两者最重要的区别是帧中继的帧格式中没有控制字段。帧中继帧的格式如图 3-6 所示。

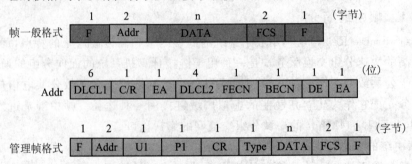

图 3-6　帧中继的帧格式

帧格式中的地址字段的主要作用是路由寻址，也兼管阻塞控制。地址字段一般由 2 个字节组成，在需要时也可扩展到 3 或 4 个字节。地址字段的组成如下：

- 数据链路连接标识符 DLCI 由高、低两部分共 10 比特组成，用于唯一表示一个虚连接。
- 命令/相应位 C/R 与高层应用有关，帧中继本身并使用。
- 扩展地址位 EA 为"0"表示下一字节仍为地址，为"1"表示地址结束，用于对地址字段进行扩展。对于 2 字节地址，其 EA0 为"0"、EA1 为"1"。
- 发送方将前向显示阻塞通知位 FECN 置为"1"，用于通知接收方网络出现阻塞；接收方将反向显示阻塞通知位 PECN 置"1"，用于通知发送方网络出现阻塞。
- 可丢弃位 DE 由用户设置，若置"1"，表示当网络发生阻塞时，该帧可被优先丢弃。

2. 帧中继拥塞的控制方式

帧中继在处理拥塞方面采用显示拥塞通知和隐式拥塞检测。所谓显示拥塞通知是在 Q.922 帧中使用 FECN 和 BECN 比特，网络可对用户帧中的这两个比特置位，以通知端用户在业务量同向或反向上发生了拥塞。所谓隐式拥塞是依赖端用户设备的智能检测拥塞状态的存在，当发生网络拥塞时，网络可以丢弃 DE 比特置为"1"的帧。用户端到端高层协议一旦检测出数据丢失，则表明网络发生拥塞。

拥塞控制主要应用拥塞避免和拥塞恢复这两个机制。拥塞避免是在发生拥塞状态时，网络通过在用户数据帧中置位 BECN 和 FECN，对用户发出明确通知，如果此时用户有效地降低发向网络的业务量，就可缓解拥塞状态。拥塞恢复是在用户设备不能有效地对 BEDN/FECN 进行反应，致使网络拥塞更趋严重时引发的。网络首先丢弃 DE 比特置位的用户帧，如果仍不能缓和拥塞，则会丢弃 BE 数据及至 BC 数据。

▶ 3.4　异步传输模式(ATM)

3.4.1　ATM 技术引入的背景

已有的各种高速网技术在支持这种对数据传输要求大容量、高实时性的应用时，总是存在这种或者那种不足。例如：高速以太网(100Mbps)采用 CSMA/CD 访问控制技术，高负载时的实时传输能力难以预计；FDDI(100Mbps)基于令牌传递的工作方式，令牌的处理和传递占用了宝贵的时间，统计延时为 10～200ms。因此，迫切需要一种新的网络技术来支持多媒体应用，包括支持 B-ISDN 的应用，这就是 ATM(异步传输模式)。ATM 被认为是为满足多媒体传输的要求而出现的一种新型通信技术。

ATM 标准主要由 CCITT 制定，CCITT 于 1985 年成立第 18 工作组，制订支持宽带综合业务数字网(B-ISDN)的标准，并将 ATM 作为支持 B-ISDN 传输的基础，在 CCITT 制定 ATM 标准的同时，一些大的公司(如：IBM，CISCO 等)也自发地开展讨论，建立了 ATM 论坛(www.atmforum.org)，希望通过讨论，明确设备的功能和分级，确定工业标准，保证相关产品的互操作性。

1. ATM 的基本概念

ATM(Asynchronous Transfer Mode)译为异步转移模式，或称异步传输模式、异步传送模式。ATM 是 B-ISDN 的核心技术。由于电路交换和分组交换都不能适应未来的宽带、多速率、不同 QoS 业务的发展需求。为此，逐渐推出了各种传输模式。其中最有吸引力的便是 ATM。

ATM 可定义为：面向链接的快速分组交换技术（Connection-oriented，high-speed packet switching）。基于固定长度信元的异步传输技术（53-byte celled streaming）。各种类型的信息流（包括语音、数据、视频等）均被适配成固定长度的 53 字节的"信元"（Cell）进行传输。信元是同步定时发送的，但信元所包含的信息之间却是异步，即不保证原来的信息顺序到达目的地。同电路交换与分组交换相比，ATM 以信元为单位的存储转发方式（信元交换）具有以下优点：

- 有极高的灵活性。
- 有高速传输及交换能力。
- 支持广播传送。

2. ATM 物理层

ATM 物理层可进一步划分为两个子层：

（1）物理媒体子层（PM）：PM 子层为 ATM 物理层的下子层，主要定义物理媒体与物理设备之间的接口（包括光电转换的准则），以及线路上的传输编码，最终支持位流在媒体上的传输。ATM 的信元允许封装在各种载波上传输，例如：T_1 系列、E_1 系列和 SDH 系列等。

（2）传输汇聚子层（TC）：TC 子层为 ATM 物理层的上子层，主要定义控制线路的方法。包括如下：

- 定义线路空闲时所用的闲置信元，这种闲置信元并不传递给高层实体，仅用于双方 TC 实体保持同步。
- 定义部分物理层操作和管理信元（PLOAM）的功能，以便对物理媒体进行性能监控、故障探测和传输差错报告等。PLOAM 的传输使用预先设置的 VPI/VCI。
- 将来自 PM 子层的位流或者字节流还原为信元。
- 为了保证信元头传输的完整性，TC 子层还提供信元头校验功能。

3. ATM 层

ATM 层是 ATM 数据链路层的下子层，在物理层上，为各种业务提供信元传输功能，提供端到端的数据服务。基本要素是虚连接。主要定义信元头的结构，以及使用物理链路的方法，如图 3-7 所示。

（1）信元头的结构

对应 ATM 交换的两种不同的接口，ATM 层定义了两种信元头结构：

- 网络用户端接口（UNI）定义了 ATM 交换机面向用户的信元头格式；
- 网络/网络端接口（NNI）定义了 ATM 交换机之间的接口信元头格式。

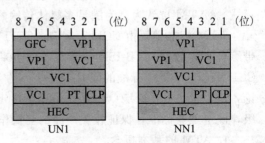

图 3-7　ATM 信元头的格式

（2）ATM 层的功能

ATM 层的功能为：信元复用/解复用、信元传输、流量控制、阻塞控制。具体如下：

- 信元的汇集和分检：负责将多个输入端口的信元分检到不同的输出端口；
- VPI/VCI 的管理：根据 VPI/VCI 映射表，将输入端口来的信元中的 VPI/VCI 映射成输出端口对应的 VPI/VCI，并填充进信元头；
- 信元头的增删：ATM 子层实体接收来自 AAL 子层的信元体，并增加信元头，形成信元；接收方 ATM 子层实体执行相反的动作，完成删除信元头的任务；
- 信元速率调整：不同的链路需要不同的信元速率，如：SDH STM-1 链路（线路速率为 155.520Mbps，数据速率为 150.336Mbps）每秒应传输 35 000 多个信元；如果输入的实际信元不够时，ATM 层必须生成空信元填充信道。

4. ATM 适配层

ATM 适配层（AAL：ATM Adaptation Layer）是 ATM 核心（包括 ATM 层和物理层，与业务无关）和高层间的接口，它是为使 ATM 层能适应不同业务类型而设置的，故 ATM 对各种业务承载能力集中体现在 ATM 适配层。ATM 适配层又细分为若干子层。具体如图 3-8 所示。

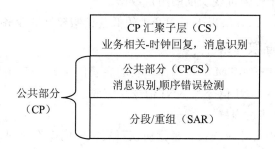

图 3-8　ATM 适配层的若干子层

3.4.2　ATM 类型

1. ATM 适配层类型有以下几种类型：

（1）信令 AAL：专用来支持 ATM 信令消息的适配层。

（2）AAL_1：由于传送恒速率（CBR）业务数据及其定时信息（包括发送定时及时钟恢复），主要目的是用来模拟电路交换。CSS（Circuit Switching Simulation）能支持 $N \times 64kbps$ 的不变速率话音传送；同时也（仅）支持 G.726 下的 ADPCM 的恒比特率压缩语音数据。

AAL_1 的优点：

- 速率恒定：用于 $N \times 64kbps$ 语音数据；
- 可以通过部分填充的办法发送信元，以减少传送时延（用到 AAL_1 指针）。

AAL_1 用于语音传送时有如下缺点：

- 比 TDM 多占 12%～15% 的带宽；
- 不能利用静默技术提高带宽利用率；
- 只能使用恒比压缩算法。

（3）AAL_2：AAL_2 适用于低速率及变比特率传送，相对于 AAL_1 而言，AAL_2 在语音传送方面具有一定的优势：

- 适合实时传送，并允许使用静默技术、语音压缩及带内信令；
- 在一个虚通路 VC 中可以传送多话路，且业务性能可以不同；
- AAL_2 可以节省带宽，比 AAL_1 更经济。

（4）$AAL_{3/4}$：$AAL_{3/4}$ 将 CS 子层分为公共部分 CS（CPCS）和业务特定 CS（SSCS）。$AAL_{3/4}$ 支持两种业务模式：消息模式 MM（Message Mode）和流模式 SM（Streaming Mode）。$AAL_{3/4}$ 对于每种模式都提供两种操作：确保操作和非确保操作。

（5）AAL_5：在 AAL_5 中，数据（可以长达 65，536 字节）先被缓存，被分割适配到 ATM 信元并透明传输，同时加上了纠错，因而 AAL_5 特别适合可变比特率数据传送，支持面向连接的、对时延不太敏感的业务。AAL_5 的优点是开销小、纠错强，同 $AAL_{3/4}$ 相比，AAL_5 的唯一不同在于不支持复用。

2. ATM 适配层的几种类型使用性比较

- AAL_0 用于传送原始 ATM 信元（信令和短消息）。
- AAL_1 适配面向连接的实时性恒定比特率业务。
- AAL_2 传输 B 类业务即可变化比特率、面向连接的实时业务。
- $AAL_{3/4}$：用于传输可变长度的用户数据。
- AAL_5：用于 CPCS 层以下适配开销较低且检错较好的业务。

3.4.3 ATM 连接管理

ATM 连接管理属于 ATM 的控制面，它的底层依靠 SAAL 来保证数据传输的正确性。ATM 连接管理由 UNI 信令和 NNI 信令来完成。

（1）ATM 呼叫连接过程

ATM 运用消息进行呼叫连接，根据协议可有不同的操作流程。

（2）ATM 地址操作

ATM 地址同 IP 地址的作用类似，目的是在世界范围内的 ATM 网络中标识一个 ATM 终端。ATM 地址与传统的 MAC 地址有所不同，它不完全是由厂家在生产时定义的，它还与 ATM 终端所处的 ATM 网络有关。

▶ 3.5 本章小结

电路交换又称为线路交换，它类似于电话系统，希望通信的计算机之间必须事先建立物理线路（或者物理连接）。整个电路交换的过程包括建立线路、占用线路并进行数据传输、释放线路三个阶段。

报文分组交换：把较长的报文分解成一系列报文分组，以分组为单位采用"存储-转发"交换方式进行通信。报文分组交换是面向无连接的传输方式，中间结点具有路径选择功能，延迟大不适做实时要求高的数据传输，模拟数据必须在传输前面被转换成数字信号。

帧中继（Frame Relay）是利用数字系统的低误码率和高传输速率的特点，为用户提供质量更高的快速分组交换服务，是一种用于连接计算机系统的面向分组的通信方法。

它主要用于公共或专用网上的局域网互联以及广域网连接。

X. 25 协议，也是报文分组交换协议标准，是"在公用数据网（PDN）上以分组方式工作的数据终端设备 DTE 和数据电路连接设备 DCE 之间的接口"。

虚电路是逻辑上的连接，确保两个网络设备之间的通信。虚电路表示逻辑的、双向的存在。物理上，连接可以通过多个结点，如 DCE、PSE。多条虚电路能够存在于同一条物理电路上。

▶ 3.6　复习题

一、单项选择题

1. 在 Internet 专线连接中，目前投入使用的专线入网方式有：CATV、DDN、ISDN 和（　　）。
   A. 路由器　　　　　B. 中继器　　　　　C. 网桥　　　　　D. 帧中继

2. 帧中继的网络传输只包括 OSI 参考模型的（　　）。
   A. 物理层和数据链路层　　　　　　B. 数据链路层
   C. 网络层　　　　　　　　　　　　D. 物理层、网络层和数据链路层

3. 在 ATM 中采用了固定长度的信元，其长度为（　　）字节。
   A. 60　　　　　　B. 53　　　　　　C. 48　　　　　　D. 36

4. 帧中继协议是（　　）研究的成果。
   A. PSTN　　　　　B. ISDN　　　　　C. DDN　　　　　D. X. 25 分组交换网

5. ATM 技术的特点是（　　）。
   A. 调整、低传输延迟、信元小　　　B. 网状拓扑
   C. 以帧为数据传输单位　　　　　　D. 针对局域网互联

6. 下面关于网络技术的叙述中，（　　）是正确的。
   A. C/S 结构中服务器控制管理数据能力已由数据库方式上升到文件管理方式。
   B. 在总线形拓扑结构中，信道是以分时方式进行操作，该信道负责任何两个设备之间的全部数据传输。
   C. 典型的电路交换网是 ISDN 网和电话拨号网。
   D. 帧中继网可在单条链路上（如租用线路）实现多个连接。

7. 下面关于 ISDN 的叙述中，（　　）是错误的。
   A. ISDN 具有 WAN 类型的通信业务，它不同于 LAN 技术。
   B. ISDN 不遵守 CCITT 标准，它遵守 OSI 标准和各国标准化组织开发的标准。
   C. ATM 也是 B-ISDN 的核心技术。
   D. ISDN 支持电话和非电话业务。

8. 采用 ATM 交换技术，具有同样信息头的信元在传输线上并不对应某个固定的时间间隙，也不是按周期出现的。因此，其信道复用方式为（　　）。
   A. 同步时分复用　　　　　　　　　B. 异步时分复用
   C. PCM 复用　　　　　　　　　　　D. 频分多路复用

9. ATM 信元及信头的字节数分别为（　　　）。

  A. 5，53   B. 50，5   C. 50，3   D. 53，5

10. 帧中继是继 X.25 之后发展起来的数据通信方式，但帧中继与 X.25 不同，其复用和转接是发生在（　　　）。

  A. 物理层   B. 网络层   C. 链路层   D. 运输层

二、问答题

1. 简述电路交换的特点。

2. 简述电路交换的过程。

3. 简述时分交换技术的工作原理。

4. 简述报文分组交换的优点。

5. 试比较电路交换和报文分组交换。

6. 简述报文分组交换网的阻塞控制策略。

7. 试比较帧中继机制和传统的 X.25 报文分组交换业务之间的关键差异。

8. 简述帧中继的应用。

9. 简述帧中继的体系结构。

10. 简述帧中继阻塞控制的基本原则。

11. 简述信元交换的特点。

12. 简述 ATM 信头结构及各字段的作用。

13. 简述 ATM 物理层及其各子层的功能。

▶ 3.7　实践项目

3.7.1　交换机的管理配置

实训目标：

熟悉交换机的各种命令模式。

实训仪器：

1. 交换机实验箱　　　1 台

2. PC 机　　　　　　1 台

3. 专用配置电缆　　　1 根

实训内容：

1. 掌握交换机的管理途径。

2. 学会交换机的各种命令行模式。

实训原理：

1. 交换机简介

交换机是通信网络中的物理交换设备，它拥有许多端口，每个端口有自己的专用带宽，并且可以连接不同的网段。交换机各个端口之间的通信是同时的、并行的，这就大大提高了信息吞吐量。为了进一步提高性能，每个端口还可以连接一个设备。

为了实现交换机之间的互联或与高档服务器的连接，局域网交换机一般拥有一个或几个高速端口，如 100M 以太网端口、FDDI 端口或 155M ATM 端口，从而保证整个网络的传输性能。

2. 交换机的特性

通过集线器共享局域网的用户不仅是共享带宽，而且是竞争带宽。可能由于个别用户需要更多的带宽而导致其他用户的可用带宽相对减少，甚至被迫等待，因而也就耽误了通信和信息处理。利用交换机的网络微分段技术，可以将一个大型的共享式局域网的用户分成许多独立的网段，减少竞争带宽的用户数量，增加每个用户的可用带宽，从而缓解共享网络的拥挤状况。由于交换机可以将信息迅速而直接地送到目的地，能大大提高速度和带宽，能保护用户以前在介质方面的投资，并提供良好的可扩展性，因此交换机不但是网桥的理想替代物，而且是集线器的理想替代物。

与网桥和集线器相比，交换机从下面几方面改进了性能：

1)通过支持并行通信，提高了交换机的信息吞吐量。

2)将传统的一个大局域网上的用户分成若干工作组，每个端口连接一台设备或连接一个工作组，有效地解决拥挤现象。这种方法人们称之为网络微分段(Micro-segmentation)技术。

3)虚拟网(VirtuaI LAN)技术的出现，给交换机的使用和管理带来了更大的灵活性。我们将在后面专门介绍虚拟网。

4)端口密度可以与集线器相媲美，一般的网络系统都是有一个或几个服务器，而绝大部分都是普通的客户机。客户机都需要访问服务器，这样就导致服务器的通信和事务处理能力成为整个网络性能好坏的关键。

交换机主要从提高连接服务器的端口的速率以及相应的帧缓冲区的大小，来提高整个网络的性能，从而满足用户的要求。一些高档的交换机还采用全双工技术进一步提高端口的带宽。以前的网络设备基本上都是采用半双工的工作方式，即当一台主机发送数据包的时候，它就不能接收数据包，当接收数据包的时候，就不能发送数据包。由于采用全双工技术，即主机在发送数据包的同时，还可以接收数据包，普通的 10M 端口就可以变成 20M 端口，普通的 100M 端口就可以变成 200M 端口，这样就进一步提高了信息吞吐量。

3. 交换机的工作原理

传统的交换机本质上是具有流量控制能力的多端口网桥，即传统的(二层)交换机。把路由技术引入交换机，可以完成网络层路由选择，故称为三层交换，这是交换机的新进展。交换机(二层交换)的工作原理和网桥一样，是工作在链路层的联网设备，它的各个端口都具有桥接功能，每个端口可以连接一个 LAN 或一台高性能网站或服务器，能够通过自学习来了解每个端口的设备连接情况。所有端口由专用处理器进行控制，并经过控制管理总线转发信息。

同时可以用专门的网管软件进行集中管理。除此之外，交换机为了提高数据交换的速度和效率，一般支持多种方式。

1)存储转发：

所有常规网桥都使用这种方法。它们在将数据帧发往其他端口之前，要把收到的帧完全存储在内部的存储器中，对其检验后再发往其他端口，这样其延时等于接收一个完整的数据帧的时间及处理时间的总和。如果级联很长时，会导致严重的性能问题，但这种方法可以过滤掉错误的数据帧。

2)切入法：

这种方法只检验数据帧的目标地址，这使得数据帧几乎马上就可以传出去，从而大大降低延时。

其缺点是：错误帧也会被传出去。错误帧的概率较小的情况下，可以采用切入法以提高传输速度。而错误帧的概率较大的情况下，可以采用存储转发法以减少错误帧的重传。

4. 交换机的种类

交换机是数据链路层设备，它可将多个物理 LAN 网段连接到一个大型网络上，与网络类似，交换机传输和溢出也是基于 MAC 地址的传输。由于交换机是用硬件实现的，因此，传输速度很快。传输数据包时，交换机要么使用存储—转发交换方式，要么使用断—通交换方式。目前有许多类型的交换机，其中包括 ATM 交换机，LAN 交换机和不同类型的 WAN 交换机。

1)ATM 交换机

ATM(Asynchronous Transfer Mode)交换机为工作组、企业网络中枢以及其他众多领域提供了高速交换信息和可伸缩带宽的能力。ATM 交换机支持语音、视频和文本数据应用，并可用来交换固定长度的信息单位(有时也称元素)。企业网络是通过 ATM 中枢链路连接多个 LAN 组成的。

2)局域网交换机

LAN 交换机用于多 LAN 网段的相互连接，它在网络设备之间进行专用的无冲突的通信，同时支持多个设备间的对话。LAN 交换机主要是用于高速交换数据帧。通过 LAN 交换机将一个 0Mbps 以太网与一个 100Mbps 以太网互联。

5. 以太网交换机配置方式

以太网交换机的配置方式很多，如本地 Console 口配置、Telnet 远程登录配置、Ftp、Tftp 配置和亚终端方式配置。其中最为常用的配置方式就是 Console 口配置、Telnet 远程配置和 Web 配置。为了方便大家学习，我们每个实验都分别采用 Console 口配置、Telnet 远程配置和 Web 配置三种方式来完成。

实训步骤：

1. Console 口配置交换机

1)连接设备、开启超级终端

用串口对交换机进行配置是最基本和最常用的方法。用串口配置交换机时，我们首先需要用专用配置电缆连接交换机的串口和 PC 机的串口，如图 3-9 所示。

具体操作步骤：

a. 连接设备。通过配置电缆将交换机串口和 PC 机串口连接起来(见图 3-9)，如果已经连接，请确认连接的主机串口是 COM1 还

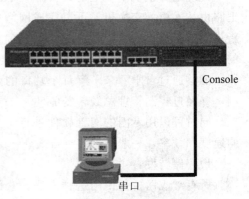

图 3-9　交换机、PC 机连接示意图

是 COM2。

b. 新建连接。进入开始—程序—附件—通信—超级终端，创建超级终端，Windows 的附件都有此软件，选择超级终端后显示如下对话框（见图 3-10）。

图 3-10　连接描述对话框

c. 在名称框里面输入你所创建的超级终端的名称，我们在这里输入 6808（以后所有实验我们都是使用这个超级终端），然后在图标里面选一个你喜欢的图标，然后点击确定，出现下面的对话框（见图 3-11）。

图 3-11　连接到对话框

d. 选择串口。在连接时使用方框里面选择你连接交换机串口和 PC 机串口时使用 COM1 或 COM2，然后点确定，出现下面的对话框（见图 3-12）。

e. 配置串口工作参数。在图 3-12 所示对话框里面直接点击"还原为默认值（R）"。

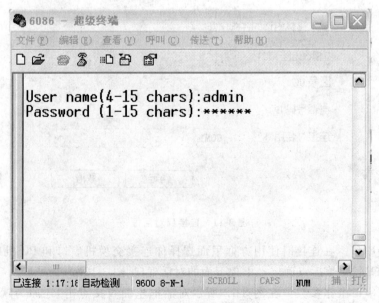

图 3-12　COM1 属性设置

完成上述配置之后，如果交换机已经启动，回车即可建立与交换机的通信。

f. 登录交换机。我们可以看到命令行提示符提示输入用户名和密码，我们必须输入用户名和密码才能进行配置交换机的工作。系统默认内置了一个用户名 admin，初始密码为 123456（请不要修改此密码，以免影响其他用户的使用）。我们输入用户名和密码（见图 3-13），然后回车。这样我们就成功地通过超级终端登录交换机了，然后我们可以进行配置交换机的各项实验了。

图 3-13　输入用户名和密码

2)熟悉各种命令行模式

a. 我们输入用户名 admin 和密码 123456 后回车，就出现下面的对话框(见图 3-14)，这样就进入了普通用户模式。

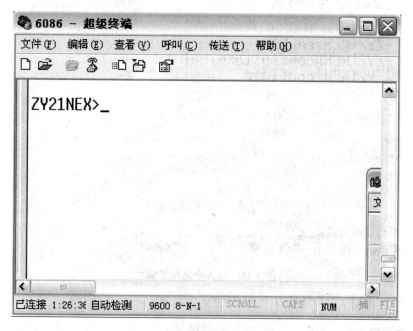

图 3-14 进入普通用户模式

b. 在命令行里面输入 enable 就进入了特权用户模式(见图 3-15)。

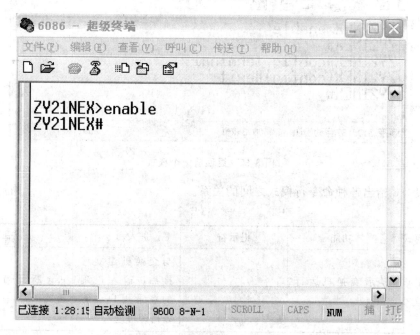

图 3-15 进入特权用户模式

c. 在命令行里面输入 config terminal 就进入了全局配置模式(见图 3-16)。

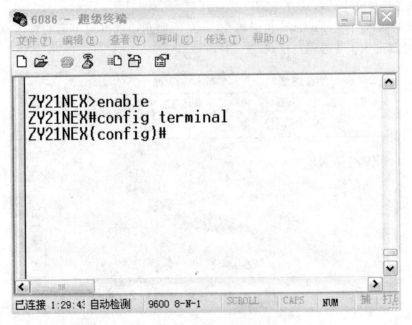

图 3-16　进入全局配置模式

d. 在任意模式下都可以键入命令 exit 来回到前一个模式（见图 3-17）。

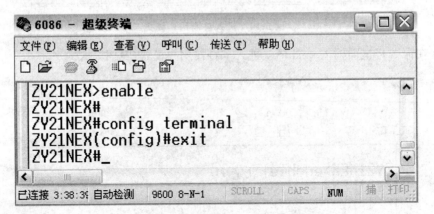

图 3-17　返回前一个模式

3）表 3-3 给出各种命令行模式之间的关系。

表 3-3

命令行模式	功能	提示符	进入命令	退出命令
普通用户模式	查看交换机运行信息	ZY21NEX>	与交换机建立连接后，输入正确的登录用户名和密码即可进入。	exit 断开与交换机连接

续表

命令行模式	功能	提示符	进入命令	退出命令
特权用户模式	查看交换机运行信息，进行系统管理	ZY21NEX#	在普通用户模式下输入 enable。	exit 返回普通用户模式 quit 断开与交换机连接
全局配置模式	配置全局性参数	ZY21NEX(config)#	在特权用户模式下输入 config terminal。	exit、end 返回特权用户模式 quit 断开与交换机连接
以太网端口配置模式	配置以太网端口参数	ZY21NEX(config-if-Ethernet-0/1)#	在全局配置模式下输入 interface ethernet 0/1。	end 返回特权用户模式 exit 返回全局配置模式
VLAN 配置模式	配置 VLAN 参数	ZY21NEX(config-if-vlan-2)#	在全局配置模式下输入 vlan 2。	quit 断开与交换机连接

2. Telnet 远程配置交换机

当使用 Telnet 方式登录交换机之前，必须先使用超级终端登录交换机，进入全局配置模式，设置交换机的 IP 地址和子网掩码。首先我们采用超级终端登录交换机，配置了交换机的 IP 地址为 192.168.1.1，子网掩码为 255.255.255.0，网关采取默认的 0.0.0.0，然后使用专用配置电缆将 PC 机网口与交换机任一网口相连。

依次点击开始→运行，然后在运行的打开框中输入 telnet 192.168.1.1，然后点击确定，进入登录界面（如图 3-18 所示）。

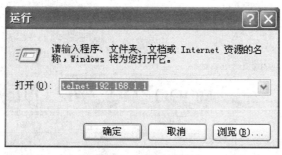

图 3-18　登录界面

照图 3-19 在命令行的提示下依次输入用户名 admin 和密码 123456，即可登录交换机进行配置。

图 3-19　输入用户名和密码

登录后其他配置命令、方式和使用超级终端的一样，这里我们就不重复讲解了，希望同学们自己尝试这种登录方式。

3. Web 配置交换机

1）当使用 Web 方式登录交换机之前，必须先使用超级终端登录交换机，进入全局配置模式，设置交换机的 IP 地址和子网掩码。首先我们采用超级终端登录交换机，配置了交换机的 IP 地址为 192.168.1.1，子网掩码为 255.255.255.0，网关采取默认的 0.0.0.0，然后使用专用配置电缆将 PC 机网口与交换机任一网口相连。

2）打开 Internet，在地址栏里面输入：//192.168.1.1，进入登录界面，然后输入用户名 admin 和密码 123456 登录交换机，如图 3-20 所示。

图 3-20　登录界面

3）点击"登录"，即可登录交换机，我们可以看到如图 3-21 的配置页面。

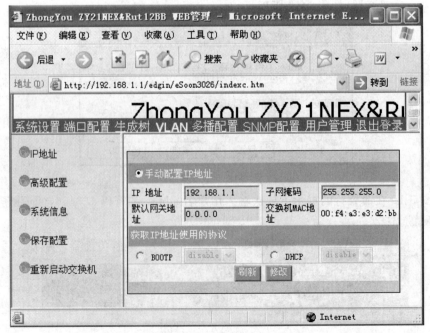

图 3-21　登录交换机

由于使用 Web 登录方式管理交换机使用的是一个交互式管理方式，比较简单，所以我们就不多介绍，为了让大家更加熟悉命令行模式，所以所有实验都是采用的 Telnet 和 Console □ 登录方式管理交换机，关于 Web 方式希望同学们自己尝试。

思考题：

1. 主机与交换机之间通过 Telnet 建立连接时，采用交换机的什么口？这时使用的是双绞线的直连线还是交叉线？

2. 观察你所配置的交换机的型号，说出它是几层交换机？

3. 请你说出二层交换机和集线器之间的区别？

3.7.2　交换机的 IP 配置

实训目标：

1. 深入了解 IP 地址的作用。

2. 熟悉交换机 IP 地址的配置方法。

实训仪器：

1. 交换机实验箱　　　1 台

2. PC 机　　　　　　1 台

3. 专用配置电缆　　　2 根

4. 掌握交换机的管理途径

实训内容：

1. 熟悉 MAC 地址的作用。

2. Console 口配置交换机的 IP 地址。

实训原理：

所谓 IP 地址，是指分配给连接在 Internet 上的主机的一个唯一的 32 比特地址。IP 地址一般由两部分组成：第一部分为网络号码，第二部分为主机号码。IP 地址的结构使我们可以在 Internet 上方便地进行寻址。配置交换机 IP 地址共有三种方式：DHCP（动态主机配置协议）方式，DHCP 客户机可以向 DHCP 服务器动态地请求配置信息，包括分配的 IP 地址、子网掩码、缺省网关等重要参数；BOOTP 方式针对静态主机配置 IP 地址；还可以通过 ipaddress 命令手工来配置 IP 地址，不过只能选择这 3 种方式中其中一种来获取 IP 地址。

1. 通过 ipaddress 命令

用手工方式来设置交换机的 IP 地址、子网掩码、网关地址，可以用缺省的网关地址。请在全局配置模式下使用下列命令：

ipaddress A. B. C. D E. F. G. H ［ I. J. K. L ］

参数 A. B. C. D 为交换机 IP 地址，E. F. G. H 为交换机子网掩码，I. J. K. L 为交换机网关地址，网关地址是可选择的，如果命令中没有设置网关地址，那么网关地址就默认为 0.0.0.0。

注意：手工设置 IP 地址之前，应保证当前交换机没有配置 DHCP 方式或者 BOOTP 方式获取 IP 地址，如果已经配置了 DHCP 方式或者 BOOTP 方式，则必须先使用命令 no dhcp 或者 no bootp 取消相应的配置，否则会提示出错。

2. 若选择通过 BOOTP 方式来获取交换机 IP 地址

请在全局配置模式下使用下列命令设置交换机通过 BOOTP 方式获取 IP 地址：

bootp

设置交换机取消通过 BOOTP 方式获取 IP 地址：

no bootp

注意：

通过 BOOTP 方式设置 IP 地址之前，应保证当前交换机没有通过 DHCP 方式获取 IP 地址，如果已经通过了 DHCP 方式获得配置 IP，则必须先使用命令 nodhcp 取消相应的配置，然后再使用 BOOTP 方式配置 IP，否则会提示出错。

3. 我们使用 show ipaddress 命令查看交换机的 IP 地址

将显示交换机的 IP 地址获取方式、IP 地址、子网掩码、网关地址等信息。在任一模式下执行以下命令：

show ipaddress

实训步骤：

1. Console 口配置交换机

1）连接好交换机后开机并启动超级终端，并配置好波特率和连接时所使用的串口。

2）以管理员 admin 账号和密码登录交换机。

3）先使用命令 enable 进入特权模式，然后使用 config terminal 进入全局配置模式。

4）在全局模式下先使用下述命令取消 BOOTP 和 DHCP：

no bootp

no dhcp

第一个命令是取消 BOOTP 配置，第二个命令是取消 DHCP 配置，如图 3-22 所示。

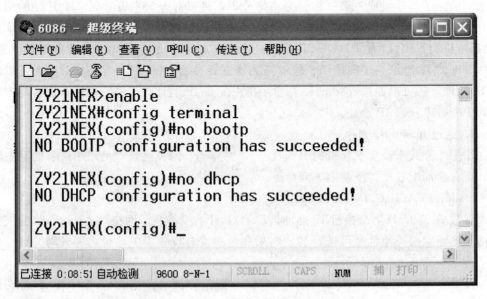

图 3-22　取消 BOOTP 和 DHCP 配置

5)然后我们再来手动配置交换机的 IP 和掩码，输入下列命令：

Ipaddress 192.168.1.1 255.255.255.0

这样交换机的 IP 地址就设置为 192.168.1.1，掩码为 255.255.255.0，使用默认网关地址，如图 3-23：

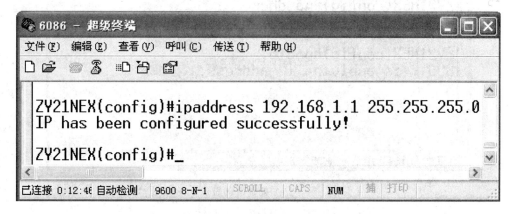

图 3-23　设置 IP 地址等

6)使用 show ipaddress 命令查看交换机的 IP。

在命令行里面输入 show ipaddress，我们可以看到如图 3-24 所示的配置结果。

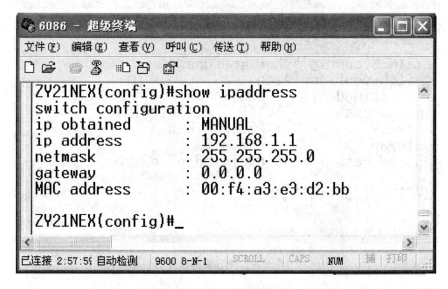

图 3-24　配置结果

7)使用 BOOTP 静态配置交换机 IP。

由于前面已经输入了取消 DHCP 和 BOOTP 配置方式的命令，所以这里我们可以直接使用下面命令来进行 BOOTP 配置：

bootp

这是静态配置 IP 方式，如果交换机和 Internet 相连接，则可显示配置成功，如果交换机没有和 Internet 连接，则配置失败，如图 3-25 所示。

如果配置成功，我们在全局配置模式下输入命令：

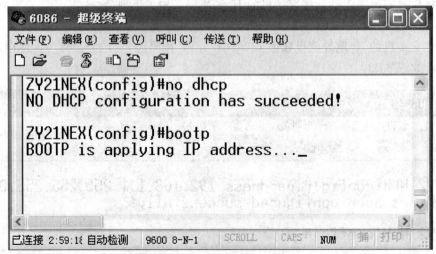

图 3-25　配置信息显示

show ipaddress

我们可以看到 IP 及掩码跟前面相比有所改变，如图 3-26 所示。

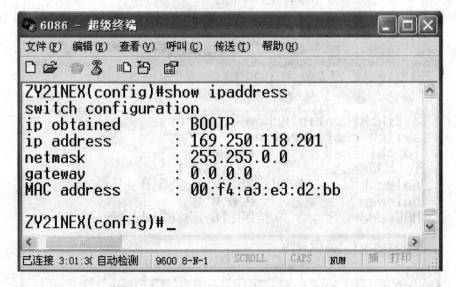

图 3-26　IP 及掩码改变

2. Web 配置交换机

1）Web 方式登录交换机。假设我们已经使用 Console 口配置了交换机的 IP 为 192.168.1.1，并且交换机和 PC 机已经用专用电缆连接，我们在地址栏中输入 \\192.168.1.1，然后依次输入用户名 admin 和密码，登录交换机。

2）手动配置交换机 IP 地址。在系统设置→IP 地址中，选择手动配置 IP 地址，然后依次输入要设的 IP 地址、子网掩码、默认网关地址，点击修改，即可更改交换机 IP 地址，如图 3-27 所示。

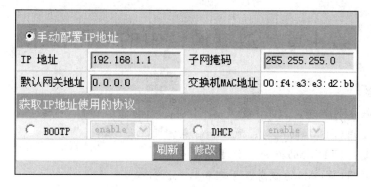

图 3-27　手动配置

3）使用 BOOTP 方式配置交换机 IP 地址。在系统设置→IP 地址中选择 BOOTP，然后在后面的下拉列表框中选择 enable，点击修改，即可采用 BOOTP 方式配置交换机 IP 地址，如图 3-28 所示。

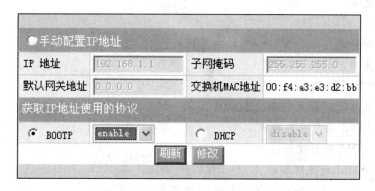

图 3-28　采用 BOOTP 方式配置

思考题：

1. IP 地址的作用是什么？
2. 子网掩码的作用是什么？

第 4 章   数据通信中的复用技术

本章内容
- 复用技术的概念、作用和分类。
- 频分复用(FDM)的概念、原理和特点。
- 时分复用(TDM)的概念、原理和特点。
- 波分复用(WDM)的概念、原理和特点。
- 多路复用器的种类、结构和主要技术指标。
- 各种复用技术的应用。

本章重点
- 时分复用
- 波分复用

本章难点
- 同步时分复用与异步(统计)时分复用的区别。
- 多路复用器的技术指标。

本章能力目标和要求
- 掌握多路复用技术的概念和分类。
- 理解 FDM 的原理和特点。
- 理解 TDM 的原理和特点。
- 理解 WDM 的原理和特点。
- 掌握时分复用器和波分复用器的结构与主要技术参数。
- 了解各种复用技术的应用。

多路复用技术是通信系统中的一项基本技术。通过多路复用技术,多个终端能共享一条高速信道,从而达到节省信道资源的目的。

▶ 4.1   概述

通信系统中,经常需要在异地之间同时传送多路信号,一般采用两种方式:一是近距离多路信号传输,采用多路低速传输介质分别传输多路信号;二是远距离多路信号传输,采用一条高速传输介质传输多路信号,即所谓的多路复用技术。由于远距离通信中布线问题的限制等,采用一条传输介质来传输多路信号的方式表现出了其固有的优点。

采用多路复用技术能把多个信号组合起来在一条物理信道上进行传输,它相当于将一条物理信道划分为几条逻辑信道,在远距离传输时可大大节省通信线路的安装和维护费用,提高信道利用率。

多路复用的基本原理如图 4-1 所示。

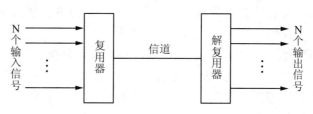

图 4-1 　多路复用基本原理

信道指的是指以传输媒介为基础的信号通道。在发送端，将多个低速信道通过一个多路复用器组合成一个高速信道，以此来提高信道的利用率；在接收端，再将此高速信道通过解复用器分解为多个低速信道。

多路复用技术的理论依据是信号分割原理。信号分割的依据在于信号之间的差别。这种差别可以体现在频率、时间、码型、波长等参量上。按照频率参量的差别来分割信号的多路复用称为频分多路复用(FDM)；按照时间参量上的差别来分割信号的多路复用称为时分多路复用(TDM)；根据码型结构的不同来分割信号的多路复用称为码分多路复用(CDM)；按照波长参量上的差别来分割信号的多路复用称为波分多路复用(WDM)。本章主要介绍数据通信中常用的 FDM、TDM 和 WDM。

▶ 4.2　频分多路复用

通常，在通信系统中，信道所能提供的带宽远远大于传输一路信号所需要的带宽。因此，一个信道只传输一路信号是非常浪费的。为了充分利用信道的带宽，因而提出了频分复用的概念。

频分复用(FDM，Frequency Division Multiplexing)就是将用于传输信道的总带宽划分成若干个子频带(或称子信道)，每一个子信道传输一路信号。频分复用要求总频率宽度大于各个子信道频率之和，同时为了保证各子信道中所传输的信号互不干扰，应在各子信道之间设立隔离带，这样就保证了各路信号互不干扰。频分复用技术的特点是所有子信道传输的信号以并行的方式工作，每一路信号传输时可不考虑传输时延。

FDM 的原理如图 4-2 所示。发送端由低通滤波器(LPF)限制信号的传输频带，避免调制后的信号与相邻信号产生干扰。调制器利用不同的载频把各路信号搬移到不同的频段，再通过带通滤波器(BPF)把已调信号的频带控制在各自的范围。各路信号经信

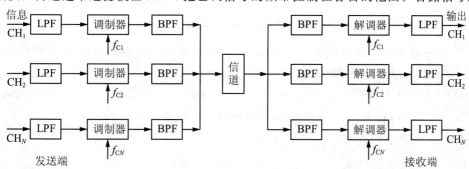

图 4-2 　FDM 示意图

道传输至接收端，带通滤波器对收到的信号按频段进行分开，送至解调器，解调后再由低通滤波器恢复出原始信号。

FDM 的最大优点是技术成熟，容许复用的路数高，分路也容易。其主要缺点是：保护频带占用了一定的信道带宽，使信道利用率低；设备生产比较复杂，不易小型化；会因滤波器件特性不够理想和信道内存在非线性而产生路间干扰。FDM 主要应用在模拟通信系统中，特别是在有线和微波通信系统中应用广泛。

▶ 4.3 时分多路复用

时分多路复用(TDM，Time Division Multiplexing)是将传输信号的时间进行分割，使不同的信号在不同时间内传送，即将整个传输时间分为许多时间间隔(称为时隙、时间片等)，每个时间片被一路信号占用。换句话说，TDM 就是通过在时间上交叉发送每一路信号的一部分来实现一条线路传送多路信号。线路上的每一时刻只有一路信号存在，而 FDM 是同时传送若干路不同频率的信号。

TDM 以时间作为分割信号的参量，信号在时间位置上分开但它们能占用的频带是重叠的。当传输信道所能达到的数据传输速率超过了传输信号所需的数据传输速率时即可采用 TDM。

TDM 的原理如图 4-3 所示。假设甲、乙两地有 n 对用户要同时进行数据通信，但只有一对传输线路，于是就在收发双方各加一对电子开关 K_1、K_2 来控制不同的用户占用信道的不同时间，轮流传送每一路信号。K_1 旋转一周即对每路信号抽样一次，K_1 旋转一周的时间就等于抽样周期。只要接收端的电子开关 K_2 与发送端的电子开关 K_1 保持同频同相，确保发送端信号能够在接收端正确接收，即可实现时分复用。

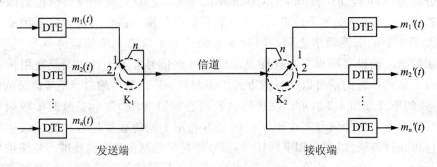

图 4-3 TDM 示意图

TDM 的优点是频带利用率高，不易产生干扰。缺点是通信双方时隙必须严格保持同步。与 FDM 相比，TDM 更适合传输数字信号。

TDM 又分为同步时分复用(STDM，Synchronous Time Division Multiplexing)和异步时分复用(ATDM，Asynchronous Time Division Multiplexing)。

4.3.1 同步时分复用

同步时分复用(STDM)采用固定时间片分配方式，即将传输信号的时间按特定长度连续地划分成特定时间段，再将每一时间段划分成等长度的多个时隙(时间片)，每个时隙以固定的方式分配给各路数字信号。各路数字信号在每一时间段都顺序分配到一个时隙。通常，与复用器相连接的是低速设备（如终端），复用器将低速设备送来的在时间上连续的低速率数据经过提高传输速率，将其压缩到对应时隙，使其变为在时间上间断的高速时分数据，以达到多路低速设备复用高速链路的目的。

由于在同步时分复用方式中，时隙预先分配且固定不变，无论时间片拥有者是否传输数据都占有一定时隙，形成了时隙浪费，其时隙的利用率很低，为了克服 STDM 的缺点，引入了异步时分复用（ATDM）技术。

4.3.2　异步时分复用

异步时分复用（ATDM）技术又被称为统计时分复用（STDM, statistical time division multiplexing），它能动态地按需分配时隙，避免每个时间段中出现空闲时隙。

ATDM 就是只有某一路用户有数据要发送时才把时隙分配给它。当用户暂停发送数据时不给它分配线路资源（时隙）。线路的空闲时隙可用于其他用户的数据传输。所以每个用户的传输速率可以高于平均速率（即通过多占时隙），最高可达到线路总的传输能力（即占有所有的时隙）。如线路总的传输能力为 28.8kbps，3 个用户共用此线路，在同步时分复用方式中，则每个用户的最高速率为 9 600bps，而在 ATDM 方式时，每个用户的最高速率可达 28.8kbps。为了识别每个时隙中信息的来源和目的地，需要在时隙内另外添加信息的地址。

ATDM 与 STDM 的工作原理比较如图 4-4 所示。

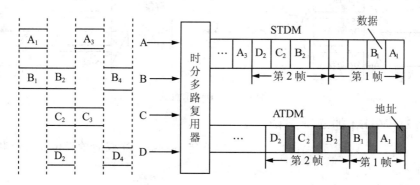

图 4-4　STDM 与 TDM 的工作原理比较图

ATDM 的优点是提高了信道利用率，但是技术复杂性也比较高，而且增加了额外开销，加重了系统负担。相比而言，STDM 适用于实时性要求高的场合，如语音通信；而 ATDM 适用于信道利用率要求高的场合，如数据通信。

▶ 4.4　波分多路复用

波分多路复用（WDM，Wave Division Multiplexing）是一种新发展起来的多路复用技术，它采用一种新的复用方式，使光纤通信的容量能够成几十倍地提高。它也将是数据通信系统今后的主要通信传输复用技术之一。

4.4.1　WDM 的基本原理

WDM 是将光纤的可用带宽(波长)划分成多个独立的波长，每个波长是一个信道，用来传输一路光信号。WDM 技术能够充分利用单模光纤低损耗区带来的巨大带宽资源(如 1 550nm 窗口有 4THz)，提高光纤的利用率。

WDM 技术实际上是在光纤信道上使用频分多路复用的一个变种。频率不同，对应的光的波长就不同，它利用了光具有不同的波长的特征。光信号用波长而不是频率来表示所使用的光载波。WDM 和 FDM 不同之处是光波频率很高。但是 WDM 与 FDM 使用的技术原理是一样的，只要每个信道使用的频率范围各不相同，就可以使用波分多路复用技术，将光纤信道分为多个波段，每个波段传输一种波长的光信号，这样在一根共享光纤上可同时传输多个不同波长的光信号。由于不同波长的光载波信号可以看做互相独立(不考虑光纤非线性时)，因而双向传输的问题很容易解决，只需将两个方向的信号分别安排不同波长传输即可。

根据波分复用器的不同，可以复用的波长数也不同，从 2 个到 132 个不等，这取决于所允许的光载波波长的间隔大小。

WDM 的原理如图 4-5 所示。发端的光发射机发出波长不同且精度和稳定度满足一定要求的光信号，经过光波长复用器(合波器)合并送入光纤传输，到达接收端后将光波送入光波长分用器(分波器)分解出原来的各路光信号。

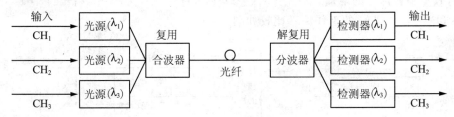

图 4-5　WDM 示意图

4.4.2　WDM 的三种结构

WDM 系统主要有三种结构：光单向单纤传输系统、光双向单纤传输系统和光分路插入传输系统。

1. 光单向单纤传输系统

光单向单纤传输系统结构如图 4-6 所示。在这种系统中，发送端将载有各种信息的、不同波长的已调光信号 λ_1，λ_2，…，λ_n 通过合波器组合在一起，在一条光纤中单向传输，由于各信号是通过不同光波长携带的，所以彼此之间不会混淆。接收端使用分波器将不同波长的信号分开，从而完成信号传输的任务。

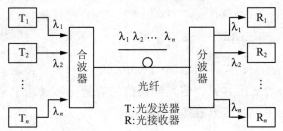

图 4-6　光单向单纤传输系统

在单向传输结构中，WDM 通信可以很容易地扩大系统的传输容量，总的传输容量为每个不同波长信道传输容量之和。如果每个信道的传输容量相同，则一个具有 n 个不同波长信道的系统总容量为一般光纤通信系统的 n 倍。这种传输容量的扩容并不改变原有的光纤设施。

2. 光双向单纤传输系统

光双向单纤传输系统如图 4-7 所示。在这种系统中，在一根光纤中实现两个方向信号的同时传输，两个方向信号分别由不同的波长承载，实现彼此的通信联络，这种结构也称为单纤全双工通信系统。

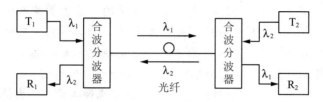

图 4-7　光双向单纤传输系统

3. 光分路插入传输系统

光分路插入传输系统如图 4-8 所示。在这种系统中，两端都需要一组合波分波器，合波器将光信号 λ_3，λ_4 插接到光纤中，分波器将光信号 λ_1，λ_2 从光纤信号中分接出来，通过不同波长光信号的合流与分流实现信息的上、下通路。

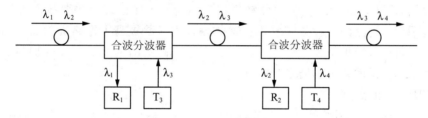

图 4-8　光分路插入传输系统

4.4.3　WDM 技术的优点

WDM 技术的主要优点如下：

(1)可以充分利用光的巨大带宽资源，随着光纤制造技术和水平提高，将来有可能在 1290～1600nm 开放 WDM。

(2)可节约大量光纤，对于早期敷设的芯数不多的光缆，利用 WDM 可不必对原有系统作较大改动，扩容比较方便。可节省线路系统(不计 2.5Gbps 光端机和 OUT)投资，在 160km 线路上开 4×2.5Gbps WDM 时比占 4 对光纤各开 2.5Gbps，时省 28% 投资，当开 8×2.5Gbps WDM 时比，8 对光纤各开 2.5Gbps，节约 50% 费用。

(3)WDM 克服了色散对高速系统限制。如现在以 G.652 光纤扩容时，当速率达到 10Gbps 以上时，色散成为主要限制，因光纤的色散会导致所传输的光脉冲宽度的展宽。WDM 可大大减轻色散影响。

(4)WDM 可以在一根光纤上双向传输也可以单向传输。单向 WDM 是在一根光纤上所有光信道同时在相同方向传送。双向 WDM 是在一根光纤上光信道同时以双向传送，有的 WDM 器件具有互易性（双向可逆），即一个器件既可作合波器也可作分波器，在一根光纤上实现全双工通信。

（5）由于同一根光纤中传输的信号彼此独立，故可传输各种特性不同的信号。如数字信号（如不同速率）、模拟信号等。

（6）WDM 通道对数据格式和信息比特是透明的，与速率及电调制方式无关。在网络逐步扩容和发展方面，是很适合网络运营者投资策略的扩容手段。只要增加一个附加波长，就可引入新业务或新容量。

（7）利用 WDM 技术来实现透明的，有保护、倒换功能的全光网络。如光分插复用器（OADM）和光路交叉连接（OXC），在大容量交换时可大大简化网络结构，而且网络层次分明，各种业务的调度只需调度相应光信号的波长即可实现。由此带来网络的灵活性、经济性和可靠性。在可以预见的未来可望实现的全光网络中，各种信息业务的上下、交叉连接等都是在光上通过对信号的改变和调度来实现的。

（8）WDM 与光纤放大器（OA）组合运用，对长距离通信可节约大量网元，节约投资和维护费，而且设备可靠性也提高。

▶ 4.5 多路复用器

4.5.1 时分复用器

下面以 SDH 设备为例说明时分复用器的结构、工作原理和主要技术参数。SDH 是当前应用最为广泛的一种数字复用传输体制，它显著提高了网络资源的利用率，并大大降低了管理和维护费用，实现了灵活、可靠和高效的网络运行、维护与管理，因而在现代信息传送网络中占据重要地位。

1. SDH 复用器的种类

SDH 网络的基本网络单元有终端复用器（TM）、分插复用器（ADM）、再生中继器（REG）和数字交叉连接设备（DXC）等。

（1）终端复用器（TM）

TM 用在网络的终端站点上，它是一个双端口器件，如图 4-9 所示。

TM 的主要任务是将低速支路信号（如 2Mbps、140Mbps、STM-M 信号）复用到高速 STM-N 信号中，或从 STM-N 信号中分出低速支路信号。

（2）分插复用器（ADM）

ADM 用于 SDH 网络的转接站点处，它是一个三端口器件，如图 4-10 所示。

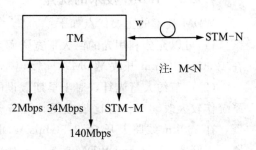

图 4-9 终端复用器

ADM 的作用是将低速支路信号交叉复用进线路信号上去，或从接收的线路信号中拆分出低速支路信号。例如 ADM 可以一次从 STM-N 中分插出 2Mbps 支路信号，十分简便。

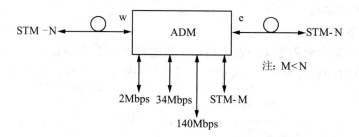

图 4-10　分插复用器

（3）再生中继器（REG）

SDH 传输网的 REG 有两种，一种是对光信号直接放大的光再生中继器（即光放大器），另一种是对光信号间接放大的电再生中继器。此处讲的是后一种再生中继器。

REG 是双端口器件，只有两个线路端口，而没有支路端口，如图 4-11 所示。

REG 的作用是将光纤长距离传输后受到较大衰减及色散畸变的光脉冲信号转换成电信号并进行放大、整形、再生为规划的电脉冲信号，再调制光源变换为光脉冲信号送入光纤继续传输，以延长通信距离。

图 4-11　再生中继器

（4）数字交叉连接设备（DXC）

DXC 是一个多端口器件，它实际上相当于一个交叉矩阵，完成各个信号间的交叉连接，如图 4-12 所示。

DXC 的主要作用是实现支路之间的交叉连接。DXC 除了可以实现支路之间的交叉连接以外，还兼有复用、配线、光/电和电/光转换、保护/恢复、监控及网管等多种功能。实际中常常把数字交叉连接的功能内置在 ADM 中，或者说 ADM 包括了数字交叉连接的功能。

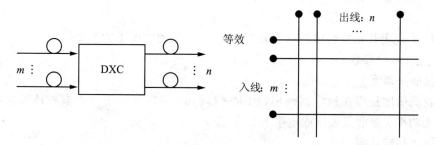

图 4-12　数字交叉连接设备

2. SDH 设备的技术指标

在 SDH 网络中，不仅有统一的电接口标准，而且还有统一的光接口标准，这样不同厂家生产的具有标准光接口的 SDH 设备都能在光路上互通，即具备横向兼容性。下面介绍 SDH 设备光接口的主要参数。

（1）光发射机参数

1）最大－20dB 谱宽

单纵模激光器主要能量集中在主模，所以它的光谱宽度是按主模的最大峰值功率跌落到－20dB 时的最大带宽来定义的。单纵模激光器光谱特性如图 4-13 所示。

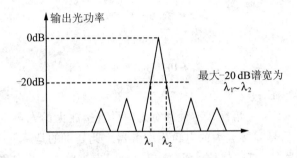

图 4-13　单纵模激光器光谱图

2）最小边模抑制比（SMSR）

在动态调制状态下，单纵模激光器的光谱特性也会呈现多个纵模，与多纵模激光器的区别在于此时单纵模激光器所产生的边模功率要比主模功率小得多，这样才能抑制单纵模激光器的模分配噪声。因而人们除了用谱宽以外，还用最小边模抑制比（SMSR）来衡量其能量在主模上的集中程度。

最小边模抑制比（SMSR）定义为主纵模的平均光功率 P_1 与最显著的边模的平均光功率 P_2 的比值，即

$$SMSR = 10 \lg (P_1/P_2) \tag{4-1}$$

在 ITU-T G.957 建议中，规定单纵模激光器的最小边模抑制比（SMSR）的值应不小于 30dB。

3）平均发送功率

平均发送功率是指测得的发射机发送的伪随机信号序列的平均光功率。

4）消光比（EX）

消光比定义为信号"1"的平均发光功率 A 与信号"0"的平均光功率 B 的比值。

$$EX = 10 \lg (A/B) \tag{4-2}$$

ITU-T 规定长距离传输时，消光比为 10dB，其他情况下为 8.2dB。

（2）光接收机参数

1）接收灵敏度

接收灵敏度是指在给定误码率（$BER = 1 \times 10^{-10}$）的条件下，光端机能够接收的最小平均光功率。接收灵敏度的电平单位是 dBm。

2）接收过载功率

接收过载功率是指在给定误码率（$BER = 1 \times 10^{-10}$）的条件下，所需接收的最大平均光功率。之所以存在过载功率，是因为当接收光功率高于接收灵敏度时，由于信噪比的改善使误码率（BER）变小，但随着光接收功率的继续增加，接收机进入非线性工作区，反而会使误码率（BER）下降，如图 4-14 所示。

图中 A 点处的光功率是接收灵敏度，B 点处的光功率是接收过载功率，A—B 之间

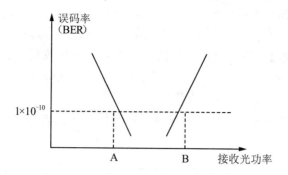

图 4-14　误码率(BER)曲线图

的范围是接收机可正常工作的动态范围。

3)接收机反射系数

光接收机的反射系数是指在光接收机入口的反射光功率与入射光功率之比。各速率等级光接口的最大反射系数一般为 $-14 \sim -27\mathrm{dB}$。

4)光通道功率代价

根据 ITU-T G.957 建议,光通道功率代价应包括码间干扰、模分配噪声等所引起的总色散代价以及光反射功率代价,通常不得超过 1dB。

4.5.2 波分复用器

1. 光波分复用器的种类

光波分复用器是对光波波长进行分离与合成的光无源器件。对于不同的应用领域,光波分复用器件有不同的技术要求和不同的制作方法,一般的分光元件包括光栅、干涉滤波片以及波导等。

光波分复用一般应用波长分割复用器和解复用器(也称合波/分波器)分别置于光纤两端,实现不同光波的耦合与分离,这两个器件的原理是相同的。光波分复用器的主要类型有介质模型、光栅型、波导阵列光栅型和光纤光栅等。下面以介质模型为例加以说明,如图 4-15 所示。

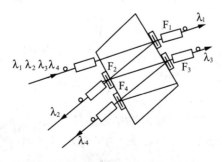

图 4-15　由窄带介质模带通滤波光片构成的 4 通道 WDM

它由 5 支自透镜软线、4 组滤光片和 1 个通光基体组成,构成 4 通道波分滤波器。

以解复用为例,其工作过程如下:输入为 λ_1,λ_2,λ_3,λ_4 的光信号,解复用后分别由不同端口输出 4 个波长为 λ_1,λ_2,λ_3,λ_4 的信号,形成 4 通道。由于入射光以一定角度射入滤光片,可以使器件的回波损耗达 50dB。

2. 光波分复用器的原理框图

光波分复用器的原理框图如图 4-16 所示。当光信号从单端口到 N 端口进行传输时，器件用作解复用器。注入到输入端的是含有 n 个不同波长的合波信号，解复用器按波长的不同，分别将不同波长的光信号输出到相应的端口。对于给定的工作波长器件应具有最低的插入损耗，最大的端口隔离度。

当光信号从 N 端口到单端口进行传输时，器件用作复用器。复用过程的处理正好与解复用过程相反。

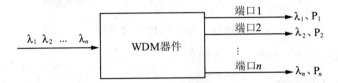

图 4-16　光波分复用器的原理框图

3. 光波分复用器的技术参数

(1)中心波长 λ_1，λ_2，$\cdots$，λ_n

它是由设计、制造者根据相应的国际标准、国家标准或实际应用要求选定的。例如对于密集型波分复用器 ITU-T 规定在 1 550nm 区域，1 552.52nm 为标准波长，其他波长与标准波长的间隔规定为 0.8nm(100G)或 0.4nm(50G)。

(2)中心波长工作范围 $\Delta\lambda_1$，$\Delta\lambda_2$，$\cdots$，$\Delta\lambda_n$

对于每一工作通道，器件必须给出一个适应于光源谱宽的范围。该参数限定了我们所选用的光源(LED 或 LD)的谱线宽度及中心波长位置。它通常以平均信道间隔的10%表示。

(3)插入损耗 L_i

通常，由于光链路中使用波分复用器/解复用器后，光链路损耗的增加量称为波分复用的插入损耗，定义为该无源器件的输入和输出端口之间的光功率之比(dB)。以解复用器为例，中心波长对应的最小插入损耗 L_i 的表示式为：

$$L_i = 10 \lg \frac{P_{0i}}{P_i}(\mathrm{dB}) \tag{4-3}$$

式中：P_{0i} 代表波长为 λ_i 的光波在解复用器输入端合波信号中的光功率；P_i 代表波长为 λ_i 的光波在解复用器输出端的光功率。

(4)相邻信道之间的串音衰减(隔离度)L_{ij}

器件输入端口的光进入非指定输出端口光能量大小，又称串扰，WDM 器件将来自一个输入端口的 n 个波长(λ_1，λ_2，$\cdots$，λ_n)信号分离后送到 n 个输出端口，每个端口对应一个特定的标称波长 $\lambda_j(j=1$，$\cdots$，$n)$，隔离度为

$$L_{ij} = 10 \lg \frac{P_j}{P_i}(\mathrm{dB}) \tag{4-4}$$

式中：P_j 表示波长为 λ_j 的光波在本输出端口(j 端口)的输出光功率，P_i' 则表示波长为 λ_i 的光波在输出端串扰到 j 端口的输出光功率。

该参数是衡量解复用器的另一项重要指标，在数字通信系统中一般大于 30dB。

当器件作为解复用器时，注入到入射端（单端口）的各种光波信号，分别按照波长传输到对应的出射端（n 个端口之一），对于不同的工作波长器输出端口是不同的。在给定的工作波长的光信号从输入单端口传输到对应的输出口时，器件具有最低的插入损耗，而其他输出端口对该输入光信号具有理想的隔离。作为复用器时，起作用同上述情况相反，在给定的工作波长的光信号从对应输入端口（n 个端口之一）传输到输出端（单端口）时，具有最低的插入损耗，而其他输入端口对该输入光信号有理想的隔离，以避免信道的串扰。

▶ 4.6　复用技术的应用

4.6.1　FDM 的应用

FDM 多用于模拟信号的传输。它最常见的应用是模拟电话系统和有线电视传输系统。

1. 模拟电话系统

FDM 模拟电话系统中，采用的传输介质为双绞线。滤波器将每个语音通道的带宽限制在 3 000 Hz 左右。当多个通道被复用在一起时，每个通道分配 4 000 Hz 的带宽，以便彼此频带间隔足够大，防止出现串音。在复用器中，这些相似的信号被调制到不同的载波频率上。然后，将调制后的信号合成为一个复用信号并通过宽频带的传输媒介传送出去。解复用过程是复用过程的逆过程。解复用器采用滤波器将复合信号分解成各个独立信号。然后，每个信号再被送往解调器将它们与载波信号分离。最后将传输信号送给接收方处理。

2. 有线电视传输系统

FDM 的另一个常见应用是有线电视传输系统。目前，有线电视系统中主要使用同轴电缆作为传输媒介，同轴电缆的传输带宽大约为 500 MHz。一个模拟电视频道大约需要 6 MHz 的传输带宽。因此从理论上讲，一条同轴电缆可以同时承载 83 个电视频道。

不管是模拟电视信号还是数字电视信号都是采用 FDM 方式传输，因为对于数字电视信号而言，尽管在每一个频道（8 MHz）以内是时分复用传输的，但各个频道之间仍然是以频分复用的方式传输的。

4.6.2　TDM 的应用

TDM 与 FDM 一样，有着非常广泛的应用，数字电话系统就是其中最经典的例子，此外 TDM 在广电网络、数据通信网络也同样取得了广泛的应用。

1. 同步时分复用技术的应用

同步时分复用具有传输时延小、传输速率高、透明传输等优点，PDH、SDH、DDN 等系统都是同步时分复用技术的典型应用。

（1）PDH

PDH（Plesiochronous Digital Hierarchy，准同步数字序列）是由原 CCITT 建议的准同步数字复接系列。它采用异步复接方式和按位复接方式。原 CCITT 推荐了两种

PDH 系列:一种是北美和日本等国采用的 24 路系统,即以 1.544Mbps 作为一次群(基群)的数字速率系列;另一种是欧洲和中国等国家采用的 30/32 路系统,即以 2.048Mbps 作为一次群(基群)的数字速率系列。由此形成了世界上两大互不兼容的 PDH 体系。我国采用的 PDH 系列分为 4 个速率等级,即一次群(基群)、二次群、三次群和四次群,对应的传输速率分别为 2.048Mbps、8.448Mbps、34.368Mbps 和 139.264Mbps。

随着现代通信网的发展和用户要求的日益提高,PDH 的不足逐渐显露出来,如标准不统一、没有光接口、上下话路不方便、维护管理功能较弱等,PDH 已逐渐被新的数字复接系列——SDH 所代替。

(2)SDH

SDH(Synchronous Digital Hierarchy,同步数字序列)是由 ITU-T G.707 建议所规定的同步数字复接系列。采用同步复接方式和按字节复接方式。SDH 共有 4 个速率等级,即 STM-1、STM-4、STM-16 和 STM-64,传输速率分别为 155.520Mbps、622.080Mbps、2 488.320Mbps 和 9 953.280Mbps。

相比 PDH,SDH 具有以下的主要特点:

①把世界上现在并存的两大准同步数字系列(三个地区性标准)融合在统一的标准之中,在 STM-1 的基础上得到统一,实现数字通信传输体制上的世界性标准。

②统一了光接口标准,减少和简化了接口种类。同时光接口成为开放性接口,可以在光纤线路上实现横向兼容(即一条光纤线路上可以安装不同厂家的设备)。

③具有同步复用特性,即利用软件可以从高速数字信号流中直接提取/插入低速支路信号,上下业务方便灵活。

④帧结构中安排了丰富的维护管理比特,使网络的维护管理能力大大加强。

⑤SDH 信号结构的设计考虑了网络传输和交换应用的最佳化,组网灵活、网络生存能力强。

⑥具有完全的前向兼容性和后向兼容性。前向兼容性是指 SDH 网与现有的 PDH 网能完全兼容。后向兼容性是指 SDH 能容纳各种新的业务信号,如局域网信号、ATM 信元、IP 数据报等。

(3)DDN

数字数据网(Digital Data Network,DDN)是利用数字信道传输数据信号的数据传输网。

DDN 是同步数据传输网,不具备交换功能。DDN 采用交叉连接装置,可根据用户需要,定时接通所需的路由,具有极大的灵活性。由于 DDN 采用了同步时分复用技术,用户数据在固定的时隙以预先设定的通道带宽和速率顺序传输,免去了目的终端对数据的重组,提高了速率,减小了时延。DDN 是可以支持任何规程且不受约束的全透明网,对用户的技术要求较少,可满足数据、图像、声音等多种业务的需要。

2. 统计时分复用技术的应用

统计时分复用能够根据信号源是否需要发送数据信号和信号本身对带宽的需求情况来分配时隙,主要应用场合为数据通信网,如分组交换网、帧中继、ATM、IP、以太网等。

(1)分组交换网

分组交换网(X.25)是继电路交换网和报文交换网之后的一种新型交换网络,它主要用于数据通信。分组交换是一种存储转发的交换方式,它将用户的报文划分成一定长度的分组(可以定长和不定长),以分组为存储转发。因此,它比电路交换的利用率高,比报文交换的时延小,具有实时通信的能力。分组交换利用统计时分复用原理,将一条数据链路复用成多个逻辑信道,最终构成一条主叫、被叫用户之间的信息传送通路,称之为虚电路,实现数据的分组传送。

．(2)帧中继

帧中继是在 X.25 分组交换技术基础上发展起来的一种快速分组交换传输技术,用户信息以帧(可变长)为单位进行传输,并对用户信息流进行统计时分复用。

(3)ATM

ATM 支持面向连接(非物理的逻辑连接)的业务,具有很大的灵活性,可按照多媒体业务实际需要动态分配通信资源,对于特定业务,传送速率随信息到达的速率而变化。ATM 具有统计时分复用的能力,能够适应任何类型的业务。

(4)IP

IP 数据传输是 Internet 的核心技术,它支持无连接的数据业务,系统单独为各个IP 数据报选择路由,网络资源按照统计时分复用的方式进行分配,具有资源利用率高、传输简便等优点。

(5)以太网

以太网是应用最为广泛的一种局域网技术,它主要处理数据业务,而且高速以太网(如吉比特以太网)已逐渐成为宽带城域骨干网采用的主流技术。以太网交换机端口(RJ45)所带的用户信道使用率通常是不相同的,经常会出现有的信道很忙,有的信道处于空闲状态,即便是以太网交换机所有的端口都处于通信状态下,还会涉及带宽的不同需求问题,而数据交换的特性在于突发性,只有通过统计时分复用,即带宽动态分配才能降低忙闲不一的现象,从而最大限度地利用网络带宽。

4.6.3　WDM 的应用

目前,WDM 技术主要分为应用在长途网络中的密集波分复用(DWDM)系统和应用在城域网中的粗波分复用(CWDM)系统,并为全光通信网的发展进行必要的准备。

(1)密集波分复用(DWDM)

DWDM 可以承载 8～160 个波长,而且随着 DWDM 技术的不断发展,其分波波数的上限值仍在不断地增长,间隔一般≤1.6nm,主要应用于长距离传输系统。DWDM能够在同一根光纤中把不同的波长同时进行组合和传输,为了保证有效传输,一根光纤转换为多根虚拟光纤。目前,采用 DWDM 技术,单根光纤可以传输的数据流量高达400bps,随着厂商在每根光纤中加入更多信道,每秒太位的传输速度指日可待。

(2)粗波分复用技术(CWDM)

继在骨干网及长途网络中应用后,WDM 技术也开始在城域网中得到使用,主要指的是粗波分复用技术(CWDM)。CWDM 使用 1 200～1 700nm 的宽窗口,目前主要应用波长在 1 550nm 的系统中,当然 1 310nm 波长的波分复用器也在研制之中。CWDM

器相邻信道的间距一般≥20nm，它的波长数目一般为 4 波或 8 波，最多 16 波。当复用的信道数为 16 或者更少时，由于 CWDM 系统采用的 DFB 激光器不需要冷却，在成本、功耗要求和设备尺寸方面，CWDM 系统比 DWDM 系统更有优势，CWDM 越来越广泛地被业界所接受。CWDM 无需选择成本昂贵的密集波分解复用器和"光放"EDFA，只需采用便宜的多通道激光收发器作为中继，因而成本大大下降。如今，不少厂家已经能够提供具有 2～8 个波长的商用 CWDM 系统，它适合在地理范围不是特别大、数据业务发展不是非常快的城市使用。

(3) 全光网

WDM 是一种在光域上的复用技术，形成一个光层的网络即"全光网"，将是光通信的最高阶段。建立一个以 WDM 和 OXC(光交叉连接)为基础的光网络层，实现用户端到端的全光网连接，用一个纯粹的"全光网"消除光电转换的瓶颈，将是未来的趋势。现在 WDM 技术还是基于点到点的方式，但点到点的 WDM 技术作为全光网通信的第一步，也是最重要的一步，它的应用和实践对于全光网的发展具有重要的作用。

▶ 4.7 本章小结

多路复用是指两个或多个用户共享公用信道的一种机制。多路复用主要有频分多路复用(FDM)、时分多路复用(TDM)、码分多路复用(CDM)和波分多路复用(WDM)几种。

FDM 就是将用于传输信道的总带宽划分成若干个子频带(或称子信道)，每一个子信道传输一路信号。

TDM 是将传输信号的时间进行分割，使不同的信号在不同时间内传送，即将整个传输时间分为许多时间间隔(称为时隙)，每个时间片被一路信号占用。TDM 又分为同步时分复用(STDM)和异步时分复用(ATDM)。

STDM 采用固定时间片分配方式，即将传输信号的时间按特定长度连续地划分成特定时间段，再将每一时间段划分成等长度的多个时隙(时间片)，每个时隙以固定的方式分配给各路数字信号。各路数字信号在每一时间段都顺序分配到一个时隙。

ATDM 技术又被称为统计时分复用(STDM)，它能动态地按需分配时隙，避免每个时间段中出现空闲时隙。STDM 的优点是提高了信道利用率，但是技术复杂性也比较高，而且增加了额外开销，加重了系统负担。

WDM 是将光纤的可用带宽(波长)划分成多个独立的波长，每个波长是一个信道，用来传输一路光信号。波分多路复用系统有 3 种基本结构，即光多路复用单向单纤传输系统、光双向单纤传输系统、光分路插入传输系统。

SDH 网的基本网络单元有终端复用器(TM)、分插复用器(ADM)、再生中继器(REG)和数字交叉连接设备(DXC)等。

SDH 光接口的主要参数有：光发射机参数，如最大−20dB 谱宽、最小边模抑制比(SMSR)、平均发送功率等；光接收机参数，如接收灵敏度、接收过载功率、接收机反射系数、光通道功率代价等。

光波分复用一般应用波长分割复用器和解复用器(也称合波/分波器)分别置于光纤

两端,实现不同光波的耦合与分离,这两个器件的原理是相同的。光波分复用器的主要类型有介质模型型、光栅型、波导阵列光栅型和光纤光栅等。

光波分复用器的主要技术参数有中心波长 λ、中心波长工作范围 $\Delta\lambda$、插入损耗、相邻信道之间的串音衰减(隔离度)、回波损耗等。

FDM 多用于模拟信号的传输。它的应用中最常见的是模拟电话系统和有线电视传输系统。

TDM 在数字电话系统、广电网络、数据通信网络中取得了广泛的应用。在 PDH、SDH、DDN 等系统中利用了同步时分复用技术,在分组交换网、帧中继、ATM、IP、以太网中利用了异步时分复用技术。

目前,WDM 技术主要分为应用在长途网络中的密集波分复用(WDM)系统和应用在城域网中的粗波分复用(CWDM)系统,并为全光通信网的发展进行必要的准备。

▶ 4.8　关键术语

多路复用:是指两个或多个用户共享公用信道的一种机制。

FDM:频分复用,将用于传输信道的总带宽划分成若干个子频带,每一个子频带传输一路信号。

TDM:时分复用,将整个传输时间分为许多时隙,每个时隙被一路信号占用。

同步时分复用:采用固定时间片分配方式,每个时隙以固定的方式分配给各路数字信号。

异步时分复用:又被称为统计时分复用,它能动态地按需分配时隙。

WDM:波分复用,将光纤的可用带宽(波长)划分成多个独立的波长,每个波长用来传输一路光信号。

DWDM:密集波分复用,可以承载 8 ~ 160 个波长,相邻信道的间隔一般 $\leqslant 1.6nm$。

CWDM:粗波分复用,相邻信道的间距一般 $\geqslant 20nm$,它的波长数目一般为 4 波或 8 波,最多 16 波。

▶ 4.9　复习题

一、单项选择题

1. 下列关于多路复用的表述正确的是(　　)。
   A. 一条线路一路信息　　　　B. 多条线路多路信息
   C. 一条线路多路信息　　　　D. 多条线路一路信息

2. 下列哪种多路复用技术多用于传输数字信号?(　　)。
   A. 频分多路复用　　　　　　B. 同步时分多路复用
   C. 统计时分多路复用　　　　D. B 和 C

3. 在同步 TDM 中,对于 N 个信源,每一帧至少包含(　　)个时间片。
   A. N　　　　B. <N　　　　C. >N　　　　D. 与 N 无关

4. 在异步 TDM 中，对于 N 个信源，每一帧包含 M 个时间片，通常 M(　　　)N。

　　A. ＜　　　　　　B. ＞　　　　　　C. ＝　　　　　　D. 两者无关

5. 有线电视是(　　　)的一个典型例子。

　　A. 时分多路复用　　　　　　　B. 频分多路复用

　　C. 码分多路复用　　　　　　　D. 微波多路复用

6. DDN 采用(　　　)技术将支持数字信息高速传输的光纤通道划分为一系列的子信道。

　　A. 时分多路复用　　　　　　　B. 频分多路复用

　　C. 波分多路复用　　　　　　　D. 码分多路复用

7. 在采用 TDM 时，对于容量为 2.048Mbps 的信道来说，如果共享信道的所有信息源传输速率都为 64 kbps，则在一个周期内，该信道可允许(　　　)个信息源共享而不发生相互干扰或重叠。

　　A. 32　　　　B. 16　　　　C. 4　　　　D. 256

8. 能够有效提高光纤带宽利用率的复用技术是(　　　)。

　　A. FDM　　　B. TDM　　　C. CDM　　　D. WDM

二、填空题

1. 根据信号分割技术的不同，多路复用可以分为(　　)、(　　)、(　　)和(　　)。

2. WDM 系统的三种基本结构分别是：(　　)、(　　)和(　　)。

3. SDH 网的基本网络单元有(　　)、(　　)、(　　)和(　　)等。

4. 光发射机的主要参数有(　　)、(　　)、(　　)、(　　)，光接收机的主要参数有(　　)、(　　)、(　　)、(　　)。

5. 光波分复用器的主要参数有(　　)、(　　)、(　　)、(　　)。

三、简答题

1. 什么是多路复用技术？有何作用？

2. 什么是 FDM？有何特点？

3. 什么是 TDM？有何特点？

4. 什么是同步 TDM 和异步 TDM？它们有何区别？

5. 什么是 WDM？有何特点？

6. TM、ADM、REG、DXC 的作用各是什么？

7. 光波分复用器是如何工作的？

8. 说明各种复用技术的主要应用。

▶ 4.10　实践项目

4.10.1　项目 4-1

实训目标：

掌握 SDH 设备光接口参数的测试方法。

实训仪器：

1. SDH 设备

2．光功率计

3．测试尾纤

4．2M 误码仪

5．固定光衰减器

实训内容：

1. SDH 设备光接口发送功率的测试。

2. SDH 设备光接口灵敏度的测试。

实训原理：

1．光接口发送功率的测试原理

光接口发送功率是指 SDH 设备光发送接口的平均光功率，可以用光功率计对其进行测量。光接口发送功率的测试原理如图 4-17 所示。

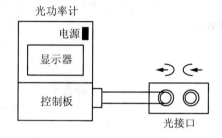

图 4-17　光接口发送功率的测试原理图

2．光接口灵敏度的测试原理

光接口灵敏度是指 SDH 设备光接收接口能够接收的最小光功率，可以用 2M 误码仪、光衰减器、光功率计等对其进行测量。光接口灵敏度的测试原理如图 4-18 所示。

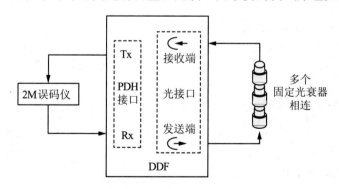

图 4-18　光接口灵敏度的测试原理图

实训步骤：

1．测试准备

(1)测试前一定要保证光纤连接头清洁，连接良好，包括光板拉手条上法兰盘的连接、清洁。

(2)事先测试尾纤的衰耗。

(3)单模和多模光接口应使用不同的尾纤。

(4)测试尾纤应根据接口形状选用 FC/PC(圆头)或 SC/PC(方头)连接头的尾纤。

2. 光接口发送光功率测试

测试步骤：

(1)光功率计设置在被测波长上。

(2)如图 4-17 所示，选择连接本站光接口输出端的尾纤，将此尾纤的另一端连接光功率计的测试输入口。

(3)待接收光功率稳定后，读出光功率值，即为该光接口板的发送光功率。

(4)光功率计波长根据光板型号选择在"1 550nm"或者"1 310nm"。

正常情况下，SDH 设备的发光功率应该在−8～−15dBm 之间。

3. 光接口灵敏度测试

测试步骤：

(1)如图 4-18 所示，在自环光路中逐个串接光衰减器，然后用自环线把 2M 误码仪串接在一个 2M 电接口的收发端(如果连接了 DDF 架，就在 DDF 架侧进行串接)。

(2)此时用 2M 误码仪测试串接的 2M 口应当无误码，逐步加大光衰减值(采用固定光衰耗器增加串联个数，也可以采用可调光衰减器件)，直至出现误码，误码仪上有 AIS 等告警，而且该告警不能恢复，可以根据此大致估测出光接收功率在接收灵敏度的临界值范围。

(3)拔下光接口板接收端的尾纤头连至光功率计，此时测量的接收光功率大致接近光接口的接收灵敏度。

4.10.2 项目 4-2

实训目标：

1. 了解光波分复用器的原理。

2. 掌握光波分复用器主要参数的测试方法。

实训仪器：

1. 功率计

2. LD 半导体激光器

3. 测试尾纤

4. 1 310nm/1 550nm 双波长光波分复用器

5. 1 310nm 单模调制光源、1 550nm 单模调制光源

6. 适配器

7. 光隔离器

实训内容：

1. 光波分复用器插入损耗的测试。

2. 光波分复用器隔离度的测试。

实训原理：

1. 插入损耗的测试原理

光波分复用器插入损耗是指该光波分复用器输入端口的光功率与输出端口的光功率之比(dB)。光波分复用器插入损耗的测试原理如图 4-19 所示。

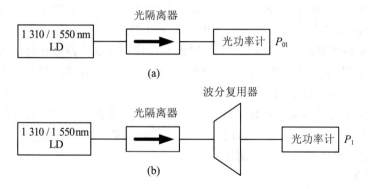

图 4-19   光波分复用器插入损耗的测试原理图

图 4-19 中，P_{01} 代表波长 λ 为（1 310nm 或 1 550nm）的光波在波分复用器输入端的光功率；P_1 代表此光波在波分复用器输出端的光功率。因此，波长 λ 对应的插入损耗 L_1 为：

$$L_1 = 10 \lg \frac{P_{01}}{P_1}(\text{dB}) \tag{4-5}$$

2. 隔离度的测试原理

光波分复用器隔离度是指某波长的光波在本输出端口的输出光功率与其他波长的光波在输出端串扰到本输出端口的输出光功率之比。测试 1 310/1 550nm 双波长波分复用器信道隔离度的原理如图 4-20 所示。

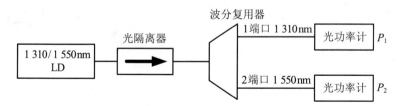

图 4-20   光波分复用器隔离度的测试原理图

P_1 表示波长为 1 310nm 的光波在本输出端口（1 端口）的输出光功率，P_2' 则表示波长为 1 550nm 的光波在输出端串扰到 1 端口的输出光功率，则波分复用器 1 310nm 端口对 1 550nm 波长的隔离度 L_{21} 为

$$L_{21} = 10 \lg \frac{P_1}{P_2'}(\text{dB}) \tag{4-6}$$

P_2 表示波长为 1550nm 的光波在本输出端口（2 端口）的输出光功率，P_1' 则表示波长为 1310nm 的光波在输出端串扰到 2 端口的输出光功率，则波分复用器 1550nm 端口对 1310nm 波长的隔离度 L_{12} 为

$$L_{12} = 10 \lg \frac{P_2}{P_1'}(\text{dB}) \tag{4-7}$$

实训步骤：

1. 光波分复用器插入损耗测试

测试步骤如下：

(1)按图 4-19(a)将 1 310nm LD 光源输出端连接到光隔离器的正向输入端，然后将光隔离器正向输出端连接到光功率计，测得光功率 P_{01}。

(2)按图 4-19(b)将 1 310nm LD 光源输出端连接到光隔离器的正向输入端，然后将光隔离器正向输出端连接到光波分复用器的 1 310/1 550nm 端口，用光功率计测量光波分复用器 1 310nm 端口的输出光功率 P_1。

(3)由光波分复用器插入损耗的计算公式(4-5)，计算光波分复用器的插入损耗。

(4)测量 1 550nm 的插入损耗的步骤与上述步骤类似。

2. 光波分复用器信道隔离度测试

测试步骤如下：

(1)按图 4-20 将 1 310nm LD 光源输出端连接到光隔离器的正向输入端，然后将光隔离器正向输出端连接到光波分复用器的 1 310/1 550nm 端口。

(2)用光功率计测量光波分复用器 1 310nm 端口(1 端口)的输出光功率 P_1。

(3)然后，将光功率计连接到光波分复用器 1 550nm 端口(2 端口)，测得光功率 P_1'。

(4)按图 4-20 将 1 550nm LD 光源输出端连接到光隔离器的正向输入端。

(5)用光功率计测量光波分复用器 1 550nm 端口的输出光功率 P_2。

(6)然后，将光功率计连接到光波分复用器 1 310nm 端口，测得光功率 P_2'。

(7)由光波分复用器信道隔离度的计算公式(4-6)和(4-7)，计算光波分复用器信道隔离度。

第 5 章　　数据通信协议

本章内容

- 数据通信网络体系结构的组成和概念。
- OSI-RM 体系结构的组成及数据处理过程。
- TCP/IP 体系结构的分层及协议。
- IP 数据报的格式。
- IP 地址的分类及子网的划分。
- 路由表的建立、维护及 IP 报的转发。
- 因特网控制报文协议 ICMP 的功能、格式及报文种类。
- 因特网组播报文协议 IGMP 的功能及应用。
- 传输控制性协议 TCP 的功能及传输机制。

本章重点

- OSI-RM 体系结构的分层及功能。
- TCP/IP 体系结构的分层及协议。
- IP 数据报格式及 IP 子网划分。
- 路由表的建立与维护。

本章难点

- IP 子网划分
- 路由协议

本章能力目标和要求

- 掌握通信协议和网络体系结构的概念。
- 掌握 OIS-RM 参考模型的结构，理解各层的主要功能。
- 掌握 TCP/IP 体系结构的构成和各层的功能。
- 掌握 IP 数据报的格式及其含义。
- 掌握 IP 地址分配和 IP 子网划分的方法。
- 理解路由表的作用和 IP 报转发的机制。
- 了解 ICMP、IGMP 的作用。
- 掌握 TCP 数据格式及 TCP 连接过程。

▶ 5.1　数据通信网络体系结构

　　数据通信网络就是利用了数据通信技术将各个独立的计算机或其他数据终端物理设备连接起来，实现数据的传输、交换和处理。但是怎样构造网络设备上的通信功能才能实现网络设备之间的相互通信呢？解决这个问题的有效途径是构成网络体系结构。网络体系结构是指通信系统的整体设计，它为网络硬件、软件、协议、存取控制和拓扑提供标准。

5.1.1　网络协议

要想让两台计算机进行通信，必须使它们采用相同的信息交换规则。这些规则明确规定了所交换的数据的格式以及有关的同步问题（同步含有时序的意思）。为进行网络中的数据交换而建立的规则、标准或约定即网络协议（network protocol），简称为协议。

网络协议主要包括以下三个重要的元素：

（1）语法：规定数据与控制信息的结构或格式。

（2）语义：规定需要发出何种控制信息，完成何种动作以及做出何种响应。

（3）同步：规定通信事件发生的顺序及详细的说明。

网络协议是网络体系结构中不可缺少的组成部分。

5.1.2　数据通信网络的分层

为了减少网络协议设计的复杂性，网络设计者并不是设计一个单一、巨大的协议来为所有形式的通信规定完整的细节，而是采用把通信问题划分为许多个小问题，然后为每个小问题设计一个单独的协议的方法。这样做使得每个协议的设计、分析、编码和测试都比较容易。分层模型（layering model）就是这样一种用于开发网络协议的设计方法。本质上，分层模型描述了把通信问题分为几个小问题（称为层次）的方法，每个小问题对应于一层。

1.　分层的概念

所谓分层，就是按照信息的流动过程将网络的整体功能分解为一个个的功能层，不同机器上的同等功能层之间采用相同的协议，同一机器上的相邻功能层之间通过接口进行信息传递。为了便于理解分层的概念，我们首先以邮政通信系统为例进行说明。人们平常写信时，都有个约定，这种约定就是信件的格式和内容。首先，我们写信时必须采用双方都懂的语言文字和文体，开头是对方称谓，最后是落款等。这样，对方收到信后，才可以看懂信中的内容，知道是谁写的，什么时候写的等。当然还可以有其他的一些特殊约定，如书信的编号、间谍的密写等。信写好之后，必须将信封装并交由邮局寄发，这样寄信人和邮局之间也要有约定，这种约定就是规定信封写法并贴邮票。在中国寄信必须先写收信人地址、姓名，然后才写寄信人的地址和姓名。邮局收到信后，首先进行信件的分拣和分类，然后交付有关运输部门进行运输，如航空信交民航，平信交铁路或公路运输部门等。这时，邮局和运输部门也有约定，如到站地点、时间、包裹形式等等。信件运送到目的地后进行相反的过程，最终将信件送到收信人手中，收信人依照约定的格式才能读懂信件。如图 5-1 所示，在整个过程中，主要涉及了三个子系统，即用户子系统、邮政子系统和运输子系统。各种约定都是为了达到将信件从一个源点送到某一个目的点这个目标而设计的，这就是说，它们是因信息的流动而产生的。可以将这些约定分为同等机构间的约定，如用户之间的约定、邮政局之间的约定和运输部门之间的约定，以及不同机构间的约定，如用户与邮政局之间的约定、邮政局与运输部门之间的约定。虽然两个用户、两个邮政局、两个运输部门分处甲、乙两地，但它们都分别对应同等机构，同属一个子系统；而同处一地的不同机构则不在一个子系统内，而且它们之间的关系是服务与被服务的关系。很显然，这两种约定是不同的，前者为部门内部的约定，而后者是不同部门之间的约定。

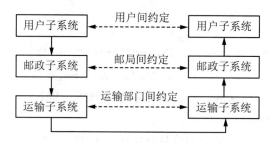

图 5-1　邮政通信系统的分层模型示例

在数据通信网络环境中，两台计算机中两个进程之间进行通信的过程与邮政通信的过程十分相似。用户进程对应于用户，计算机中进行通信的进程(也可以是专门的通信处理机)对应于邮局，通信设施对应于运输部门。为了减少数据通信网络设计的复杂性，人们往往按功能将数据通信网络划分为多个不同的功能层。利用分层可以将数据通信网络表示成如图 5-2 所示的层次模型。网络中同等层之间的通信规则就是该层使用的协议，如有关第 N 层的通信规则的集合，就是第 N 层的协议。而同一计算机的不同功能层之间的通信规则称为接口(interface)，在第 N 层和第(N＋1)层之间的接口称为 N/(N＋1)层接口。总的来说，协议是不同机器同等层之间的通信约定，而接口是同一机器相邻层之间的通信约定。处在高层的系统仅是利用较低层的系统提供的接口和功能，不需了解低层实现该功能所采用的算法和协议；较低层也仅是使用从高层系统传送来的参数，这就是层次间的无关性。层次间的每个模块便可以用一个新的模块取代，只要新的模块与旧的模块具有相同的功能和接口即可。

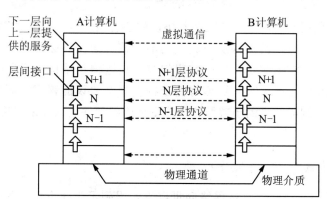

图 5-2　数据通信网络层次模型

图中，第 N 层是第 N－1 层的用户，又是第 N＋1 层的服务提供者。而第 N＋1 层的用户虽然只能直接使用第 N＋1 层所提供的服务，实际上它还是通过第 N＋1 层间接地使用了第 N 层以下各层的服务。层间接口定义了较低层向较高层提供的原始操作和服务。因此，一台计算机的第 N 层与另一台计算机的第 N 层进行通信，实际上并不是一台计算机的第 N 层直接将数据传送给另一台计算机的第 N 层(除最低层外)，而是每一层将数据和控制信息通过层间接口传送给它相邻的第 N－1 层，这样直至最低层为止，在最低层再通过物理介质实现与另一台计算机最低层的物理通信。物理通信与高层之间进行的虚拟通信是不同的，虚拟通信是用虚线表示的，而物理通信则是实线表示。

2. 分层的原则

分层设计的方法是处理复杂问题的一种有效技术，但是要真正做到合理规划分层却不是一件简单的事情，一般而言，分层应当遵循以下几个主要的原则：

(1)每层的功能应是明确的，并且相互独立。当某一层具体实现方法更新时，只要保持层间接口不变，不会对邻居造成影响。

(2)层间接口清晰，跨越接口的信息量应尽可能少。

(3)层数应适中。若太少，则层间功能划分不明确，多种功能混杂在一层中，造成每一层的协议太复杂。若太多，则体系结构过于复杂，各层组装时的任务要困难得多。为满足各种通信服务需要，在一层内可形成若干子层。

(4)最重要的分层原则：目标站第 N 层收到的对象应当与源站第 N 层发出的对象完全一致。

3. 分层的好处

(1)各层相对独立。上层并不需要知道相邻下层具体实现的细节，而仅需要了解该层通过层间接口所提供的服务，从而降低了整个系统的复杂程度。

(2)设计灵活。当某一层发生变更时，只要层间接口关系保持不变，就不会对该层的相邻层次产生影响，而且也不影响各层采用合适的技术来实现。

(3)易于实现和维护。这是由于系统已经被分解为相对简单的若干层次的缘故。

(4)易于标准化。每一层的功能和所提供的服务均已有明确的说明。

5.1.3 数据通信网络体系结构的概念

综上所述，数据通信网络的各层及其协议的集合就构成了数据通信网络体系结构，它提供了数据通信网络及其部件所应完成功能的确切定义。必须指出的是，体系结构是一个抽象的概念，它不涉及具体的实现细节，只是体系结构的说明必须包含足够的信息，以便网络设计者能为每一层编写完全符合规范协议的程序。而要实现数据通信网络的具体功能，则需要借助于遵循这种体系结构的硬件或软件来实现。

▶ 5.2 OSI-RM 体系结构

自从 20 世纪 60 年代计算机网络问世以来，得到了飞速发展。国际上各大厂商为了在计算机网络领域占据主导地位，顺应信息化潮流，纷纷推出了各自的网络架构体系和标准，例如，IBM 公司的 SNA、Novell IPX/SPX 协议，Apple 公司的 AppleTalk协议，DEC 公司的 DECnet，以及广泛流行的 TCP/IP 协议。同时，各大厂商针对自己的协议生产出了不同的硬件和软件。各个厂商的共同努力无疑促进了网络技术的快速发展和网络设备种类的迅速增长。

但由于多种协议的并存，同时也使网络变得越来越复杂；而且，厂商之间的网络设备大部分不能兼容，很难进行通信。为了解决网络之间的兼容性问题，帮助各个厂商生产出可兼容的网络设备，国际标准化组织（ISO）于 1984 年提出了 OSI-RM（Open System Interconnection Reference Model，开放系统互连参考模型）。OSI 参考模型很快成为计算机网络通信的基础模型。在设计 OSI 参考模型时，遵循了以下原则：

（1）各个层之间有清晰的边界，便于理解。

（2）每个层实现特定的功能。

（3）层次的划分有利于国际标准协议的制定。

（4）层的数目应该足够多，以避免各个层功能重复。

1. OSI 参考模型的结构

OSI 参考模型依层次结构来划分：第一层，物理层（physical layer）；第二层，数据链路层（data link layer）；第三层，网络层（network layer）；第四层，传输层（transport layer）；第五层，会话层（session layer）；第六层，表示层（presentation layer）；第七层，应用层（application layer）。OSI 参考模型如图 5-3 所示。

图 5-3　OSI 参考模型

通常，我们把 OSI 参考模型第一层到第三层称为底层（lower layer），又叫介质层（media layer）。这些层负责数据在网络中的传送，网络互联设备往往位于下三层。底层通常以硬件和软件相结合的方式来实现。OSI 参考模型的第五层到第七层称为高层（upper layer），又叫主机层（host layer）。高层用于保障数据的正确传输，通常以软件方式来实现。

七层 OSI 参考模型具有以下优点：

（1）简化了相关的网络操作。

（2）提供即插即用的兼容性和不同厂商之间的标准接口。

（3）使各个厂商能够设计出互操作的网络设备，加快数据通信网络发展。

（4）防止一个区域网络的变化影响另一个区域的网络，因此，每一个区域的网络都能单独快速升级。

（5）把复杂的网络问题分解为小的简单问题，易于学习和操作。

需要注意的是，由于种种原因，现在还没有一个完全遵循 OSI 七层模型的网络体系，但 OSI 参考模型的设计蓝图为我们更好的理解网络体系、学习通信网络奠定了基础。

2. OSI 参考模型各层的功能

（1）物理层。

物理层涉及在通信信道（channel）上传输的原始比特流，它实现传输数据所需要的机械、电气、功能特性及过程等手段。物理层涉及电压、电缆线、数据传输速率、接口等的定义。物理层的主要网络设备为中继器、集线器等。

（2）数据链路层。

数据链路层的主要任务是提供对物理层的控制，检测并纠正可能出现的错误，使之对网络层显现一条无错线路，并且进行流量调控（可选）。流量调控可以在数据链路层实现，也可以由传输层实现。数据链路层与物理地址、网络拓扑、线缆规划、错误校验、流量控制等有关。数据链路层主要设备为以太网交换机。

（3）网络层。

网络层检查网络拓扑，以决定传输报文的最佳路由，其关键问题是确定数据包从源端到目的端如何选择路由。网络层通过路由选择协议来计算路由。存在于网络层的设备主要有路由器、三层交换机等。

（4）传输层。

传输层的基本功能是从会话层接受数据，并且在必要的时候把它分成较小的单元，传递给网络层，并确保到达对方的各段信息正确无误。传输层建立、维护虚电路，进行差错校验和流量控制。

（5）会话层。

会话层允许不同机器上的用户建立、管理和终止应用程序间的会话关系，在协调不同应用程序之间的通信时要涉及会话层，该层使每个应用程序知道其他应用程序的状态。同时，会话层也提供双工（duplex）协商、会话同步等。

（6）表示层。

表示层关注于所传输的信息的语法和意义，它把来自应用层与计算机有关的数据格式处理成与计算机无关的格式，以保障对端设备能够准确无误地理解发送端数据。同时，表示层也负责数据加密、数据压缩等。

（7）应用层。

应用层是 OSI 参考模型最靠近用户的一层，为应用程序提供网络服务。应用层识别并验证目的通信方的可用性，使协同工作的应用程序之间同步。

3. OSI 参考模型的数据处理

OSI 参考模型中每一个对等层数据统称为协议数据单元（PDU，Protocol Data Unit）。相应地，应用层数据称为应用层协议数据单元（APDU，Application Protocol Data Unit），表示层数据称为表示层协议数据单元（PPDU，Presentation Protocol Data Unit），会话层数据称为会话层协议数据单元（SPDU，Session Protocol Data Unit）。通常，我们把传输层数据称为段（Segment），网络层数据称为数据包（Packet），数据链路层数据称为帧（Frame），物理层数据称为比特流（Bit）。

在 OSI 参考模型中，终端主机的每一层并不能直接与对端相对应层直接通信，而是通过下一层为其提供的服务来间接与对端对等层交换数据。下一层通过服务访问点（SAP，Service Access Point）为上一层提供服务。例如，一个终端设备的传输层和另一个终端设备的对等传输层利用数据段进行通信。传输层的段成为网络层数据包的一部分，网络层数据包又成为数据链路层帧的一部分，最后转换成比特流传送到对端物理层，又依次到达对端数据链路层、网络层、传输层，实现了对等层之间的通信，如图 5-4 所示。

为了保证对等层之间能够准确无误地传递数据，对等层间应运行相同的网络协议。例如，应用层协议 E-mail 应用程序不会和对端应用层 Telnet 应用程序通信，但可以和对端 E-mail 应用程序通信。

OSI 七层模型的每一层都对数据进行封装，以保证数据能够正确无误的到达目的地，被终端主机理解与执行。封装（encapsulation）是指网络结点将要传送的数据用特定

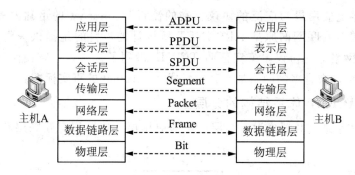

图 5-4　OSI 模型各层的对等通信

的协议头打包来传送数据，有时候，我们也可能在数据尾部加上报文，这时候，也称为封装。当数据到达收端时，其每一层还要对在发端相同层封装的数据进行读取和还原，这称为解封装。数据封装和解封装过程如图 5-5 所示。

以图 5-5 为例，让我们来看一下数据从主机到服务器的发送过程。

首先，主机的应用层信息转化为能够在网络中传播的数据，能够被对端应用程序识别；其次，数据在表示层加上表示层报头，协商数据格式，是否加密，转化成对端能够理解的数据格式；再次，数据在会话层又加上会话层报头；以此类推，传输层加上传输层报头，这时数据称为段，网络层加上网络层报头，称为数据包，数据链层加上数据链路层报头称为帧；在物理层数据转换为比特流，传送到交换机（传统交换机只有物理层和数据链路层）物理层，在数据链路层组装为帧。交换机查询数据链路层报文，发现下一步数据帧应该发向路由器，于是交换机在物理层以比特流形式转发帧报文，将数据发向路由器；同理，路由器也逐层解封装：剥去数据链路层帧头部，依据网络层数据包头信息查找到服务器，然后封装数据发向服务器。服务器从物理层到应用层，依次解封装，剥去各层封装报头，提取出发送主机发来的数据。至此，完成了数据的发送和接收过程。

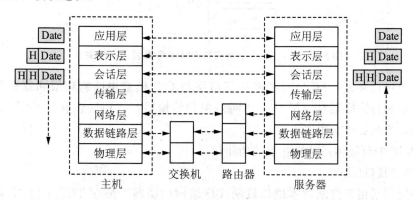

图 5-5　数据封装和解封装过程

▶ 5.3　TCP/IP 体系结构

TCP/IP(Transmission Control Protocol/Internet Protocol，传输控制协议/网际协

议)是目前世界上应用最为广泛的协议,它的流行与 Internet 的迅猛发展密切相关——TCP/IP 最初是为互联网的原型 ARPANET 所设计的,目的是提供一整套方便实用、能应用于多种网络上的协议,事实证明 TCP/IP 做到了这一点,它使网络互联变得容易起来,并且使越来越多的网络加入其中,成为 Internet 的事实标准。

5.3.1 TCP/IP 体系结构的分层

TCP/IP 体系结构共划分为 4 个层次,即应用层、传输层、互联层和网络接口层,如图 5-6 所示。

图 5-6 TCP/IP 体系结构

TCP/IP 体系结构与 OSI 参考模型的对应关系,如图 5-7 所示。

图 5-7 TCP/IP 体系结构与 OSI 参考模型的对应关系

从图中可以看出:TCP/IP 的网络接口层与 OSI 模型中的物理层和数据链路层相当,互联层和传输层则对应于 OSI 的网络层和传输层,应用层包含了 OSI 的上三层,即会话层、表示层和应用层。

TCP/IP 的分层体系结构各层的功能如下:

(1)网络接口层。

网络接口层用于控制对本地局域网或广域网的访问,是在 TCP/IP 体系结构的最低层。TCP/IP 对网络接口层并没有给出具体的规定,使得它可以灵活地与多种类型的网络进行连接,在网络接口层支持多种网络层协议,如以太网协议(Ethernet)、令牌环网协议(Token Ring)、分组交换网协议(X.25)等。

(2)互联层。

互联层也称为网络层,主要负责解决一台计算机与另一台计算机之间的通信问题,在 TCP/IP 体系结构的第二层，它的主要功能是负责通过网络接口层发送 IP 数据报，或接收来自网络接口层的帧并将其转换为 IP 数据报，然后为该数据报进行路径选择，最终将数据报从源主机发送到目的主机。互联层还包含多个其他协同工作的协议，如网际协议 IP、网际控制报文协议 ICMP、网际组管理协议 IGMP、地址解析协议 ARP、反向地址解析协议 RARP 等。

（3）传输层。

传输层是 TCP/IP 参考模型中的第三层。它负责端到端的通信，其主要功能是使发送方主机和接收方主机上的对等实体可以进行会话。传输层为两个用户进程之间建立、管理和拆除可靠而又有效的端到端连接。

（4）应用层。

TCP/IP 协议的应用层处于第四层，该层定义了应用程序使用互联网的规程，提供各种网络服务，如文件传输、域名服务、远程登录和简单网络管理等。它向用户提供调用和访问网络中各种应用程序的接口，并向用户提供各种标准的应用程序及相应的协议。

5.3.2　TCP/IP 的协议组合

TCP/IP 协议实际上就是在物理网上的一组完整的网络协议。在 TCP/IP 的层次结构中包括了 4 个层次，但实际上只有 3 个层次包含了实际的协议。TCP/IP 中各层的协议如图 5-8 所示。

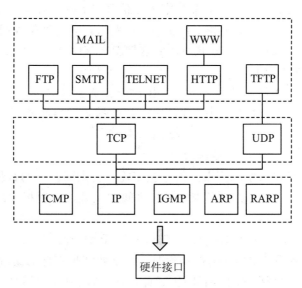

图 5-8　TCP/IP 中各层的协议

1. 互联层协议

（1）网际协议（IP）。

IP 协议的任务是对数据包进行相应的寻址和路由，并从一个网络转发到另一个网络。IP 协议在每个发送的数据包前加入一个控制信息，其中包含了源主机的 IP 地址、目的主机的 IP 地址和其他一些信息。协议的另一项工作是分割和重编在传输层被分割的数据包。由于数据包要从一个网络转发到另一个网络，当两个网络所支持传输的数据包的大小不相同时，IP 协议就要在发送端将数据包分割，然后在分割的每一段前再加入控制信息进行传输。当接收端接收到数据包后，IP 协议将所有的片段重组合成原始的数据。

IP 是一个无连接的协议。无连接是指主机之间不建立用于可靠通信的端到端的连接，源主机只是简单地将 IP 数据包发送出去，而 IP 数据包可能会丢失、重复，延迟时间大或者次序混乱。因此，要实现数据包的可靠传输，就必须依靠高层的协议或应用程序，如传输层的 TCP 协议。

IP 协议是 Internet 上使用的最核心的协议，它可以屏蔽各种计算机和网络的差别，从而使 Internet 成为一个允许连接不同类型的计算机和不同操作系统的网络。IP 协议提供了能适应各种各样网络硬件的灵活性，对底层网络硬件几乎没有任何要求，任何一个网络只要可以从一个地点向另一个地点传送二进制数据，就可以使用 IP 协议加入 Internet。

IP 协议是怎样实现网络互联的？各个厂家生产的网络系统和设备，如以太网、分组交换网等，它们相互之间不能互通，不能互通的主要原因是因为它们所传送数据的基本单元(技术上称之为“帧”)的格式不同。IP 协议实际上是一套由软件程序组成的协议软件，它把各种不同“帧”统一转换成“IP 数据报”格式，这种转换是因特网的一个最重要的特点，使所有各种计算机都能在因特网上实现互通，即具有“开放性”的特点。

IP 协议对于网络通信有着重要的意义：网络中的计算机通过安装 IP 软件，使许许多多的局域网络构成了一个庞大而又严密的通信系统。从而使 Internet 看起来好像是真实存在的，但实际上它是一种并不存在的虚拟网络，只不过是利用 IP 协议把全世界上所有愿意接入 Internet 的计算机局域网络连接起来，使得它们彼此之间都能够通信。

(2)因特网控制报文协议(ICMP)。

ICMP 协议为 IP 协议提供差错报告。由于 IP 是无连接的，且不进行差错检验，当网络上发生错误时它不能检测错误。向发送 IP 数据包的主机汇报错误就是 ICMP 的责任。

(3)因特网组播报文协议(IGMP)。

IP 协议只是负责网络中点到点的数据包传输，而点到多点的数据包传输则要依靠 IGMP 协议来完成。它主要负责报告主机组之间的关系，以便相关的设备(路由器)可支持广播发送。

(4)地址解析协议(ARP)和反向地址解析协议(RARP)。

计算机网络中各主机之间要进行通信时，必须要知道彼此的物理地址(OSI 模型中数据链路层的地址，也称 MAC 地址)。因此，在 TCP/IP 的网际层有 ARP 和 RARP 协议，它们的作用是将源主机和目的主机的 IP 地址与它们的物理地址相匹配。ARP 协议负责将 IP 地址转换为物理地址，RARP 协议负责将物理地址转换为 IP 地址。

2. 传输层协议

(1)传输控制协议(TCP)。

TCP 协议是传输层的一种面向连接的通信协议，它提供可靠的数据传送。对于大量数据的传输，通常都要求有可靠的传送。TCP 协议将源主机应用层的数据分成多个分段，然后将每个分段传送到网络层，网络层将数据封装为 IP 数据包，并发送到目的主机。目的主机的网络层将 IP 数据包中的分段传送给传输层，再由传输层对这些分段进行重组，还原成原始数据，并传送给应用层。另外，TCP 协议还要完成流量控制和差错检验的任务，以保证数据传输的可靠性。

（2）用户数据报协议（UDP）。

UDP 协议是一种面向无连接的协议，因此，它不能提供可靠的数据传输。而且 UDP 不进行差错检验，必须由应用层的应用程序来实现可靠性机制和差错控制，以保证端到端数据传输的正确性。虽然 UDP 与 TCP 相比显得非常不可靠，但在一些特定的环境下还是非常有优势的。例如，要发送的信息较短，不值得在主机之间建立一次连接。另外，面向连接的通信通常只能在两个主机之间进行，若要实现多个主机之间的一对多或多对多的数据传输，即广播或多播，就需要使用 UDP 协议。

3. 应用层协议

在 TCP/IP 模型中，应用层包括了所有的高层协议，而且总是不断有新的协议加入，应用层的协议主要有以下几种：

（1）远程终端协议（TELNET）：本地主机作为仿真终端登录到远程主机上运行应用程序。

（2）文件传输协议（FTP）：实现主机之间的文件传送。

（3）简单邮件传输协议（SMTP）：实现主机之间电子邮件的传送。

（4）域名服务（DNS）：用于实现完整域名与 IP 地址之间的映射。

（5）动态主机配置协议（DHCP）：实现对主机的地址分配和配置工作。

（6）路由信息协议（RIP）：用于网络设备之间交换路由信息。

（7）超文本传输协议（HTTP）：用于 Internet 中的客户机与 WWW 服务器之间的数据传输。

5.4　IP 数据报格式

TCP/IP 协议定义了一个在因特网上传输的包，称为 IP 数据报（IP Datagram）。这是一个与硬件无关的虚拟包，由首部和数据两部分组成，其格式如图 5-9 所示。首部的前一部分是固定长度，共 20 字节，是所有 IP 数据报必须具有的。在首部的固定部分的后面是一些可选字段，其长度是可变的。首部中的源地址和目的地址都是 IP 协议地址。

0 　 4 　 8 　 16 　19 　 31					
版本	报头长度	服务类型	总长度		
标识			标志	片偏移	
生存周期		协议	头部校验和		
源IP地址					
目的IP地址					
选项+填充					
数据					
……					

图 5-9　IP 数据报格式

1. IP 数据报首部的固定部分中的各字段

(1)版本。

占 4 位，指 IP 协议的版本。通信双方使用的 IP 协议版本必须一致。目前广泛使用的 IP 协议版本号为 4(即 IPv4)。关于 IPv6，目前还处于草案阶段。

(2)报头长度。

占 4 位，可表示的最大十进制数值是 15。请注意，这个字段所表示数的单位是 32 位字长(1 个 32 位字长是 4 字节)，因此，当 IP 的报头长度为 1111 时(即十进制的 15)，报头长度就达到 60 字节。当 IP 分组的报头长度不是 4 字节的整数倍时，必须利用最后的填充字段加以填充。因此数据部分永远在 4 字节的整数倍开始，这样在实现 IP 协议时较为方便。报头长度限制为 60 字节的缺点是有时可能不够用。但这样做是希望用户尽量减少开销。最常用的报头长度就是 20 字节(即报头长度为 0101)，这时不使用任何选项。

(3)服务类型。

占 8 位，用来获得更好的服务。这个字段在旧标准中叫做服务类型，但实际上一直没有被使用过。只有在使用区分服务时，这个字段才起作用。

(4)总长度。

总长度指首部和数据之和的长度，单位为字节。总长度字段为 16 位，因此数据报的最大长度为 $2^{16}-1=65535$ 字节。

在 IP 层下面的每一种数据链路层都有自己的帧格式，其中包括帧格式中的数据字段的最大长度，这称为最大传送单元 MTU(Maximum Transfer Unit)。当一个数据报封装成链路层的帧时，此数据报的总长度(即首部加上数据部分)一定不能超过下面的数据链路层的 MTU 值。

(5)标识(identification)。

占 16 位。IP 软件在存储器中维持一个计数器，每产生一个数据报，计数器就加 1，并将此值赋给标识字段。但这个"标识"并不是序号，因为 IP 是无连接服务，数据报不存在按序接收的问题。当数据报由于长度超过网络的 MTU 而必须分片时，这个标识字段的值就被复制到所有的数据报的标识字段中。相同的标识字段的值使分片后的各数据报片最后能正确地重装成为原来的数据报。

(6)标志(flag)。

占 3 位，但目前只有 2 位有意义。

标志字段中的最低位记为 MF(More Fragment)。MF＝1 即表示后面"还有分片"的数据报。MF＝0 表示这已是若干数据报片中的最后一个。

标志字段中间的一位记为 DF(Don't Fragment)，意思是"不能分片"。只有当 DF＝0 时才允许分片。

(7)片偏移。

占 13 位。片偏移指出：较长的分组在分片后，某片在原分组中的相对位置。也就是说，相对用户数据字段的起点，该片从何处开始。片偏移以 8 个字节为偏移单位。这就是说，每个分片的长度一定是 8 字节(64 位)的整数倍。

(8)生存时间。

占 8 位, 生存时间字段常用的英文缩写是 TTL(Time To Live), 表明是数据报在网络中的寿命。由发出数据报的源点设置这个字段。其目的是防止无法交付的数据报无限制地在因特网中兜圈子, 因而白白消耗网络资源。最初的设计是以秒作为 TTL 的单位。每经过一个路由器时, 就把 TTL 减去数据报在路由器消耗掉的一段时间。若数据报在路由器消耗的时间小于 1 秒, 就把 TTL 值减 1。当 TTL 值为 0 时, 就丢弃这个数据报。

(9)协议。

占 8 位, 协议字段指出此数据报携带的数据是使用何种协议, 以便使目的主机的 IP 层知道应将数据部分上交给哪个处理过程。

(10)头部检验和。

占 16 位。这个字段只检验数据报的首部, 但不包括数据部分。这是因为数据报每经过一个路由器, 路由器都要重新计算一下头部检验和一些字段, 如生存时间、标志、片偏移等都可能发生变化。不检验数据部分可减少计算的工作量。

(11)源地址。

占 32 位。为源主机的 IP 地址。

(12)目的地址。

占 32 位。为目的主机的 IP 地址。

2. IP 数据报首部的可变部分

IP 首部的可变部分就是一个可选字段。选项字段用来支持排错、测量以及安全等措施, 内容很丰富。此字段的长度可变, 从 1~40 个字节不等, 取决于所选择的项目。某些选项项目只需要 1 个字节, 它只包括 1 个字节的选项代码。但还有些选项需要多个字节, 这些选项一个个拼接起来, 中间不需要有分隔符, 最后用全 0 的填充字段补齐成为 4 字节的整数倍。

增加首部的可变部分是为了增加 IP 数据报的功能, 但这同时也使得 IP 数据报的首部长度成为可变的。这就增加了每一个路由器处理数据报的开销。实际上这些选项很少被使用。新的 IP 版本 IPv6 就将 IP 数据报的首部长度做成固定的。

目前, 这些任选项定义如下:

(1)安全和处理限制(用于军事领域)。

(2)记录路径(让每个路由器都记下它的 IP 地址)。

(3)时间戳(让每个路由器都记下它的 IP 地址和时间)。

(4)宽松的源站路由(为数据报指定一系列必须经过的 IP 地址)。

(5)严格的源站路由(与宽松的源站路由类似, 但是要求只能经过指定的这些地址, 不能经过其他的地址)。

这些选项很少被使用, 并非所有主机和路由器都支持这些选项。

3. IPv6

现有的互联网是在 IPv4 协议的基础上运行的。IPv6 是下一版本的互联网协议, 也可以说是下一代互联网的协议, 它的提出最初是因为随着互联网的迅速发展, IPv4 定义的有限地址空间将被耗尽, 而地址空间的不足必将妨碍互联网的进一步发展。为了扩大地址空间，拟通过 IPv6 以重新定义地址空间。IPv4 采用 32 位地址长度，只有大约 43 亿个地址，估计在 2005—2010 年间将被分配完毕，而 IPv6 采用 128 位地址长度，几乎可以不受限制地提供地址。按保守方法估算 IPv6 实际可分配的地址，在整个地球的每平方米面积上仍可分配 1000 多个地址。在 IPv6 的设计过程中除解决了地址短缺问题以外，还考虑了在 IPv4 中解决不好的其他一些问题，主要有端到端 IP 连接、服务质量（QoS）、安全性、多播、移动性、即插即用等。

与 IPv4 相比，IPv6 主要有如下一些优势：

（1）明显地扩大了地址空间。IPv6 采用 128 位地址长度，几乎可以不受限制地提供 IP 地址，从而确保了端到端连接的可能性。

（2）提高了网络的整体吞吐量。由于 IPv6 的数据包可以远远超过 64K 字节，应用程序可以利用最大传输单元（MTU），获得更快、更可靠的数据传输，同时在设计上改进了选路结构，采用简化的报头定长结构和更合理的分段方法，使路由器加快数据包处理速度，提高了转发效率，从而提高网络的整体吞吐量。

（3）使得整个服务质量得到很大改善。报头中的业务级别和流标记通过路由器的配置可以实现优先级控制和 QoS 保证，从而极大改善了 IPv6 的服务质量。

（4）安全性有了更好的保证。采用 IPSec 可以为上层协议和应用提供有效的端到端安全保证，能提高在路由器水平上的安全性。

（5）支持即插即用和移动性。设备接入网络时通过自动配置可自动获取 IP 地址和必要的参数，实现即插即用，简化了网络管理，易于支持移动结点。而且 IPv6 不仅从 IPv4 中借鉴了许多概念和术语，它还定义了许多移动 IPv6 所需的新功能。

（6）更好地实现了多播功能。在 IPv6 的多播功能中增加了"范围"和"标志"，限定了路由范围和可以区分永久性与临时性地址，更有利于多播功能的实现。

目前，随着互联网的飞速发展和互联网用户对服务水平要求的不断提高，IPv6 在全球将会越来越受到重视。

▶ 5.5 因特网的 IP 地址

5.5.1 IP 地址及其分类

在 Internet 上连接的所有计算机，从大型机到微型计算机都是以独立的身份出现，我们称它为主机。为了实现各主机间的通信，每台主机都必须有一个唯一的网络地址。就好像每一个住宅都有唯一的门牌号一样，才不至于在传输数据时出现混乱。

Internet 的网络地址是指连入 Internet 网络的计算机的地址编号。网络地址唯一地标识一台计算机。这个地址叫做 IP（Internet Protocol 的简写）地址，即用 Internet 协议语言表示的地址。

目前，在 Internet 里，IP 地址是一个 32 位的二进制地址，为了便于记忆，将它们分为 4 组，每组 8 位，由小数点分开，用四个字节来表示，而且，用点分开的每个字节的数值范围是 0～255，如 202.116.3.2，这种书写方法叫做点数表示法。

为了便于寻址以及层次化构造网络，每个 IP 地址包括两个标识码（ID），即网络 ID

和主机 ID。同一个物理网络上的所有主机都使用同一个网络 ID，网络上的一个主机（包括网络上工作站、服务器和路由器等）有一个主机 ID 与其对应。IP 地址根据网络 ID 的不同分为 5 种类型，即 A 类地址、B 类地址、C 类地址、D 类地址和 E 类地址。

IP 地址的分类如图 5-10 所示。

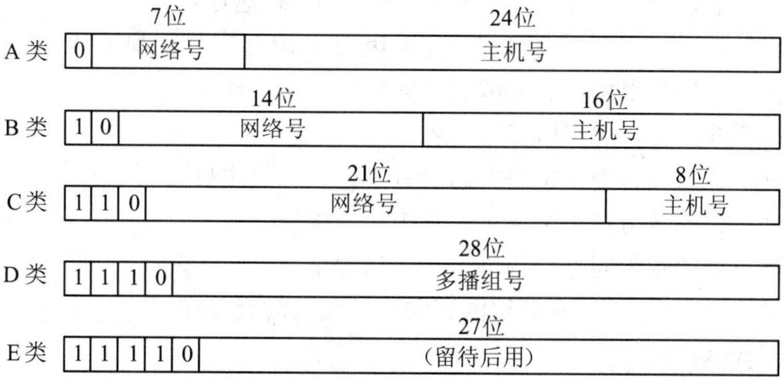

图 5-10　IP 地址的分类

1. A 类 IP 地址

一个 A 类 IP 地址由 1 字节的网络地址和 3 字节主机地址组成，网络地址的最高位必须是"0"，地址范围 1.0.0.1～126.255.255.254（二进制表示为：00000001 00000000 00000000 00000001～01111110 11111111 11111111 11111110）。可用的 A 类网络有 126 个，每个网络能容纳 16 777 214 个主机。A 类地址分配给规模特别大的网络使用。

2. B 类 IP 地址

一个 B 类 IP 地址由 2 个字节的网络地址和 2 个字节的主机地址组成，网络地址的最高位必须是"10"，地址范围 128.1.0.1～191.255.255.254（二进制表示为：10000000 00000001 00000000 00000001～10111111 11111111 11111111 11111110）。可用的 B 类网络有 16 384 个，每个网络能容纳 65 534 台主机。B 类地址分配给一般的中型网络。

3. C 类 IP 地址

一个 C 类 IP 地址由 3 字节的网络地址和 1 字节的主机地址组成，网络地址的最高位必须是"110"。范围 192.0.1.1～223.255.255.254（二进制表示为：11000000 00000000 00000001 00000001～11011111 11111111 11111111 11111110）。C 类网络可达 2 097 150 个，每个网络能容纳 254 个主机。C 类地址分配给小型网络，如一般的局域网和校园网，它可连接的主机数量是最少的，采用把所属的用户分为若干的网段进行管理。

4. D 类 IP 地址

D 类 IP 地址第一个字节以"1110"开始，它是一个专门保留的地址。它并不指向特定的网络，目前这一类地址被用在多点广播（Multicast）中。多点广播地址用来一次寻址一组计算机，它标识共享同一协议的一组计算机。地址范围 224.0.0.1～239.255.255.254。

5. E 类 IP 地址

以"1111"开始，为将来使用保留。E 类地址保留，仅作实验和开发用。

全零（"0.0.0.0"）地址指任意网络。全"1"的 IP 地址（"255.255.255.255"）是当前

子网的广播地址。

连接到 Internet 上的每台计算机，不论其 IP 地址属于哪类都与网络中的其他计算机处于平等地位，因为只有 IP 地址才是区别计算机的唯一标识。所以，以上 IP 地址的分类只适用于网络分类。

在 Internet 中，一台计算机可以有一个或多个 IP 地址，就像一个人可以有多个通信地址一样，但两台或多台计算机却不能共用一个 IP 地址。如果有两台计算机的 IP 地址相同，则会引起异常现象，无论哪台计算机都将无法正常工作。

顺便提一下几类特殊的 IP 地址：

广播地址：目的端为给定网络上的所有主机，一般主机段为全 0。

单播地址：目的端为指定网络上的单个主机地址。

组播地址：目的端为同一组内的所有主机地址。

环回地址：127.0.0.1，在环回测试和广播测试时会使用。

5.5.2　IP 地址的分配

所有的 IP 地址都由国际组织 NIC(Network Information Center，网络信息中心)负责统一分配，目前全世界共有三个这样的网络信息中心。

Inter NIC：负责美国及其他地区；

ENIC：负责欧洲地区；

APNIC：负责亚太地区。

我国申请 IP 地址要通过 APNIC，APNIC 的总部设在澳大利亚布里斯班。申请时要考虑申请哪一类的 IP 地址，然后向国内的代理机构提出。

IP 地址可以分为公有 IP 地址和私有 IP 地址两类。

公有地址(Public address)由 Inter NIC(Internet Network Information Center，因特网信息中心)负责。这些 IP 地址分配给注册并向 Inter NIC 提出申请的组织机构。通过它直接访问因特网。

私有地址(Private address)属于非注册地址，专门为组织机构内部使用。

以下列出留用的内部私有地址：

A 类　10.0.0.0～10.255.255.255

B 类　172.16.0.0～172.31.255.255

C 类　192.168.0.0～192.168.255.255

5.5.3　IP 子网的划分

Internet 组织机构定义的五种 IP 地址，用于主机的有 A、B、C 三类地址。例如，A 类网络有 126 个，每个 A 类网络可能有 16 777 214 台主机，它们处于同一广播域。而在同一广播域中有这么多结点是不可能的，网络会因为广播通信而饱和，结果造成 16 777 214 个地址大部分没有分配出去，造成了浪费。随着互联网应用的不断扩大，IP 地址资源越来越少。为了实现更小的广播域并更好地利用主机地址中的每一位，可以把基于类的 IP 网络进一步分成更小的网络，每个子网由路由器界定并分配一个新的子网网络地址，子网地址是借用基于类的网络地址的主机部分创建的。划分子网时，随着子网地址借用主机位数的增多，子网的数目随之增加，而每个子网中的可用主机数逐渐减少。通过子网划分，可以带来减少网络流量、提高网络性能、简化管理、易于扩大地理范围等优点。

划分子网后，通过使用掩码把子网隐藏起来，使得从外部看网络没有变化，这就是子网掩码。

1. 子网掩码的概念

子网掩码是一个 32 位的二进制数，其对应网络地址的所有位都置为 1，对应于主机地址的所有位都置为 0。由此可知，A 类网络的默认子网掩码是 255.0.0.0，B 类网络的默认子网掩码是 255.255.0.0，C 类网络的默认子网掩码是 255.255.255.0。将子网掩码和 IP 地址按位进行逻辑"与"运算，得到 IP 地址的网络地址，剩下的部分就是主机地址，从而区分出任意 IP 地址中的网络地址和主机地址。子网掩码常用点分十进制表示，我们还可以用网络前缀法表示子网掩码，即"网络地址/位数"。如 138.96.0.0/16 表示 B 类网络 138.96.0.0 的子网掩码为 255.255.0.0。

子网掩码告知路由器，地址的哪一部分是网络地址，哪一部分是主机地址，使路由器正确判断任意 IP 地址是否是本网段的，从而正确地进行路由选择。例如，有两台主机，主机一的 IP 地址为 222.21.160.6，子网掩码为 255.255.255.192，主机二的 IP 地址为 222.21.160.73，子网掩码为 255.255.255.192。现在主机一要给主机二发送数据，先要判断两个主机是否在同一网段。

主机一

222.21.160.6 即：11011110.00010101.10100000.00000110

255.255.255.192 即：11111111.11111111.11111111.11000000

按位逻辑与运算结果为：11011110.00010101.10100000.00000000

主机二

222.21.160.73 即：11011110.00010101.10100000.01001001

255.255.255.192 即：11111111.11111111.11111111.11000000

按位逻辑与运算结果为：11011110.00010101.10100000.01000000

两个结果不同，也就是说，两台主机不在同一网络，数据需先发送给默认网关，然后再发送给主机二所在网络。那么，假如主机二的子网掩码误设为 255.255.255.128，会发生什么情况呢？

让我们将主机二的 IP 地址与错误的子网掩码相"与"：

222.21.160.73 即：11011110.00010101.10100000.01001001

255.255.255.128 即：11111111.11111111.11111111.10000000

结果为 11011110.00010101.10100000.00000000

这个结果与主机的网络地址相同，主机一与主机二将被认为处于同一网络中，数据不再发送给默认网关，而是直接在本网内传送。由于两台主机实际并不在同一网络中，数据包将在本子网内循环，直到超时并抛弃。数据不能正确到达目的主机，导致网络传输错误。

反过来，如果两台主机的子网掩码原来都是 255.255.255.128，误将主机二的设为 255.255.255.192，主机一向主机二发送数据时，由于 IP 地址与错误的子网掩码相与，误认两台主机处于不同网络，则会将本来属于同一子网内的机器之间的通信当做是跨网传输，数据包都交给缺省网关处理，这样势必增加缺省网关的负担，造成网络效率下降。所以，子网掩码不能任意设置，子网掩码的设置关系到子网的划分。

2. 计算子网掩码

在求子网掩码之前必须先搞清楚要划分的子网数目，以及每个子网内的所需主机数目。

(1)利用子网数来计算。

①将子网数目转化为二进制来表示。

②取得该二进制的位数，为 N。

③取得该 IP 地址的类子网掩码，将其主机地址部分的的前 N 位置 1，即得出该 IP 地址划分子网的子网掩码。

例如，将 B 类 IP 地址 168.195.0.0 划分成 27 个子网：

①27＝11011

②该二进制为五位数，N＝5。

③将 B 类地址的子网掩码 255.255.0.0 的主机地址前 5 位置 1，得到 255.255.248.0，即为划分成 27 个子网的 B 类 IP 地址 168.195.0.0 的子网掩码。

(2)利用主机数来计算。

①将主机数目转化为二进制来表示。

②如果主机数小于或等于 254(注意去掉保留的两个 IP 地址)，则取得该主机的二进制位数，为 N，这里肯定 N 小于 8。如果大于 254，则 N 大于 8，这就是说主机地址将占据不止 8 位。

③使用 255.255.255.255 来将该类 IP 地址的主机地址位数全部置 1，然后从后向前将 N 位全部置为 0，即为子网掩码值。

例如，将 B 类 IP 地址 168.195.0.0 划分成若干子网，每个子网内有主机 700 台：

①700＝1010111100

②该二进制为十位数，N＝10。

③将该 B 类地址的子网掩码 255.255.0.0 的主机地址全部置 1，得到 255.255.255.255，然后再从后向前将后 10 位置 0，即为：11111111.11111111.11111100.00000000，即 255.255.252.0。这就是该欲划分成主机为 700 台的 B 类 IP 地址 168.195.0.0 的子网掩码。

▶ 5.6 路由表和 IP 数据报转发

5.6.1 路由和路由表

1. 路由

路由是网络层最重要的功能，路由就是指导 IP 数据包发送的路径信息。在互联网中进行路由选择要使用路由器，路由器只是根据所收到的数据报头的目的地址选择一个合适的路径(通过某一个网络)，将数据包传送到下一个路由器，路径上最后的路由器负责将数据包送交目的主机。数据包在网络上的传输就好像是体育运动中的接力赛一样，每一个路由器只负责自己本站数据包通过最优的路径转发，通过多个路由器一站一站的接力将数据包通过最优最佳路径转发到目的地，当然有时候由于实施一些路由策略数据包通过的路径并不一定是最佳路由。

根据路由的目的地不同，路由可以划分为：

(1)子网路由：目的地为子网。

(2)主机路由：目的地为主机。

另外，根据目的地与该路由器是否直接相连，路由又可分为：

(1)直接路由：目的地所在网络与路由器直接相连。

(2)间接路由：目的地所在网络与路由器不是直接相连。

2. 路由表

路由器将所有关于如何到达目标网络的最佳路径信息以数据库表的形式存储起来，这种专门用于存放路由信息的表被称为路由表。路由器转发数据包的关键是路由表。每个路由器中都保存着一张路由表，表中每条路由项都指明数据包到某子网或某主机应通过路由器的哪个物理端口发送，然后就可到达该路径的下一个路由器，或者不再经过别的路由器而传送到直接相连的网络中的目的主机。

路由表中包含了下列关键项：

(1)目的地址(Destination)：用来标识 IP 包的目的地址或目的网络。

(2)网络掩码(Mask)：与目的地址一起来标识目的主机或路由器所在的网段的地址。将目的地址和网络掩码"逻辑与"后可得到目的主机或路由器所在网段的地址。例如，目的地址为 8.0.0.0，掩码为 255.0.0.0 的主机或路由器所在网段的地址为 8.0.0.0。

(3)输出接口(Interface)：说明 IP 包将从该路由器哪个接口转发。

(4)下一跳 IP 地址(Next hop)：说明 IP 包所经由的下一个路由器的接口地址。

(5)Protocol 字段：指明了路由的来源，即路由是如何生成的。路由的来源主要有3 种：

①链路层协议发现的路由(Direct)。开销小，配置简单，无需人工维护，只能发现本接口所属网段拓扑的路由。

②手工配置的静态路由(Static)。静态路由是一种特殊的路由，它由管理员手工配置而成。通过静态路由的配置可建立一个互通的网络，但这种配置问题在于：当一个网络故障发生后，静态路由不会自动修正，必须有管理员的介入。静态路由无开销，配置简单，适合简单拓扑结构的网络。

③动态路由协议发现的路由(RIP、OSPF...)。当网络拓扑结构十分复杂时，手工配置静态路由工作量大而且容易出现错误，这时就可用动态路由协议，让其自动发现和修改路由，无需人工维护，但动态路由协议开销大，配置复杂。

5.6.2　IP 数据报转发

除了路由表外，在路由器中还有一个非常重要的功能模块与路由直接相关，即路由选择模块。当路由器得到一个 IP 分组时，由路由模块来根据路由表完成路由查询工作。路由选择模块作用的示意图如图 5-11 所示。

路由器的某一个接口在接收到帧以后，首先要将帧交给 IP 处理模块进行帧的拆

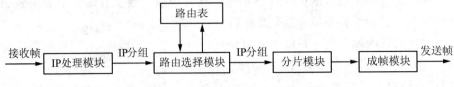

图 5-11　路由选择模块的作用

封，从中分离出相应的 IP 分组交给路由模块。路由模块通过子网掩码求"与"运算从 IP 分组中提取出目标网络号，并将目标网络号与路由表进行比对看能否找到一种匹配，即确定是否存在一条到达目标网络的最佳路径信息。若不存在匹配，则将相应的 IP 分组丢弃。若存在匹配，又进一步分成两种情况：第一种情况是路由器发现目标主机就在其直接相连的某个网络中，此时，路由器就会去查找该目标 IP 地址所对应的 MAC 地址信息，并利用该地址信息将 IP 分组重新封装成目标网络所期望的帧发送到直接相连的目标网络中，这种形式的分组转发又称为直接路由（direct routing）。第二种情况是路由器无法定位最后的目标网络，即目标主机并不在路由器直接相连的任何一个网络中，但是路由器可以从路由表中找到一条与目标网络相匹配的最佳路径信息，如路由器转发接口的信息或下一跳路由器的 IP 地址等，在这种情况下，路由器需要将 IP 分组重新进行封装成发送端口所期望的帧转发给下一跳路由器，由下一跳路由器继续后续的分组转发，这种形式分组转发又称为间接路由（indirect routing）。

　　对路由器而言，上述这种根据分组的目标网络号查找路由表以获得最佳路径信息的功能被称为路由（routing），而将从接收端口进来的数据分组按照输出端口所期望的帧格式重新进行封装并转发（forward）出去的功能称为交换（switching）。路由与交换是路由器的两大基本功能。

　　下面以图 5-12 为例解释路由的过程。

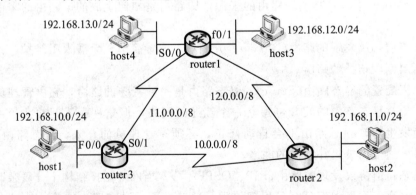

图 5-12　路由的过程

　　图 5-12 中由三台路由器 router1、router2、router3 把 4 个网络连接起来，它们是 192.168.10.0/24、192.168.11.0/24、192.168.12.0/24、192.168.13.0/24，3 台路由器的互联又需要 3 个网络，它们是 10.0.0.0/8、11.0.0.0/8、12.0.0.0/8。

　　假如 host1 向 host3 发送数据，而 host1 和 host3 不在同一个网络，数据要到达 host3 需要经过两个路由器。host1 看不到这个图，它如何知道 host3 在哪里呢？host1

上配置了 IP 地址和子网掩码, 知道自己的网络号是 192.168.10.0, 它在把 host3 的 IP 地址(这个地址 host1 知道)与自己的掩码做"与"运算, 可以得知 host3 的网络号是 192.168.12.0。显然两者不在同一个网络中, 这就需要借助路由器来相互通信(如前所说, 路由器就是在不同网络之间转发数据用的)。路由器就像是邮局, 用户把数据送到路由器后, 具体怎么"邮递"就是路由器的工作了, 用户不必操心。所以, host1 得知目的主机与自己不在同一个网络时, 它只需将这个数据包送到距它最近的 router3 就可以了, 这就像我们只需把信件投递到离我们最近的邮局一样。

如同去邮局需要知道邮局所在的位置一样, host1 也需要知道 router3 的位置。在 host1 上除了配置了 IP 地址和掩码外, 还配置了另外一个参数——默认网关, 其实就是路由器 router3 与 host1 处于同一个网络的接口 f0/0 的地址。在 host1 上设置默认网关的目的就是把去往不同于自己所在的网络的数据, 发送给默认网关。只要找到了 f0/0 接口就等于找到了 router3。为了找到 router3 的 f0/0 接口的 MAC 地址, host1 使用了地址解析协议(ARP)。获得了必要信息之后, host1 开始封装数据包:

- 把自己的 IP 地址封装在网络层的源地址域。
- 把 host3 的 IP 地址封装在网络层的目的地址域。
- 把 f0/0 接口的 MAC 地址封装在数据链路层的目的地址域。
- 把自己的 MAC 地址封装在数据链路层的源地址域。

之后, 把数据发送出去。

路由器 router3 收到 host1 送来的数据包后, 把数据包解开到第三层, 读取数据包中的目的 IP 地址, 然后查阅路由表决定如何处理数据。路由表是路由器工作时的向导, 是转发数据的依据。如果路由表中没有可用的路径, 路由器就会把该数据丢弃。路由表中记录有以下内容(参照上面有关路由表的信息):

- 已知的目标网络号(目的地网络)。
- 到达目标网络的距离。
- 到达目标网络应该经由自己哪一个接口。
- 到达目标网络的下一台路由器的地址。

路由器使用最近的路径转发数据, 把数据交给路径中的下一台路由器, 并不负责把数据送到最终目的地。

对于本例来说, router3 有两种选择, 一种选择是把数据交给 router1, 一种选择是把数据交给 router2。经由哪一台路由器到达目标网络的距离近, router3 就把数据交给哪一台。这里假设经由 router1 比经由 router2 近。router3 决定把数据转发给 router1, 而且需要从自己的 s0/1 接口把数据送出。为了把数据送给 router1, router3 也需要得到 router1 的 s0/0 接口的数据链路层地址。由于 router3 和 router1 之间是广域网链路, 所以它并不使用 ARP。根据不同的广域网链路类型使用的方法不同, 获取了 router1 接口 s0/0 的数据链路层地址后, router3 重新封装数据:

- 把 router1 的 s0/0 接口的物理地址封装在数据链路层的目标地址域中。
- 把自己 s0/1 接口的物理地址封装在数据链路层的源地址域中。
- 网络层的两个 IP 地址没有替换。

之后, 把数据发送出去。

router1 收到 router3 的数据包后所做的工作跟前面 router3 所做的工作一样,查阅路由表。不同的是在 router1 的路由表里有一条记录,表明它的 f0/1 接口正好和数据声称到达的网络相连,也就是说 host3 所在的网络和它的 f0/1 接口所在的网络是同一个网络。router1 使用 ARP 获得 host3 的 MAC 地址并把它封装在数据帧头内,之后把数据传送给 host3。

至此,数据传递的一个单程完成了。

从上面的这个过程可以看出,为了能够转发数据,路由器必须对整个网络拓扑有清晰的了解,并把这些信息反映在路由表里,当网络拓扑结构发生变化的时候,路由器也需要及时地在路由表里反映出这些变化,这样的工作就是我们前面介绍的路由器的路由功能。路由器还有一项独立于路由功能的工作是交换/转发数据,即把数据从进入接口转移到外出接口。就是我们所说的路由器交换功能。

5.6.3　路由表的建立与维护

由以上介绍可知,在路由器中维持一个能正确反映网络拓扑与状态信息的路由表对于路由器完成路由功能至关重要。通常有两种方式可用于路由表信息的生成和维护,分别是静态路由和动态路由。

1. 静态路由

静态路由是指网络管理员根据其所掌握的网络连通信息以手工配置方式创建的路由表表项,也称为非自适应路由。静态路由实现简单而且开销较小,配置静态路由时要求网络管理员对网络的拓扑结构和网络状态有非常清晰的了解,而且当网络连通状态发生变化时,静态路由的更新也要通过手工方式完成。静态路由通常被用于与外界网络只有唯一通道的末节(STUB)网络,也可用作网络测试、网络安全或带宽管理的有效措施。图 5-13 给出了一个末节网络的示例。

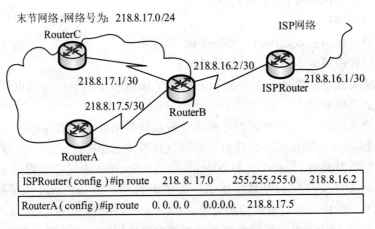

图 5-13　末节网络及默认路由的例子

但是,对于复杂的互联网拓扑结构,静态路由的配置会让网络管理员感到头痛。不但工作量很大,而且很容易出现路由环,致使 IP 数据报在互联网中兜圈子。如图5-14所示,由于路由器 R1 和 R2 的静态路由配置不合理,R1 认为到达网络 4 应经过 R2,而R2 认为到达网络 4 应经过 R1。这样,去往网络 4 的 IP 数据报将在 R1 和 R2 之间来回传递。

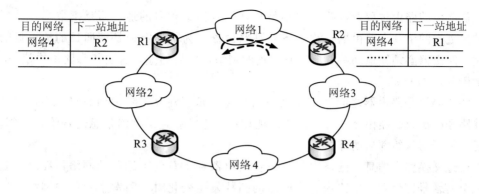

图 5-14　配置路由错误导致 IP 数据报在互联网中兜圈子

　　另外，在静态路由配置完毕后，去往某一网络的 IP 数据报将沿着固定路径传递。一旦该路径出现故障，目的网络就变得不可到达，即使存在着另外一条到达该目的网络的备份路径。

　　在静态路由中，有一种特殊的被称为默认（default）路由的路由设置。默认路由是为那些找不到直接匹配的目标网络所指出的转发端口（即指路由器没有明确路由可用时采用的路由）。默认路由不是路由器自动产生的，需要管理员人为设置，所以可以把它看做一条特殊的静态路由。引入默认路由是为了减少路由表的规模并降低路由表的维护开销，因为任何路由器都不可能将关于 Internet 中所有目标网络的最佳路径信息全部存放于自己的路由表中，否则会产生所谓的路由表"爆炸"。一旦路由器内设置了默认路由，那么所有找不到目标网络匹配项的数据包将会从默认路由所给出的端口转发出去进行后续的处理。若路由器内不存在默认路由的配置，则当数据包在路由表中找不到关于目标网络的匹配项时，就要被丢弃。例如，在图 5-13 中，若路由器 A 将自己的默认路由配置成路由器 B 的接口地址，则所有在路由器 A 的路由表中找不到直接匹配项的数据分组都将被送往路由器 B，由后者来完成后续的分组转发工作。

　　2. 动态路由

　　显然，当网络互联规模增大或网络中的变化因素增加时，静态路由仅依靠手工方式生成和维护一个路由表将会变得非常困难，同时也很难及时适应网络状态的变化。此时，可采用一种能自动适应网络状态变化而对路由表信息进行动态更新和维护的路由生成方式，即动态路由。

　　动态路由是依靠路由协议自主学习而获得的路由信息，又称为自适应路由。通过在路由器上运行路由协议并进行相应的路由协议配置即可保证路由器自动生成并动态维护有关的路由信息。使用路由协议动态构建的路由表不仅能较好地适应网络状态的变化，如网络拓扑和网络流量的变化，同时也减少了人工生成与维护路由表的工作量。大型网络或网络状态变化频繁的网络通常都会采用动态路由。但动态路由的开销较大，其开销一方面来自运行路由协议的路由器为了交换路由更新信息所消耗的网络带宽资源；另一方面也来自处理路由更新信息、计算最佳路径时所占用的路由器本地资源，包括路由器的 CPU 与存储资源。

5.6.4　路由协议

从前面的路由过程看，路由器不是直接把数据送到目的地，而是把数据送给朝向目的地更近的下一台路由器，称为下一跳路由器。为了确定谁是朝向目的地更近的下一跳，路由器必须知道那些并非和它直连的网络，即目的地，这要依靠路由协议(Routing Protocol)来实现。

路由协议是路由器之间通过交换路由信息，负责建立、维护动态路由表，并计算最佳路径的协议。路由器通过路由协议把和自己直接相连的网络信息通告给它的邻居，并通过邻居通告给邻居的邻居。

通过交换路由信息，网络中的每一台路由器都了解到了远程的网络，在路由表里每一个网络号都代表一条路由。当网络的拓扑发生变化时，和发生变化的网络直接相连的路由器就会把这个变化通告给它的邻居，进而使整个网络中的路由器都知道此变化，及时地调整自己的路由表，使其反映当前的网络状况。

通过运行路由协议，路由器最终得到的路由信息可以从路由表中反映出来。

注意：协议分两种，一种协议是能够为用户数据提供足够的被路由的信息，这种协议称为可路由协议，比如 IP 协议。但 IP 数据报只能告诉路由设备数据要往何处去，目标主机或网络是谁，并没有解决如何去的问题。另一种协议是为路由器寻找路径的协议，称为路由协议(又称主动路由协议)。路由协议提供了关于如何到达既定目标的路径信息。即路由协议为 IP 数据包到达目标网络提供了路径选择服务，而 IP 协议则提供了关于目标网络的逻辑标识并且是路由协议进行路径选择服务的对象，因此在此意义上人们又将 IP 协议这类规定网络层分组格式的网络层协议称为被动路由(routed)协议。以下所提到的路由协议都是指主动路由协议。

1. 路由选择算法

路由选择算法是路由协议的核心，它为路由表中最佳路径的产生提供了算法依据。不同的路由协议有不同的路由选择算法，通常，评价一个算法的优劣要考虑以下一些因素：

(1)正确性。

沿着路由表所给出的路径，分组一定能够正确无疑地到达目标网络或目标主机。

(2)简单性。

在保证正确性的前提下，路由选择算法要尽可能的简单，以减少最佳路径计算的复杂度和相应的资源消耗，包括路由器的 CPU 资源和网络带宽资源等。

(3)健壮性。

具备适应网络拓扑和通信量变化的足够能力。当网络中出现路由器或通信线路故障时，算法能及时改变路由以避免数据包通过这些故障路径。当网络中的通信流量发生变化时，如某些路径发生拥塞时，算法能够自动调整路由，以均衡网络链路中的负载。

(4)稳定性。

当网络拓扑发生变化时，路由算法能够很快地收敛。即网络中的路由器能够很快地捕捉到网络拓扑的变化，并在最快时间内对到达目标网络的最佳路径有新的一致认识或选择。

(5) 最优性。

相对于用户所关心的那些开销因素，算法所提供的最佳路径确实是一条开销最小的分组转发路径。但是，由于不同的路由选择算法通常会采用不同的评价因子及权重来进行最佳路径的计算，因此在不同的路由算法之间，事实上并不存在关于最优的严格可比性。

路由选择算法在计算最佳路径时所考虑的因素被称为度量(metric)。常见的度量包括：

- 带宽(bandwidth)——链路的数据传输能力，即数据传输速率。通常情况下，一条高带宽的通信链路要优于一条低带宽的通信链路。
- 可靠性(reliability)——可靠性是指数据传输过程中的质量，通常用误码率来表示。
- 延时(delay)——是指一个分组从源主机到达目标主机所需的时间，延时与分组所经过的网络链路的带宽、负载及所经过的路由器性能都有关系。
- 跳数(hop count)——是指从源主机到目标主机所需经过的路由器数目。
- 费用(cost)——指为了传输分组所付出的链路费用，它是根据带宽计算的一个值，也可以由管理员指定。
- 负载(load)——路由器或链路的实际流量。

对于特定的路由协议，计算路由的度量并不一定全部使用这些参数，有些使用一个，有些使用多个。比如，后面要讲的 RIP 协议只使用跳数作为路由的度量，而 IGRP 会用到接口的带宽和延迟。

2. 路由协议的分类

(1) 距离矢量、链路状态和混合型路由协议。

按路由选择算法的不同，路由协议被分为距离矢量(distance vector)路由协议、链路状态(link state)路由协议和混合型路由协议三大类。距离矢量路由协议的典型例子为路由消息协议(Routing Information Protocol，RIP)；链路状态路由协议的典型例子则是开放最短路径优先协议(Open Shortest Path First，OSPF)。混合型路由协议是综合了距离矢量路由协议和链路状态路由协议的优点而设计出来的路由协议，如 IS-IS (intermediate system-intermediate system)协议就属于混合型路由协议。

(2) 内部网关协议和外部网关协议。

按照作用范围和目标的不同，路由协议可被分为内部网关协议和外部网关协议。内部网关协议(Interior Gateway Protocols，IGP)是指作用于自治系统以内的路由协议；外部网关协议(Exterior Gateway Protocols，EGP)是指作用于不同自治系统之间的路由协议。

自治系统(Autonomous System，AS)是指网络中那些由同一个机构操纵或管理、对外表现出相同路由视图的路由器所组成的网络系统，例如，一所大学、一家公司的网络都可以构成自己的自治系统。自治系统由一个 16 位长度的自治系统号进行标识，该标识由 Inter NIC 指定并具有唯一性。一个自治系统的最大特点是它有权决定在本系统内所采用的路由协议。

引入自治系统的概念，相当于将复杂的互联网分成了两部分，一是自治系统的内部网络；二是将自治系统互联在一起的骨干网络。通常，自治系统内的路由选择被称为域内路由（inter-domain routing），而自治系统之间的路由选择则称为域间路由（intra-domain routing）。

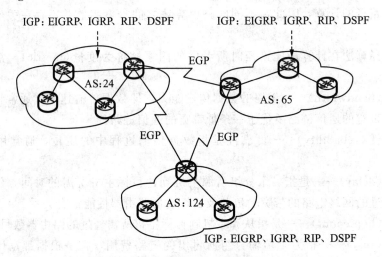

图 5-15　IGP 和 EGP 的作用范围示意图

关于内部网关协议和外部网关协议作用的简单示意图如上图 5-15 所示。域内路由采用内部网关协议，域间路由使用外部网关协议。内部网关协议和外部网关协议的主要区别在于其工作目标不同，前者关注于如何在一个自治系统内部提供从源到目标的最佳路径，后者关注于如何在不同自治系统之间进行路由信息的传递或转换，并为不同自治系统之间的通信提供多种路由策略。

前面所提到的 RIP 和 OSPF 协议属于内部网关协议，目前在 Internet 上广为使用的边界网关协议（Border Gateway Protocol，BGP）则属于典型的外部网关协议。

3. 距离矢量算法与 RIP 协议

距离矢量路由选择算法，也称为 Bellman-Ford 算法。其基本思想是路由器周期性地向其相邻路由器广播自己知道的路由信息，用于通知相邻路由器自己可以到达的网络以及到达该网络的距离（通常用"跳数"表示），相邻路由器可以根据收到的路由信息修改和刷新自己的路由表。运行距离矢量型路由协议的路由器向它的邻居通告路由信息时包含两项内容，一个是距离（跳数）；一个是方向（出口方向）。

RIP 属于距离矢量路由协议，协议实现非常简单。它使用跳数作为路径选择的基本评价因子，跳数可理解为从当前结点到达目标网络所需经过的路由器数目。例如，若一个由 RIP 产生的路由表表项给出到达某目标网络的跳数为 4，则说明从当前结点到达该目标网络需要经过 4 个路由器的转发。

（1）构建路由表

基于距离矢量的路由算法在路由器之间传送路由表的完整拷贝，如图 5-16 所示。而且这种传送是周期性的，路由器之间通过这样的机制对网络的拓扑变化进行定期更新。但是，即使没有网络的拓扑变化，这种更新依然定期发生。

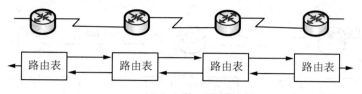

图 5-16　基于距离矢量的路由算法

　　每个路由器都从与其直接相邻的路由器接收路由表。路由器根据从临近路由器接收的信息确定到达目的网络的最佳路径。但是距离矢量法无法使路由器了解网络的确切拓扑信息。一台路由器所了解的路由信息都是它的邻居通告的。而邻居的路由表又是从它的邻居那里获得的，并不一定可靠，所以距离矢量型路由协议有"谣传协议"之称。这样一台一台地告诉过去，最终所有的路由器都知道了整个网络中的路由情况。

　　IP 路由功能默认是开启的，当路由器的接口配置了 IP 地址并"up"起来后，它们首先把自己直连的网络写入路由表，代表它已经识别的路由。如图 5-17 所示，路由表中有三项内容，第一项是网络号（也可以是子网），比如 10.0.0.0，表示目标路由，意思是它知道如何到达网络 10.0.0.0；第二项是接口号，代表到达该网络的出口，即方向；第三项是距离，因为是直连的，没有跨越任何路由器，所以是 0 跳。

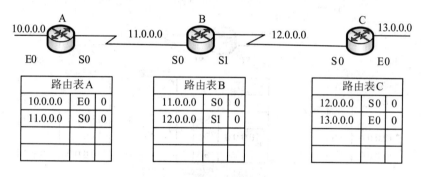

图 5-17　路由表的形成过程

　　当 A、B、C 运行了 RIP 后，它们分别向邻居通告它们的路由表。A、C 向 B 通告，B 向 A、C 通告。A 通告两条路由，分别是到达网络 10.0.0.0 和 11.0.0.0 的路由，距离为在当前距离的基础上加 1，因为路由器 B 要想通过 A 到达上述两个网络，至少还要跨越 A，所以在原来的基础上再加 1。路由器 B 收到 A 的路由信息后更新自己的路由表。B 没有到达 10.0.0.0 的路由，因此要写入路由表，并标明距离是 1 跳，是从它的 S0 接口学习到的，即如果要到达 10.0.0.0 应该把数据从它的 S0 接口发出。到达 11.0.0.0 的路由 B 本身就有，而且距离为 0，因此当收到距离为 1 的路由更新信息时，由于没有自己已经识别的路由近，所以不采纳。同理，路由器 C 通告过来的两条路由中路由器 B 只采纳到达 13.0.0.0 这条路由。在 B 通告给 A 和 C 的路由信息中，A 只采纳到达 12.0.0.0 的路由，C 只采纳到达 11.0.0.0 的路由。这次更新过后的路由表如图 5-18 所示。

　　当 B 的下一个更新周期到达时，B 把自己的路由表通告给 A 和 C，这 4 条路由分别是：11.0.0.0　hop=1；12.0.0.0　hop=1；10.0.0.0　hop=2；13.0.0.0　hop=2；

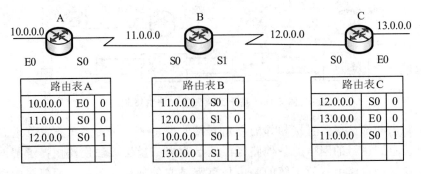

图 5-18　更新过后的路由表

　　A 对照自己的路由表与这些路由进行比较。到达 10.0.0.0 和 11.0.0.0 的路由没有自己所知道的优，不采纳。到达 12.0.0.0 的和现有的路由相等，并且同是从 B 处通告来的，A 对该路由条目的老化时间进行刷新，重新计算老化时间。因为没有到达 13.0.0.0 的路由所以采纳了到达 13.0.0.0 的路由。

　　C 对照自己的路由表做同样的比较，最后采纳了到达 10.0.0.0 的路由。此时的路由表如图 5-19 所示。

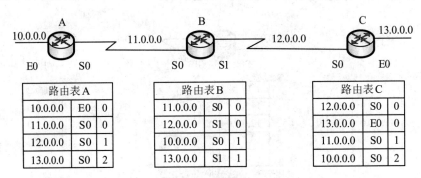

图 5-19　最终的路由表

　　至此，三台路由器对网络上所有应该了解的路由都学习到了，这种状态称为路由收敛，达到路由收敛状态所花费的时间叫做收敛时间（convergence time）。从上述过程可以看出，这种协议不适合运行在大型网络中，因为网络越大收敛越慢。在路由器的路由表没有收敛时是不能转发某些数据的，因为没有路由。所以快速收敛是人们的期望，它可以减少路由器不正确的路由选择。

　　（2）RIP 协议特点

　　RIP 协议是距离矢量路由选择算法在局域网上的直接实现。它规定了路由器之间交换路由信息的时间、交换信息的格式、错误的处理等内容。

　　在通常情况下，RIP 协议规定路由器每 30 秒钟与其相邻的路由器交换一次路由信息，该信息来源于本地的路由表，其中，路由器到达目的网络的距离以"跳数"计算。最大跳数限制为 15 跳。

　　RIP 协议的最大优点是配置和部署相当简单。早在 RIP 协议的第一个版本被正式 RFC 颁布之前，它已经被写成各种程序并被广泛使用。但是，RIP 的第一个版本是以标准的 IP 互联网为基础的，它使用标准的 IP 地址，并不支持子网路由。直到第二个版本的出现，才结束了 RIP 协议不能为子网选路的历史。与此同时，RIP 协议的第二个版本还具有身份验证、支持多播等特性。

4. 链路状态算法与 OSPF 协议

在互联网中，OSPF 是另一种经常被使用的路由选择协议。OSPF 使用链路—状态路由选择算法，可以在大规模的互联网环境下使用。需要注意的是，与 RIP 协议相比，OSPF 协议要复杂得多。这里，仅对 OSPF 协议和链路状态路由选择算法进行简单介绍。

链路—状态(L—S，link status)路由选择算法，也称为最短路径优先(SPF, shortest path first)算法。其基本思想是互联网上的每个路由器周期性地向其他路由器广播自己与相邻路由器的连接关系，例如，链路类型、IP 地址和子网掩码、带宽、延迟、可靠度等，从而使网络中的各路由器能获取远方网络的链路状态信息，以使各个路由器都可以画出一张互联网拓扑结构图。利用这张图和最短路径优先算法，路由器就可以计算出自己到达各个网络的最短路径。

如图 5-20 所示，路由器 R1、R2 和 R3 首先向互联网上的其他路由器(R1 向 R2 和 R3，R2 向 R1 和 R3，R3 向 R1 和 R2)广播报文，通知其他路由器自己与相邻路由器的关系(例如，R3 向 R1 和 R2 广播自己通过网络 1 和网络 3 与路由器 R1 相连)。利用其

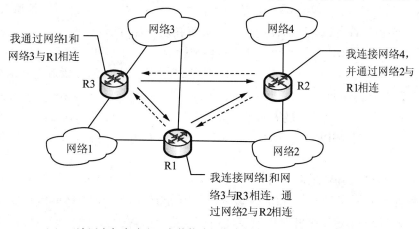

（a）互连网上每个路由器向其他路由器广播自己与相邻路由器的关系

（b）路由器R1利用形成的互联网拓扑图计算路由

图 5-20　链路—状态路由选择算法的基本思想

他路由器广播的信息，互联网上的每个路由器都可以形成一张由点和线相互连接而成的抽象拓扑结构图(图 5-20(b)给出了路由器 R1 形成的抽象拓扑结构图)。一旦得到了这张图，路由器就可以按照最短路径优先算法计算出以本路由器为根的 SPF 树(图 5-20(b)显示了以 R1 为根的 SPF 树)。

SPF 算法有时也被称为 Dijkstra 算法，这是因为最短路径优先算法 SPF 是 Dijkstra 发明的。在 OSPF 路由协议中，最短路径树的树干长度，即 OSPF 路由器至每一个目的地路由器的距离，称为 OSPF 的 Cost，其算法为：$Cost = 10^8/$链路带宽。

在这里，链路带宽以 bps 来表示。也就是说，OSPF 的 Cost 与链路的带宽成反比，带宽越高，Cost 越小，表示 OSPF 到目的地的距离越近。举例来说，FDDI 或快速以太网的 Cost 为 $1(10^8/(100 * 1024 * 1024))$，2M 串行链路的 Cost 为 $48(10^8/(2 \times 1024 \times 1024))$，10M 以太网的 Cost 为 10 等。

从以上介绍可以看到，链路-状态路由选择算法与距离-矢量路由选择算法有很大的不同，运行距离矢量型路由协议的路由器依靠它的邻居获取远程网络和路由器的信息，不需要路由器了解整个互联网的拓扑结构，实际上它对远方的网络状况一无所知，仅是"听说"而已。链路状态型协议则不同，它通过相邻路由器获取远方网络的链路状态信息，它对整个网络或既定区域的认识是直接的、完整的。并且它依赖于整个互联网的拓扑结构图，利用该图得到 SPF 树，再由 SPF 树生成路由表。

与 RIP 相比，OSPF 的优越性非常突出，并在越来越多的网络中开始取代 RIP 而成为首选的路由协议。OSPF 的优越性主要表现在以下几方面：

(1)协议的收敛时间短。当网络状态发生变化时，执行 OSPF 的路由器之间能够很快地重新建立起一个全网一致的关于网络链路状态的数据库，能快速适应网络变化。

(2)不存在路由环回。OSPF 路由器中的最佳路径信息通过对路由器中的拓扑数据库(topological database)运用最短路径优先算法得到。通过运用该算法，会在路由器上得到一个没有环路的 SPF 树的图，从该图中所提取的最佳路径信息可避免路由环回问题。

(3)支持 VLSM 和 CIDR。

(4)节省网络链路带宽。OSPF 不像 RIP 操作那样使用广播发送路由更新，而是使用组播技术发布路由更新，并且也只是发送有变化的链路状态更新。

(5)网络的可扩展性强。首先，在 OSPF 的网络环境中，对数据包所经过的路由器数目即跳数没有进行限制。其次，OSPF 为不同规模的网络分别提供了单域(single area)和多域(multiple area)两种配置模式，前者适用于小型网络。而在中到大型网络中，网络管理员可以通过良好的层次化设计将一个较大的 OSPF 网络划分成多个相对较小且较易管理的区域。

5.6.5　路由协议的选择

静态路由、RIP 路由选择协议、OSPF 路由选择协议都有其各自的特点，可以适应不同的互联网环境。

1. 静态路由

静态路由最适合于在小型的、单路径的、静态的 IP 互联网环境下使用。其中：

- 小型互联网可以包含 2 到 10 个网络。
- 单路径表示互联网上任意两个结点之间的数据传输只能通过一条路径进行。
- 静态表示互联网的拓扑结构不随时间而变化。

一般来说，小公司、家庭办公室等小型机构建设的互联网具有这些特征，可以采用静态路由。

2. RIP 路由选择协议

RIP 路由选择协议比较适合于小型到中型的、多路径的、动态的 IP 互联网环境。其中：

- 小型到中型互联网可以包含 10 到 50 个网络。
- 多路径表明在互联网的任意两个结点之间有多个路径可以传输数据。
- 动态表示互联网的拓扑结构随时会更改（通常是由于网络和路由器的改变而造成的）。

通常，在中型企业、具有多个网络的大型分支办公室等互联网环境中可以考虑使用 RIP 协议。

3. OSPF 路由选择协议

OSPF 路由选择协议最适合较大型到特大型、多路径的、动态的 IP 互联网环境。其中：

- 大型到特大型互联网应该包含 50 个以上的网络。
- 多路径表明在互联网的任意两个结点之间有多个路径可以传播数据。
- 动态表示互联网的拓扑结构随时会更改（通常是由于网络和路由器的改变而造成的）。

OSPF 路由选择协议通常在企业、校园、部队、机关等大型机构的互联网上使用。

▶ 5.7　因特网控制报文协议 ICMP

5.7.1　ICMP 的作用

由于 IP 协议的两个缺陷：没有差错控制和查询机制，因此产生了 ICMP。ICMP 主要是为了提高 IP 数据报成功交付的机会，在 IP 数据报传输的过程中进行差错报告和查询，比如目的主机或网络不可到达，报文被丢弃，路由阻塞，查询目的网络是否可以到达等等。

IP 传输过程中出现差错是不可避免的，当 IP 传输出现差错时，就会产生 ICMP 报文，通过 ICMP 报文提供差错报告。ICMP 差错报告只能送给 IP 报文的源站，ICMP 协议没有规定对每个可能差错采取措施，只提供了可能的处理方法的建议。

ICMP 协议除了为 IP 提供差错报告机制，同时为其他层（TCP/UDP、应用）提供辅助功能。

5.7.2　ICMP 的报文类型

ICMP 有两种报文类型：差错报告报文和询问报文。

1. ICMP 差错报告报文

（1）目的站不可达：路由器或主机不能交付数据报时，向源站发送目的站不可达信息。

(2)源站抑制：由于拥塞而丢弃数据时，向源站发送抑制报文通知源端降低发送速度。

(3)时间超过：生存时间为零时，除丢弃该数据报，还向源站发送超时报文。

(4)参数问题：路由器或主机收到数据报首部中有的字段值不正确时，就丢弃该数据报，并向源站发送参数问题报文。

(5)改变路由(重定向)：路由器改变路由报文发送主机，让主机知道下一次将数据报发送给另外的路由器(可通过更好的路由)。

主机启动后，一般通过默认路由器把 IP 数据报发出去，但不能保证是最优的路由，因为网络中的路由器或网络拓扑结构都可能随网络调整而发生变化。如果默认路由器发现主机发往某个目的地址的数据报最佳路由不应当经过默认路由器，而是经过某个路由器 R 时，就用改变路由报文将此情况告诉主机。于是主机在路由表中增加一个项目：到达某某地址应该经过路由器 R(而不是默认路由器)。

2. ICMP 询问报文

(1)回送请求和回答报文：向一个特定目的主机发出的询问。收到此报文的机器必须给源主机发送 ICMP 回送应答报文。如 Ping 命令。

(2)时间戳请求和回答报文：请求某个主机或路由器回答当前时间，该时间是指自 1900 年 1 月 1 日起到当前有多少秒。它用来进行时钟同步和测量时间。

(3)掩码地址请求和回答报文：从子网掩码服务器中得到某个接口地址掩码。

(4)路由器询问和通告报文：了解连接在本地路由器是否工作，询问通过广播形式，收到询问路由器通告报文广播其路由信息。

5.7.3 ICMP 报文的格式

ICMP 允许主机或路由器报告差错情况和提供有关异常情况的报告。ICMP 报文作为 IP 数据报的数据，加上数据报的首部，组成 IP 数据报发送出去。ICMP 报文的一般格式如图 5-21 所示。

ICMP 报文的前 4 个字节是统一的格式，共有三个字段：即类型、代码和检验和。接着的 4 个字节的内容与 IC-MP 的类型有关。

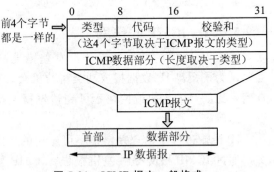

图 5-21　ICMP 报文一般格式

各字段的含义如下：

类型(Type)：ICMP 的类型。

代码(Code)：类型的进一步信息。

校验和(CheckSum)：报文校验码。

数据区：报文数据信息。

IP 报文首部的协议字段指出了此数据报是使用的何种协议，以便使目的主机的网络层能够知道如何交付，将数据上交到哪个处理过程。当其协议字段的值为 1 时，表示其 IP 数据是 ICMP 报文。

▶ 5.8　因特网组播报文协议 IGMP

IP 组播是 IP 的扩展。IP 组播在局域网或广域网上将 IP 数据包从一个发送者传送到一组接收者而不是一个接收者，并且依靠网络将数据包只传送给需要接收它的网络。

5.8.1　IP 数据包传输类型

IPv4 定义了 3 种 IP 数据包的传输：单播(unicast)、广播(broadcast)和组播(multicast)。单播用于发送数据包到单个目的地，这种传输是最常见的 IP 传输，单播实际上是点对点的；广播是指发送数据包到同一广播域或子网内的所有设备；组播指的是在 Internet 网上对一组 IP 站点进行数据传送，这一组 IP 站点是动态形成的，每一个 IP 站点都可以动态地加入或者退出这个组。运行 TCP/IP 协议集的有组播能力的结点可以接收组播消息。Internet 标准委员会(IETF)在 1992 年建立了一个 Internet 上 IP 组播的主干，并命名为 Mbone，用来进行 IP 组播的实验。当一台主机向多个用户发送信息时，单播对于每一个用户都要发送一份数据的拷贝，而组播总共只需发送一份数据的拷贝。这样，组播的使用就大大的节省了带宽，减轻了网络的负载，从而更加有效地利用了网络的带宽资源。

5.8.2　组播的地址

IP 组播和单播的目的地址不同，IP 组播的目的地址是组地址——D 类地址。D 类地址是从 224.0.0.0 ～ 239.255.255.255 之间的 IP 地址，其中 224.0.0.0 ～ 224.0.0.255 是被保留的地址。224.0.0.1 表示子网中所有的组播组，224.0.0.2 表示子网中的所有路由器，224.0.0.5 表示 OSPF(Open Shortest Path First)路由器，224.0.0.6 表示 OSPF 指定路由器，224.0.0.12 表示 DHCP(Dynamic Host Configuration Protocol)服务器。

D 类地址是动态分配和恢复的瞬态地址。每一个组播组对应于动态分配的一个 D 类地址；当组播组结束组播时，相对应的 D 类地址将被回收，用于以后的组播。在 D 类地址的分配中，IETF 建议遵循以下的原则：

全球范围：224.0.1.0～238.255.255.255；

有限范围：239.0.0.0～239.255.255.255；

本地站点范围：239.253.0.0～239.253.0.16；

本地机构范围：239.192.0.0～239.192.0.14。

5.8.3　IGMP 协议及其应用

IGMP 是组播中的一个非常重要的协议，它运行在 IP 站点和它所在的子网多点路由器之间，用来控制组播组成员的加入和退出。

1. IGMP 协议

IGMP 协议即因特网组管理协议，它位于网络层，用来帮助路由器识别组播组中的主机成员。IGMP 使用预留的组播组地址 224.0.0.1 与本地路由器通信。被称为所有主机组的组播组在局域网中寻址所有的主机。正是通过这一渠道，IP 组播路由器知道是否有主机加入到这一特定局域网的一个组播组。路由器在局域网中向这一地址发送

IGMP 询问，主机通过告诉它们想要连到哪个组来响应。IGMP 有两种类型的消息：汇报（Report）和询问（Query）。汇报消息由主机发往路由器，询问消息由路由器发往主机。

IGMP 信息封装在 IP 报文中，其 IP 的协议号为 2。

IGMP 具有三种版本，即 IGMP v1、IGMPv2 和 IGMPv3。

IGMPv1：主机可以加入组播组。没有离开信息（leave messages）。路由器使用基于超时的机制去发现其成员不关注的组。

IGMPv2：该协议包含了离开信息，允许迅速向路由协议报告组成员终止情况，这对高带宽组播组或易变型组播组成员而言是非常重要的。

IGMPv3：与以上两种协议相比，该协议的主要改动为：允许主机指定它要接收通信流量的主机对象。来自网络中其他主机的流量是被隔离的。IGMPv3 也支持主机阻止那些来自于非要求的主机发送的网络数据包。

2. IGMP 协议的应用

（1）组播组的加入。

每个具有组播能力的主机都保留有一个具有组播组成员身份的进程表。当一个进程想加入一个新的组播组，它就向主机发送请求信息。主机就把进程的名字和接收请求的组播组的名字加入这个进程表。需要注意的是，主机只有在确认这是要求获得该组播组成员身份的第一个请求时才向组播路由器发送一条 IGMP 信息。换句话说，一个主机对于一个特定组播组身份的请求信息只发送一次。这是一种由接收方来初始化的加入方法，在组播组的数据越来越多的时候，这种方法可以使新加入的组播组成员尽快找到离它很近的组播组的分支，从而加入组播组。

（2）组播组成员身份的监视。

组播路由器负责监视一个组播组中的所有成员，看他们是否想继续他们在组播组中的成员身份。组播路由器定时的发送询问信息到组播地址 224.0.0.1。在这条信息中，组地址域设定为 0.0.0.0，这意味着这种询问是面向一个主机所在所有组播组，而不是一个组播组。组播路由器希望从每一个组播组都获得一个应答。

（3）组播组成员身份的继续。

具有组播能力的主机保留有一个想继续组播组成员身份的进程表。当一个主机接收到一个由组播路由器发出的询问信息，它就检查一下它所保留的进程表。对于每一个组播组，如果至少有一个进程想继续组播组成员身份，主机就必须向组播路由器发送一条报告信息。需要注意的是，这种为了响应询问消息而发送的报告信息，是为了确认对组播组成员身份的继续，而不是为了作为新的成员加入组播组。而且为了使不同的组播组中的成员身份得以继续，对于不同的组播组就必须分别发送报告信息。

（4）组播组成员的退出。

在 IGMPv1 中，当每一个主机离开某一个组播组时，它不通知任何组播路由器就自然地离开，组播路由器定时（如 120 秒）向 IP 子网中的所有组播组询问，如果某一个组播组在 IP 子网中已经没有任何成员，则组播路由器在确认这一事件后，不再将该组播组的数据在子网中进行传送，同时通过路由信息的交换，将相应的组播路由器从特定的组播组分配树中删除。这种不通知任何人而悄悄离开的方法，使得组播路由器知道 IP 子网中已经没有任何成员的事件延时了一段时间，所以在 IGMPv2 中，当每一个主机要离开某一个组播组时，需要通知子网组播路由器，组播路由器立即向 IP 子网中的所有组播组询问，从而减少了系统处理停止组播的延时。离开组播组时主机要发送信息这一点是 IGMPv2 和 IGMPv1 的主要区别。

▶ 5.9　传输层传输控制协议 TCP

5.9.1　TCP 协议的功能

尽管计算机通过安装 IP 软件，保证了计算机之间可以发送和接收数据，但 IP 协议还不能解决数据分组在传输过程中可能出现的问题。因此，若要解决可能出现的问题，连上 Internet 的计算机还需要安装 TCP 协议来提供可靠并且无差错的通信服务。

TCP 协议被称作一种端对端协议。这是因为它为两台计算机之间的连接起了重要作用：当一台计算机需要与另一台远程计算机连接时，TCP 协议会让它们建立一个连接：用于发送和接收数据的虚拟链路。

TCP 协议负责收集这些信息包，并将其按适当的次序放好传送，在接收端收到后再将其正确地还原。TCP 协议保证了数据包在传送中准确无误。TCP 协议使用重发机制：当一个通信实体发送一个消息给另一个通信实体后，需要收到另一个通信实体确认信息，如果没有收到另一个通信实体的确认信息，则会再次重发刚才发送的信息。通过这种重发机制，TCP 协议向应用程序提供可靠的通信连接，使它能够自动适应网上的各种变化。即使在 Internet 暂时出现堵塞的情况下，TCP 也能够保证通信的可靠。

图 5-22 显示了 TCP 协议控制两个通信实体互相通信的示意图。

Internet 是一个庞大的国际性网络，网路上的拥挤和空闲时间总是交替不定的，加上传送的距离也远近不同，所以传输数据所用时间也会变化不定。TCP 协议具有自动调整"超时值"的功能，能很好地适应 Internet 上各种各样的变化，确保传输数值的正确。

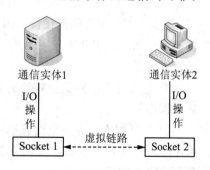

图 5-22　TCP 协议的通信示意图

因此，从上面我们可以了解到：IP 协议只保证计算机能发送和接收分组数据，而 TCP 协议则可提供一个可靠的、可流控的、全双工的信息流传输服务。

5.9.2　TCP 段格式

TCP 数据被封装在一个 IP 数据报中，称为段（Segment），它由首部和数据两部分组成。TCP 首部格式如图 5-23 所示。

各字段含义如下：

(1)端口号。

源端口号和目的端口号各占 16 位。每个 TCP 段都包括源端和目的端的端口号，用于寻找发送端和接收端的应用进程。这两个值加上 IP 首部的源端 IP 地址和目的端 IP 地址唯一确定一个 TCP 连接。

16位源端口号							16位目的端口号
32位序号							
32位确认序号							
4位首部长度	保留6位	URG ACK PSH RST SYN FIN					16位窗口大小
16位校验和							16位紧急指针
选项							
数据							

图 5-23 TCP 首部格式

（2）序号。

占 32 位。序号用来标识从 TCP 发送端向接收端发送的数据字节流，它表示在这个报文段中的第一个数据字节。如果将字节流看做在两个应用程序间的单向流动，则 TCP 用序号对每个字节进行计数。

当建立一个新连接时，SYN 标志变 1。序号字段包含由这个主机选择的该连接的初始序号 ISN，该主机要发送数据的第一个字节的序号为这个 ISN 加 1，因为 SYN 标志使用了一个序号。

（3）确认序号。

占 32 位。既然每个被传输的字节都被计数，确认序号包含发送确认的一端所期望收到的下一个序号，因此，确认序号应当是上次已成功收到数据字节序号加 1。只有 ACK 标志为 1 时确认序号字段才有效。

发送 ACK 无需任何代价，因为 32 位的确认序号字段和 ACK 标志一样，总是 TCP 首部的一部分。因此一旦一个连接建立起来，这个字段总是被设置，ACK 标志也总是被设置为 1。

TCP 为应用层提供全双工的服务。因此，连接的每一端必须保持每个方向上的传输数据序号。

TCP 可以表述为一个没有选择确认或否认的滑动窗口协议。因此 TCP 首部中的确认序号表示发送方已成功收到字节，但还不包含确认序号所指的字节。当前还无法对数据流中选定的部分进行确认。

（4）首部长度。

占 4 位。首部长度需要设置，因为任选字段的长度是可变的。TCP 首部最多 60 个字节。

（5）标志位。

占 6 位。6 个标志位中的多个可同时设置为 1。

- URG—紧急指针有效。
- ACK—确认序号有效。
- PSH—接收方应尽快将这个报文段交给应用层。
- RST—重建连接。
- SYN—同步序号用来发起一个连接。

- FIN—发送端完成发送任务。

(6)窗口大小。

占 16 位。TCP 的流量控制由连接的每一端通过声明的窗口大小来提供。窗口大小为字节数，起始于确认序号字段指明的值，这个值是接收端期望接收的字节数。窗口大小是一个 16 位的字段，因而窗口大小最大为 65535 字节。

(7)校验和。

占 16 位。检验和覆盖整个 TCP 报文端：TCP 首部和 TCP 数据。这是一个强制性的字段，一定是由发送端计算和存储，并由接收端进行验证。TCP 检验和的计算和 UDP 首部检验和的计算一样，也使用伪首部。

(8)紧急指针。

占 16 位。紧急指针是一个正的偏移量，和顺序号字段中的值相加表示紧急数据最后一个字节的序号。TCP 的紧急方式是发送端向另一端发送紧急数据的一种方式。

(9)选项。

最常见的可选字段是最长报文大小 MMS，每个连接方通常都在通信的第一个报文段中指明这个选项。它指明本端所能接收的最大长度的报文段。

5.9.3　TCP 连接的建立和终止

1. 建立连接协议

(1)请求端发送一个 SYN 段指明客户打算连接的服务器的端口以及初始序号(ISN)，这个 SYN 报文段为报文段 1。

(2)服务器端发回包含服务器的初始序号的 SYN 报文段(报文段 2)作为应答。同时将确认序号设置为客户的 ISN 加 1，以对客户的 SYN 报文段进行确认。一个 SYN 将占用一个序号。

(3)客户必须将确认序号设置为服务器的 ISN 加 1，以对服务器的 SYN 报文段进行确认(报文段 3)。

这 3 个报文段完成连接的建立，称为三次握手。发送第一个 SYN 的一端将执行主动打开，接收这个 SYN 并发回下一个 SYN 的另一端执行被动打开。

2. 连接终止协议

由于 TCP 连接是全双工的，因此每个方向都必须单独进行关闭。这原则是当一方完成它的数据发送任务后就能发送一个 FIN 来终止这个方向的连接。收到一个 FIN 只意味着这一方向上没有数据流动，一个 TCP 连接在收到一个 FIN 后仍能发送数据。首先进行关闭的一方将执行主动关闭，而另一方执行被动关闭。

(1)TCP 客户端发送一个 FIN，用来关闭客户到服务器的数据传送(报文段 4)。

(2)服务器收到这个 FIN，它发回一个 ACK，确认序号为收到的序号加 1(报文段 5)。和 SYN 一样，一个 FIN 将占用一个序号。

(3)服务器关闭客户端的连接，发送一个 FIN 给客户端(报文段 6)。

(4)客户段发回确认，并将确认序号设置为收到序号加 1(报文段 7)。

3. 连接建立的超时

如果与服务器无法建立连接，客户端就会三次向服务器发送连接请求。在规定的时间内服务器未应答，则连接失败。

4. 最大报文段长度 MSS

最大报文段长度表示 TCP 传往另一端的最大块数据的长度。当一个连接建立时，连接的双方都要通告各自的 MSS。

一般，如果没有分段发生，MSS 还是越大越好。报文段越大允许每个报文段传送的数据越多，相对 IP 和 TCP 首部有更高的网络利用率。当 TCP 发送一个 SYN 时，它能将 MSS 值设置为外出接口的 MTU 长度减去 IP 首部和 TCP 首部长度。对于以太网，MSS 值可达 1460。

如果目的地址为非本地的，MSS 值通常默认为 536，是否本地主要通过网络号区分。MSS 让主机限制另一端发送数据报的长度，加上主机也能控制它发送数据报的长度，这将使以较小 MTU 连接到一个网络上的主机避免分段。

5. TCP 的半关闭

TCP 提供了连接的一端在结束它的发送后还能接收来自另一端数据的能力，这就是 TCP 的半关闭。

客户端发送 FIN，另一端发送对这个 FIN 的 ACK 报文段。当收到半关闭的一端在完成它的数据传送后，才发送 FIN 关闭这个方向的连接，客户端再对这个 FIN 确认，这个连接才彻底关闭。

6. 2MSL 连接

TIME_WAIT 状态也称为 2MSL 等待状态。每个 TCP 必须选择一个报文段最大生存时间(MSL)。它是任何报文段被丢弃前在网络的最长时间。

处理原则：当 TCP 执行一个主动关闭，并发回最后一个 ACK，该连接必须在 TIME_WAIT 状态停留的时间为 2MSL。这样可以让 TCP 再次发送最后的 ACK 以避免这个 ACK 丢失(另一端超时并重发最后的 FIN)。这种 2MSL 等待的另一个结果是这个 TCP 连接在 2MSL 等待期间，定义这个连接的插口不能被使用。

7. 平静时间

TCP 在重启的 MSL 秒内不能建立任何连接，这就是平静时间。

8. FIN_WAIT_2 状态

在 FIN_WAIT_2 状态我们已经发出了 FIN，并且另一端也对它进行了确认。只有另一端的进程完成了这个关闭，我们这端才会从 FIN_WAIT_2 状态进入 TIME_WAIT 状态。这意味着我们这端可能永远保持这个状态，另一端也将处于 CLOSE_WAIT 状态，并一直保持这个状态直到应用层决定进行关闭。

9. 复位报文段

TCP 首部的 RST 位是用于复位的。一般，无论哪一个报文端发往相关的连接出现错误，TCP 都会发出一个复位报文段。主要情况。

(1)发往不存在的端口的连接请求。

(2)异常终止一个连接。

10. 同时打开

为了处理同时打开，对于同时打开它仅建立一条连接而不是两条连接。两端几乎在同时发送 SYN，并进入 SYN_SENT 状态。当每一端收到 SYN 时，状态变为 SYN_

RCVD，同时他们都再发 SYN 并对收到的 SYN 进行确认。当双方都收到 SYN 及相应的 ACK 时，状态都变为 ESTABLISHED。一个同时打开的连接需要交换 4 个报文段，比正常的三次握手多了一次。

11. 同时关闭

当应用层发出关闭命令，两端均从 ESTABLISHED 变为 FIN_WAIT_1。这将导致双方各发送一个 FIN，两个 FIN 经过网络传送后分别到达另一端。收到 FIN 后，状态由 FIN_WAIT_1 变为 CLOSING，并发送最后的 ACK。当收到最后的 ACK，状态变为 TIME_WAIT。同时关闭和正常关闭的段减缓数目相同。

12. TCP 选项

每个选项的开始是 1 字节的 Kind 字段，说明选项的类型。

Kind＝0：选项表结束(1 字节)

Kind＝1：无操作(1 字节)

Kind＝2：最大报文段长度(4 字节)

Kind＝3：窗口扩大因子(4 字节)

Kind＝8：时间戳(10 字节)

5.9.4　TCP 的超时和重传

对于每个 TCP 连接，TCP 管理 4 个不同的定时器：

(1)重传定时器用于当希望收到另一端的确认。

(2)坚持定时器使窗口大小信息保持不断流动，即使另一端关闭了其接收窗口。

(3)保活定时器可检测到一个空闲连接的另一端何时崩溃或重启。

(4)2MSL 定时器测量一个连接处于 TIME_WAIT 状态的时间。

1. 往返时间测量

TCP 超时和重传中最重要的就是对一个给定连接的往返时间(RTT)的测量。由于路由器和网络流量均会变化，因此 TCP 应该跟踪这些变化并相应地改变超时时间。首先 TCP 必须测量在发送一个带有特别序号的字节和接收到包含该字节的确认之间的 RTT。

2. 拥塞避免算法

该算法假定由于分组收到损坏引起的丢失是非常少的，因此分组丢失就意味着在源主机和目的主机之间的某处网络上发生了阻塞。有两种分组丢失的指示：发生超时和收到重复的确认。拥塞避免算法需要对每个连接维持两个变量：一个拥塞窗口 cwnd 和一个慢启动门限 ssthresh。

(1)对一个给定的连接，初始化 cwnd 为 1 个报文段，ssthresh 为 65 535 个字节。

(2)TCP 输出例程的输出不能超过 cwnd 和接收方通告窗口的大小。拥塞避免是发送方使用的流量控制。前者是发送方感受到的网络拥塞的估计，而后者则与接收方在该连接上的可用缓存大小有关。

(3)当拥塞发生时，ssthresh 被设置为当前窗口大小的一半(cwnd 和接收方通告窗口大小的最小值，但最小为 2 个报文段)。此外，如果是超时引起了拥塞，则 cwnd 被设置为 1 个报文段。

(4)当新的数据被对方确认时,就增加 cwnd,但增加的方法依赖于是否正在进行慢启动或拥塞避免。如果 cwnd 小于或等于 ssthresh,则正在进行慢启动,否则正在进行拥塞避免。

3. 快速重传和快速恢复算法

如果我们一连串收到 3 个或以上的重复 ACK,就非常可能是一个报文段丢失了。于是我们就重传丢失的数据报文段,而无需等待超时定时器溢出。

(1)当收到第 3 个重复的 ACK 时,将 ssthresh 设置为当前拥塞窗口 cwnd 的一半,重传丢失的报文段,设置 cwnd 为 ssthresh 加上 3 倍的报文段大小。

(2)每次收到另一个重复的 ACK 时,cwnd 增加 1 个报文段大小并发送一个分组,如果允许的话。

(3)当下一个确认新数据的 ACK 到达时,设置 cwnd 为 ssthresh,这个 ACK 应该是在进行重传后的一个往返时间内对步骤 1 重传的确认。另外,这个 ACK 也应该是对丢失的分组和收到的第一个复的 ACK 之间的所有中间报文段的确认。

4. ICMP 差错

TCP 如何处理一个给定的连接返回的 ICMP 差错。TCP 能够遇到的最常见的 ICMP 差错就是源站抑制、主机不可达和网络不可达。

(1)一个接收到的源站抑制引起拥塞窗口 cwnd 被置为 1 个报文段大小来发起慢启动,但是慢启动门限 ssthresh 没有变化,所以窗口将打开直到它开放了所有的通路或者发生了拥塞。

(2)一个接收到的主机不可达或网络不可达实际都被忽略,因为这两个差错都被认为是短暂现象。TCP 试图发送引起该差错的数据,尽管最终有可能会超时。

5. 重新分组

当 TCP 超时并重传时,它并不一定要重传同样的报文段,相反,TCP 允许进行重新分组而发送一个较大的报文段。这是允许的,因为 TCP 是使用字节序号而不是报文段序号来进行识别它所要发送的数据和进行确认。

5.9.5 TCP 的坚持定时器

ACK 的传输并不可靠,也就是说,TCP 不对 ACK 报文段进行确认,TCP 只确认那些包含数据的 ACK 报文段。为了防止因为 ACK 报文段丢失而双方进行等待的问题,发送方用一个坚持定时器来周期性地向接收方查询。这些从发送方发出的报文段称为窗口探查。

5.9.6 TCP 的保活定时器

如果一个给定的连接在 2 小时内没有任何动作,那么服务器就向客户发送一个探查报文段。客户主机必须处于以下 4 个状态之一。

(1)客户主机依然正常运行,并且从服务器可达。客户的 TCP 响应正常,而服务器也知道对方的正常工作的,服务器在 2 小时内将保活定时器复位。

(2)客户主机已经崩溃,并且关闭或者正在重新启动。在任何一种情况下,客户的 TCP 都没有响应。服务器将不能收到对探查的响应,并在 75 秒后超时。总共发送 10 个探查,间隔 75 秒。

（3）客户主机崩溃并已经重新启动。这时服务器将收到一个对其保活探查的响应，但这个响应是一个复位，使得服务器终止这个连接。

（4）客户主机正常运行，但是从服务器不可达。

▶ 5.10　本章小结

网络体系结构是指通信系统的整体设计，它为网络硬件、软件、协议、存取控制和拓扑提供标准。

为进行网络中的数据交换而建立的规则、标准或约定即网络协议（network protocol），简称为协议。网络协议是计算机网络体系结构中不可缺少的组成部分。

为了减少数据通信网络设计的复杂性，人们往往按功能将数据通信网络划分为多个不同的功能层。网络中同等层之间的通信规则就是该层使用的协议。

数据通信网络体系结构是指数据通信网络的各层及其协议的集合，即数据通信网络及其部件所应完成功能的确切定义。

OSI 参考模型依层次结构分为物理层、数据链路层、网络层、传输层、会话层、表示层和应用层。

OSI 七层模型的每一层都对数据进行封装，以保证数据能够正确无误地到达目的地，被终端主机理解与执行。

TCP/IP 体系结构共划分为 4 个层次，即应用层、传输层、互联层和网络接口层。

TCP/IP 协议实际上就是在物理网上的一组完整的网络协议。IP 协议的任务是对数据包进行相应的寻址和路由，并从一个网络转发到另一个网络。ICMP 协议为 IP 协议提供差错报告。IGMP 协议完成点到多点的数据包传输。TCP 协议是传输层的一种面向连接的通信协议，它提供可靠的数据传送。UDP 协议是一种面向无连接的协议，因此，它不能提供可靠的数据传输。应用层协议主要包括 TELNET、FTP、SMTP、DNS、DHCP、RIP、HTTP 等。

IP 数据报是一个与硬件无关的虚拟包，由首部和数据两部分组成。首部的前一部分是固定长度，共 20 字节，是所有 IP 数据报必须具有的。在首部的固定部分的后面是一些可选字段，其长度是可变的。

IPv6 是下一版本的互联网协议。在 IPv6 的设计过程中除解决了地址短缺问题以外，还考虑了在 IPv4 中解决不好的其他一些问题，主要有端到端 IP 连接、服务质量（QoS）、安全性、多播、移动性、即插即用等。

在 Internet 网络中，用 IP 地址唯一地标识一台计算机。IP 地址是一个 32 位的二进制地址，将它们分为 4 组，每组 8 位，由小数点分开。

每个 IP 地址包括两个标识码（ID），即网络 ID 和主机 ID。IP 地址根据网络 ID 的不同分为 5 种类型，即 A 类地址、B 类地址、C 类地址、D 类地址和 E 类地址。

为了实现更小的广播域并更好地利用主机地址中的每一位，可以把基于类的 IP 网络进一步分成更小的网络，每个子网由路由器界定并分配一个新的子网网络地址，子网地址是借用基于类的网络地址的主机部分创建的。

划分子网后，通过使用掩码把子网隐藏起来，使得从外部看网络没有变化，这就是子网掩码。子网掩码是一个 32 位的二进制数，其对应网络地址的所有位都置为 1，对应于主机地址的所有位都置为 0。

路由就是指导 IP 数据包发送的路径信息。路由器将所有关于如何到达目标网络的最佳路径信息以数据库表的形式存储起来，这种专门用于存放路由信息的表被称为路由表。

每个路由器中都保存着一张路由表，表中每条路由项都指明数据包到某子网或某主机应通过路由器的哪个物理端口发送，然后就可到达该路径的下一个路由器，或者不再经过别的路由器而传送到直接相连的网络中的目的主机。

通常有两种方式可用于路由表信息的生成和维护，分别是静态路由和动态路由。

按路由选择算法的不同，路由协议被分为距离矢量路由协议、链路状态路由协议和混合型路由协议三大类。按照作用范围和目标的不同，路由协议可被分为内部网关协议和外部网关协议。

ICMP 主要是为了提高 IP 数据报成功交付的机会，在 IP 数据报传输的过程中进行差错报告和查询。ICMP 有两种报文类型：差错报告报文和询问报文。

IGMP 是组播中的一个非常重要的协议，它运行在 IP 站点和它所在的子网多点路由器之间，用来控制组播组成员的加入和退出。

TCP 协议被称做一种端对端协议，它为两台计算机之间的连接起了重要作用。TCP 协议向应用程序提供可靠的通信连接，使它能够自动适应网上的各种变化。

▶ 5.11 关键术语

协议：是不同机器同等层之间的通信约定。

接口：是同一机器相邻层之间的通信约定。

OSI-RM：开放系统互联参考模型。

封装：是指网络结点将要传送的数据用特定的协议头打包。

解封装：是指收端在每一层还要对在发端相同层封装的数据进行读取和还原。

TCP/IP：传输控制协议/网际协议，实际上就是 Internet 上的一组完整的网际协议。

IP：网际协议。

ICMP：因特网控制报文协议。

IGMP：因特网组播报文协议。

ARP：地址解析协议。

RARP：反地址解析协议。

TCP：传输控制协议，一种面向连接的通信协议。

UDP：用户数据协议，一种面向无连接的协议。

FTP：文件传输协议。

TELNET：远程终端协议。

SMTP：简单邮件传输协议。

DNS：域名服务。

DHCP：动态主机配置协议。

RIP：路由信息协议。

HTTP：超文本传输协议。

IPv6：下一版本的互联网协议。

子网掩码：一个 32 位的二进制数，其对应网络地址的所有位都置为 1，对应于主机地址的所有位都置为 0。

路由：指导 IP 数据包发送的路径信息。

RIP：路由消息协议。

OSPF：开放最短路径优先协议。

IGP：内部网关协议。

EGP：外部网关协议。

▶ 5.12　复习题

一、选择题

1. 网络分层体系结构可以定义成_____。

    A. 一种计算机网络的实现

    B. 执行计算机数据处理的软件模块

    C. 建立和使用通信硬件和软件的一套规则和规范

    D. 由 ISO 制定的一个标准

2. 下列哪一项描述了网络体系结构中的分层概念？

    A. 保持网络灵活且易于修改

    B. 所有的网络体系结构都使用相同的层次名称和功能

    C. 把相关的网络功能组合在一层中

    D. A 和 C

3. 下列关于 TCP/IP 参考模型的说法中，错误的是_____。

    A. 传输层提供面向连接和非连接两种服务

    B. IP 层采用无连接服务

    C. IP 层相当于 OSI 七层模型中的网络层

    D. TCP/IP 协议中的层次与 OSI 七层模型中的层次一一对应

4. ARP 协议的作用是_____。

    A. 根据 MAC 地址获得 IP 地址

    B. 根据 IP 地址获得 TCP 地址

    C. 根据 IP 地址获得 MAC 地址

    D. 根据 TCP 地址获得 IP 地址

5. RARP 协议的作用是_____。

    A. 根据 MAC 地址获得 IP 地址

    B. 根据 IP 地址获得 TCP 地址

    C. 根据 IP 地址获得 MAC 地址

D. 根据 TCP 地址获得 IP 地址

6. OSI-RM 中的高层包括_____。

    A. 运输层、会话层、应用层

    B. 会话层、应用层、表示层

    C. 会话层、网络层、表示层

    D. 物理层、运输层、表示层

7. 以下属于 C 类 IP 地址的是_____。

    A. 110.33.24.58

    B. 66.200.12.33

    C. 210.41.224.36

    D. 127.0.0.1.

8. www.sina.com.cn 不是 IP 地址，而是_____。

    A. 硬件编号   B. 域名   C. 密码   D. 软件编号

9. 因特网中的 IP 地址由两部分组成，前面一个部分称为_____。

    A. 帧头   B. 主机标识   C. 正文   D. 网络标识

10. 下列用于文件传输的协议是_____。

    A. SNMP   B. FTP   C. HTTP   D. TELNET

二、简答题

1. 什么是数据通信网络体系结构？

2. 什么是网络协议？

3. OSI 参考模型由哪几层组成？试介绍其每一层的主要功能。

4. TCP/IP 体系结构由哪几层组成？试介绍其每一层的主要功能。

5. 说明 TCP/IP 体系结构与 OSI 参考模型的对应关系。

6. IP 地址的基本结构是怎样的？

7. 什么是子网？什么是子网掩码？

8. 某网络 193.100.23.0，分成大小相等的四个子网，则子网掩码为多少？

9. 在因特网上的一个网络具有子网掩码 255.255.240.0，问这个网络能够容纳最多多少台主机？

10. 什么是路由？什么是路由表？路由表有何作用？

11. 什么是静态路由？什么是动态路由？

12. 什么是路由协议？路由协议有哪些分类？

13. ICMP 和 IGMP 的作用各是什么？

14. 说明 TCP 和 UDP 的主要区别。

15. 说明 TCP 是如何进行可靠的数据传输的。

▶ 5.13　实践项目

5.13.1　项目 5-1

实训目标：

1. 了解 TCP/IP 协议的工作原理。

2. 掌握 TCP/IP 协议的安装及配置方法。

3. 掌握常用的 TCP/IP 网络故障诊断和排除方法。

实验环境：

Windows XP 操作系统

实训内容：

1. 安装 TCP/IP 协议

(1)安装网络适配器。

(2)安装网络适配器驱动程序。

(3)安装 TCP/IP 协议：控制面板→网络连接→本地连接→右键调出属性面板→添加→协议→选择 TCP/IP 协议→开始安装。

2. 设置 TCP/IP 协议

右击网上邻居→属性→右击本地连接→属性→选择 TCP/IP 协议→属性

(1)设置 IP 地址。

(2)设置子网掩码。

(3)设置默认网关。

(4)设置 DNS 服务器。

3. 调试网络：

几个常用网络测试命令的使用。

(1)测试 TCP/IP 协议安装配置是否成功：Ping。

Ping 是测试网络连接状况以及信息包发送和接收状况非常有用的工具，是网络测试最常用的命令。Ping 向目标主机(地址)发送一个回送请求数据包，要求目标主机收到请求后给予答复，从而判断网络的响应时间和本机是否与目标主机(地址)连通。

如果执行 Ping 不成功，则可以预测故障出现在以下几个方面：网线故障，网络适配器配置不正确，IP 地址不正确。如果执行 Ping 成功而网络仍无法使用，那么问题很可能出在网络系统的软件配置方面，Ping 成功只能保证本机与目标主机间存在一条连通的物理路径。

命令格式：

Ping[-t][-a][-n][-l]

参数含义：

-t 不停地向目标主机发送数据，直到用户按 Ctrl＋C 组合键结束；

-a 以 IP 地址格式来显示目标主机的网络地址；

-n count 指定要 Ping 多少次，具体次数由 count 来指定；

-l size 指定发送到目标主机的数据包的大小。

①测试本机 TCP/IP 协议安装配置是否成功：Ping　127.0.0.1。

②Ping 本机 IP。

③Ping 局域网内其他 IP。

④Ping 网关 IP。

⑤Ping 远程 IP。

⑥Ping　LOCALHOST。

(2)查看 TCP/IP 配置信息：ipconfig。

使用 ipconfig/all 查看配置

发现和解决 TCP/IP 网络问题时，先检查出现问题的计算机上的 TCP/IP 配置。可以使用 ipconfig 命令获得主机配置信息，包括 IP 地址、子网掩码和默认网关。

(3)统计 TCP 连接信息：Netstat。

Netstat 命令可以帮助网络管理员了解网络的整体使用情况。它可以显示当前正在活动的网络连接的详细信息，例如，显示网络连接、路由表和网络接口信息，可以统计目前总共有哪些网络连接正在运行。利用命令参数，命令可以显示所有协议的使用状态，这些协议包括 TCP 协议、UDP 协议以及 IP 协议等，另外还可以选择特定的协议并查看其具体信息，还能显示所有主机的端口号以及当前主机的详细路由信息。

命令格式：

netstat[-r][-s][-n][-a]

参数含义：

-r 显示本机路由表的内容；

-s 显示每个协议的使用状态(包括 TCP 协议、UDP 协议、IP 协议)；

-n 以数字表格形式显示地址和端口；

-a 显示所有主机的端口号。

(4)跟踪网络连接：Tracert。

Tracert 命令用来显示数据包到达目标主机所经过的路径，并显示到达每个结点的时间。命令功能同 Ping 类似，但它所获得的信息要比 Ping 命令详细得多，它把数据包所走的全部路径、结点的 IP 以及花费的时间都显示出来。该命令比较适用于大型网络。

tracert IP 地址或主机名[-d][-h maximumhops][-j host_list][-w timeout]

参数含义：

-d 不解析目标主机的名字；

-h maximum_hops 指定搜索到目标地址的最大跳跃数；

-j host_list 按照主机列表中的地址释放源路由；

-w timeout 指定超时时间间隔，程序默认的时间单位是毫秒。

5.13.2　项目 5-2

实训目标：

1. 掌握路由器上配置静态路由的方法。

2. 掌握 RIP 协议的配置方法。

实验环境：

两台路由器，一台交换机，两台 PC。

1. 静态路由配置的实验环境

实际组网中路由器是用来连接两个物理网络的，为了模拟实际环境，在试验中采用背靠背直接相连来模拟广域网连接，如图 5-24 所示。

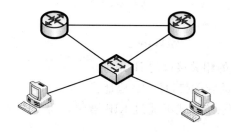

图 5-24　静态路由配置的实验环境

2. RIP 路由协议配置的实验环境

RIP 路由协议配置的实验环境如图 5-25 所示。

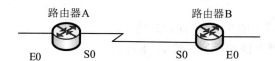

图 5-25　RIP 路由协议配置的实验环境

实训内容：

1. 配置静态路由

实验步骤如下：

路由器各接口 IP 地址设置如下：

	RTA	RTB
E0	202.0.0.1/24	202.0.1.1/24
S0	192.0.0.1/24	192.0.0.2/24

PC 机的 IP 地址默认网关的 IP 地址如下：

	PCA	PCB
IP Address	202.0.0.2/24	202.0.1.2/24
Gateway	202.0.0.1	202.0.1.1

(1)为了标识路由器，修改路由器名称为 RTA，RTB。

(2)按照实验环境表格中要求配置路由器各接口的 IP 地址。注意：串口的配置需要在接口视图下完成 shutdown 和 undo shutdown 命令后才生效。

(3)配置主机 IP 地址。

（4）用 Ping 命令测试网络互通性。

（5）完成上述配置后，用 display current-configuration 命令显示配置信息。

（6）用 display ip routing-table 命令显示路由表信息，找出为什么第 4 步不能 Ping 通。

（7）用配置静态路由的办法来添加路由。例如，RTA 上的配置命令：

[RTA]ip route-static　202.0.1.0　255.255.255.0 192.0.0.2 preference 60 请在 RTB 上配置类似命令。

（8）用 display ip routing-table 命令再次显示路由表。

（9）用 Ping 命令再次测试网络互通性。

2. RIP 协议配置

实验步骤如下：

RIP-1：

（1）配置 A 路由器上的相关接口的 IP 地址。

（2）配置 B 路由器上的相关接口的 IP 地址。

（3）在路由器 A 上的系统模式下通过 RIP 语句启动 RIP 协议，并在 RIP 协议视图下输入 network 网络号。

（4）在路由器 B 上的系统模式下通过 RIP 语句启动 RIP 协议，并在 RIP 协议视图下输入 network 网络号。

（5）分别在路由器 A 和 B 上输入 display ip routing-table 查看路由表息。

RIP-2：

（1）配置 A 路由器上的相关接口的 IP 地址。

（2）配置 B 路由器上的相关接口的 IP 地址。

（3）在路由器 A 上的系统模式下通过 RIP 语句启动 RIP 协议，并在 RIP 协议视图下输入 network 网络号。

（4）在路由器 B 上的系统模式下通过 RIP 语句启动 RIP 协议，并在 RIP 协议视图下输入 network 网络号。

（5）在路由器 A 上的 E0、S0 端口分别输入 rip version 2 启动 RIP-2 协议。

（6）在路由器 B 上的 E0、S0 端口分别输入 rip version 2 启动 RIP-2 协议。

（7）分别在路由器 A 和 B 上输入 display ip routing-table 查看路由表信息。

第 6 章　局域网

本章内容

- 局域网的定义。
- 局域网的体系结构。
- 以太网技术的介绍。
- 以太网交换机，以太网端口扩展方法的介绍。
- 虚拟局域网的讲解。
- 交换机的基本配置。
- 网线的制作及测试方法。

本章重点

- 局域网的定义。
- 以太网端口扩展的方法。
- 虚拟局域网的概念、原理和互联方法。
- 生成树协议的特点。

本章难点

- 虚拟局域网的原理和互联方法。
- 生成树协议的特点。

本章能力目标和要求

- 掌握局域网的定义。
- 掌握以太网端口的扩展方法。
- 掌握虚拟局域网的概念、原理和互联方法。
- 掌握交换机的基本配置。
- 掌握网线的制作及测试。

6.1　局域网概述

局域网(Local Area Network，LAN)是一个通信系统，它是允许很多彼此独立的计算机在适当的区域内，以适当的传输速率进行资源共享和信息交换的数据通信系统。

为了完整地给出 LAN 的定义，必须使用两种方式：一种是功能性定义，另一种是技术性定义。前一种将 LAN 定义为一组台式计算机和其他设备，在物理地址上彼此相隔不远，以允许用户相互通信和共享计算资源(诸如打印机和存储设备)的方式互联在一起的系统。这种定义适用于办公环境下的 LAN、工厂和研究机构中使用的 LAN。而LAN 的技术性定义，将局域网定义为由特定类型的传输媒体(如电缆、光纤和无线媒体)和网络适配器(亦称为网卡)互联在一起的计算机，并受网络操作系统监控的网络系统。

功能性和技术性定义之间的差别是很明显的，功能性定义强调的是外界行为和服务；技术性定义强调的则是构成 LAN 所需的物质基础和构成的方法。

局域网的名字本身就隐含了网络地理范围的局域性。一般运用于有限距离(10公里)内的计算机之间进行数据和信息的传输。局域网的规模有很小的，也有很大的，小的可以由相邻的两台计算机互联而成，大的可以由一个区域内的上千台计算机组成。因此，判断网络是否是局域网看的是网络中计算机的连接和组成方式，而不是所连计算机的数量。

由于局域网的地理范围覆盖较小，LAN 传输速率通常比较高。目前 LAN 的传输速率普遍为 100M，在有的场合达到 1000 兆甚至万兆。

早期的局域网网络技术都是各不同厂家所专有，互不兼容。后来，IEEE(国际电子电气工程师协会)推动了局域网技术的标准化，由此产生了 IEEE 802 系列标准。这使得在建设局域网时可以选用不同厂家的设备，并能保证其兼容性。这一系列标准覆盖了双绞线、同轴电缆、光纤和无线等多种传输媒介和组网方式，并包括网络测试和管理的内容。随着新技术的不断出现，这一系列标准仍在不断的更新变化之中。

以太网(IEEE 802.3 标准)是最常用的局域网组网方式。以太网使用双绞线作为传输媒介。在没有中继器的情况下，最远可以覆盖 200 米的范围。最普及的以太网类型数据传输速率为 10 兆比特/秒，更新的标准则支持 100 兆和 1000 兆比特/秒的速率。

其他主要的局域网类型有令牌环(IEEE 802.5 标准)和 FDDI(光纤分布数字接口，IEEE 802.8)。令牌环网络采用同轴电缆作为传输媒介，具有更好的抗干扰性；但是网络结构不能很容易的改变。FDDI 采用光纤传输，网络带宽大，适于用作连接多个局域网的骨干网。

近两年来，随着 IEEE802.11 标准的制定，无线局域网的应用大为普及。这一标准采用 2GHz 和 5GHz 的频段，数据传输速度可以达到 11Mbps 和 54Mbps。

局域网标准定义了传输媒介、编码和介质访问等底层功能。要使数据通过复杂的网络结构传输到达目的地，还需要具有寻址、路由和流量控制等功能的网络协议的支持。TCP/IP(传输控制协议/互联网络协议)是最普遍使用的局域网网络协议。它也是互联网所使用的网络协议。其他常用的局域网协议包括 IPx、Appletalk 等。

▶ 6.2 局域网的体系结构

定义网络及其组成部分具有的功能框架，是网络研究、分析、设计的基础。计算机网络的体系结构和国际标准化组织(ISO)提出的开放的系统互联参考模型(OSI)已得到广泛认同，并提供了一个便于理解、易于开发和加强标准化的统一的计算机网络体系结构。局域网既然是网络系统的一种，它的层次结构也应该参考和采用 ISO 组织关于开发系统互联的 OSI 参考模型。遵循 OSI 参考模型的层次结构，任何一个层次的设计，只需涉及该层与其上下两层之间的接口和该层所需完成的协议即可，不再需要考虑与其他层次之间的关系。

在 ISO/OSI 七层模型中的下三层(即物理层、数据链路层和网络层)主要涉及的是通信功能。

局域网在通信方面有自己的特点：

(1)传输数据以帧为单位。

(2)局域网内部不需中间连接。

由于局域网拓扑结构以总线、星型或环型为主，故路径选择功能可简化，常常不设单独的网络层。局域网的参考模型如图 6-1 所示，它仅对应了 ISO/OSI 参考模型中最低两层。局域网的高层尚待定义其标准，目前由具体的局域网操作系统实现。

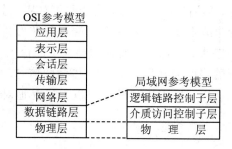

图 6-1　OSI 模型和局域网参考模型

和 OSI/RM 对应，LAN/RM 只相当于其最低两层。物理层用来建立物理连接是必要的。数据链路层把数据构成帧传输，并实现帧的顺序控制、差错控制及流量控制功能，使不可靠的链路层变成了可靠的链路层，也是必要的。由于局域网的种类繁多，其介质访问的方法也各不相同，为了使局域网中数据链路层不至过于复杂，LAN/RM 将其划分为两个子层，即介质访问控制(MAC)子层和逻辑链路控制(LLC)子层。

逻辑链路控制子层(LLC)：它向上层提供面向连接的服务和无连接的服务两种类型的服务。它的主要功能是进行帧的组装和拆卸、帧的发送和接收、流量控制、数据报、虚电路和多路利用等。对所有类型的局域网，这一子层都是相同的。

介质访问控制子层(MAC)：主要和物理层连接，负责解决在 LAN 中多设备间共享公共传输介质的问题，向 LLC 子层提供服务。MAC 子层与 LLC 子层不同，MAC 子层依赖于物理介质，所以不同的局域网的 MAC 子层有所不同。

在 MAC 子层规定了多种不同拓扑结构的介质访问控制方法，由此形成了多种 LAN 的接入标准。也就是说，局域网只有到了 MAC 子层才能看到采用的是哪种连接标准(总线网、令牌总线网或令牌环形网)。

▶ 6.3　以太网技术

以太网是在 20 世纪 70 年代中期由 Xerox 公司 Palo Alto 研究中心推出的。由于介质技术的发展，Xerox 可以将许多机器相互连接，形成巨型打印机。这就是以太网的原型。后来，Xerox 公司推出了带宽为 2Mbps 的以太网，又和 Intel 和 DEC 公司合作推出了带宽为 10Mbps 的以太网，这就是通常所称的以太网Ⅱ或以太网 DIX(Digital，Intel 和 Xerox)。IEEE 是一个拥有 802 个委员会的协会，它成立后，制定了以太网介质的标准。其中，IEEE 802.3 与由 Intel、Digital 和 Xerox 推出的以太网Ⅱ非常相似。

以太网是一种能够使计算机进行相互传递信息的介质，其原理与人通过空气进行交流相似。人在空气中说话形成回响产生声波,这些声波被其他人的耳朵感知后,人就可以进行交谈。交谈开始时,声波组合成一个个的单词,后来这些单词又组合成一个个的句子。以太网的原理也是一样,它利用二进制位形成一个个的字节,这些字节然后组合成一帧帧的数据。在以太网中,字节其实是一些电脉冲,它们能在导线中进行传播,其传播的性能优于声波在空气中的传播性能。

以太网由许多物理网段组合而成,每个网段包括一些导线和与导线相连的节点,如图6-2所示。一个使用星形拓扑结构的网络集线器将对从一个端口到其他所有端口的二进制位进行复制。这种集线器实质上是一个多端口的转发器,它可以对以太网导线进行仿真。所有与导线相连的节点都可以监视到导线上的信息。不过,这样很不安全。与以太网相连的网络分析器将监视在所有导线上传输的信息。很多情况下,数据不会在本地的介质进行加密,这样,网络工程师就可以很容易地对导线上封装帧中的数据进行解码。

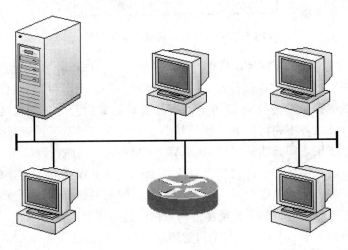

图6-2 以太网结构

以太网组网非常灵活和简便,可使用多种物理介质,以不同拓扑结构组网,是目前国内外应用最为广泛的一种网络,已成为网络技术的主流。

以太网按其传输速率又分成10Mbps、100Mbps、1000Mbps。

▶ 6.4 10 Mbps 以太网

最开始以太网只有10Mbps的吞吐量,它所使用的是CSMA/CD(带有冲突检测的载波侦听多路访问)的访问控制方法,通常把这种最早期的10Mbps以太网称之为标准以太网。以太网主要有两种传输介质,那就是双绞线和同轴电缆。所有的以太网都遵循IEEE 802.3标准,下面列出是IEEE 802.3的一些以太网络标准,在这些标准中前面的数字表示传输速度,单位是"Mbps",最后的一个数字表示单段网线长度(基准单位是100m),Base表示"基带"的意思,Broad代表"带宽"。

- 10Base—5 使用粗同轴电缆,最大网段长度为500m,基带传输方法;
- 10Base—2 使用细同轴电缆,最大网段长度为185m,基带传输方法;

- 10Base—T   使用双绞线电缆，最大网段长度为 100m；
- 1Base—5   使用双绞线电缆，最大网段长度为 500m，传输速度为 1Mbps；
- 10Broad—36   使用同轴电缆（RG－59/U CATV），最大网段长度为 3600m，是一种宽带传输方式；
- 10Base—F   使用光纤传输介质，传输速率为 10Mbps。

▶ 6.5 100 Mbps 快速以太网

快速以太网（Fast Ethernet）也就是我们常说的百兆以太网，它在保持帧格式、MAC（介质存取控制）机制和 MTU（最大传送单元）质量的前提下，其速率比 10Base－T 的以太网增加了 10 倍。二者之间的相似性使得 10Base－T 以太网现有的应用程序和网络管理工具能够在快速以太网上使用。快速以太网是基于扩充的 IEEE 802.3 标准。

1995 年 9 月，IEEE 802 委员会正式批准了 Fast Ethernet 标准 IEEE 802.3u。IEEE 802.3u 标准在 LLC 子层使用 IEEE 802.2 标准，在 MAC 子层使用 CSMA/CD 方法，仅在物理层做了一些调整，定义了新的物理层标准 100Base-T。100Base-T 标准采用了介质专用接口 MII（Media Independent Interface），它将 MAC 子层与物理层分割开来，使得物理层在实现 100Mbps 速率时所使用的传输介质和信号编码方式的变化不会影响 MAC 子层。100Base-T 可以支持多种传输介质。目前已经制定了三种传输介质的标准：100Base-TX、100Base-T4、100Base-FX。

目前，具有代表性的 100M 局域网技术有：

- 100 Base-T 技术
- 100 VG-AnyLAN 技术
- FDDI 快速光纤网技术

其中 100 Base-T 是由 10 Base-T 以太网直接升级得到的，100 Base-T 技术在介质访问控制层（物理层）上支持 100 Base-TX、100 Base-T4 和 100 Base-FX 三种介质协议。传输介质可以是 3 类 UTP、5 类 UTP 或光纤。

- 100 Base-TX

100 Base-TX 使用 5 类非屏蔽双绞线（UTP）或 1 类屏蔽双绞线（STP）作为传输介质。100 Base-TX 使用其中的两对，连接方法和 10 Base-T 完全相同，这意味着不必改变布线格局便可直接将 10 Base-T 的布线系统移植到 100 Base-TX 上。100 Base-TX 是全双工系统，站点可以在以 100Mbps 的速率发送的同时，以 100Mbps 的速率进行接收。100 Base-TX 规定 5 类 UTP 电缆采用 RJ45 连接头，而 1 类 STP 电缆采用 9 芯 D 型（DB-9）连接器。

- 100 Base-T4

100 Base-T4 使用 4 对 UTP 3 类线，这是为已使用 UTP 3 类线的大量用户而设计的。它是一项新的信号发送技术，采用 8B6T 编码技术，即把 8 位二进制码组编码成 6 位三进制码组，再经过不归零（NRZ）编码后输出到 3 对数据线上。每对线的传输速率为 33.3Mbps，三对线的总传输速率为 100Mbps，即在音频级的 3 类 UTP 电缆上实现了 100Mbps 的传输速率。在 4 对线中，3 对线用于数据传输，1 对线用于冲突检测。

■ 100 Base-FX

100 Base-FX 是多模光纤系统，它使用两束 62.5/125μm 光纤，每束都可用于两个方向，因此它也是全双工的，并且在每个方向上速率均为 100Mbps。100 BASE-FX 特别适用于长距离或易受电磁波干扰的环境，站点与集线器之间的最大距离可达 2km。

▶ 6.6 1000 Mbps 以太网

千兆位以太网是一种新型高速局域网，它可以提供 1Gbps 的通信带宽，采用和传统 10M、100M 以太网同样的 CSMA/CD 协议、帧格式和帧长，因此可以实现在原有低速以太网基础上平滑、连续性的网络升级。目前，其直接传输距离已经达到数十千米，完全可以实现以千兆位以太网为骨干的大型 LAN 甚至 MAN，并使骨干传输速率达到 2Gbps。

由于千兆以太网采用了与传统以太网、快速以太网完全兼容的技术规范，因此千兆以太网除了继承传统以太局域网的优点外，还具有升级方便、实施容易、性价比高和易管理等优点。

千兆以太网技术适用于大中规模（几百至上千台电脑的网络）的园区网主干，从而实现千兆主干、百兆交换（或共享）到桌面的主流网络应用模式。

千兆以太网技术有两个标准：IEEE 802.3z 和 IEEE 802.3ab。IEEE 802.3z 制定了光纤和短程铜线连接方案的标准，目前已完成了标准制定工作。IEEE 802.3ab 制定了五类双绞线上较长距离连接方案的标准。

1. IEEE 802.3z

IEEE 802.3z 工作组负责制定光纤（单模或多模）和同轴电缆的全双工链路标准。IEEE 802.3z 定义了基于光纤和短距离铜缆的 1000Base-X，采用 8B/10B 编码技术，信道传输速度为 1.25Gbps，去耦后实现 1000Mbps 传输速度。IEEE 802.3z 具有下列千兆以太网标准：

（1）1000Base-SX

1000Base-SX 只支持多模光纤，可以采用直径为 62.5μm 或 50μm 的多模光纤，工作波长为 770～860m，传输距离为 220～550m。

（2）1000Base-LX 2

* 多模光纤

1000Base-LX 可以采用直径为 62.5μm 或 50μm 的多模光纤，工作波长范围为 1270～1355nm，传输距离为 550m。

* 单模光纤

1000Base-LX 可以支持直径为 9μm 或 10μm 的单模光纤，工作波长范围为1270～1355nm，传输距离为 5km 左右。

（3）1000Base-CX 采用 150 欧屏蔽双绞线（STP），传输距离为 25m

2. IEEE 802.3ab

IEEE 802.3ab 工作组负责制定基于 UTP 的半双工链路的千兆以太网标准，产生 IEEE 802.3ab 标准及协议。IEEE 802.3ab 定义基于 5 类 UTP 的 1000Base-T 标准，其目的是在 5 类 UTP 上以 1000Mbps 速率传输 100m。

IEEE 802.3ab 标准的意义主要有以下两点：

(1)保护用户在 5 类 UTP 布线系统上的投资。

(2)1000Base-T 是 100Base-T 自然扩展，与 10Base-T、100Base-T 完全兼容。不过，在 5 类 UTP 上达到 1000Mbps 的传输速率需要解决 5 类 UTP 的串扰和衰减问题，因此，使得 IEEE 802.3ab 工作组的开发任务要比 IEEE 802.3z 复杂些。

6.7 10 Gbps 以太网

10Gbps 以太网是最新的高速以太网技术，适应于新型的网络结构，具有可靠性高、安装和维护都相对简单等很多优点，同时采用 10Gbps 以太网构建系统的费用比采用 ATM/SONET 技术构建的类似系统可降低 25％左右，并且 10Gbps 以太网能提供更新、更快的数据业务，更重要的一点是 10Gbps 以太网不但兼容现有的局域网技术并且可以将以太网的应用范围扩展到广域网，既可以和 SONET 协同工作，也可以使用端到端的以太网连接。

10Gbps 以太网的局域网、城域网和广域网采用同一种核心技术，网络易于管理和维护，同时避免了协议转换，能实现局域网、城域网和广域网之间的无缝连接，并且价格低廉，因此 10Gbps 以太网有着广泛的发展前景。

10Gbps 以太网在传统国际标准化组织的开放系统互连参考模型中，属于 2 层协议，仍然使用 IEEE 802.3 以太网媒体访问控制(Media Access Control，MAC)协议，其帧格式和大小也符合 IEEE 802.3 标准。但是 10Gbps 以太网与以往的以太网标准相比，除了速度显著提高外，还有其他一些显著不同的地方，如：

(1)10Gbps 以太网只支持双工模式，而不支持单工模式，而以往的各种以太网标准均支持单工及双工模式；

(2)10Gbps 以太网由于传输速率高，其使用的媒体只能是光纤，而以往的各种以太网标准均支持铜缆；

(3)10Gbps 以太网不满足带冲突检测的载波侦听多址协议，因为这种技术属于较慢的单工以太网技术；

(4)10Gbps 以太网使用 64B/66B 和 8B/10B 两种编码方式，而传统以太网只使用 8B/10B 编码方式；

(5)10Gbps 以太网还有一个重要的改进，即它具有支持局域网和广域网接口，且其有效距离可达 40km，而以往的以太网只支持局域网应用，有效传输距离不超过 5km。

IEEE 802.3ae 标准特别划分了两种 10Gbps 以太网物理层类型：局域网物理层和广域网(Wide Area Network，WAN)物理层。

局域网物理层又分两类：10Base-R 和 10Base-X，它们的差别在于编码方式不同，R 代表采用 64B/66B 编码；X 代表采用传统的 8B/10B 编码。

IEEE 802.3ae 标准中与物理层相对应的结构为：物理媒体相关(Physical Media Dependent，PMD)子层、物理媒体附属(Physical Medium Attachment，PMA)子层、

物理编码子层（Physical Coding Sublayer，PCS）、10吉比特媒体无关接口（10 Gigabit Medium Independent Interface，XGMII）和协调子层（Reconciliation Sublay-er，RS）。协调层的功能是把XGMII的信号集传送给MAC；XGMII被定义为从MAC到物理层的10吉比特接口，它还提供分离的8bit或64bit传输和接收数据的路径、必要的控制信息、时钟信号等用于控制同步的信息；PCS子层对传送出去的数据进行编码，对接收数据进行解码；PMA的作用主要是在传送数据时对数据包进行编号并排序，在接收数据时根据编号把这些数据还原为原来的形式，以确保数据能正确传输；PMD通过媒体相关接口（Medium Dependent Interface，MDI）与媒体（光纤）相连，主要负责比特流的传送和接收。

▶ 6.8 以太网交换机

交换机这种设备可以把一个网络从逻辑上划分成几个较小的段。不像属于OSI模型第一层的集线器，交换机属于OSI模型的数据链路层（第二层），并且，它还能够解析出MAC地址信息。从这个意义上讲，交换机与网桥相似。但事实上，它相当于多个网桥。

交换机的所有端口都共享同一指定的带宽。事实证明了这种方式确实比网桥的性价比要高一些。交换机的每一个端口都扮演一个网桥的角色，而且每一个连接到交换机上的设备都可以享有它们自己的专用信道。换言之，交换机可以把每一个共享信道分成几个信道。

从以太网的观点来看，每一个专用信道都代表了一个冲突检测域。冲突检测域是一种从逻辑或物理意义上划分的以太网网段。在一个段内，所有的设备都要检测和处理数据传输冲突。由于交换机对一个冲突检测域所能容纳的设备数量有限制，因而这种潜在的冲突也就有限。

交换机根据收到数据帧中的源MAC地址建立该地址同交换机端口的映射，并将其写入MAC地址表中。之后，交换机将数据帧中的目的MAC地址同已建立的MAC地址表进行比较，以决定由哪个端口进行转发。如数据帧中的目的MAC地址不在MAC地址表中，则向所有端口转发。这一过程称为泛洪（flood）。最后，广播帧和组播帧向所有的端口转发。

"以太网交换机"是指带宽在100Mbps以下的以太网所用交换机。除此以外"快速以太网交换机"、"千兆以太网交换机"和"10千兆以太网交换机"其实也是以太网交换机，只不过它们所采用的协议标准、或者传输介质不一样，当然其接口形式也可能不一样。

以太网交换机是最普遍和便宜的，它的档次比较齐全，应用领域也非常广泛，在大大小小的局域网都可以见到它们的踪影。以太网包括三种网络接口：RJ—45、BNC和AUI，所用的传输介质分别为：双绞线、细同轴电缆和粗同轴电缆。不要以为一讲以太网就都是RJ—45接口的，只不过双绞线类型的RJ—45接口在网络设备中非常普遍而已。当然现在的交换机通常不可能全是BNC或AUI接口的，因为目前采用同轴电缆作为传输介质的网络现在已经很少见了，而一般是在RJ—45接口的基础上为了兼顾同轴电缆介质的网络连接，配上BNC或AUI接口。

它具有多个端口，端口速率可以不同；使用的 MAC 地址和数据帧格式，与传统的以太网保持一致；它的多个源端口与目的端口之间可同时进行数据通讯。

▶ 6.9 以太网的扩展

随着以太网技术在局域网构建中的迅速普及，以太网平台已经成为局域网组建中的主流技术平台，以太网交换机产品正在迅速进入各个领域。然而，没有任何一种固定端口的以太网交换机产品能够百分之百保证满足工作组随时随地可能出现的对以太网端口的扩展要求。因此，端口扩展技术成为工作组用户网络设计、规划的重要话题。

所有的局域网工作组用户总是抱着分段投资、平滑扩展的思想来设计他们的接入设备，插槽结构模块化产品的扩展能力虽好，但是价格却难以接受，同时不支持拆分使用，使其与固定端口产品相比显得灵活性不够。因此，使用固定端口产品通过相应的扩展技术达到扩展工作组端口和简化管理的方式得到了广泛的认可。

目前广泛使用的端口扩展方式包括级连扩展和堆叠技术扩展。

1. 级连扩展

级连扩展模式是最常规、最直接的一种扩展方式，一些构建较早的网络，都使用了集线器(HUB)作为级连的设备。因为当时集线器已经相当昂贵了，多数企业不可能选择交换机作为级连设备。那是因为大多数工作组用户接入的要求，一般就是从集线器上一个端口级连到集线架上。在这种方式下，接入能力是得到了很大的提高，但是由于一些干扰和人为因素，使得整体性能十分低下，只单纯地满足了多端口的需要，根本无暇考虑转发交换功能。现在的级连扩展模式综合考虑到不同交换机的转发性能和端口属性，通过一定的拓扑结构设

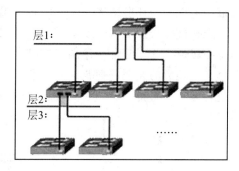

图 6-3　级连模式的典型结构

计，可以方便地实现多用户接入。级连模式的典型结构如图 6-3 所示。

级连模式是组建大型 LAN 最理想的方式，可以综合利用各种拓扑设计技术和冗余技术，实现层次化网络结构，如通过双归等拓扑结构设计冗余，通过 LinkAggregation 技术实现冗余和 UpLink 的带宽扩展，这些技术现在已经非常成熟，广泛使用在各种局域网和城域网中。

级连模式使用通用的以太网端口进行层次间互联，如 100MFE 端口、GE 端口以及新兴的 10GE 端口。

级连模式是以太网扩展端口应用中的主流技术。它通过使用统一的网管平台实现对全网设备的统一管理，如拓扑管理和故障管理等等。级连模式也面临着挑战，当级连层数较多，同时层与层之间存在较大的收敛比时，边缘节点之间由于经历了较多的交换和缓存，将出现一定的时延。解决方法是汇聚上行端口来减小收敛比，提高上端设备性能或者减少级连的层次。在级连模式下，为了保证网络的效率，一般建议层数不要超过四层。如果网络边缘节点存在通过广播式以太网设备如 HUB 扩展的端口，由

于其为直通工作模式，不存在交换，不纳入层次结构中，但需要注意的是，HUB 工作的 CSMA/CD 机制中，因冲突而产生的回送可能导致的网络性能影响将远远大于交换机级连所产生的影响。

级连模式是组建结构化网络的必然选择，级连使用通用电缆（光纤），各个组件可以放在任意位置，非常有利于综合布线。

2. 堆叠技术扩展

堆叠技术是目前在以太网交换机上扩展端口使用较多的另一类技术，是一种非标准化技术。各个厂商之间不支持混合堆叠，堆叠模式为各厂商制定，不支持拓扑结构。目前流行的堆叠模式主要有两种：菊花链模式和星型模式。堆叠技术的最大的优点就是提供简化的本地管理，将一组交换机作为一个对象来管理。

（1）菊花链式堆叠

菊花链式堆叠是一种基于级连结构的堆叠技术，对交换机硬件上没有特殊的要求，通过相对高速的端口串接和软件的支持，最终实现构建一个多交换机的层叠结构，通过环路，可以在一定程度上实现冗余。但是，就交换效率来说，同级连模式处于同一层次。菊花链式堆叠通常有使用一个高速端口和两个高速端口的模式，两者的结构如图 6-4 所示。使用一个高速端口（GE）的模式下，在同一个端口收发分别上行和下行，最终形成一个环形结构，任何两台成员交换机之间的数据交换都需绕环一周，经过所有交换机的交换端口，效率较低，尤其是在堆叠层数较多时，堆叠端口会成为严重的系统瓶颈。使用两个高速端口实施菊花链式堆叠，由于占用更多的高速端口，可以选择实现环形的冗余。菊花链式堆叠模式与级连模式相比，不存在拓扑管理，一般不能进行分布式布置，适用于高密度端口需求的单节点机构，可以使用在网络的边缘。

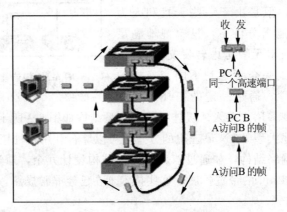

图 6-4 菊花链式堆叠结构

菊花链式结构由于需要排除环路所带来的广播风暴，在正常情况下，任何时刻，环路中的某一信息从交换机到达主交换机只能通过一个高速端口进行（即一个高速端口不能分担本交换机的上行数据压力），需要通过所有上游交换机来进行交换，如图 6-5 所示。

菊花链式堆叠是一类简化的堆叠技术，主要是一种提供集中管理的扩展端口技术，对于多交换机之间的转发效率并没有提升（单端口方式下效率将远低于级连模式），需

要硬件提供更多的高速端口，同时软件实现
UPLINK 的冗余。菊花链式堆叠的层数一般
不应超过四层，要求所有的堆叠组成员摆放的
位置足够近(一般在同一个机架之上)。

(2)星型堆叠

星型堆叠技术是一种高级堆叠技术，对交
换机而言，需要提供一个独立的或者集成的高
速交换中心(堆叠中心)，所有的堆叠主机通过
专用的(也可以是通用的高速端口)高速堆叠端
口上行到统一的堆叠中心，堆叠中心一般是一
个基于专用 ASIC 的硬件交换单元，根据其交

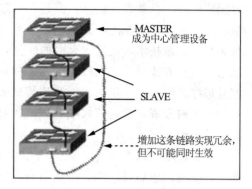

图 6-5 菊花链式结构

换容量，带宽一般在 10G～32G 之间，其 ASIC 交换容量限制了堆叠的层数如图 6-6
所示。

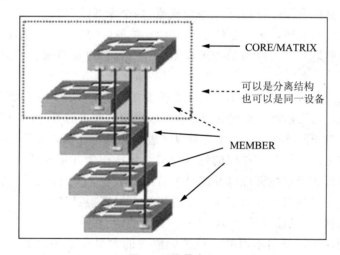

图 6-6 堆叠中心

星型堆叠技术使所有的堆叠组成员交换机到达堆叠中心，Matrix 的级数缩小到一
级，任何两个端节点之间的转发需要且只需要经过三次交换，转发效率与一级级连模
式的边缘节点通信结构相同，因此，与菊花链式结构相比，它可以显著地提高堆叠成
员之间数据的转发速率，同时，提供统一的管理模式，一组交换机在网络管理中，可
以作为单一的节点出现。

星型堆叠模式适用于要求高效率高密度端口的单节点 LAN，星型堆叠模式克服了
菊花链式堆叠模式多层次转发时的高时延影响，但需要提供高带宽 Matrix，成本较高，
而且 Matrix 接口一般不具有通用性，无论是堆叠中心还是成员交换机的堆叠端口都不
能用来连接其他网络设备。使用高可靠、高性能的 Matrix 芯片是星型堆叠的关键。一
般的堆叠电缆带宽都在 2G～2.5G 之间(双向)，比通用 GE 略高。高出的部分通常只用
于成员管理，所以有效数据带宽基本与 GE 类似。但由于涉及专用总线技术，电缆长度
一般不能超过 2m，所以，星型堆叠模式下，所有的交换机需要局限在一个机架之内。

可见，传统的堆叠技术是一种集中管理的端口扩展技术，不能提供拓扑管理，没

有国际标准，且兼容性较差。但是，在需要大量端口的单节点 LAN，星型堆叠可以提供比较优秀的转发性能和方便的管理特性。级连是组建网络的基础，可以灵活利用各种拓扑、冗余技术，在层次太多的时候，需要进行精心的设计。对于级连层次很少的网络，级连方式可以提供最优性能。例如，在需要扩展为两倍端口的网点，使用星型堆叠边缘之间需要交换三次，级连模式和菊花链式堆叠需要交换两次，星型堆叠模式需要更大的投资，菊花链式堆叠模式需要占用更多的高速端口，普通级连成为最经济和高效的组建方式。

传统的堆叠技术应用往往受限于地理位置的限制，往往需要放置在同一个机架，在高密度端口应用时，会给布线带来困难。所以各大厂商纷纷积极寻求支持分布式堆叠技术。目前，华为公司 Quidways 系列以太网交换机产品、Cisco 系列以太网交换产品均提供集群管理模式。Quidways 系列以太网交换机采用华为统一的 VRP 操作系统和统一的 iManager 网管系统。该网管系统支持中文界面，采用标准协议和开放技术，全面兼容主流网管平台。Quidways 系列以太网交换机在华为二层交换全线速、三层交换全线速、业务交换全线速和 QoS 服务全线速"四个全线速"的设计思想指导下，充分利用产品开发的后发优势，在产品的系统设计、扩展能力以及提供丰富的业务特性方面满足宽带城域网络和企业网络的需求，能为客户提供更加高效、安全、易于扩展的客户化解决方案。

以华为公司产品（HGMP）为例，通过集群管理模式的支持，可以在使用 Quidways 系列交换机通过通用级连模式构建的网络上实现集中的配置和管理，一个 LAN 可以加入成为一个组，对于网管系统，一个组可以表现为同一台设备，使用一个 IP 地址进行管理，相当于甚至优于从前堆叠组的管理效果。然而作为通用性的集中表现，组成员交换机在组内可以实现拓扑设计以及成员的分布式放置，而且堆叠端口可以任选设备支持的通用端口或者使用端口的汇聚，使得用户可以获得灵活控制交换网络堆叠带宽的能力，从而达到更高的灵活性要求。

对于不同的环境，选用不同的端口扩展模式的效果是不一致的。在当前情况下，普通的级连模式还是解决层次化网络的主要的应用手段，星型堆叠模式是提供单节点端口扩展的简单管理模式，而通过集群管理实现的分布式堆叠将是下一代堆叠的主要方式。

▶ 6.10 虚拟局域网

VLAN(Virtual Local Area Network)又称虚拟局域网，是指在交换局域网的基础上，采用网络管理软件构建的可跨越不同网段、不同网络的端到端的逻辑网络。一个 VLAN 组成一个逻辑子网，即一个逻辑广播域，它可以覆盖多个网络设备，允许处于不同地理位置的网络用户加入到一个逻辑子网中。

VLAN 是建立在物理网络基础上的一种逻辑子网，因此建立 VLAN 需要相应的支持 VLAN 技术的网络设备。当网络中的不同 VLAN 间进行相互通信时，需要路由的支持，这时就需要增加路由设备——要实现路由功能，既可采用路由器，也可采用三层交换机来完成。

1. VLAN 实现原理

当 VLAN 交换机从工作站接收到数据后，会对数据的部分内容进行检查，并与一个 VLAN 配置数据库(该数据库含有静态配置的或者动态学习而得到的 MAC 地址等信息)中的内容进行比较后，确定数据去向，如果数据要发往一个 VLAN 设备(VLAN-aware)，一个标记(Tag)或者 VLAN 标识就被加到这个数据上，根据 VLAN 标识和目的地址，VLAN 交换机就可以将该数据转发到同一 VLAN 上适当的目的地；如果数据发往非 VLAN 设备(VLAN-unaware)，则 VLAN 交换机发送不带 VLAN 标识的数据。

2. VLAN 通信

VLAN 交换机必须有一种方式来了解 VLAN 的成员关系，即要让交换机知道哪一个工作站属于哪一个 VLAN。一般地，基于 VLAN 交换机端口或者工作站的 MAC 地址来组建的 VLAN，其 VLAN 成员是以直接的形式与其他成员联系的；基于三层如按 IP 来组建的 VLAN，其 VLAN 成员是以间接的形式与其他成员联系的。目前 VLAN 之间的通信主要采取如下 4 种方式。

(1)MAC 地址静态登记方式。MAC 地址静态登记方式是预先在 VLAN 交换机中设置好一张地址列表，这张表含有工作站的 MAC 地址 JLAN 交换机的端口号、VLAN ID 等信息，当工作站第一次在网络上发广播包时，交换机就将这张表的内容一一对应起来，并对其他交换机广播。这种方式的缺点在于，网络管理员要不断修改和维护 MAC 地址静态条目列表；且大量的 MAC 地址静态条目列表的广播信息易导致主干网络拥塞。

(2)帧标签方式。帧标签方式采用的是标签(tag)技术，即在每个数据包都加上一个标签，用来标明数据包属于哪个 VLAN，这样，VLAN 交换机就能够将来自不同 VLAN 的数据流复用到相同的 VLAN 交换机上。这种方式存在一个问题，即每个数据包加上标签，使得网络的负载也相应增加了。

(3)虚连接方式。网络用户 A 和 B 第一次通信时，发送地址解析(ARP)广播包，VLAN 交换机将学习到的 MAC 和所连接的 VLAN 交换机的端口号保存到动态条目 MAC 地址列表中，当 A 和 B 有数据要传时，VLAN 交换机从其端口收到的数据包中识别出目的 MAC 地址，查动态条目 MAC 地址列表，得到目的站点所在的 VLAN 交换机端口，这样两个端口间就建立起一条虚连接，数据包就可从源端口转发到目的端口。数据包一旦转发完毕，虚连接即被撤销。这种方式使带宽资源得到了很好利用，提高了 VLAN 交换机效率。

(4)路由方式。在按 IP 划分的 VLAN 中，很容易实现路由，即将交换功能和路由功能融合在 VLAN 交换机中。这种方式既达到了作为 VLAN 控制广播风暴的最基本目的，又不需要外接路由器。但这种方式对 VLAN 成员之间的通信速度不是很理想。

3. VLAN 交换机的互联

(1)接入链路。接入链路(Access Link)是用来将非 VLAN 标识的工作站或者非 VLAN 成员资格的 VLAN 设备接入一个 VLAN 交换机端口的一个 LAN 网段。它不能承载标记数据。

(2)中继链路。中继链路(Trunk Link)是只承载标记数据(即具有 VLAN ID 标签的数据包)的干线链路，只能支持那些理解 VLAN 帧格式和 VLAN 成员资格的 VLAN 设备。中继链路最通常的实现就是连接两个 VLAN 交换机的链路。与中继链路紧密相关的技术就是链路聚合(Trunking)技术,该技术采用 VTP(VLAN Trunking Protocol)协议,即在物理上每台 VLAN 交换机的多个物理端口是独立的,多条链路是平行的,采用 VTP 技术处理以后,逻辑上 VLAN 交换机的多个物理端口为一个逻辑端口,多条物理链路为一条逻辑链路。这样,VLAN 交换机上使用生成树协议 STP(Spanning Tree Protocol)就不会将物理上的多条平行链路构成的环路中止掉,而且,带有 VLAN ID 标签的数据流可以在多条链路上同时进行传输共享,实现数据流的高效快速平衡传输。

(3)混合链路。混合链路(Hybrid Link)是接入链路和中继链路混合所组成的链路,即连接 VLAN-aware 设备和 VLAN-unaware 设备的链路。这种链路可以同时承载标记数据和非标记数据。

4. VLAN 的分类

定义 VLAN 成员的方法有很多,由此也就分成了几种不同类型的 VLAN。

1)基于端口的 VLAN

基于端口的 VLAN 的划分是最简单、有效的 VLAN 划分方法,它按照局域网交换机端口来定义 VLAN 成员。VLAN 从逻辑上把局域网交换机的端口划分开来,从而把终端系统划分为不同的部分,各部分相对独立,在功能上模拟了传统的局域网。基于端口的 VLAN 又分为在单交换机端口和多交换机端口定义 VLAN 两种情况。

(1)单交换机端口定义 VLAN

如图 6-7 所示,交换机的 1、2、6、7、8 端口组成 VLAN$_1$,3、4、5 端口组成了 VLAN$_2$。这种 VLAN 只支持一个交换机。

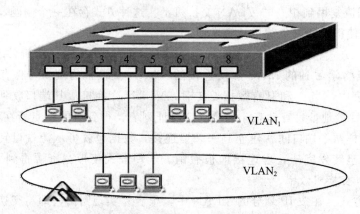

图 6-7 单交换机端口定义 VLAN

(2)多交换机端口定义 VLAN

如图 6-8 所示,交换机 1 的 1、2、3 端口和交换机 2 的 4、5、6 端口组成 VLAN$_1$,交换机 1 的 4、5、6、7、8 端口和交换机 2 的 1、2、3、7、8 端口组成 VLAN$_2$。

基于端口的 VLAN 的划分简单、有效,但其缺点是当用户从一个端口移动到另一个端口时,网络管理员必须对 VLAN 成员进行重新配置。

2)基于 MAC 地址的 VLAN

基于 MAC 地址的 VLAN 是用终端系统的 MAC 地址定义的 VLAN。MAC 地址其

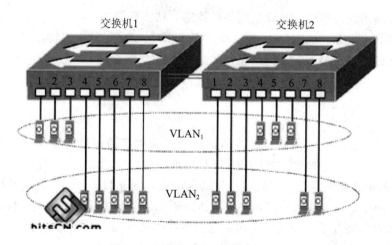

图 6-8　多交换机端口定义 VLAN

实就是指网卡的标识符，每一块网卡的 MAC 地址都是唯一的。这种方法允许工作站移动到网络的其他物理网段，而自动保持原来的 VLAN 成员资格。在网络规模较小时，该方案可以说是一个好的方法，但随着网络规模的扩大，网络设备、用户的增加，则会在很大程度上加大管理的难度。

3）基于路由的 VLAN

路由协议工作在 7 层协议的第 3 层—网络层，比如基于 IP 和 IPX 的路由协议，这类设备包括路由器和路由交换机。该方式允许一个 VLAN 跨越多个交换机，或一个端口位于多个 VLAN 中。

4）基于策略的 VLAN

基于策略的 VLAN 的划分是一种比较有效而直接的方式，主要取决于在 VLAN 的划分中所采用的策略。

5. VLAN 的协议

在 VLAN 中应用最广的就是 VTP 和 STP 技术，它们是 VLAN 优点的集中体现。

（1）VTP（中继协议）

VTP（VLAN Trunking Protocol）保持 VLAN 配置统一性。VTP 在系统级管理 VLAN 的增加、删除、调整，自动地将信息向网络中其他的交换机广播。此外，VTP 减少了可能导致安全问题的配置。

当使用多重名字时，VLAN 能变换成交叉—连接。

当信息错误地映射在一个和其他局域网时，VLAN 能从内部断开。

（2）STP（生成树协议）

STP（Spanning Tree Protocol）是一个二层管理协议。在一个扩展的局域网中参与 STP 的所有交换机之间通过交换桥协议数据单元 BPDU（Bridge Protocol Data Unit）来实现；为稳定的生成树拓扑结构选择一个根桥；为每个交换网段选择一台指定交换机；将冗余路径上的交换机置为 Blocking，来消除网络中的环路。

IEEE 802.1d 是最早关于 STP 的标准，它提供了网络的动态冗余切换机制。STP 使您能在网络设计中部署备份线路，并且保证在主线路正常工作时，备份线路是关闭的。当主线路出现故障时,自动使用备份线路,切换数据流。

RSTP(Rapid Spanning Tree Protocol)是 STP 的扩展,其主要特点是增加了端口状态快速切换的机制,能够实现网络拓扑的快速转换。

▶ 6.11 生成树协议

在网络发展初期,透明网桥的运用比只会放大和广播信号的集线器聪明得多。它的学习能力是把发向它的数据帧的源 MAC 地址和端口号记录下来,下次碰到这个目的 MAC 地址的报文就只从记录中的端口号发送出去,除非目的 MAC 地址没有记录在案或者目的 MAC 地址本身就是多播地址才会向所有端口发送。通过透明网桥,不同的局域网之间可以实现互通,网络可操作的范围得以扩大,而且由于透明网桥具备 MAC 地址学习功能而不会像 Hub 那样造成网络报文冲撞泛滥。

透明网桥也有它的缺陷,它的缺陷就在于它的透明传输。透明网桥并不能像路由器那样知道报文可以经过多少次转发,一旦网络存在环路就会造成报文在环路内不断循环和增生,出现广播风暴。

为了解决这一问题,后来提出了生成树协议。

生成树协议是一种二层管理协议,它通过有选择性地阻塞网络冗余链路来达到消除网络二层环路的目的,同时具备链路的备份功能。

生成树协议和其他协议一样,是随着网络的不断发展而不断更新换代的。"生成树协议"是一个广义的概念,并不是特指 IEEE 802.1d 中定义的 STP 协议,而是包括 STP 以及各种在 STP 基础上经过改进了的生成树协议。

STP 协议中定义了根桥(RootBridge)、根端口(RootPort)、指定端口(Designated-Port)、路径开销(PathCost)等概念,目的就在于通过构造一棵自然树的方法达到裁剪冗余环路的目的,同时实现链路备份和路径最优化。用于构造这棵树的算法称为生成树算法 SPA(Spanning Tree Algorithm)。

要实现这些功能,网桥之间必须要进行一些信息的交流,这些信息交流单元就称为配置消息 BPDU(Bridge Protocol Data Unit)。STP BPDU 是一种二层报文,目的 MAC 是多播地址 01-80-C2-00-00-00,所有支持 STP 协议的网桥都会接收并处理收到的 BPDU 报文。该报文的数据区里携带了用于生成树计算的所有有用信息。

生成树协议的工作过程:

首先进行根桥的选举。选举的依据是网桥优先级和网桥 MAC 地址组合成的桥 ID(Bridge ID),桥 ID 最小的网桥将成为网络中的根桥。在网桥优先级都一样(默认优先级是 32768)的情况下,MAC 地址最小的网桥成为根桥。

接下来,确定根端口,根据与根桥连接路径开销最少的端口为根端口,路径开销等于'1000'除以'传输介质的速率'。假设 SW_1 和根桥之间的链路是千兆 GE 链路,根桥和 SW_3 之间的链路是百兆 FE 链路,SW_3 从端口 1 到根桥的路径开销的默认值是 19,而从端口 2 经过 SW_1 到根桥的路径开销是 4+4=8,所以端口 2 成为根端口,进入转发状态。

根桥和根端口都确定之后然后是裁剪冗余的环路。这个工作是通过阻塞非根桥上相应端口来实现的。

生成树经过一段时间（默认值是 30 秒左右）稳定之后，所有端口要么进入转发状态，要么进入阻塞状态。STPBPDU 仍然会定时从各个网桥的指定端口发出，以维护链路的状态。如果网络拓扑发生变化，生成树就会重新计算，端口状态也会随之改变。

当然生成树协议还有很多内容，其他各种改进型的生成树协议都是以此为基础的，基本思想和概念都大同小异。

STP 协议给透明网桥带来了新生。但是它还是有缺点的，STP 协议的缺陷主要表现在收敛速度上。

当拓扑发生变化，新的配置消息要经过一定的时延才能传播到整个网络，这个时延称为 Forward Delay，协议默认值是 15 秒。在所有网桥收到这个变化的消息之前，若旧拓扑结构中处于转发的端口还没有发现自己应该在新的拓扑中停止转发，则可能存在临时环路。为了解决临时环路的问题，生成树使用了一种定时器策略，即在端口从阻塞状态到转发状态中间加上一个只学习 MAC 地址但不参与转发的中间状态，两次状态切换的时间长度都是 Forward Delay，这样就可以保证在拓扑变化的时候不会产生临时环路。但是，这个看似良好的解决方案实际上带来的却是至少两倍 Forward Delay 的收敛时间！

为了解决 STP 协议的这个缺陷，在世纪之初 IEEE 推出了 802.1w 标准，作为对 802.1D 标准的补充。在 IEEE 802.1w 标准里定义了快速生成树协议 RSTP（Rapid Spanning Tree Protocol）。RSTP 协议在 STP 协议基础上做了三点重要改进，使得收敛速度快得多（最快 1 秒以内）。

第一点改进：为根端口和指定端口设置了快速切换用的替换端口（Alternate Port）和备份端口（Backup Port）两种角色，当根端口/指定端口失效的情况下，替换端口/备份端口就会无时延地进入转发状态。

第二点改进：在只连接了两个交换端口的点对点链路中，指定端口只需与下游网桥进行一次握手就可以无时延地进入转发状态。如果是连接了三个以上网桥的共享链路，下游网桥是不会响应上游指定端口发出的握手请求的，只能等待两倍 Forward Delay 时间进入转发状态。

第三点改进：直接与终端相连而不是把其他网桥相连的端口定义为边缘端口（Edge Port）。边缘端口可以直接进入转发状态，不需要任何延时。由于网桥无法知道端口是否是直接与终端相连，所以需要人工配置。

可见，RSTP 协议相对于 STP 协议的确改进了很多。为了支持这些改进，BPDU 的格式做了一些修改，但 RSTP 协议仍然向下兼容 STP 协议，可以混合组网。虽然如此，RSTP 和 STP 一样同属于单生成树 SST（Single Spanning Tree），有它自身的诸多缺陷，主要表现在三个方面。

第一点缺陷：由于整个交换网络只有一棵生成树，在网络规模比较大的时候会导致较长的收敛时间，拓扑改变的影响面也较大。

第二点缺陷：在网络结构对称的情况下，单生成树也没什么大碍。但是，在网络结构不对称的时候，单生成树就会影响网络的连通性。

第三点缺陷：当链路被阻塞后将不承载任何流量，造成了带宽的极大浪费，这在环行城域网的情况下比较明显。

这些缺陷都是单生成树 SST 无法克服的，于是支持 VLAN 的多生成树协议出现了。

MSTP(Multiple Spanning Tree Protocol，多生成树协议)，将环路网络修剪成为一个无环的树型网络，避免报文在环路网络中的增生和无限循环，同时还提供了数据转发的多个冗余路径，在数据转发过程中实现 VLAN 数据的负载均衡。MSTP 兼容 STP和 RSTP，并且可以弥补 STP 和 RSTP 的缺陷。它既可以快速收敛，也能使不同VLAN 的流量沿各自的路径分发，从而为冗余链路提供了更好的负载分担机制。

MSTP 的特点如下：

1. MSTP 设置 VLAN 映射表(即 VLAN 和生成树的对应关系表)，把 VLAN 和生成树联系起来；通过增加"实例"(将多个 VLAN 整合到一个集合中)这个概念，将多个VLAN 捆绑到一个实例中，以节省通信开销和资源占用率。

2. MSTP 把一个交换网络划分成多个域，每个域内形成多棵生成树，生成树之间彼此独立。

3. MSTP 将环路网络修剪成为一个无环的树型网络，避免报文在环路网络中的增生和无限循环，同时还提供了数据转发的多个冗余路径，在数据转发过程中实现VLAN 数据的负载分担。

4. MSTP 兼容 STP 和 RSTP。

▶ 6.12 以太网交换机的配置

下面以思科的一款网管型交换机"Catalyst 1900"来讲述这一配置过程。

1. 进入主配置界面，如图 6-9 所示

Catalyst 1900 Management Console

Copyright （c） Cisco Systems， Inc。 1993—1999

All rights reserved。

Standard Edition Software

Ethernet address： 00－E0－1E－7E－B4－40

PCA Number： 73－2239－01

PCA Serial Number： SAD01200001

Model Number： WS－C1924－A

System Serial Number： FAA01200001

User Interface Menu

[M] Menus //主配置菜单

[I] IP Configuratuion //IP 地址等配置

[P] Console Password //控制密码配置

Enter Selection： //在此输入要选择项的快捷字母，然后按回车键确认

图 6-9 主配置界面

2. 配置 IP 地址

在图 6-9 所出现的配置界面"Enter Selection:"后输入"I"字母，然后单击回车键，则出现如图 6-10 所示的配置信息：

The IP Configuration Menu appears。

Catalyst 1900　－　IP Configuration

Ethernet Address：　00－E0－1E－7E－B4－40

————————————————Settings————————————————

[I]　　　IP address

[S]　　　Subnet mask

[G]　　　Default gateway

[B]　　　Management Bridge Group

[M]　　　IP address of DNS server 1

[N]　　　IP address of DNS server 2

[D]　　　Domain name

[R]　　　Use Routing Information Protocol

————————————————Actions————————————————

[P]　　　Ping

[C]　　　Clear cached DNS entries

[X]　　　Exit to previous menu

Enter Selection：

图 6-10　IP 配置主界面

在以上配置界面最后的"Enter Selection:"后再次输入"I"字母，选择以上配置菜单中的"IP address 选项，配置交换机的 IP 地址，单击回车键后即出现如图 6-11 所示配置界面：

Enter administrative IP address in dotted quad format (nnn. nnn. nnn. nnn)：//输入 IP 地址

　　Current setting＝＝＝＞　0.0.0.0　//交换机没有配置前的 IP 地址为"0.0.0.0"

　　New setting＝＝＝＞　//在此处键入新的 IP 地址

图 6-11　交换机的 IP 配置界面

如果你还想配置交换机的子网掩码和默认网关，在图 6-10 IP 配置主界面里面分别选择"S"和"G"项即可。

3. 配置密码

在图 6-10 IP 配置主界面的菜单中，选择"X"项退回到前面所介绍的交换机配置界面。

输入"P"字母后按回车键，然后在出现的提示符下输入一个 4~8 位的密码(为安全起见，在屏幕上都是以"＊"号显示)，输入后按回车键确认，重新回到以上登录主界面。

在配置好 IP 和密码后，交换机就能够按照默认的配置来正常工作。如果想更改交换机配置以及监视网络状况，可以通过控制命令菜单，或者是在任何地方通过基于 WEB 的 Catalyst 1900 Switch Manager 来进行操作。

▶ 6.13 网线制作和测试

　　局域网内组网所采用的网线，使用最为广泛的为双绞线，双绞线是由不同颜色的 4 对 8 芯线组成，每两条按一定规则绞织在一起，成为一个芯线对。它一般有屏蔽双绞线与非屏蔽双绞线之分。双绞线价格低廉、连接可靠、维护简单，可提供高达 100Mbps 的传输带宽，在综合布线系统中被广泛应用。

　　EIA/TIA 的布线标准中规定了两种双绞线的线序 568A 与 568B。工程中使用最多的是 568B 标准。

　　如果双绞线的两端均采用同一标准（如 T568B），则称这根双绞线为直通线，能用于异种网络设备间的连接，如计算机与集线器的连接、集线器与路由器的连接。这是一种用得最多的连接方式，通常直通双绞线的两端均采用 T568B 连接标准，即如表 6-1 所示：

表 6-1　直通线连接标准

	1	2	3	4	5	6	7	8
A 端	橙白	橙	绿白	蓝	蓝白	绿	棕白	棕
B 端	橙白	橙	绿白	蓝	蓝白	绿	棕白	棕

　　如果双绞线的两端采用不同的连接标准（如一端用 T568A，另一端用 T568B），则称这根双绞线为跳接（交叉）线，如表 6-2 所示。能用于同种类型设备连接，如计算机与计算机的直联、集线器与集线器的级联。需要注意的是：有些集线器（或交换机）本身带有"级联端口"，当用某一集线器的"普通端口"与另一集线器的"级联端口"相连时，因"级联端口"内部已经做了"跳接"处理，所以这时只能用"直通"双绞线来完成其连接。

表 6-2　跳接（交叉）线连接标准

	1	2	3	4	5	6	7	8
A 端	橙白	橙	绿白	蓝	蓝白	绿	棕白	棕
B 端	绿白	绿	橙白	蓝	蓝白	橙	棕白	棕

　　RJ-45 插头之所以把它称之为"水晶头"，主要是因它的外表晶莹透亮而得名的。RJ-45 接口是连接非屏蔽双绞线的连接器。水晶头接口前端有 8 个凹槽，凹槽内共有 8 个金属接点，与线芯总的铜质导线内芯接触，以连通整个网络，如图 6-12 所示。

图 6-12　RJ-45 插头

　　制作网线的步骤如下：

　　1. 将外皮剥除：利用剥线口将双绞线的外皮除去 2～3 厘米。

　　2. 排列好线序：剥开每一对线，按照排列顺序要求，将 8 条线捋直。

3. 将网线剪齐：整理好线序后用剪线口将前端剪齐，只剩下约 1.4 厘米的长度。

4. 插入水晶头：一只手捏住 RJ-45 水晶头，将 RJ-45 水晶头有弹片一侧向下，另一只手捏平双绞线，稍稍用力将排好的线平行插入水晶头内的线槽中，8 条导线顶端应插入线槽顶端。

5. 用压线钳压实：在确定双绞线的每根线都已正确插放好之后，就可以用 RJ-45 压线钳用力将 RJ-45 水晶头压实。

6. 重复以上步骤，做好相应的另一端，这样一条双绞线便做好了。

7. 测试：将网线两端分别插入测线仪的主机和子机的接口内，打开主机的电源开关，观察指示灯；如果 8 盏指示灯依次闪亮，说明网线制作成功，否则说明网线制作失败，需要重新制作。

▶ 6.14　本章小结

本章讲解了局域网的定义、简单介绍了历史性技术与产品。讲解了局域网体系结构、网络参考模型，并对 10 种高速局域网技术进行了简单介绍，还对以太网交换机进行了简单介绍以及对以太网的扩展方式进行了介绍。

本章还讲解了虚拟局域网的概念、VLAN 的原理、VLAN 的通信方式、VLAN 交换机的互联方法和 VLAN 的分类以及 VLAN 的使用协议，并详细介绍了协议中的生成树协议。

本章还以思科的一款网管型交换机"Catalyst 1900"为例介绍了交换机的基本配置。最后还介绍了网线的制作和测试的方法。

▶ 6.15　关键术语

1. 局域网：英文缩写为 LAN——Local Area Network 是一个通信系统。

2. VLAN：（Virtual Local Area Network）又称虚拟局域网，是指在交换局域网的基础上，采用网络管理软件构建的可跨越不同网段、不同网络的端到端的逻辑网络。

3. STP：（Spanning Tree Protocol）生成树协议是一个一种二层管理协议，它通过有选择性地阻塞网络冗余链路来达到消除网络二层环路的目的，同时具备链路的备份功能。

4. MSTP：（Multiple Spanning Tree Protocol，多生成树协议），将环路网络修剪成为一个无环的树型网络，避免报文在环路网络中的增生和无限循环，同时还提供了数据转发的多个冗余路径，在数据转发过程中实现 VLAN 数据的负载均衡。

▶ 6.16　复习题

一、单选题

1. 在虚拟局域网的交换技术中，交换机每个端口上提供一个独立的共享媒体端口，将一个端口上接收到的数据正确地转发到输出端口的方式是（　　）技术。

　　A. 信元交换　　　　B. 帧交换　　　　C. 端口交换　　　　D. 纵横交换

2. 随着以太网技术的发展，以太网在原有的共享型方式基础之上相继出现了(　　)
模式工作。

  A. 同步传输   B. 信元交换 C. 交换和全双工 D. 异步传输

3. 在有网络需要互联时，通常(　　)上连接时需要用网关这样的互联设备。

  A. 信号物理层 B. 数据链路层 C. 网络层   D. 传输层

4. 双绞线由两根具有绝缘保护层的铜导线按一定密度互相绞在一起组成，这样可
(　　)。

  A. 降低信号干扰的程度   B. 降低成本

  C. 提高传输速度   D. 没有任何作用

5. 对局域网来说，网络控制的核心是(　　)。

  A. 工作站   B. 网卡   C. 网络服务器 D. 网络互联设备

二、简答题

1. 什么是局域网？

2. 具有代表性的 100M 局域网技术有哪些？

3. 千兆以太网技术有几个标准？分别是什么？

4. 10 吉比特以太网与以往以太网标准相比的显著不同是什么？

5. 端口扩展方式包括哪些？

6. 什么是虚拟局域网？

▶ 6.17　实践项目

6.17.1　项目 6-1

实训目标：

1. 学会双绞线的制作方法。

2. 学会双绞线的测试方法。

实训仪器：

1. 网线钳	1 个
2. 水晶头	4 个
3. 双绞线	2 根
4. 测线仪	2 个

实训内容：

"直通"连接方式的网线制作

实训原理：

1. 接线标准与连接方式

1)接线标准，双绞线的制作方式有两种国际标准，分别为 EIA/TIA568A 和
EIA/TIA568B。

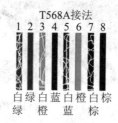

图 6-13 网线图片   **图 6-14 网线的接线标准**

2)连接方法：两种，分别为直通连接和交叉连接。

直通连接：网线两端都按 T568B 接线标准连接。

交叉连接：网线一端按 T568B 接线标准接，另一端按 T568A 标准接。

2. 认识网线钳与测线仪

1)网线钳(也称压线钳，如图 6-15 所示)。

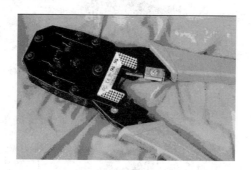

图 6-15 网线钳

在压线钳的最顶部的是压线槽，压线槽供提供了三种类型的线槽，分别为 6P、8P 以及 4P，中间的 8P 槽是我们最常用到的 RJ-45 压线槽，而旁边的 4P 为 RJ11 电话线路压线槽。

图 6-16 网线钳的顶部压线槽

在压线钳 8P 压线槽的背面，我们可以看到呈齿状的模块，主要是用于把水晶头上的 8 个触点压稳在双绞线之上。最前端是剥线口，用来剥掉网线外皮，后端的刀片主要用来切断网线。

图 6-17　网线钳的背面

2)测线仪：测线仪一般由主机和子机两部分组成，两部分上面都有 8 个指示灯和两个 RJ-45 接口。

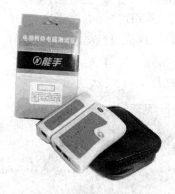

图 6-18　测线仪

实训步骤：

1. 将外皮剥除。

2. 排列好线序。

3. 将网线剪齐。

4. 插入水晶头。

5. 用网线钳压实。

6. 测试。

6.17.2　项目 6-2

实训目标：

1. 熟悉组建局域网的主要步骤和过程。

2. 掌握在对等网络中实现资源共享的基本过程。

实训设备：

1. 2 台或 2 台以上的计算机，光驱、软驱、鼠标、键盘、网卡各一。

2. Windows 2000 Profession 中文版操作系统。

3. 准备打印机，8 口或 16 口集线器一台，带有 RJ-45 接口的 5 类非屏蔽双绞线若干段。

实训预备知识：

对等网络是指网络中的所有计算机都处于一种平等的地位，没有主从之分，不存在谁管理谁、控制谁的问题，每台计算机可以为网络上的其他计算机提供共享资源，不同计算机之间都可以共享文件和打印机。

在对等网中，每台计算机管理本身的用户和资源，经过正确的权限设置，每台计算机可以通过连接的网络使用被允许访问的网络资源。由于各个计算机只是简单的连接在网络上，不存在核心服务器，因此对等网络不存在大量的网络管理工作。该实验主要完成 Windows 2000 Profession 对等网络的组建。需注意的是不同版本的操作系统，设置可能有所不同。

实训要求：

1. 安装硬件设备。

2. 在各计算机上安装 Windows 2000 Profession 中文版操作系统。

3. 网络设置。

(1)安装通信协议。

(2)配置 TCP/IP 协议，为计算机输入 IP 地址、子网掩码等信息。

(3)将计算机加入指定的工作组。

4. 通过"资源管理器"设置共享文件夹，对不同的用户设置不同的访问权限(如读取、更改、完全控制)。

5. 通过"网上邻居"使用该共享文件夹，并验证不同用户对此共享文件夹所具有的不同访问权限。

6. 在连接打印机的计算机上设置共享打印机。

在其他计算机上设置打印客户端，然后使用该网络打印机。

第7章 广域网与因特网

本章内容

● 广域网的互联技术。

● 路由器技术的发展特点与功能。

● 宽带接入。

● 因特网的发展特点与应用。

本章重点

● 路由器的原理与基本功能。

● 域名系统与因特网提供的服务。

本章难点

● TCP/IP 协议。

● 端口号与端口的分配。

● ICMP 报文格式。

本章能力目标和要求

● 掌握路由器的工作原理。

● 掌握 OSI 参考模型。

● 理解比较端口的号码分配原理。

● 掌握广域网互联的关键技术。

● 理解 ICMP 保温基本格式。

▶ 7.1 广域网的发展特点与功能

7.1.1 广域网的互联技术

一、广域网概述

广域网(Wide Area Network,简称 WAN)是一种跨地区的数据通讯网络,通常包含一个国家或地区。广域网通常由两个或多个局域网组成。广域网是由一些结点交换机以及连接这些交换机的链路组成。结点交换机执行分组存储转发的功能。结点之间都是点到点的连接。当计算机之间的距离相隔几十、几百公里或几千公里就需要广域网。从层次上看,局域网和广域网主要区别是:局域网使用的协议主要在数据链路层,而广域网使用的协议主要在网络层。

计算机常常使用电信运营商提供的设备作为信息传输平台,例如通过公用网,如电话网,连接到广域网,也可以通过专线或卫星连接。国际互联网是目前最大的广域网。对照 OSI(Open System Interconnect,开放式系统互联)参考模型,广域网技术主要位于底层的 3 个层次,分别是:物理层、数据链路层和网络层。图 7-2 列出了一些经

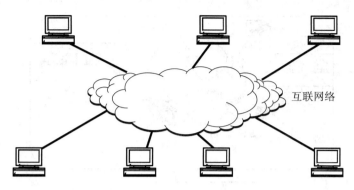

图 7-1　互联后的计算机网络

常使用的广域网技术同 OSI 参考模型之间的对应关系。

Network Layer(网络层)		X. 25 PLP
Data Link Layer （数据链路层）	LLC(Sublayer)	LAPB Frame Relay HDLC
	MAC(Sublayer)物理地址	PPP SDLC SMDS
Physical Layer （物理层）		X. 21 Bis EIA/TIA-232 EIA/TIA-449 V. 24　V. 35 HSSI G. 73 EIA-530

图 7-2　广域网技术同 OSI 参考模型

在深入学习之前，非常值得注意的地方是局域网和广域网的根本区别：

1. 局域网使用的协议主要在数据链路层。

2. 广域网使用的协议主要在网络层。

即使是覆盖范围很广的互联网，也不是广域网，因为在这种网络中，不同网络的"互联"才是其最主要的特征。广域网是单个的网络，它使用结点交换机连接各主机而不是用路由器连接各网络。结点交换机在单个网络中转发分组，而路由器在多个网络构成的互联网中转发分组。连接在一个广域网（或一个局域网）上的主机在该网内进行通信时，只需要使用其网络的物理地址即可。由局域网与广域网组成的互联网如图 7-3 所示。

二、常见的广域网互联技术

1. 点对点链路

点对点链路提供的是一条预先建立的从客户端经过运营商网络到达远端目标网络

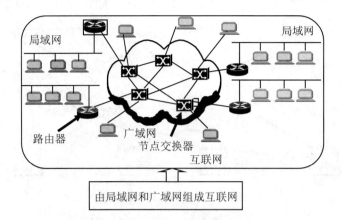

图 7-3　局域网与广域网组成互联网

的广域网通信路径。一条点对点链路就是一条租用的专线，可以在数据收发双方之间建立起永久性的固定连接。网络运营商负责点对点链路的维护和管理。点对点链路可以提供两种数据传送方式。一种是数据报传送方式，该方式主要是将数据分割成一个个小的数据帧进行传送，其中每一个数据帧都带有自己的地址信息，都需要进行地址校验。另外一种是数据流传送方式，该方式与数据报传送方式不同，用数据流取代一个个的数据帧作为数据发送单位，整个流数据具有 1 个地址信息，只需要进行一次地址验证即可。

2. 电路交换

电路交换是广域网所使用的一种交换方式。可以通过运行商网络为每一次会话过程建立、维持和终止一条专用的物理电路。电路交换也可以提供数据报和数据流两种传送方式。电路交换在电信运营商的网络中被广泛使用，其操作过程与普通的电话拨叫过程非常相似。综合业务数字网（ISDN）、公共电话网（PSTN）等就是采用电路交换技术的广域网技术。电路交换技术如图 7-4 所示：

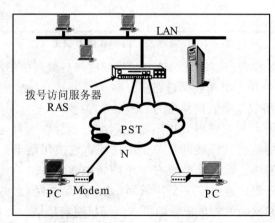

图 7-4　电路交换技术

3. 包交换

包交换也是一种广域网上经常使用的交换技术，通过包交换，网络设备可以共享一条点对点链路通过运营商网络在设备之间进行数据包的传递。包交换主要采用统计复用技术在多台设备之间实现电路共享。ATM、帧中继、SMDS 以及 X.25 等都是采用包交换技术的广域网技术。广域网上进行包交换的示意图如下：

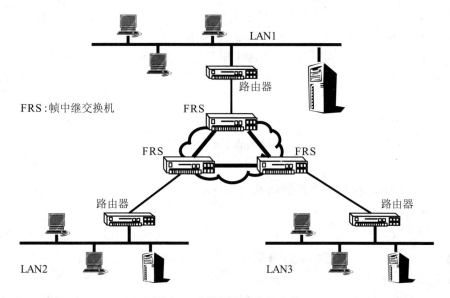

图 7-5　广域网上进行包交换

4. 虚拟电路

虚拟电路是一种逻辑电路，可以在两台网络设备之间实现可靠通信。虚拟电路有两种不同形式，分别是交换虚拟电路(SVC)和永久性虚拟电路(PVC)。

SVC 是一种按照需求动态建立的虚拟电路，当数据传送结束时，电路将会被自动终止。SVC 上的通信过程包括 3 个阶段，电路创建、数据传输和电路终止。电路创建阶段主要是在通信双方设备之间建立起虚拟电路；数据传输阶段通过虚拟电路在设备之间传送数据；电路终止阶段则是撤消在通讯设备之间已经建立起来的虚拟电路。SVC 主要适用于非经常性的数据传送网络，这是因为在电路创建和终止阶段 SVC 需要占用更多的网络带宽。不过相对于永久性虚拟电路来说，SVC 的成本较低。

PVC 是一种永久性建立的虚拟电路，只具有数据传输一种模式。PVC 可以应用于数据传送频繁的网络环境，这是因为 PVC 不需要为创建或终止电路而使用额外的带宽，所以对带宽的利用率更高。不过永久性虚拟电路的成本较高。

三、常用广域网设备

在广域网环境中可以使用多种不同的网络设备，下面，我们就着重介绍一些比较常用的广域网设备。

1. 广域网交换机

广域网交换机是在运营商网络中使用的多端口网络互联设备。广域网交换机工作在 OSI 参考模型的数据链路层，可以对帧中继、X.25 以及 SMDS 等数据流量进行操作。

2. 接入服务器

接入服务器是广域网中拨入和拨出连接的会聚点。

3. 调制解调器

调制解调器主要用于数字和模拟信号之间的转换，从而能够通过话音线路传送数据信息。在数据发送方，计算机数字信号被转换成适合通过模拟通信设备传送的形式；而在目标接收方，模式信号被还原为数字形式。

4. CSU/DSU

信道服务单元(CSU)/数据服务单元(DSU)类似数据终端设备到数据通信设备的复用器，可以提供以下几方面的功能：信号再生、线路调节、误码纠正、信号管理、同步和电路测试等。

5. ISDN 终端适配器

ISDN 终端适配器是用来连接 ISDN 基本速率接口(BRI)到其他接口，如 EIA/TIA-232 的设备。从本质上说，ISDN 终端适配器就相当于一台 ISDN 调制解调器。

7.1.2 路由器技术的发展特点与功能

一、路由器的发展

路由器是一种连接多个网络或网段的网络设备，它能将不同网络或网段之间的数据信息进行"翻译"，以使它们能够相互"读"懂对方的数据，从而构成一个更大的网络。

路由器有两大典型功能，即数据通道功能和控制功能。数据通道功能包括转发决定、背板转发以及输出链路调度等，一般由特定的硬件来完成；控制功能一般用软件来实现，包括与相邻路由器之间的信息交换、系统配置、系统管理等。

多少年来，路由器的发展有起有伏。90 年代中期，传统路由器成为制约因特网发展的瓶颈。ATM 交换机取而代之，成为 IP 骨干网的核心，路由器变成了配角。进入 90 年代末期，Internet 规模进一步扩大，流量每半年翻一番，ATM 网又成为瓶颈，路由器东山再起，Gbps 路由交换机在 1997 年面世后，人们又开始以 Gbps 路由交换机取代 ATM 交换机，架构以路由器为核心的骨干网。

路由器是一种典型的网络层设备。它是两个局域网之间接帧传输数据，在OSI/RM 之中被称之为中介系统，完成网络层中继或第三层中继的任务。路由器负责在两个局域网的网络层间接帧传输数据，转发帧时需要改变帧中的地址。

二、路由器的原理与功能

路由器(Router)是用于连接多个逻辑上分开的网络，所谓逻辑网络是代表一个单独的网络或者一个子网。当数据从一个子网传输到另一个子网时，可通过路由器来完成。因此，路由器具有判断网络地址和选择路径的功能，它能在多网络互联环境中，建立灵活的连接，可用完全不同的数据分组和介质访问方法连接各种子网，路由器只接受源站或其他路由器的信息，属网络层的一种互联设备。它不关心各子网使用的硬件设备，但要求运行与网络层协议相一致的软件。路由器分本地路由器和远程路由器，本地路由器是用来连接网络传输介质的，如光纤、同轴电缆、双绞线；远程路由器是用来连接远程传输介质，并要求相应的设备，如电话线，要配调制解调器，无线要通过无线接收机、发射机。

所以，路由器的功能有：

(1)在网络间截获发送到远地网段的报文，起转发的作用。

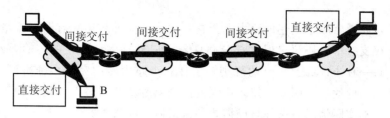

图 7-6　直接交付与间接交付

(2)选择最合理的路由，引导通信。

为了实现这两个功能，路由器要按照某种路由通信协议，查找路由表，路由表中列出整个互联网络中包含的各个节点，以及节点间的路径情况和与它们相联系的传输费用。如果到特定的节点有一条以上路径，则基于预先确定的准则选择最优（最经济）的路径。由此可见，选择最佳路径的策略即路由算法是路由器的关键所在。为了完成这项工作，在路由器中保存着各种传输路径的相关数据——路径表（Routing Table），供路由选择时使用。路径表中保存着子网的标志信息、网上路由器的个数和下一个路由器的名字等内容。路径表可以是由系统管理员固定设置好的，也可以由系统动态修改，可以由路由器自动调整，也可以由主机控制。

①静态路径表。由系统管理员事先设置好固定的路径表称之为静态（static）路径表，一般是在系统安装时就根据网络的配置情况预先设定的，它不会随未来网络结构的改变而改变。

②动态路径表。动态（Dynamic）路径表是路由器根据网络系统的运行情况而自动调整的路径表。路由器根据路由选择协议（Routing Protocol）提供的功能，自动学习和记忆网络运行情况，在需要时自动计算数据传输的最佳路径。

(3)路由器在转发报文的过程中，为了便于在网络间传送报文，按照预定的规则把大的数据包分解成适当大小的数据包，到达目的地后再把分解的数据包包装成原有形式。

(4)多协议的路由器可以连接使用不同通信协议的网络段，作为不同通信协议网络段通信连接的平台。

(5)路由器的主要任务是把通信引导到目的地网络，然后到达特定的节点站地址。后一个功能是通过网络地址分解完成的。例如，把网络地址部分的分配指定成网络、子网和区域的一组节点，其余的用来指明子网中的特别站。分层寻址允许路由器对有很多个节点站的网络存储寻址信息。

在广域网范围内的路由器按其转发报文的性能可以分为两种类型，即中间节点路由器和边界路由器。尽管在不断改进的各种路由协议中，对这两类路由器所使用的名称可能有很大的差别，但所发挥的作用却是一样的。

中间节点路由器在网络中传输时，提供报文的存储和转发。同时根据当前的路由表所保持的路由信息情况，选择最好的路径传送报文。由多个互联的 LAN 组成的公司或企业网络一侧和外界广域网相连接的路由器，就是这个企业网络的边界路由器。它从外部广域网收集向本企业网络寻址的信息，转发到企业网络中有关的网络段；另一方面集中企业网络中各个 LAN 段向外部广域网发送的报文，对相关的报文确定最好的传输路径。

事实上，路由器除了上述的路由选择这一主要功能外，还具有网络流量控制功能。有的路由器仅支持单一协议，但大部分路由器可以支持多种协议的传输，即多协议路由器。由于每一种协议都有自己的规则，要在一个路由器中完成多种协议的算法，势必会降低路由器的性能。因此支持多协议的路由器性能相对较低。用户购买路由器时，需要根据自己的实际情况，选择自己需要的网络协议的路由器。

三、路由器的优缺点

1. 优点

1）适用于大规模的网络；

2）复杂的网络拓扑结构，负载共享和最优路径；

3）能更好地处理多媒体；

4）安全性高；

5）隔离不需要的通信量；

6）节省局域网的频宽；

7）减少主机负担。

2. 缺点

1）它不支持非路由协议；

2）安装复杂；

3）价格高。

7.1.3　宽带接入

随着 DWDM(密集波分复用)技术的逐步成熟、吉位(Gbit)/太位(Tbit)交换式路由器不断改进以及单模光纤由于大量使用而迅速降低了成本，相对廉价的 DWDM 原理的 IP 优化光学骨干网使我们所能拥有骨干带宽轻易达到 10Gbit 以上、并使各种网络基于 IP 的无缝链接(互通互联)成为可能。然而，MODEM 和 ISDN 仍制约着大多数网民在"高速公路上尽情奔驰"。这种缓慢的拨号调制解调方法，使得访问 Internet 既不方便，效果又不好，而且最让人难以忍受的是费用昂贵。所幸的是目前宽带接入技术的飞速发展，使得上述问题有望得到解决，这些科技上的突破，使每个人有可能获得 2M 以上的 Internet 接入带宽。普通用户不仅可以在 Internet 上尽可能的快，还能享受那些目前只存在于科幻电影或企业家头脑里的应用：例如远隔数千里的工作者就一个商业或学术项目进行"如同在一个办公室内"的合作，视频通话、互动电视、互动远程教育、远程手术、在线游戏、数字城市——可以想像，在巨大的市场需求的压力下，廉价的高速数据接入将很快进入家庭，最终影响整个社会的交通、能源、教育、医疗等各个层面，从而改变人们的工作和生活方式。

一、多种有线宽带接入技术

1. 廉价的 HFC(光纤同轴混合)——容量巨大的宽带接入网。有线电视行业分布广泛的、用以传送电视节目的单向同轴电缆网络自 1995 年进行双向实验性应用以来，已经慢慢成为了现时宽带接入技术中的一个"香饽饽"。对单向同轴网进行的双向改造相对廉价、方便——有线电视公司用光纤把有线电视的中心设备(端头)和各个节点(居民小区)连接起来，然后就利用已有的同轴电缆网络接入每个家庭。由于只需在最关键的地方铺设光纤，这就使得整个网络的成本大为降低、电视信号得到改善，并可以高出现有拨号方式 100 倍以上的速度传输数字信号。在 HFC 网络中，连接同一个节点的用户共享同样的数据频道，因此在给定时间内共享数据频道的用户数就决定了每个单独的家庭所获得的实际上网速率。一般来说，一个光结点能带 1000 户左右，这就需要通过一些相应的措施，如负载平衡、流量控制、缓存控制……来使每个用户获得约 10M 的下行速率。然而，HFC 最有商业价值的应用并不仅限于宽带上网，它的重要作用其一在于它拥有的巨大的用户资源，例如美国 90％以上的家庭、中国 70％以上的家庭是有线电视用户；其二在于它融合了 Internet 和电视，使用户可以从一个媒体方便地切换到另一个。事实上，PC 远不如电视那么普及。相信隔不了几年，通过廉价的交互式多媒体电视和 HFC 网络实现电视点击购物、上网等等将成为你生活方式的一部分。在中国的台湾、深圳、上海等地的一些用户已享受到这种服务，而许多有线电视实力雄厚的城市也正在开始准备附加这种服务。

　　2. ADSL——利用电话电线传输宽带数据传统电话网络的语音连接大都使用了 3000Hz 的带宽，斯坦福大学研制出一种"离散多音频(Discrete Multitone)"的信号编码技术：该技术把电话线上 1MHz 的带宽划分为 256 个带宽约为 4000Hz 的子信道，多数子信道用以传送流向用户的数据，约可达 6Mbps；用户回传信号由于占用的子信道少，只能达到约 0.6Mbps。开发这种技术的初衷是电信运营商想渗入有线电视服务领域——在电话线上发送娱乐电视。然而，这种技术在电视方面的功用尚未见成效，却被发现非常适合用作在 WWW 上进行浏览。因此，这种在普通电话线上利用"离散多音频"的编码方式将 Internet 和用户连接起来的方式被称为 ADSL(非对称用户数字线)。ADSL 和 HFC 一样，也是一种"永远连通"(不用拨号，一连就上网)的 Internet 访问技术。HFC 方式的一个电视频道只有约 24Mbps 的有效吞吐量，所以，当数百个 Cable MODEM 用户同时大量使用频道时，信号质量会明显下降；而 ADSL 方式则是独享信道，稳定性、安全性更好。当然用户要为之付出代价——一般来说，ADSL 比 Cable 方式稍贵。另外，ADSL 还有个致命弱点，即离交换机越远，速度下降得越快。要保证使用 ADSL 时获得 8Mbps 左右的下行速率，用户离交换机的距离不能超过 5 公里。在中国的深圳、台湾、北京、成都、广州的某些用户已从这种技术中获益。

　　3. 最宽的接入——快如闪电的"全光网"。应验"一分钱一分货"的俗语，目前最稳定、最快、最宽，然而也是最昂贵的有线接入网，几乎全由光纤构成，即所谓的"全光网"。全光网的出现主要得益于一种新技术的发展：PON(无源光网络)，这种光网络简单地讲，就是不要求安装光收发机，因此大大减少光纤网的成本；而随着单模光纤大量使用在骨干网中，其成本迅速下降(目前约 6000 元/公里～7000 元/公里)，人类梦想的几乎具有无限带宽(光纤带宽每 10 个月翻一番)和光速数据传输的光接入网已成为现实——这是真正快如闪电的接入网，上海宝山区的某些用户就是其中的幸运儿。当然，这种光接入法一般来说用不着达到光纤直接连到 PC 机上的要求：毕竟目前的光电转换设备对个人来说仍然过于昂贵，而且量子计算机还没有问世。但由于光纤特有的稳定性(目前的技术可使数据在光纤中无中继传输 500 公里)和巨大容量，使得光接入网用户可轻易独享 10M 质量良好的稳定带宽——并且这种带宽可以轻而易举地增加。这种接入方式似乎特别适合于那些新建的住宅小区：将光纤拉到小区，然后用双绞线接入各个用户计算机中的以太网卡。

二、多种无线宽带接入技术

1. LMDS——花钱最少、见效最快的宽带接入网。LMDS(Local Multipoint Distribution Services 本地多点配送服务)原本用于在那些敷设有线电视设施昂贵且人口密集的地区配送电视节目，现在则是最被看好的固定无线宽带接入技术之一，它特别适合用来在人口密集的城市中的局域网用户的宽带接入。LMDS 工作在 28GHz 附近，频段宽度达 1GHz 以上，理论上数据传输率最高可达 155Mbps，其网络结构类似现在常见的蜂窝移动通信网：它由一个个覆盖 2 公里~5 公里的小基站组成，各基站通过其上的接口连入骨干网；与蜂窝移动网不同的是，LMDS 的用户端是固定的，而手机用户则可在不同基站中转来转去，所以，LMDS 方式可以省掉很多昂贵的定位设备，因此，这使得人口密集的地方购建一个 LMDS 网的成本非常低，扩容也非常容易——只需在相应的基站上添加模块就行，调整也很方便，仅需搬动基站。当然，LMDS 并非十全十美：它工作的高频率使它传输距离很短，而且在基站和用户的收发信机之间不能有任何阻碍，而雨雪等天气原因也会影响微波的传送。

2. 3G 移动通信网——移动 Internet。新千年，由电信运营商经营的移动通信网终于开始要和 Internet 正式联姻了。各国按 ITU(国际电信联盟)于 1999 年制定的 3G(第三代移动通信)标准建造的实验网，将于 2001 年初投入使用，这将为手机带来 2Mbps 的上网速度。尽管目前做出来的 3G 手机样品具有一台大屏幕彩电同等的体积，但我们还是相信，随着芯片技术的飞速发展、WAP 协议和 XML 语言的成熟，将"Internet 揣进口袋里"不再是个梦想。

3. 卫星——叱咤太空的 Internet。铱星的悲剧似乎使得前段时间喧哗一时的卫星通信陷入了低潮。然而汹涌而来的 Internet 大潮悄悄地把卫星宽带接入推出水面。这主要是由于卫星具有下述优点：线路不受地理条件限制，传输距离远，传输质量可靠，组网灵活，受众广，安全、速度快。目前来说，颇有吸引力的卫星宽带的一种实用方式是美国休斯公司提供的 DirectPC 业务。这是一种非对称的卫星数据传输系统：用户上行通过任意方式登录 Internet，连接到业务提供商；业务商通过缓存、镜像等手段，把用户所需的 Internet 信息非常快速地发射到卫星上，于是通过卫星广播，用户以最高 400kbps 的速率取回信息。该系统还提供新闻广播、数据包投递等单向高速下载业务，最高速率可达 3Mbps，特别适用于远程教育。用户只须在计算机中插入一块专用 MODEM 卡，连接一个直径 1 米左右的接收天线，就能以约 400kbps 的速度接收通过卫星传送的 Internet 数据。整套用户接入设备约几百美元，一般每月按数十美元包月计费。DirectPC 方式在地广人稀、汽车工业发达的美国、加拿大等地十分畅销。而在我国，对于宽带有线接入困难的家庭或中小单位，或是点多面广的大企业，采用这种方式，不失为提早进入宽带接入的一个辅助办法。

7.2 因特网的发展特点与应用

7.2.1 Internet

Internet 是现在世界上最大的计算机网络，它包括超过 720000 个主机节点和成千上万英里的线缆，连入用户已超过三千万个。它的前身是美国国防部在 60 年代资助的一个专用的小规模的实验项目。现在则发展到全球规模，可以说所有人只要使用了正确的设备都可以使用它。通过简单的电话线，Internet 使无论个人娱乐、职业网络通信，还是商业机遇都具有了前所未有的宽广含义。Internet 是采用了 TCP/IP 通信协议、由世界上许许多多不同类型和规模的主机和网络组成的一个当今规模最大、最具影响力的特大型国际性网络，是成千上万信息资源的总汇，这些资源分布在世界各地的数千万台计算机上。

美国联邦网络理事会定义 Internet 为：一个全球性的信息系统；它是基于 Internet 协议(IP)及其补充部分的全球的一个由地址空间逻辑连接而成的信息系统；它通过使用 TCP/IP 协议组及其补充部分或其他 IP 兼容协议支持通信；它公开或非公开地提供使用或访问存放于通信和相关基础结构的高级别服务。

简言之，Internet 是指主要通过 TCP/IP 协议将世界各地的网络连接起来实现资源共享、提供各种应用服务的全球性计算机网络，我们一般称之为因特网或互联网。

今天 Internet 的发展已远远超过了作为一个网络的含义，它是一个信息社会的缩影。

综上所述，Internet 应包括三方面内容：

(1)基于 TCP/IP 协议集的国际性互联网络；

(2)网络用户的集合，用户使用其资源，同时也为其发展壮大贡献力量；

(3)所有可被访问和利用的信息资源的集合。

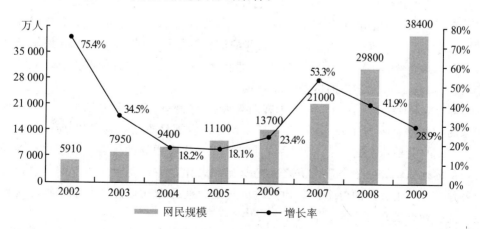

图 7-7 我国网民规模达 3.84 亿 增速放缓

当今中国因特网的发展现状(根据中国互联网络信息中心的统计报告如图 7-7 所示)，截至 2009 年 12 月，中国网民总人数达到 3.84 亿，超过了美国 2.11 亿的网民规模，位居世界第 1。虽然增长迅速，但普及率仍然偏低，只有 12.3％，低于全球 17.6％的平均水平，与互联网较发达国家美日韩等相比差距更大。在各种接入方式中，宽带网民数达到 92％；手机网民规模 2.33 亿，占网民总体的 60.8％，网民男女性别比例为 54.2∶45.8，女性网民占比略低于《中国统计年鉴 2009》中女性人口的比例，2009 年底男性网民的规模占比小幅上扬。网民年龄结构发展不均衡，表现出极强的年轻化特征，25 岁以下网民比例已经超出半数(51.2％)，30 岁及以下的网民比例甚至超过了 7 成(70.6％)。中国网民中，大专及以上学历超过四成(43.9％)，仍然表现出较强的高学历特征，但是与历年相比，已经表现出明显的平民化趋势。农村互联网发展程度与城镇差异巨大，城镇居民互联网普及率达到 21.6％，农村互联网普及率却只有 5.1％；但是较 2006 年底，农村互联网用户规模增长 51％，增速超过城镇。

7.2.2　Intranet

Intranet 是采用 Internet 技术，利用 TCP/IP 技术，为企业内部提供完整解决方案的计算机网络，在网络上运行 TCP/IP 协议，在应用形式上采用 Web 技术。具有企业内部网络安全性，又有 Internet 的灵活与开放。

因此，Intranet 具有以下特征：

- 采用 TCP/IP 协议和技术
- 利用 WWW 平台
- 设有安全保护措施
- 提供 Internet 服务
- 进行企业内部资源管理

Intranet 采用了 TCP/IP 协议及相应的 Internet 技术和工具，是一个开放性的系统。而且是个快速的原型，基于原来的网络设施能在几小时或几天内建成。其规模和功能要根据企业经营和发展的需求而定。所以具有灵活的规模(开始时较小，按需建设，允许扩充)。Intranet 不是独立的，它能方便地与外界联系，尤其是和 Internet 的连接。它将 Internet 上的安全技术应用到企业网络上，根据企业的安全需要，设置相应的防火墙、安全代理等，以保护企业内部的信息不受外界侵入。Intranet 使用 WWW 的技术和工具，包括 JAVA，HTML 等，使企业员工和用户能方便的查看、利用企业内部信息和 Internet 上丰富的信息资源。

实际上，Intranet 是 Internet 技术在防火墙后面为提高企业和社团的工作效率而发展起来的，并且为整个 Internet 社会合理、有序的发展而准备。这种以 WWW 为中心的实现方式与其他传统的企业 MIS 系统建设方式相比有明显的优势。它极大地改善了企业内部的通信，方便了企业人员之间的交流和合作，并且使企业内部的信息可以自由顺畅地在地理上分散的各个办公地点之间传送，使分布式信息的获取变得非常快捷方便，为企业开展富有成效的信息处理提供了基础。

Intranet 是个相对的概念，一个企业网可以是一个 Intranet，企业网上的若干功能耦合紧密的部门也可以组建一个 Intranet，不同企业的有关部门也可以通过 Internet 互联，定义一个 Intranet。Intranet 是一个逻辑划分的概念，其关键是如何在现有的网络基础设施上定义和构造 Intranet，同时利用"防火墙"技术，将可以公开的信息和必须保密的信息相分离，既使别人知道你的存在，又使内部机密不被泄漏。这样必须至少设有两个 Web 服务器，提供内外有别的服务，也可以加访问控制权限。

Internet 技术对企业的重要性重要表现在如下几个方面：

首先，它提供的电子邮件服务已不再仅仅是一种邮件机制，很快会成为将来的电话形式，它具有一种对发送者和接收者都有益的通信能力，这就是它能使一个发送者同时与很多人通信，而接收者也可将信息转发给其他人。它具有交换可视信息的能力，不仅可读、可重用，还提供了全球范围内或局部地区从事同一研究领域的人员跨越时空合作的可能性。

其次，联机的研究资源，以惊人的速度广为传播，可查询的数据库、图书馆资料等信息系统，以电子版本出现，将逐步取代用来的纸面文档和书架，成为新的信息特征。

最后，科学研究和技术应用的速度将随着使用电子通信的增加而大大加快。连上 Internet，就像乘上了一列满载信息的列车，那些没有访问过 Internet 的人，最终将会发现他们被留在了站台上。

WWW 是企业 Intranet 的主要应用形式，它直接面向最终使用者，具有灵活、高效、网络化等特点。我们可以用 WWW 的超文本和超媒体功能来实现企业的各种应用。

▶ 7.3　因特网协议

7.3.1　Internet 运输层协议

1. 简述

Internet 运输层协议在层次体系中提供端到端的互相通信进程的可靠通信。面向通信部分的最高层。面向用户功能的最低层，是网络体系结构中的关键层。

ICMP 全称 Internet Control Message Protocol（网际控制信息协议）。提起 ICMP，一些人可能会感到陌生，实际上，ICMP 与我们息息相关。在网络体系结构的各层次中，都需要控制，而不同的层次有不同的分工和控制内容，IP 层的控制功能是最复杂的，主要负责差错控制、拥塞控制等，任何控制都是建立在信息的基础之上的，在基于 IP 数据报的网络体系中，网关必须自己处理数据报的传输工作，而 IP 协议自身没有内在机制来获取差错信息并处理。为了处理这些错误，TCP/IP 设计了 ICMP 协议，当某个网关发现传输错误时，立即向信源主机发送 ICMP 报文，报告出错信息，让信源主机采取相应处理措施，它是一种差错和控制报文协议，不仅用于传输差错报文，还传输控制报文。

ICMP 最多的用法就是错误汇报。例如：当运行一个 Telnet、FTP 或者 HTTP 会话时，你可能会遇到如下的错误信息"无法到达目的网络"。这个信息来源于 ICMP。有的时候，IP 路由器无法找到通向你的 Telnet、FTP 或者 HTTP 应用程序中所给出的主机的路径。为了指出错误，该路由器会创建并给你的主机发送一个类型 3 ICMP 消息。你的主机接受到了 ICMP 消息并将错误代码返回到试图连接到远程主机的 TCP 代码上。然后，TCP 再将错误代码返回到你的应用程序中。

ICMP 通常被认为是 IP 的一部分，但是从结构上它位于 IP 的上方，因为 ICMP 消息是在 IP 分组内携带的。也就是说，ICMP 消息是 IP 的有效载荷，就像 TCP 或者 UDP 作为 IP 的有效载荷一样。同样，当一个主机接受到了以 ICMP 作为最高层协议的 IP 分组的时候，它会将分组中的信息分离到 ICMP，就像它将一个分组的信息分离到 TCP 或者 UDP 一样。

2. ICMP 报文格式

ICMP 报文包含在 IP 数据报中，属于 IP 的一个用户，IP 头部就在 ICMP 报文的前面，所以一个 ICMP 报文包括 IP 头部、ICMP 头部和 ICMP 报文（见图表，ICMP 报文的结构和几种常见的 ICMP 报文格式），IP 头部的 Protocol 值为 1 就说明这是一个 ICMP 报文，ICMP 头部中的类型（Type）域用于说明 ICMP 报文的作用及格式，此外还有一个代码（Code）域用于详细说明某种 ICMP 报文的类型，所有数据都在 ICMP 头部后面。RFC 定义了 13 种 ICMP 报文格式，具体如下表：

表 7-1

类型代码	类型描述
响应应答（ECHO-REPLY）	0
不可到达	3
源抑制	4
重定向	5
响应请求（ECHO-REQUEST）	8
超时	11
参数失灵	12
时间戳请求	13
时间戳应答	14
信息请求（＊已作废）	15
信息应答（＊已作废）	16
地址掩码请求	17
地址掩码应答	18

其中代码为 15、16 的信息报文已经作废。

下面是几种常见的 ICMP 报文：

1. 响应请求

我们日常使用最多的 ping，就是响应请求（Type＝8）和应答（Type＝0），一台主机向一个节点发送一个 Type＝8 的 ICMP 报文，如果途中没有异常（例如被路由器丢弃、目标不回应 ICMP 或传输失败），则目标返回 Type＝0 的 ICMP 报文，说明这台主机存在，更详细的 tracert 通过计算 ICMP 报文通过的节点来确定主机与目标之间的网络距离。

2. 目标不可到达、源抑制和超时报文

这三种报文的格式是一样的，目标不可到达报文（Type＝3）在路由器或主机不能传递数据报时使用,例如我们要连接对方一个不存在的系统端口(端口号小于 1024)时,将返回 Type＝3、Code＝3 的 ICMP 报文,它要告诉我们:"嘿,别连接了,我不在家的!"常见的不可到达类型还有网络不可到达(Code＝0)、主机不可到达(Code＝1)、协议不可到达等。源抑制则充当一个控制流量的角色,它通知主机减少数据报流量,由于 ICMP 没有恢复传输的报文,所以只要停止该报文,主机就会逐渐恢复传输速率。最后,无连接方式网络的问题就是数据报会丢失,或者长时间在网络游荡而找不到目标,或者拥塞导致主机在规定时间内无法重组数据报分段,这时就要触发 ICMP 超时报文的产生。超时报文的代码域有两种取值:Code＝0 表示传输超时,Code＝1 表示重组分段超时。

3. 时间戳

时间戳请求报文(Type＝13)和时间戳应答报文(Type＝14)用于测试两台主机之间数据报来回一次的传输时间。传输时,主机填充原始时间戳,接收方收到请求后填充接收时间戳后以 Type＝14 的报文格式返回,发送方计算这个时间差。一些系统不响应这种报文。

7.3.2　TCP/IP 体系中的运输层

TCP/IP 的运输层有两个不同的协议,分别是 UDP(User Datagram Protocol)用户数据报协议,提供面向无连接的服务;TCP(Transmission Control Protocol)传输控制协议,提供面向连接的服务。

一、UDP

UDP 和 TCP 都使用 IP 协议,如图 7-8 所示,也就是说,这两个协议在发送数据时,其协议数据单元 UDP 都作为下面 IP 数据报中的数据。在接收数据时,将 IP 首部去掉后,根据上层使用的什么运输协议,把数据部分交给上层的 UDP 或 TCP。

图 7-8　TCP/IP 体系中的运输层的 TCP 和 UDP

TCP 面向连接服务是电话系统服务模式的抽象,即每一次完整的数据传输都要经过建立连接,使用连接,终止连接的过程。UDP 是面向无连接:无连接服务是邮政系统服务的抽象,每个分组都携带完整的目的地址,各分组在系统中独立传送。无连接服务不能保证分组的先后顺序,不进行分组出错的恢复与重传,不保证传输的可靠性。TCP 和 UDP 比较:

1. TCP 和 UDP 是性质完全不同的运输层协议,执行不同的服务。

2. TCP 和 UDP 都使用 IP 作为其网络层的服务协议。

3. TCP 是高度可靠的,而 UDP 则是一个相当简单的、尽力而为的数据报传输协议,不能确保数据报的可靠传输。

4. TCP 协议非常复杂,需要大量的功能开销,而 UDP 由于其简单性具有较高的效率。

5. TCP 是面向连接的、可靠的，而 UDP 则是不可靠的，因为它不具备有关可靠性的机制，例如，报文的顺序控制机制。

UDP 适合于通信量较小的应用，对网络资源需求较小，操作过程也比 TCP 快得多，适合于与时间相关的应用，如 IP 上的语音传输或网络可视会议等。

二、端口

1. 端口的概念

按照 OSI 七层协议的描述，传输层与网络层最大的区别是传输层提供进程通信能力。从这个意义上讲，网络通信的最终地址就不仅是主机地址了，还包括可以描述进程的某种标识。为此 TCP/IP 协议提出了协议端口的概念，用于标识通信的进程。UDP 和 TCP 都使用端口与上层的应用进程进行通信。端口是一种抽象的软件结构，包括一些数据结构和 I/O 缓冲区。应用程序即进程通过系统调用与某端口建立连接（binding 绑定）后，传输层传给该端口的数据都被相应的进程所接收，相应进程发给传输层的数据都从该端口输出。在 TCP/IP 协议的实现中，端口操作类似于一般的 I/O 操作，进程获取一个端口，相当于获取本地唯一的 I/O 文件，可以用一般的读写原语访问。

2. 端口号

每个端口都拥有一个叫端口号的整数描述符，以区别不同端口。由于 TCP/IP 传输层的两个协议 TCP 和 UDP 是两个完全独立的软件模块，因此各自的端口号也相互独立。如 TCP 有一个 255 号端口，UDP 也可以有一个 255 号端口，两者并不冲突。端口从 1 开始分配，超出 255 的部分通常被本地主机作为私有用途。1-255 之间的号码被用于远程应用程序所请求的进程和网络服务。

3. 端口号的分配

有两种基本分配方式，第一种叫全局分配，这是一种集中分配方式，由一个公认的中央机构根据用户需要进行统一分配，并将结果公布于众。第二种是本地分配，又称动态连接，即进程需要访问传输层服务时，向本地操作系统提出申请，操作系统返回本地唯一的端口号，进程再通过合适的系统调用，将自己和该端口连接起来（绑定）。

TCP/IP 端口号的分配综合了两种方式。TCP/IP 将端口号分为两部分，少量的作为保留端口，以全局方式分配给服务进程。因此，每一个标准服务器都拥有一个全局公认的端口叫周知口（well-known port），即使在不同的机器上，其端口号也相同。剩余的为自由端口，以本地方式进行分配。

三、用户数据报协议（UDP）

UDP 采用无连接的方式提供高层协议间的事务处理服务，允许它们之间互相发送数据。因为 UDP 是一种无连接的数据报投递服务，它就不保证可靠投递。它跟远程的 UDP 实体不建立端到端的连接，而只是将数据报送上网络，或者从网上接收数据报。UDP 根据端口号对若干个应用程序进行多路复用，并能检验和检查数据的完整性。

UDP 保留应用程序定义的报文边界，它从不把两个应用程序报文组合在一起，也不把单个应用报文划分成几个部分。也就是说，当应用程序把一块数据交给 UDP 发送时，这块数据将作为独立的单元到达对方的应用程序。例如，如果应用程序把 5 个报文交给本地 UDP 端口发送，那么接收方的应用程序就需从接收方的 UDP 端口读 5 次，而且接收方收到的每个报文的大小和发出的大小完全一样。UDP 不具备诸如接收保证和避免重复等有序投递功能。UDP 数据报格式（如图 7-9 所示）：

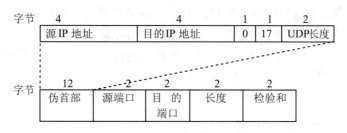

图 7-9　UDP 数据报格式

四、传输控制协议（TCP）

TCP 协议是 TCP/IP 协议簇中的另一个运输层协议，是面向连接的，因而可提供可靠的、按序传送数据的服务。TCP 提供的连接是双向的，即全双工的。TCP 的数据传送单位称为"报文段"，记为 TPDU。两个应用程序通过 TCP 连接来交换 8bit 字节构成的字节流，TCP 不在字节流中插入记录标志符。我们将这称为字节流服务（byte stream service）。如果一方的应用程序先传 10 字节，又传 20 字节，再传 50 字节，连接另一方将无法了解每次发送了多少给自己。收方可以分 4 次接收这 80 个字节，每次接收 20 字节。一端将字节流放到 TCP 连接上，同样的字节流将出现在 TCP 连接的另一端。

另外，TCP 对字节流的内容不作任何解释，对字节流的解释由 TCP 连接双方的应用层解释。TCP 的报文格式如图 7-10 所示。

源 端 口								目 的 端 口	
发 送 序 号									
接 收 序 号									
数据偏移	保留	URG	ACK	PSH	RST	SYN	FIN	窗口	
检 验 和								紧 急 指 针	
选 项 和 填 充									
数 据									

图 7-10　TCP 报文格式

TCP 不是按传送的报文段来编号。TCP 将所要传送的整个报文（这可能包括许多个报文段）看成是一个一个字节组成的数据流，然后对每一个字节编号。在连接建立时，双方要商定初始序号。TCP 就将每一次所传送的报文段的第一个数据字节的序号放在 TCP 首部的序号字段中。TCP 的确认是对接收到的数据的最高序号（即收到的数据流中的最后一个序号）表示确认。但返回的确认序号是已收到的数据的最高序号加 1。也就是说，确认序号表示期望下次收到的第一个数据字节的序号。由于 TCP 能提供全双工通信，因此通信中的每一方都不必专门发送确认报文段，而可以在传送数据时顺便把确认信息捎带传送，这样做可以提高传输效率，因为确认报文没有传输数据。应适当推迟发回确认报文，并尽量使用捎带确认的方法。

TCP 采用可变发送窗口的方式进行流量控制。窗口的大小是以字节为单位的。在 TCP 报文段首部的窗口字段写入的数据就是当前设定的接收窗口数值。发送窗口在连接建立时由双方商定。但在通信的过程中，接收端可根据自己的资源情况，随时动态地调整自己的接收窗口(可增大或减小)，然后告诉对方，使对方的发送和自己的接收窗口一致。这是一种由接收端控制发送端的做法。

▷ 7.4 域名与因特网基本服务

7.4.1 域名系统

1. 域名

许多应用层软件经常直接使用域名系统 DNS(Domain Name System)，但计算机的用户只是间接而不是直接使用域名系统。因特网采用层次结构的命名树作为主机的名字，并使用分布式的域名系统 DNS。名字到域名的解析是由若干个域名服务器程序完成的。域名服务器程序在专设的结点上运行，运行该程序的机器称为域名服务器。

因特网采用了层次树状结构的命名方法。层次结构如下图所示，任何一个连接在因特网上的主机或路由器，都有一个惟一的层次结构的名字，即域名。域名的结构由若干个分量组成，各分量之间用点隔开，各分量分别代表不同级别的域名。如图 7-11 所示。

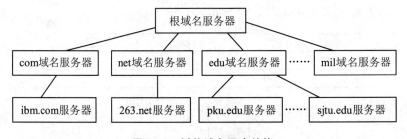

图 7-11 树状域名层次结构

2. 域名解析

域名解析就是将域名(主机名)转换为 IP 地址的过程。常用的域名解析方法有递归解析和反复解析两种。

域名解析将用户指定的域名映射到负责该域名管理的服务器的 IP 地址，从而可以和该域名服务器进行通信，获得域内主机的信息。域名解析是由一系列域名服务器来完成的。这些域名服务器是运行在指定主机上的软件，能够完成从域名到 IP 地址的映射。例如：IP 地址解析过程：mail. pku. edu. cn。

①本地 DNS 服务器发送"解析"请求，如本地 DNS 服务器知道对应 mail. pku. edu. cn 的 IP 地址，则直接返回 IP 地址，否则：

②向根域名服务器查询 mail. pku. edu. cn 的地址，根名字服务器返回 cn 名字服务器的 IP 地址；

③本地 DNS 再向 cn 的名字服务器查询同样的问题，返回 edu. cn 名字服务器的 IP
地址；

④本地 DNS 从 edu. cn 的名字服务器处获得 pku. edu. cn 名字服务器的 IP 地址；

⑤本地 DNS 系统从 sjtu. edu. cn 的名字服务器获得 mail. pku. edu. cn 的 IP 地址。

7.4.2　因特网基本服务

Internet 为用户共享信息资源和相互通信提供了一系列的网络服务。其中 Internet
提供的主要服务有电子邮件(E-mail)服务、远程登录(Telnet)服务、文件传输(FTP)服
务、WWW 服务、电子公告板(BBS)服务。

1. 电子邮件(E-mail)服务

电子邮件 E-mail 是一种通过计算机网络与其他用户进行联系的快速、简便、高效
和廉价的现代化通信手段，是 Internet 中应用最广泛的服务之一。

使用 E-mail 必须首先拥有一个电子邮箱，它是由 E-mail 服务提供者为其用户建立
在 E-mail 服务器磁盘上专用于电子邮件的存储区，并由 E-mail 服务器进行管理。用户
使用 E-mail 客户软件在自己的电子邮箱里收发电子邮件。

电子邮件系统的工作过程采用 C/S 模式，发送方为客户方，接收方为服务器方。
发送方把一封电子邮件发送给收件人，接收方的邮件服务器接收到邮件后，先将其保
存在收件人的电子信箱中。当收件人的计算机连接到服务器上后，就会看到服务器有
新邮件到来的通知，此时用户就可查收邮件了。SMTP 是 TCP/IP 协议集的应用层协
议。通过建立客户机与远程主机上 SMTP 服务器之间端到端连接，实现不同计算机之
间的邮件传输。POP 协议是用户从邮件服务器接收邮件时使用的协议。

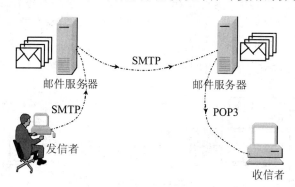

图 7-12　电子邮件工作过程及其相关的协议

2. 远程登录(Telnet)服务

远程登录服务可使用户很方便地通过 Internet 使用远程主机上的各种资源。利用
远程登录协议 Telnet 可将用户计算机变为某一远程主机的仿真终端，通过该主机接入
Internet。

用户可使用自己在远程登录服务器上的账户进行登录，也可使用远程服务器提供
的公开账户进行登录。一旦登录成功，用户就像远程主机的本地终端一样使用主机的
各种资源。远程登录服务的工作过程也符合 C/S 模式。远程登录协议 Telnet 是 TCP/
IP 的应用层协议。Telnet 服务过程有三个，分别是用户从本地机进行远程登录，建立

连接；用户通过本地机将指令传输给远程主机；远程主机接受并执行用户命令，结果显示给本地机。

3. 文件传输(FTP)服务

文件传输工作过程如图 7-13 所示，它是用户从 Internet 获取丰富信息资源的重要方法。该服务是由 TCP/IP 应用层协议 FTP 支持，FTP 可将文件从一台机上可靠地传输到另一台机上。

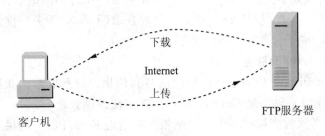

图 7-13　文件传输工作过程

FTP 是一种基于客户/服务器模式的服务系统。FTP 客户程序必须与远程的 FTP 服务器建立连接并登录后，才可进行文件传输。FTP 服务器可向用户提供非匿名服务和匿名服务。通常一个用户需在 FTP 服务器上进行注册，即建立账号并拥有合法的用户名(非匿名)和密码，才可进行有效的 FTP 连接和登录。用户在访问 FTP 服务器前要先登录，登录时要求用户给出其在 FTP 服务器上的合法账号和密码。只有登录成功的用户才可访问该 FTP 服务器，并对授权的文件进行查阅和传输。但这种非匿名方式限制了 Internet 上资源的应用。为此，Internet 上多数 FTP 服务器都提供了一种匿名 FTP 服务。匿名 FTP 服务是提供服务的机构在 FTP 服务器上建立一个公开账户，一般名为 Anonymous。任何用户都可使用该用户名与提供这种匿名 FTP 服务的主机建立连接，并共享这个主机对公众开放的资源。

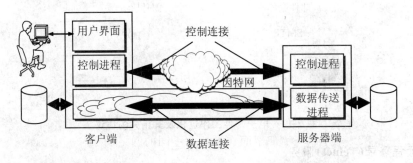

图 7.14　FTP 使用的两个 TCP 连接

4. WWW 服务

WWW 是一种交互式图形用户界面的 Internet 服务，具有强大的信息功能，也是发展最快、最受用户欢迎的服务。WWW 服务上涉及超文本、超媒体等重要概念。传统文本的信息组织具有顺序性；计算机信息系统用户界面是菜单形式；而超文本是将菜单信息模式集成于文本信息中，是集成化的菜单系统。在超文本中，文本和文本层叠链接，循环链接，其最大特点是无序性。多媒体信息是指文本信息和语音、图像、视频等多种信息形式。在多媒体信息浏览中引入超文本概念，就构成了超媒体。即在看文本信息时，又可以听音乐、看动画。环球信息网、Web 网，是以超文本标记语言 HTML 与超文本传输协议 HTTP 为基础，提供 Internet 服务的信息浏览系统。WWW 同样采用 C/S 工作模式。Internet 上传输超文本或超媒体信息的协议，也是 TCP/IP 应用层协议之一。该协议也采用 C/S 工作模式。服务器可以是一个或多个，可以是 WWW 服务器，也可以是其他类型服务器。HTTP 的工作过程包括：建立连接、发出请求、服务器响应、关闭连接。WWW 不仅支持基于 HTTP 协议的服务，也支持 FTP、Telnet、Gopher、WAIS 等 Internet 服务。统一资源定位器，URL 可标明 Internet 上信息资源的位置。URL 由三部分组成，协议类型：//主机名/路径及文件名。如：http：//www.tju.edu.cn/xxx.html，主页一种特殊的 Web 页，个人或机构的基本页面，通常是第一页，它是网站的入口点，包含文字、表格、图像、动画和视频等信息，该页包括很多链接。

5. 电子公告板(BBS)服务

BBS 是 Internet 上一种休闲性信息服务系统。Internet 的 BBS 对 Internet 用户扮演着与日常生活中的普通公告牌一样的角色，它允许每个人发表(张贴)自己的见解供他人阅读。Internet 提供对上万个电子公告牌的访问，每个公告牌包含一个特定的话题和正在进行的讨论。BBS 的主要功能有信息公布、分类讨论、收发电子邮件、在线聊天、在线游戏和个人资料箱等。BBS 论坛为广大网友提供了自由发表言论和互相交流的场所，已经成为 Internet 吸引新用户的主要热点之一。该服务也采用客户机/服务器模式。登录 BBS 的方法有两种：Telnet 或 WWW。WWW 方式较简单，只需在地址栏中输入 BBS 站点的 IP 地址即可。例如"求实"BBS 服务站点的地址是 bbs.tju.edu.cn。在 WWW 方式下，BBS 操作简单，界面清晰。

▶ 7.5　本章小结

广域网是由一些结点交换机以及连接这些交换机的链路组成。结点交换机执行分组存储转发的功能。结点之间都是点到点的连接。当计算机之间的距离相隔几十、几百公里或几千公里就需要广域网。从层次上看，局域网和广域网主要区别是：局域网使用的协议主要在数据链路层，而广域网使用的协议主要在网络层。

网关(Gateway)，又称高层协议转发器。一般用于不同类型且差别较大的网络系统间的互联。又可用于同一个物理网而在逻辑上不同的网络间互联。

Intranet(Enterprise Internet)是企业级的内部网。采用 Internet 技术，Internet 的交互特性是网络容易受到攻击的薄弱环节。

TCP 是 TCP/IP 体系中的运输层协议，是面向连接的，可提供可靠的、按序传送数据的服务。TCP 提供的连接是双向即全双工。

▶ 7.6　关键术语

WAN (Wide Area Network)广域网：是一种跨地区的数据通讯网络。

Internet：一个全球性的信息系统；它是基于 Internet 协议（IP）及其补充部分的全球的一个由地址空间逻辑连接而成的信息系统。

Intranet：一个企业网可以是一个 Intranet，企业网上的若干功能耦合紧密的部门也可以组建一个 Intranet，不同企业的有关部门也可以通过 Internet 互联，定义一个 Intranet。

TCP(Transmission Control Protocol)传输控制协议：提供面向连接的服务。

域名系统 DNS (Domain Name System)

▶ 7.7 复习题

1. Internet 和 Intranet 的区别是什么？

2. 广域网有哪些互联技术？

3. 常用的 Internet 连接方式有哪些？

4. 当校园网由多个局域网组成时，不同的局域网之间如何互联？

5. 什么是万维网？

6. 什么是 ICMP？

7. 电子邮件的工作原理是什么？

8. 什么是 Intranet？Intranet 采用哪种工作模式？

9. 因特网的基本服务有哪些？

▶ 7.8 实践项目

7.8.1 项目 7-1

实训目标：

掌握 FTP 上传下载。

实训内容：

1. 了解 FTP 协议。

2. 通过 FTP 向交换机上传文件。

3. 通过 FTP 从交换机下载文件。

实训原理：

1. FTP 简介

FTP 并不是应用于 IP 网络上的协议，而是 ARPANET 网络中计算机间的文件传输协议，ARPANET 是美国国防部组建的老网络，于 1960～1980 年使用。在那时，FTP 的主要功能是在主机间高速可靠地传输文件。目前 FTP 仍然保持其可靠性，即使在今天，它还允许文件远程存取。这使得用户可以在某个系统上工作，而将文件存贮在别的系统。例如，如果某用户运行 Web 服务器，需要从远程主机上取得 HTML 文件和 CGI 程序在本机上工作，他需要从远程存储站点获取文件（远程站点也需安装 Web 服务器）。当用户完成工作后，可使用 FTP 将文件传回到 Web 服务器。采用这种方法，用户无需使用 Telnet 登录到远程主机进行工作，这样就使 Web 服务器的更新工作变得如此的轻松。

　　FTP 是 TCP/IP 的一种具体应用，它工作在 OSI 模型的第七层，TCP 模型的第四层上，即应用层，使用 TCP 传输而不是 UDP，这样 FTP 客户在和服务器建立连接前就要经过一个被广为熟知的"三次握手"的过程，它带来的意义在于客户与服务器之间的连接是可靠的，而且是面向连接，为数据的传输提供了可靠的保证。

　　FTP 是基于 TCP/IP 协议的一个应用协议。主要实现在不同的计算机之间的数据共享。FTP 采用的是 C/S 模式。客户既可以下载文件也可以上传文件。当然，FTP 给用户一定的权限。用户只能在权限下使用。目前，FTP 的服务器种类很多，比如常用的 SERV-U，客户端程序也很多，比如：CuteFTP。WINDOWS 也提供了一个 FTP 客户程序。它们都根据相同的协议标准来设计的，具体协议内容可参考 RFC 文档。

2. FTP 工作原理

　　FTP 工作原理与其他的应用协议有些不同。它是用两个端口进行通信的。一个端口用于命令交互。这个端口在用户连接之后一直保持；而另一个端口只是在数据传时打开（比如：上传文件，下载文件，获取服务端文件列表），在数据传输时有两种不同的模式，一是用户开通这个数据端口，这种模式叫做主动模式；二是服务器提供一个接口，这个模式叫被动模式。

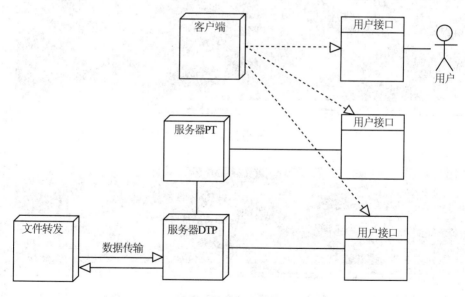

图 7-15　FTP 工作原理图

　　下面，让我们来看看，一个 FTP 客户在和服务器连接时是怎么样的一个过程（以标准的 FTP 端口号为例）。

　　首先，FTP 并不像 HTTP 协议那样，只需要一个端口作为连接（HTTP 的默认端口是 80，FTP 的默认端口是 21），FTP 需要 2 个端口，一个端口是作为控制连接端口，也就是 21 这个端口，用于发送指令给服务器以及等待服务器响应；另一个端口是数据传输端口，端口号为 20（仅 PORT 模式），是用来建立数据传输通道的，主要有 3 个作用：

1）从客户向服务器发送一个文件。

2）从服务器向客户发送一个文件。

3）从服务器向客户发送文件或目录列表。

其次，FTP 的连接模式有两种，PORT 和 PASV。PORT 模式是一个主动模式，PASV 是被动模式，这里都是相对于服务器而言的。为了让大家清楚的认识这两种模式，分别举例说明：

1）PORT 模式

当 FTP 客户以 PORT 模式连接服务器时，他动态的选择一个端口号（本次试验是6015）连接服务器的 21 端口，注意这个端口号一定是 1024 以上的，因为 1024 以前的端口都已经预先被定义好，被一些典型的服务使用，当然有的还没使用，保留给以后会用到这些端口的资源服务。当经过 TCP 的三次握手后，连接（控制信道）被建立（如图7-16 和图 7-17 所示）。

```
D:\WINNT\System32\cmd.exe - ftp 127.0.0.1

Microsoft Windows 2000 [Version 5.00.2195]
(C) Copyright 1985-2000 Microsoft Corp.

D:\>ftp 127.0.0.1
Connected to 127.0.0.1.
220 m700 Microsoft FTP Service (Version 5.0).
User (127.0.0.1:(none)): anonymous
331 Anonymous access allowed, send identity (e-mail name) as password.
Password:
230-Hello
230 Anonymous user logged in.
ftp>
```

图 7-16　FTP 客户使用 FTP 命令建立于服务器的连接

```
D:\WINNT\System32\cmd.exe

D:\>netstat -na |find "127.0.0.1:2"
  TCP    127.0.0.1:21           0.0.0.0:0              LISTENING
  TCP    127.0.0.1:21           127.0.0.1:6015         ESTABLISHED
  TCP    127.0.0.1:6015         127.0.0.1:21           ESTABLISHED

D:\>
```

图 7-17　用 netstat 命令查看，控制信道被建立在客户机的 6015 和服务器的 20 端口

现在用户要列出服务器上的目录结构（使用 ls 或 dir 命令），那么首先就要建立一个数据通道，因为只有数据通道才能传输目录和文件列表，此时用户会发出 PORT 指令告诉服务器连接自己的什么端口来建立一条数据通道（这个命令由控制信道发送给服务器），当服务器接到这一指令时，服务器会使用 20 端口连接用户在 PORT 指令中指定的端口号，用以发送目录的列表（如图 7-18 所示）。

ls 命令是一个交互命令，它会首先与服务器建立一个数据传输通道。经验证本次试验客户机使用 6044 端口。

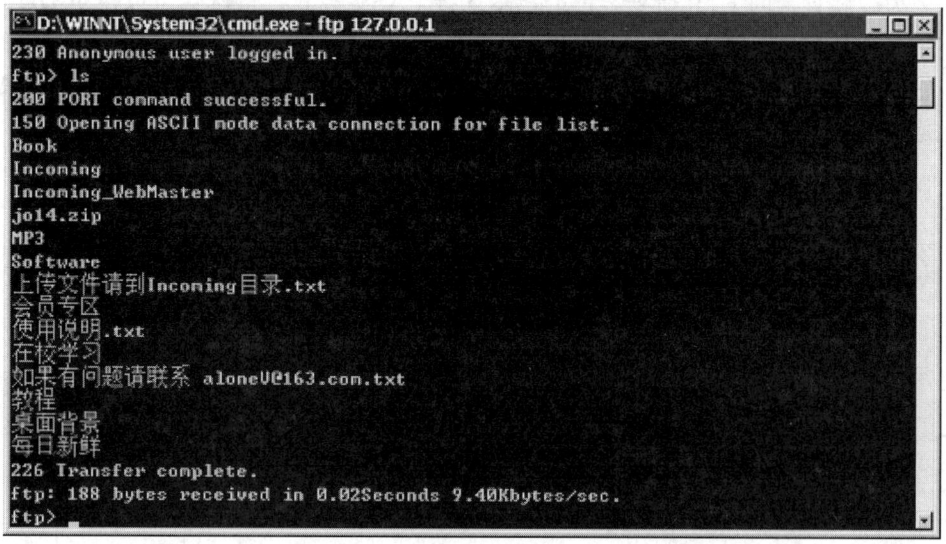

图 7-18

当完成这一操作时，FTP 客户也许要下载一个文件，那么就会发出 get 指令，请注意，这时客户会再次发送 PORT 指令，告诉服务器连接它的哪个"新"端口，你可以先用 netstat-na 这个命令验证，上一次使用的 6044 已经处于 TIME ＿ WAIT 状态（如图 7-19 所示）。

```
D:\WINNT\System32\cmd.exe
D:\>netstat -na !find "127.0.0.1:2"
  TCP    127.0.0.1:20         127.0.0.1:6044       TIME_WAIT
  TCP    127.0.0.1:21         0.0.0.0:0            LISTENING
  TCP    127.0.0.1:21         127.0.0.1:6015       ESTABLISHED
  TCP    127.0.0.1:6015       127.0.0.1:21         ESTABLISHED

D:\>
```

图 7-19   使用 netstat 命令验证上一次使用 ls 命令建立的数据传输通道已经关闭

当这个新的数据传输通道建立后（在微软的系统中，客户端通常会使用连续的端口，也就是说这一次客户端会用 6045 这个端口），就开始了文件传输的工作。

2）PASV 模式

然而，当 FTP 客户以 PASV 模式连接服务器时，情况就有些不同了。在初始化连接这个过程即连接服务器这个过程和 PORT 模式是一样的，不同的是，当 FTP 客户发送 ls、dir、get 等这些要求数据返回的命令时，他不向服务器发送 PORT 指令而是发送 PASV 指令，在这个指令中，用户告诉服务器自己要连接服务器的某一个端口，如果这个服务器上的这个端口是空闲的可用的，那么服务器会返回 ACK 的确认信息，之后数据传输通道被建立并返回用户所要的信息（根据用户发送的指令，如 ls、dir、get 等）；如果服务器的这个端口被另一个资源所使用，那么服务器返回 UNACK 的信息，那么这时，FTP 客户会再次发送 PASV 命令，这也就是所谓的连接建立的协商过程。为了验证这个过程我们不得不借助 CUTEFTP Pro 这个大家经常使用的 FTP 客户端软件，因为微软自带的 FTP 命令客户端，不支持 PASV 模式。虽然你可以使用 QUOTE PASV 这个命令强制使用 PASV 模式，但是当你用 ls 命令列出服务器目录列表，你会发现它还是使用 PORT 方式来连接服务器的。现在我们使用 CUTEFTP Pro 以 PASV 模式连接服务器(如图 7-20)。

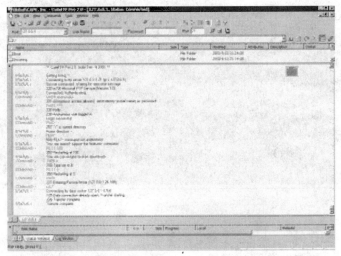

图 7-20　使用 CUTEFTP Pro 以 PASV 模式连接服务器

请注意连接 LOG 里有这样几句话：

COMMAND：>PASV
　227 Entering Passive Mode(127，0，0，1，26，108)
COMMAND：>LIST
STATUS：>Connecting ftp data socket 127.0.0.1：6764...
　125 Data connection already open；Transfer starting.
　226 Transfer complete.

其中，

227 Entering Passive Mode (127，0，0，1，26，80)，代表客户机使用 PASV 模式连接服务器的 $26 \times 256 + 108 = 6764$ 端口(当然服务器要支持这种模式)。

125Data connection already open；Transfer starting，说明服务器的这个端口可用，返回 ACK 信息。

再让我们看看用 CUTEFTP Pro 以 PORT 模式连接服务器的情况。其中在 LOG 里有这样的记录：

COMMAND：>PORT 127，0，0，1，28，37
　200 PORT command successful.
COMMAND：>LIST
　150 Opening ASCII mode data connection for /bin/ls.
STATUS：>Accepting connection：127.0.0.1：20.
　226 Transfer complete.
STATUS：>Transfer complete.

其中，

PORT 127，0，0，1，28，37 告诉服务器当收到这个 PORT 指令后，连接 FTP 客户的 28×256＋37＝7205 这个端口。

Accepting connection：127.0.0.1：20 表示服务器接到指令后用 20 端口连接 7205 端口，而且被 FTP 客户接受。

3. 比较分析

在这两个例子中，请注意：PORT 模式建立数据传输通道是由服务器端发起的，服务器使用 20 端口连接客户端的某一个大于 1024 的端口；在 PASV 模式中，数据传输通道的建立是由 FTP 客户端发起的，它使用一个大于 1024 的端口连接服务器的 1024 以上的某一个端口。如果从 C/S 模型这个角度来说，PORT 对于服务器来说是 OUTBOUND，而 PASV 模式对于服务器是 INBOUND，这一点请特别注意，尤其是在使用防火墙的企业里，比如使用微软的 ISA Server 2000 发布一个 FTP 服务器，这一点非常关键，如果设置错了，那么客户将无法连接。

最后，请注意在 FTP 客户连接服务器的整个过程中，控制信道是一直保持连接的，而数据传输通道是临时建立的。

本文重点放到了 FTP 的连接模式，没有涉及 FTP 的其他内容，比如 FTP 的文件类型（Type）、格式控制（Format control）以及传输方式（Transmission mode）等。不过这些规范大家可能不需要花费过多的时间去了解，因为现在流行的 FTP 客户端都可以自动的选择正确的模式来处理，对于 FTP 服务器端通常也都做了一些限制，如下：

- 类型：ASCII 或图像。
- 格式控制：只允许非打印。
- 结构：只允许文件结构。
- 传输方式：只允许流方式。

实训步骤：

1. 先在主机 1 上装好 FTP 服务器。

2. 采用超级终端登录交换机配置交换机的 IP 地址为 192.168.1.1，子网掩码为 255.255.255.0，网关采取默认的 0.0.0.0。然后使用专用配置电缆将 PC 机网口与交换机任一网口相连。

3. 在命令行中输入 telnet 192.168.1.1，如图 7-21 所示。然后点击确定进入登录界面，并在命令行的提示下依次输入用户名 admin 和密码 123456，即可登录交换机进行配置。

图 7-21

4. 使用命令 enable 进入特权模式，如图 7-22：

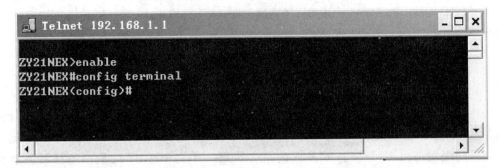

图 7-22

5. 使用 upload 命令将 FTP 默认文件夹里面的 1.con 上传到 FTP 服务器，如图 7-23：

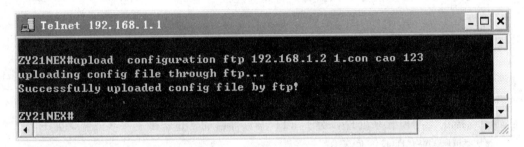

图 7-23

6. 使用 load 命令从 FTP 服务器下载 100.con 到本机，如图 7-24：

图 7-24

思考题

1. FTP 的连接模式有哪几种？

2. FTP 有哪些作用？

7.8.2 项目 7-2

实训目标：

1. 熟悉 DHCP 配置基本指令。

2. 使用 DHCP 方式配置交换机的 IP。

3. 进一步深刻理解 DHCP 协议。

实训内容：

1. 学习 DHCP 协议及其工作方式。

2. 掌握在 Console 口方式下，使用 DHCP 配置交换机 IP。

3. 掌握在 Telnet 方式下，使用 DHCP 配置交换机 IP。

4. 学习 WEB 方式下，使用 DHCP 配置交换机 IP。

实训仪器：

1. 以太网交换机实验箱　　　　　　　　　　　　　　　　　　1 台

2. PC 机　　　　　　　　　　　　　　　　　　　　　　　　1 台

3. 专用配置电缆　　　　　　　　　　　　　　　　　　　　　1 根

实训原理：

在 TCP/IP 网络应用中，网络用户 PC 只有在获取了一个网络地址，才可以和其他的网络用户进行通讯，在实际应用中，我们经常会遇到一些问题：比如 IP 地址发生冲突、由于网关或 DNS 服务器地址的设置出现错误而无法访问网络中的其他主机、由于机器的经常变动位置而不得不频繁地修改 IP 地址。基于这些在网络管理中所存在的种种问题，解决的方法是引入 DHCP 服务，以动态的方式实现客户机器的信息配置。下面从 DHCP 原理出发并结合本人在授课过程的实际经验为依据，对 DHCP 的应用以及在实际应用中我们会遇到的各类问题和相应的解决方法做深入的探讨。

DHCP 称为动态主机配置协议。DHCP 服务允许工作站连接到网络并且自动获取一个 IP 地址。配置 DHCP 服务的服务器可以为每一个网络客户提供一个 IP 地址、子网掩码、缺省网关、一个 WINS 服务器的 IP 地址，以及一个 DNS 服务器的 IP 地址。

DHCP 是一个基于广播的协议，它的操作可以归结为四个阶段，这些阶段是 IP 租用请求、IP 租用提供、IP 租用选择、IP 租用确认。

1. IP 租用请求：在任何时候，客户计算机如果设置为自动获取 IP 地址，那么在它开机时，就会检查自己当前是否租用了一个 IP 地址，如果没有，它就向 DCHP 请求一个租用，由于该客户计算机并不知道 DHCP 服务器的地址，所以会用 255.255.255.255 作为目标地址，源地址使用 0.0.0.0，在网络上广播一个 DHCPDISCOVER 消息，消息包含客户计算机的媒体访问控制（MAC）地址（网卡上内建的硬件地址）以及它的 NetBIOS 名字。

2. IP 租用提供：当 DHCP 服务器接收到一个来自客户的 IP 租用请求时，它会根据自己的作用域地址池为该客户保留一个 IP 地址并且在网络上广播一个来实现，该消息包含客户的 MAC 地址、服务器所能提供的 IP 地址、子网掩码、租用期限，以及提供该租用的 DHCP 服务器本身的 IP 地址。

3. IP 租用选择：如果子网还存在其他 DHCP 服务器，那么客户机在接受了某个 DHCP 服务器的 DHCPOFFER 消息后，它会广播一条包含提供租用的服务器的 IP 地址的 DHCPREQUEST 消息，在该子网中通告所有其他 DHCP 服务器它已经接受了一个地址的提供，其他 DHCP 服务器在接收到这条消息后，就会撤销为该客户提供的租用。然后把为该客户分配的租用地址返回到地址池，该地址将可以重新作为一个有效地址提供给别的计算机使用。

4. IP 租用确认：DHCP 服务器接收到来自客户的 DHCPREQUEST 消息，它就开始配置过程的最后一个阶段，这个确认阶段由 DHCP 服务器发送一个 DHCPACK 包给客户，该包包括一个租用期限和客户所请求的所有其他配置信息，至此，完成 TCP/IP 配置。

实训步骤：

1. Console 口配置交换机

1) 通过 DHCP 方式获得 IP 地址之前，应保证当前交换机没有通过 BOOTP 方式获取 IP 地址，如果已经通过了 BOOTP 方式获得配置 IP，则必须先使用命令 no bootp 取消相应的配置，然后再使用 DHCP 方式配置 IP，否则会提示出错。为了保证配置的成功性，我们先在全局配置模式下使用 no bootp 命令来取消 BOOTP 配置，如图 7-25：

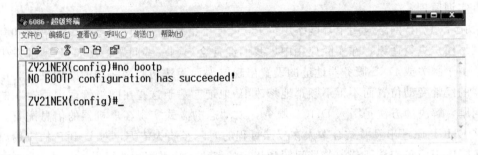

图 7-25

2) 再来使能 DHCP 动态配置交换机 IP 方式。由于前面已经确认取消了 BOOTP 模式配置交换机的 IP 和掩码，我们使用 dhcp 命令就可以使用 DHCP 方式配置交换机 IP，如图 7-26：

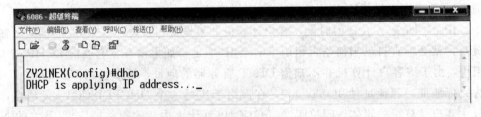

图 7-26

注意：如果交换机和 Internet 相连接，则可显示配置成功，如果交换机没有和 Internet 连接，则配置失败。

3) 使用 show ipaddress 命令查看交换机的 IP 地址，将显示交换机的 IP 地址获取方式，IP 地址，子网掩码，网关地址等信息。在任一模式下执行以下命令 show ipaddress，如图 7-27：

4) 使用 no dhcp 命令就可以取消使用 DHCP 方式配置交换机的 IP，如图 7-28：

2. Telnet 远程配置交换机

1) 为了保证配置的成功性，我们先在全局配置模式下使用 no bootp 命令来取消 BOOTP 配置，如图 7-29：

2) 再使用 dhcp 命令来使 DHCP 方式配置交换机 IP，如图 7-30。

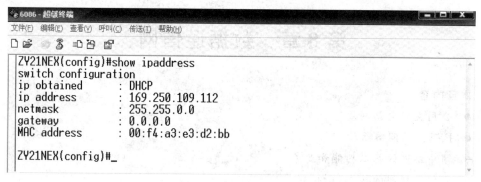

图 7-27

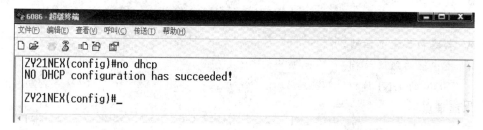

图 7-28

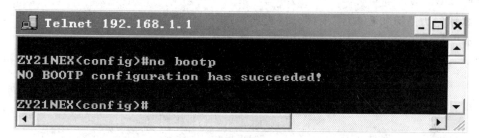

图 7-29

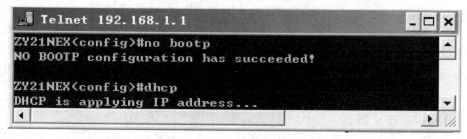

图 7-30

注意：如果交换机和 Internet 相连接，则可显示配置成功，如果交换机没有和 Internet 连接，则配置失败。

3)使用 show ipaddress 命令查看交换机的 IP 地址，在任一模式下执行以下命令 show ipaddress。

4)使用 no dhcp 命令来取消使用 DHCP 方式配置交换机的 IP。

第8章 数据通信网

本章内容

- 公用交换电话网。
- PSTN 的网络结构。
- 帧中继网的基本功能和业务。
- 分组交换网的基本结构。
- 数字数据网。

本章重点

- 本地和长途电话网。
- 帧中继的网络结构。
- ISDN 的 UNI 接口。

本章难点

- X.25 建议。
- DDN 的网络结构。

本章能力目标和要求

- 掌握 PSTN 电话网的基本结构、概念和分类。
- 理解帧中继的原理和特点。
- 掌握 ISDN 的 PRI 和 BRI。
- 掌握分组交换网的 X.25 协议。

▶ 8.1 PSTN 公共电话网

电话网是最早建立起来的一种通信网,自从 1876 年贝尔发明电话,1891 年史端乔发明自动交换机以来,随着先进通信手段的不断出现,电话网已经成为人们日常生活、工作所必需的传输媒体。

8.1.1 PSTN 概述

1. PSTN 的基本概念

公用交换电话网即 PSTN(Public Switched Telephone Network),它是以电路交换为信息交换方式,以电话业务为主要业务的电信网。PSTN 同时也提供传真等部分简单的数据业务。组建一个公用交换电话网需要满足以下的基本要求:

(1)保证网内任一用户都能呼叫其他每个用户,包括国内和国外用户,对于所有用户的呼叫方式应该是相同的,而且能够获得相同的服务质量;

(2)保证满意的服务质量,如时延、时延抖动、清晰度等。话音通信对于服务质量有着特殊的要求,这主要决定于人的听觉习惯;

（3）能适应通信技术与通信业务的不断发展；能迅速的引入新业务，而不对原有的网络和设备进行大规模的改造；以及在不影响网络正常运营的前提下利用新技术，对原有设备进行升级改造；

（4）便于管理和维护：由于电话通信网中的设备数量众多、类型复杂，而且在地理上分布于很广的区域内，因此要求提供可靠、方便而且经济的方法对它们进行管理与维护，甚至建设与电话网平行的网管网。

2. PSTN 的组成如图 8-1 所示。

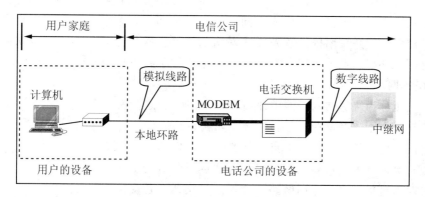

图 8-1   PSTN 的组成

一个 PSTN 网由以下几个部分组成：

（1）传输系统：以有线（电缆、光纤）为主，有线和无线（卫星、地面和无线电）交错使用，传输系统由 PDH 过渡到 SDH、DWDM；

（2）交换系统：设于电话局内的交换设备——交换机，已逐步程控化、数字化，由计算机控制接续过程；

（3）用户系统：包括电话机、传真机等终端以及用于连接它们与交换机之间的一对导线（称为用户环路），用户终端已逐步数字化、多媒体化和智能化，用户环路数字化、宽带化；

（4）信令系统：为实现用户间通信，在交换局间提供以呼叫建立、释放为主的各种控制信号。

PSTN 网的传输系统将各地的交换系统连接起来，然后，用户终端通过本地交换机进入网络，构成电话网。

3. PSTN 的分类

按所覆盖的地理范围，PSTN 可以分为本地电话网、国内长途电话网和国际长途电话网。

（1）本地电话网：包括大、中、小城市和县一级的电话网络，处于统一的长途编号区范围内，一般与相应的行政区划分相一致；

（2）国内长途电话网：提供城市之间或省之间的电话业务，一般与本地电话网在固定的几个交换中心完成汇接。我国的长途电话网中的交换节点又可以分为省级交换中心和地（市）级交换中心两个等级，它们分别完成不同等级的汇接转换；

（3）国际长途电话网：提供国家之间的电话业务，一般每个国家设置几个固定的国际长途交换中心。

4. PSTN 网络的特征

PSTN 网是一个设计用于话音通信的网络，采用电路交换与同步时分复用技术进行话音传输，PSTN 的本地环路级是模拟和数字混合的，主干级是全数字的；其传输介质以有线为主。

8.1.2 PSTN 的网络结构

在一个通信网内，有不同类型的用户设备、控制方式各异的交换机，传输系统也有多种形式，它们结合在一起构成不同结构的通信网。在数学上可以用连线和节点来表示其结构模型，并且用拓扑学来描述网络的特性。网的形式很多，有网状网、星状网、复合网、环型网和总线型网等，在电话网中，前三种使用最多。

1. 网状网

网状网也称为直达式网，网中任何两点（交换点）之间都互相直接连通，不需经其他点（局）转接，如图 8-2 所示。

网状网的优点是：每个交换点之间都有直达电路，信息传递迅速；灵活性大，可靠性高。当任意两点间的直达链路出现故障时，可提供多个迂回链路，确保通信畅通；各交换点不需要汇接交换功能，可降低设备性能及费用。缺点是：链路数较多，增加了网的基建投资和维护费用；在通信业务量较小的情况下，电路利用率较低。这种网一般是在交换局数较少、相互间又有足够的通信业务量的情况下采用。在市内电话通信网中，较多采用这种形式的网结构。

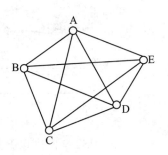

图 8-2　网状网

2. 星状网

这种网是在某地区中心设置一个中心交换局（汇接局），该地区内其他各交换点（端局）至中心交换局之间都设有直达链路，构成辐射状的网结构，故又称为辐射式网。星状网如图 8-3 所示。

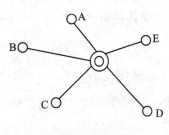

图 8-3　星状网

该网的优点是：结构简单，链路数少，使建网投资及维护费用较少；由于各点之间通信均需经过中心交换局，所以提高了链路利用率。缺点是：可靠性低，无迂回线路。如某一链路发生故障，该局就无法与其他点通信，特别是若中心交换局出了故障，则整个通信网将陷于瘫痪状态。另外，当中心交换局负荷过重时，将影响传递速度。

这种网的结构适用于交换点比较分散、距离远、互相之间业务量不大且部分通信都往来于中心交换局之间的地区，如中央到各省、各省到中央等。

3. 复合网

这种网是由以上两种网复合而成。该网以星状网为基础，在通信量较大的地区间构成网状网。复合网又称为汇接辐射式网，如图 8-4 所示。

图中，A、B、C 分别为三个地区的中心交换局，它们之间构成了网状网，在这三个地区内，分别以它们为中心点连接本地内的各交换点。复合网吸取了上述两类网的

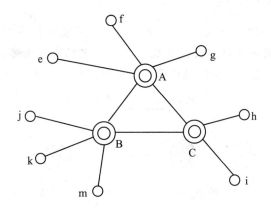

图 8-4　复合网

优点，比较经济合理且有一定的可靠性，是目前构成电话长途通信网的最基本形式。

8.1.3　本地电话网

本地电话网是指在一个统一号码长度的编号区内，由若干个端局(或者由若干个端局和汇接局)、局间中继线、长、市中继线，用户线以及用户端接设备所组成的电话网路。本地电话网的主要特点是在一个长途编号区内只有一个本地网，同一个本地网的用户之间呼叫只拨本地电话号码，而呼叫本地网以外的用户则需按长途程序拨号。在组建本地网，确定网路的等级结构、交换中心设置时，必须要按长远发展规划的要求，对市、农电话统一组网。

端局，就是通过用户线路直接连接用户的交换局，仅有本局交换功能和来去话务功能。根据组网需要，端局以下还可以是远端用户模块、用户集线器和用户交换机(PABX)等用户装置。根据端局设置的地点，可分为市内端局、县(市)级卫星城镇端局、农村乡和镇端局，它们的功能完全一样，并统称为端局。

除了端局外，本地网中可根据需要设置汇接局，在本地网中负责转接端局之间(也可以汇接各端局至长途)的话务中心。若有的汇接局还负责疏通用户的来去话务，即兼有端局功能，则称为混合汇接局，在本地网中汇接局是端局的上级局。

由于各地区经济、政治的发展，以及由此而产生的话务量流向的不同，本地电话网可分为三种类型。

1. 市内电话网

当长途编号范围仅限于城市，而不包括郊区和农村时，称为市内电话网。市内电话网根据规模可分为单局制市话网和多局制市话网。多局制市话网又可分为多局分局制市话网和多局汇接制市话网，其结构分别如图 8-5 和 8-6 所示。

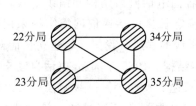

图 8-5　多局分局制市话网络结构

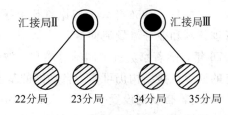

图 8-6　多局汇接制市话网络结构

2. 农村电话网

当一个本地电话网的服务区域只包含县城城区及农村范围时，称为农村电话网。农村电话网可以设置县城端局、农话端局、农话汇接局等，为多局汇接制网络，其网络结构如图 8-7 所示。端局较少时也可以不设汇接局而建立多局分局制或单局制网络。

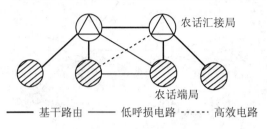

农话汇接局

农话端局

—— 基干路由 —— 低呼损电路 ····· 高效电路

图 8-7　农村电话网的网络结构

3. 大中城市本地网

当一个长途编号的服务范围包含大、中城市市区及其管辖的卫星城镇、郊县县城和农村时，需要构建大中城市本地网。这种本地网可设置市话端局、卫星城镇端局、县城端局及农话端局，并可根据需要设置市话汇接局、郊区汇接局、农话汇接局，建成多局汇接制网络，其结构如图 8-8 所示。

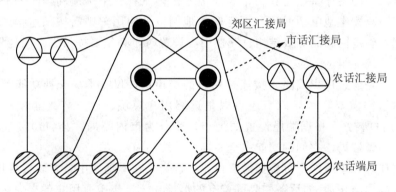

郊区汇接局

市话汇接局

农话汇接局

农话端局

图 8-8　大中城市本地网的网络结构

8.1.4 国内长途电话网

国内长途电话网是指全国各城市间用户可进行长途通话的电话网，网中各城市都设一个或多个长途电话局，各长途局间由各级长途电路连接起来。

1. 长途电话网的网络结构

解放初期，我国根据业务需要初步建成以明线，短波为主的长途电话通信网。省会到市、县要经多次转接，有的还要利用干线开口开通，不仅远距离通话困难，而且严重影响传输质量。1956 年，原邮电部研究了各国电话网络结构和组织形式，结合我国国家管理体制和业务流量流向等具体情况，确定长途电话通信网络结构采用四级汇接制。1976 年，随着京沪杭中同轴电缆和微波干线的建成，我国开始建立长话自动网，确定原有的四级汇接结构仍可作为自动网的基本结构。1985 年部颁《电话自动交换网技术体制》中规定，自动网设置一、二、三、四级长途交换中心。一级交换中心之间相互连接，构成网状网；以下各级交换中心逐级汇接，根据业务流量和经济合理的原则，组织一定数量的横向或斜向直达电。全网的组织不受行政区划限制，统盘考虑。全国设置 6 个一级交换中心和 4 个一级辅助交换中心（C1），它们分别是设立于全国六大行政区中心城市的长途大区中心局，即华北的北京、东北的沈阳、华东的南京、中南的武汉、西南的成都、西北的西安，四个辅助中心局，位于天津、重庆、广州和上海；二级交换中心 C2 为省中心；三级交换中心 C3 为地区中心；四级交换中心 C4 为县中心。四级电话网的结构如图 8-9 所示。

四级网的优点是等级结构分明，充分利用较为紧张的电路资源，在电话网发展初期发挥了重要作用。但由于增加了网络转接次数，故可靠性差，接通率低，严重制约着集中监控、集中维护和集中管理的推进，全网优化工作困难。

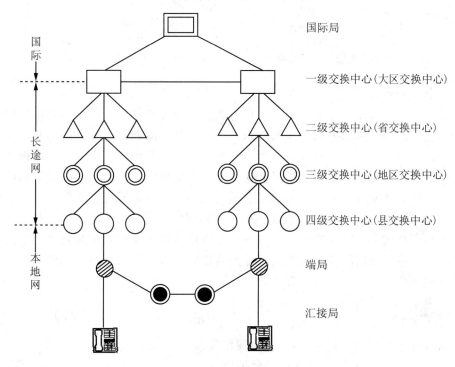

图 8-9　四级长途电话网结构

2. 长途网的发展趋势

近年来，我国国内长途电话网由四级网体制开始向两级网的体制过渡。过渡过程是逐步实现的，即在四级电话网中，先将 C3 和 C4 合并，形成扩大了的本地网。下一步是继续合并较低等级的交换中心，过渡到三级网（两级长途网），最终，我国电话网将演变成由一级长途网和本地网组成的二级网络结构，如图 8-10 所示。那时，我国将实现长途无级网。我国的电话网将由三个平面——长途电话网平面、本地电话网平面和用户接入网平面组成，如图 8-11 所示。在这种结构中，长途网采用动态路由选择，本地网也可以采用动态路由选择，而用户接入网将采用环形网并实现光纤化和宽带化。

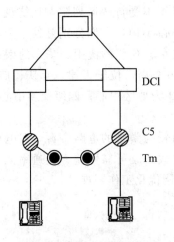

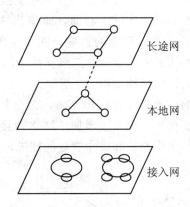

图 8-10　两级电话网结构图　　　　图 8-11　三平面电话网结构

8.1.5　国际电话网

国际交换中心又称国际出入口局，它的任务是连通国际电话网和国内电话网。国际电话网的特点是通信距离远、多数国家之间不邻接。因此，国际电话网是一个覆盖范围更大、用户相距更远的电话通信网，它实际上是由各国的国内长途电话网互连而成。每个国家的长途电话网中都有一个或几个长途交换中心直接与国际电话网的国际出入口局连接，完成国际电话的接续。国际电话网由各国（或地区）的国际交换中心（ISC）和若干国际转接中心（ITC）组成。国际电话网的传输手段多数是使用长中继无线通信、卫星通信或海底同轴电缆、光缆等；在通信技术上广泛采用高效多路复用技术以降低传输成本；采用回音抑制器或回音抵消器以克服远距离四线传输时延长所引起的回声振鸣现象。

国际电话网采用树形分层结构，由三级国际交换转接局 CT1、CT2、CT3 构成，如图 8-12 所示，一级国际交换中心 CT1 在全球按地理位置设置共有 7 个，采用分区汇接的方式，分别负责一个洲或洲内一部分范围的话务交换和接续任务，CT1 之间采用网状的方式。二级国际交换中心 CT2 负责所在 CT1 区域内一部分范围的话务交换和接续任务，CT2 可以是一个国家。三级国际交

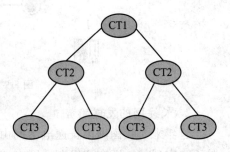

图 8-12　国际电话网结构

换中心 CT3 通常作为国内网的国际出入局，负责国内与国际电路的交换和接续，各个国家的国际电话局一般为 1 到多个，领土较大的国家和国际话务量的较多的国家可设置多个 CT3 局。CT3 与各国国内长途电话网络的交换中心相连，形成了一个覆盖全球的电话通信网。我国设有三个国际交换中心，即三个 CT3。这三个国际交换中心分别设置在北京、上海、广州，这三个国际交换中心以网状网方式相连，三个国际交换中心均具有转接和终端话务的功能。

三个国际交换中心对国内的国际话务采用分区汇接的方式。三个国际交换中心与各大区 C1 之间均设有低呼损电路群与之直接相连，与它所管辖汇接区内的 C2 之间设

置了低呼损电路群，并且与汇接区内的一些经济发达城市、旅游地区、港口城市等所在地区的长途交换中心设置高效或低呼损电路群。例如，北京国际交换中心与现有大区中心的 C1，与北京、沈阳、西安大区所属的 C2，以及相应的经济发达城市、旅游地区、港口城市等所在的长途交换中心相连。上海国际交换中心与现有大区中心的 C1，与上海、南京、武汉、成都大区所属的 C2，以及相应的经济发达城市、旅游地区、港口城市等所在的长途交换中心相连。广州国际交换中心与现有大区中心的 C1，与广州大区内的长沙、南宁、海口的 C2，以及相应的经济发达城市、旅游地区、港口城市等所在的长途交换中心相连。随着国内电话网由 5 级到 2 级再到无级网络的发展，现有国际电话接续网络结构也在发生着变化。

▶ 8.2　ISDN 综合业务数据网

1. ISDN 概念

综合业务数字网 ISDN 是一种基于公共电话网的数字化网络系统。一直以来，电话通信使用的都是模拟连接方式，而 ISDN 是第一部定义数字化通信的协议，该协议支持标准线路上的语音、数据、视频、图形等的高速传输服务。ISDN 的承载信道（B 信道）负责同时传送各种媒体，占用带宽为 64kbps（有些交换机将带宽限制为 56kbps）。数据信道（D 信道）主要负责传输信令，传输速率从 16kbps 到 64kbps 不定，这主要取决于服务类型。ISDN 不受公共电话网络的限制，其传输还可以通过分组交换网络、telex、CATV 网络等完成。ISDN 有两种基本服务类型：

基本速率接口（BRI：Basic Rate Interface）：由两个 64kbps 的 B 信道和一个 16kbps 的 D 信道构成，总速率为 144kbps。该服务主要适用于个人计算机用户。telco 提供的 U 接口的 BRI 支持双线、传输速率为 160kbps 的数字连接。通过回波消除操作降低噪音影响。各种数据编码方式（北美使用 2B1Q，欧洲国家使用 4B3T）可以为单向本地环路提供更高的数据传输率。

主要速率接口（PRI：Primary Rate Interface）：能够满足用户的更高要求。典型的 PRI 由一个 23kbps 的 B 信道和一个 16kbps 的 D 信道构成，总速率为 1536kbps。在欧洲，PRI 由 30kbps 的 B 信道和一个 64kbps 的 D 信道构成，总速率为 1984kbps。通过 NFAS（Non-Facility Associated Signaling），PRI 也支持具有一个 64kbps D 信道的多 PRI 线路。

CCITT（即 ITU-T）研究组于 1984 年首次推出了一组 ISDN 推荐协议。在此之前，各个地区都有各自的 ISDN 版本。代码设置机制建立国家专用信息单元（nation-specific information elements）以支持各个地区使用数据结构内自己的信息单元。其中通用的一种国家专用 ISDN 单元为 National ISDN，由 Bellcore 提出，适用于美国。National IS-DN 中包含四种专用网络信息类型，它不包含任何单个八位信息单元。与其他信息单元相比，National ISDN 中增加了 SEGMENT、FACILITY 和 REGISTER 信息类型以及分段信息和扩展功效信息单元，此外也改变了一些字段值意思，并增加了一些新字段值。

2. ISDN 的特性

从上述 ISDN 的定义中,可以看出其所具有的三个基本特性:端到端的数字连接、综合的业务和标准的入网接口。

(1)端到端的数字连接。ISDN 是一个数字网,网上所有的信息均以数字形成进行传输和交换,无论是语音、文字、数据还是图像,事先都是在终端设备中被换成数字信号,经 ISDN 网的数字信息传输到接收方的终端设备后,再还原成原来的语言、文字、数据或图像。

(2)综合的业务。从理论上说,任何形式的原始数据,只要能转换成数字信号,都可以通过 ISDN 进行传输和交换,其典型业务有语音电话,电路交换数据 \ 分组交换数据 \ 信息检索 \ 电子信箱 \ 电子邮箱 \ 智能电报,可视电话,电视会议 \ 传真 \ 监视等。数据传输速率不超过 N * 64kbps(N 为 1-30)的业务,可以采用窄带 ISDN(N-IS-DN);对于需要更高数据传输速率的业务,则应采用宽带 ISDN(B-ISDN)。

(3)标准的入网接口。ISDN 向用户提供一组标准的多用途网络接口,所谓"多用途",是指入网接口对各类业务都是通用的,也即不同的终端可以经过同一个接口接入网络。

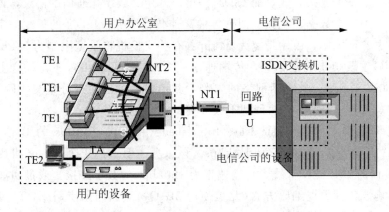

图 8-13 ISDN 设备

3. ISDN 的设备

ISDN 设备如图 8-13 所示,主要包括有:

- 1 类终端设备(TE1),与 ISDN 网络兼容的设备,可直接连接 1 类网络终结设备 NT1 或 2 类网络终结设备 NT2。通过 4 根(2 对)数字线路连接到 ISDN 网络。

- 2 类终端设备(TE2),与 ISDN 网络不兼容的设备。连接 ISDN 网时需要使用终端适配器 TA。

- 终端适配器(TA),把非 ISDN 设备的信号转换成符合 ISDN 标准的信号。可以是一个单独的设备,也可以安装在 TE2 内。

- 1 类网络终结设备(NT1),用户端网络设备,与 4 线的 ISDN 用户线或传统的 2 线用户环路连接。一般由电信公司提供,是 ISDN 网络的一部分。物理层设备。NT1 的用户端接口可支持连接 8 台 ISDN 终端设备。

- 2 类网络终结设备(NT2),位于用户端的执行交换和集中功能的一种智能化设备(可提供 OSI/RM 的第 2、3 层服务)。如小型的数字程控交换机 PBX。大型用户终端数量多，需要使用 NT2 做交换连接。

4. ISDN 参考点

ISDN 网络中不同设备之间连接的规范。

U 参考点：NT1 与电信公司 ISDN 交换机间的连接点。

T 参考点：NT1 到用户设备之间的连接点。

S 参考点：NT2 与 TE1/TA 之间的连接点。

R 参考点：TE2 与 TA 之间的连接点。

5. ISDN 的用户－网络接口

ISDN 系统结构主要讨论用户和网络之间的接口，该接口也称为数字管道。用户－网络接口是用户和 ISDN 交换系统之间通过比特流的"管道"，无论数字来自数字电话、数字终端、数字传真还是任何其他设备，它们都能通过接口双向传输。

用户网络接口用比特流的时分和复用技术支持多个独立的通道。在接口规范中定义了比特流的确切格式及比特流的复用。CCITT 定义了两种用户－网络接口的标准，它们是基本速率接口 BRI（Basic Rate ISDN）和一次群（基群）速率接口 PRI（Primary Rate ISDN）。

基本速率接口 BRI 是将现有电话网的普通用户线作为 ISDN 用户线而规定的接口，是最常用的 ISDN 用户－网络口。BRI 接口提供了两路 64kbps 的 B（载荷）和一路 16kbps 的 D（信令）通道，即 2B＋D，用户能利用的最高传输速率为 $64 \times 2 + 6 = 134$kpbs。B 信道用于传输语音和数据，可以与任何电话线一样连接。D 信道用于发送 B 信道使用的窄信号（即信令）或用于低速的分组数据传输。BRI 一般用于较低速率的系统中，如图 8-14 所示。

一次群速率接口 PRI 有两种：一种 PRI 接口提供 30 路 64kbps 的 B 信道和一路 64kbps 的 D 信道，即 30B＋D，其传输速率与 2.048Mbps 的脉码调制（PCM）的基群相对应；另一种 PRI 接口提供 23 路 64kbps 的 B 信道和一路 64kbps 的 D 信道，即 23B＋D，其传输速率与 1.544Mbps 的 PCM 基群相对应。同样，B 信道用于传输语音和数据。D 信道用于发送 B 信道使用的控制信号或用于用户分组数据传输。PRI 一般用于需要更高速率的系统中。

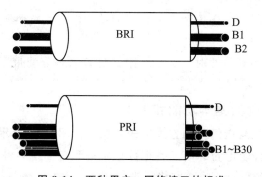

图 8-14　两种用户—网络接口的标准

▶ 8.3 FR 帧中继网

8.3.1 帧中继技术的基本概念

帧中继(Frame Relay)是分组交换技术的新发展,它是在通信环境改善和用户对高速传输技术需求的推动下发展起来的。帧中继仅完成 OSI 层核心层的功能,将流量控制、纠错等留给智能终端去完成,大大简化了节点之间的协议。同时,帧中继还采用虚电路技术,可充分利用网络资源,因而帧中继具有吞吐量高、时延低,适合突发性业务等特点。帧中继技术主要应用在广域网(WAN)中,其支持多种数据型业务(如局域网互联、远程计算机辅助设计和辅助制造的文件传送、图像查询、图像监视和会议电视等)。如图 8-15 所示,局域网(LAN)互联、计算机辅助设计(CAD)和计算机辅助制造(CAM)、文件传送、图像查询业务、图像监视等。

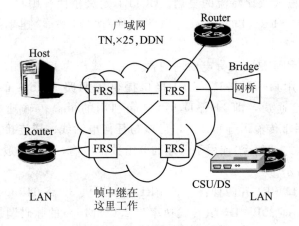

图 8-15 帧中继应用与广域网

帧中继技术适用于以下三种情况:

1. 当用户需要数据通信,其带宽要求为 64kbps-2Mbps,而参与通信的各方多于两个的时候使用帧中继是一种较好的解决方案。

2. 通信距离较长时,应优选帧中继。因为帧中继的高效性使用户可以享有较好的经济性。

3. 当数据业务量为突发性时,由于帧中继具有动态分配带宽的功能,选用帧中继可以有效地处理突发性数据。

8.3.2 帧中继网的基本功能和业务

帧中继在 OSI 第二层以简化的方式传送数据,如图 8-16 所示,仅完成物理层和链路层核心层的功能,智能化的终端设备把数据发送到链路层,并封装在 LAPD 帧结构中,实施以帧为单位的信息传送。网络不进行纠错、重发、流量控制等。

帧不需要确认,就能够在每个交换机中直接通过,若网络检查出错误帧,直接将其丢弃;一些第二、三层的处理,如纠错、流量控制等,留给智能终端去处理,从而简化了节点机之间的处理过程。

帧中继承载业务有下列特点：

1. 全部控制平面的程序在逻辑上是分离的；

2. 第一层（物理层）的用户平面程序使用 I.430/I.431 建议，第二层（链路层）的用户平面程序使用 Q.922 建议的核心功能，能够对用户信息流量进行统计复用，并且可以保证在两个 S 或 T 参考点之间双向传送的业务数据单元的顺序。

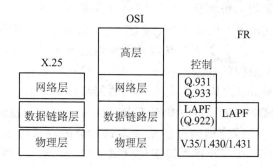

图 8-16　FR 的协议层次与 OSI/RM 的对应关系

3. 帧中继技术主要用于传递数据业务，它使用一组规程将数据信息以帧的形式（简称帧中继协议）有效地进行传送。它是广域网通信的一种方式。

4. 帧中继协议是对 X.25 协议的简化，因此处理效率很高，网络吞吐量高，通信时延低，帧中继用户的接入速率在 64kbps～2Mbps 之间，甚至可达到 34Mbps。

5. 帧中继的帧信息长度远比 X.25 分组长度要长，最大帧长度可达 1600 字节/帧，适合于封装局域网的数据单元，适合传送突发业务（如压缩视频业务、WWW 业务等）。

需要特别介绍的是帧中继的带宽控制技术，这是帧中继技术的特点和优点之一。在传统的数据通信业务中，特别像 DDN，用户预定了一条 64k 的电路，那么它只能以 64kbps 的速率来传送数据。而在帧中继技术中，用户向帧中继业务供应商预定的是约定信息速率（简称 CIR），而实际使用过程中用户可以以高于 CIR 的速率发送数据，却不必承担额外的费用。举例来说，一个用户预定了 CIR＝64kbps 的帧中继电路，并且与供应商鉴定了另外两个指标，Bc（承诺突发量）、Be（超过的突发量），当用户以等于或低于 64kbps 的速率发送数据时，网络定将负责地传送，当用户以大于 64kbps 的速率发送数据时，只要网络有空（不拥塞），且用户在一定时间（Tc）内的发送量（突发量）小于 Bc＋Be 时，网络还会传送，当突发量大于 Bc＋Be 时，网络将丢弃帧。所以帧中继用户虽然付了 64kbps 的信息速率费（收费依 CIR 来定），却可以传送高于 64kbps 的数据，这是帧中继吸引用户的主要原因之一。

帧中继网络通过为用户分配带宽控制参数，对每条虚电路上传送的用户信息进行监视和控制，实施带宽管理，以合理地利用带宽资源。

帧交换承载业务的基本特征与帧中继业务相同，其全部控制平面的程序在逻辑上是与用户面相分离的，而且物理层用户面程序使用 I.430/I.431 建议，链路层用户平面程序使用 I.441 建议的核心功能，能够对用户信息流量进行统计复用，可以保证在两个 S 或 T 参考点之间双向传送的业务数据单元的顺序。帧交换承载业务主要完成下列功能：

1. 提供帧的证实传送；
2. 对传输差错、格式差错和操作差错进行检测；
3. 对丢失的帧或重复的帧进行检测和恢复；
4. 提供流量控制。

8.3.3 我国的帧中继网

我国帧中继业务采用二级网络结构，即国家骨干网、省内网和本地网。国家骨干网由各省会城市、直辖市节点组成，覆盖全国 31 个城市，其中北京、上海、广州、沈阳、武汉、南京、成都、西安 8 个节点为骨干网枢纽节点，负责汇接、转接骨干节点的业务并负责省内和本地网的业务。在建网初期，除完成上述任务外，还可直接接入帧中继用户。骨干枢纽节点之间采用完全网状的网络结构。网内其他骨干节点之间近期采用不完全的网状网络结构，每个骨干节点至少与两个骨干枢纽节点相连。随着业务的不断发展，骨干网的网络结构可逐渐过渡到完全的网状网络结构。全网在北京、上海建立国际出入口局，在广州建立港澳地区出入口局，负责国际业务和港澳业务的转接。

我国的帧中继网，即中国公用帧中继宽带多业务网（一期工程）在全国 21 个省、市中心城市及网络管理中心（北京）设置节点，采用美国凯讯（CASCADE）通信公司的帧中继交换机 B-STDX9000 和 ATM 交换机 CASCADE500 组网。全网配置 B-STDX9000 帧中继交换机 22 部，CASCADE500 ATM 交换机 22 部。全网共有 2168 个端口，其中，中继端口 1248 个，用户端口 920 个。考虑到网络向高速多业务网发展，在每个节点都设置了 B-STDX9000 帧中继交换机和 CASCADE500 ATM 交换机。每个节点的中继都由 CASCADE 500ATM 交换机对外开放 ATM 业务。B-TDX9000 主要要用于帧中继业务及采用内置的帧中继接入设备 CFRAD）来接入非帧中继业务。它与 CASCADE 500ATM 交换机间通过 E_3 中继链路相连，将帧中继业务转换为 ATM 信元并通过 ATM 中继链路在网内传送。这样的网络层次既缩短了网内多业务的传送时延，又能在网内每个节点开放 ATM 业务，并易于全网向 ATM 过渡。

全网在数据通信局内设置一套集中的网管系统（一主一备），它的硬件系统由 SUN 服务器、镜像磁盘阵列、路由器等构成；软件系统由 CASCADEVIEW，HP OPEN-VIEW，SUN Solaris，SYBASE 等构成。网管系统分别通过专线与北京、上海等节点相连。网管中心的主要功能是负责全网的故障监控管理、网络配置管理、网络性能管理、计费管理和安全管理等。它能实时显示全网的网络拓扑结构、电路的连接情况及网络运行情况，并能对所发现的故障进行相应处理。CASCADE500 和 B-STDX9000 的维护终端，负责本节点的日常维护管理工作。

该网络为用户提供基本业务和多项用户的选用业务。其基本业务为帧中继永久虚电路业务（FR-PVC），ATM 永久虚电路业务（ATM-PVC）和 ATM 可交换虚电路业务（ATM-SVC），用户选用的业务主要包括 ATM FUNI、ATM 业务互通（PVC）、ATM 网路互通、PPP 协议与帧中继协议转换、SDLC 协议转换以及内部逻辑中继链路协议等。

8.3.4 帧中继网的发展前景

目前，帧中继可以提供的速率是 1.5-2Mbps，这与 X.25 的 56-64kbps 相比已经提高了许多。帧中继用户论坛正在研讨发展 45Mbps 速率的计划。帧中继最主要的四个特点是传输速率高、网络时延低、在星形和网状网上可靠性高和带宽的利用率高。帧中继特别适用于不能预知的、大容量和突发性的数据业务，如 E-mail（电子邮件）、CAD/LAM 以及客户机/服务器的计算机系统。

当然帧中继尚有两个不足之处，这就是被动的流量控制和缺少对可交换虚电路（SVC）的支持。没有足够的流量控制，帧可能丢失，并必须重新发送，从而增加了拥塞。当路由器和交换机不支持流量控制协议时，路由器就可能送出更多的信息，造成节点拥挤，造成帧丢失。大多数的交换机供应商采用缓存器技术，把过量的数据排队暂存在临时的存储器里。但是，一旦缓存器存满，仍会发生帧溢出和丢弃。所以，如果能解决流量控制，能提供 SVC 业务，帧中继业务将会进一步蓬勃地发展。

另外，帧中继尚不适于传送大容量的（如 100M 以上字节）文件，多媒体文件或业务连续的应用（如软件的合作开发）场合，像这样的应用，ATM 更为合适。

帧中继与 ATM 一样采用统计复用方式，可以有效地利用带宽，不同的是 ATM 以信元为单位传递信息，并且具有先进的业务管理机制、复杂的链路连接方式、更加完善的控制和管理层功能。ATM 能提供 PVC 和 SVC 业务。由于帧中继技术还存在不足之处，人们把目光转到了 ATM 技术，这两项技术的结合可能弥补帧中继的不足，满足大多数用户的业务需求。当前世界上已经提供业务或正准备提供业务的网络中，绝大多数都采用了这种帧中继与 ATM 相互结合的技术。前面介绍的中国公用帧中继宽带多业务网也基于这种技术。帧中继业务近年来在北美、欧洲发展迅速，市场总销售额都以年均 100％ 以上的速度增长。帧中继业务快速发展的推动力来自帧中继在局域网（LAN）互联方面的应用，而 LAN 互联的潜在市场巨大。例如，欧洲有 35 万家企业拥有分支机构，其中拥有内部 LAN 的超过 50，并且这个数字还在快速增长。其中已经实现将分支机构乃至部门的 LAN 互联起来的企业不到 10％，而互联则是必然趋势。企业之间、行业之间、客户与供应商之间也还存在互联的要求。另外，传统的专线连接方式，在相同带宽的情况下，专线的价格几乎是帧中继的两倍，这也是帧中继得以快速发展的原因。

▶ 8.4　分组交换网

8.4.1　分组交换网的概念

分组交换也称包交换，它是将用户传送的数据划分成多个更小的等长部分，每个部分叫做一个数据段。在每个数据段的前面加上一些必要的控制信息组成的首部，就构成了一个分组。首部用以指明该分组发往何地址，然后由交换机根据每个分组的地址标志，将他们转发至目的地，这一过程称为分组交换。进行分组交换的通信网称为分组交换网。分组交换实质上是在"存储—转发"基础上发展起来的。

计算机通信的特点是传送信息的突发性，信息的传送希望在短时间内完成。分组交换方式的动态复用信道特性非常适合计算机通信，因此分组交换网得到了迅速发展，当前已开通世界范围的分组交换数据网。

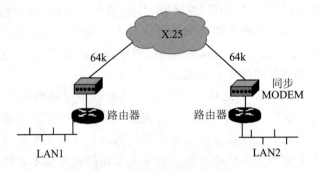

图 8-17　X.25 网络的连接

分组交换网的基本结构如图 8-17 所示。通常采用分级结构，根据业务流量、流向和行政地区设立各级分组交换中心。一级交换中心可用中转分组交换机或中转与本地合一的分组交换机。一级交换中心相互连接构成的网通常称为骨干网。一级中心一般设在大中城市。由于大中城市之间的业务量一般较大，且各个方向都有，所以骨干网一般采用全连通的不完全网状网的拓扑结构。一级以下的交换中心一般设在中小城市。由于中小城市间业务量一般较少，而它与大城市之间的业务量一般较多，所以它们之间一般采用星状拓扑结构，必要时也可采用不完全网状拓扑结构。分组交换网由分组交换机、网络管理中心、远程集中器与分组装拆设备、分组终端和传输信道等组成。

8.4.2　分组交换网的主要设备

1. 分组交换机

分组交换机是分组数据网的枢纽。根据交换机在网中所处地位的不同，可分为中转交换机和本地交换机。前者容量大，每秒能处理的分组数目多，所有通路端口都是用于分组交换机之间互联的中继端口，为此该机的路由选择功能强，能支持的线路速率高；后者通信容量小，每秒能处理的分组数目少，绝大部分的线路端口为用户端口，主要接至用户数据终端，只允许一个或几个通路端口作为中继端口接至中转交换机，它具有本地交换的功能，所以它们无路由选择功能或仅有简单的路由选择功能。有时，为了网络的灵活，把上述两种交换机功能合二为一，称为本地与中转合一的分组交换机，它既有中转交换机的功能，又有用户端口。分组交换机主要有下列功能：

1) 其支持网络的基本业务(虚呼叫、永久虚电路)及补充业务，如闭合电路群、快速选择、网络用户识别等；

2) 其可进行路由选择，以便在两个 DTE 之间选择一条较合适的路由；进行流量控制，以使不同速率的终端也能进行互相通信；

3) 其可实现 X.25、X.75 等多种协议；

4) 其可完成局部的维护、运行管理、报告与诊断、计费及一些网络的统计等功能。

2. 网管中心

为了使全网有效协调地运行，甚至在网络中发生故障时仍能正常运行，同时也为网络管理者和用户提供友好与方便的服务，全网设立网络管理中心（NMC）。网络管理有两种方式，即集中管理和集中与分散相结合管理。集中管理方式适合于网络规模较小场合，全网只设一个网管中心。网络规模较大时采用集中与分散相结合的管理方式，如图 8-18 所示。这种方式中，全网设立一个全网管理中心（NMC-C）及若干个区域网络管理中心（NMC-R）。通过 NMC-C 可管理全网的骨干网及各区域的 NMC-R，但它可以通过相关命令了解全网运行情况及有关信息。若网中某个 NMC-R 发生故障时，可由 NMC-C 或另外的 NMC-R 代替其工作。

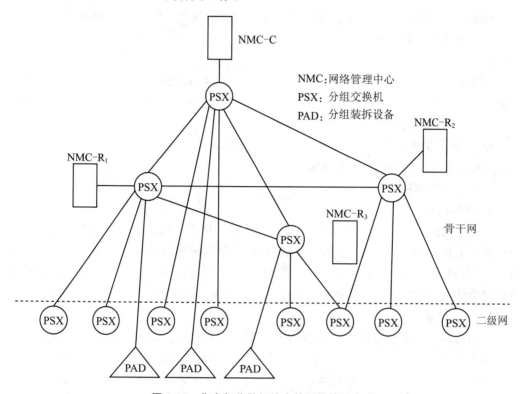

图 8-18　集中与分散相结合的网络管理方式

网络管理中心的功能一部分由该设备自动完成；另一部分通过操作员终端由人工对网络进行管理与控制。其主要功能有：

　　1）网路配置管理与用户管理；

　　2）日常运行数据的收集与统计；

　　3）路由选择管理；

　　4）NMC 通过网络对各交换机软件加载及修改；

　　5）网络监测、故障告警与网络状态显示；

　　6）计费管理。

3. 分组装拆设备和远程集中器

计算机和智能终端与分组网之间的接口是按 ITU-TX.25 建议实施的，它们都称为分组终端。对于较简单的异步字符终端（无 X.25 接口的终端），可通过分组装拆设备（PAD）接入分组网内。

　　1）分组装拆设备（PAD）

PAD 可以安装在分组交换机内，也可设在远离分组交换机的地方，采用 X.25I 协议接至分组交换机，PAD 主要有两个功能：

a)规程转换功能

PAD 可把非分组终端的简单接口规程与 X.25 协议进行相互转换。完成字符的组装和分组的拆卸。

b)数据集中功能

PAD 可把各终端的字符数据流组成的分组,按照 X.25 协议在 PAD 至分组交换机的中、高速线路上交织复用。

2)远程集中器(RCU)

RCU 的功能介于分组交换机与 PAD 之间,也可将其理解为 PAD 的功能与容量的扩充。它不仅允许非分组终端接入(通过 RCU 内的 PAD),也允许分组终端接入(通过 RCU 的 X.25 同步端口)。

RCU 的主要功能有两项:

a)数据集中功能和规程转换功能

b)本地交换功能

4. 分组终端

具有 X.25 协议接口的分组终端是能接入分组数据交换网的数据通信终端设备。它可以是一个独立的设备,也可以在个人计算机(PC)的插槽内插入一块通信接口板并配有 X.25 软件所构成。分组终端是具有 X.25 接口的设备总称。一般分组终端都有基本的键盘会话、文件传送、支持多用户操作、支持多窗口和友好的人—机界面等功能。

5. 传输信道

传输信道是构成分组数据交换网的主要组成部分之一。交换机之间的传输信道主要有两种形式,一种是 PCM 数字信道;另一种是模拟信道加调制解调器构成的信道。用户线路也有两种形式,一种是数字信道;另一种是市话线路加装调制解调器构成的信道。

8.4.3 X.25 建议

ITU-T 的 X.25 建议即"用专用电路连接到公用数据网上的分组式数据终端设备(DTE)与数据终接设备(DCE)之间的接口",是分组数据交换网中最重要的协议之一,有人把分组数据交换网简称为 X.25 网。

1. X.25 结构

X.25 建议明确规定 DTE 与 DCE 之间的接口。DTE 是用户终端设备的总称。在电话交换网的数据通信系统中,DCE 是一个信号变换设备。因此如 DTE 与交换节点之间的传输信道采用模拟信道,那么 DCE 也把用户连接到远端交换节点的调制解调器包括在内。X.25 包含二个不同的、独立的层,相应于开放系统互连七层模型中下面二层所规定的具体内容,即规定了 DTE 与 DCE 同层之间交换信息的防议。从高层来的信息在 X.25 的第二层一般分为 128 字节(八位)的数据块,并在其前面加上分组标题而成为一个分组,在该层作适当处理后送往 X.25 的第一层,分组在该层进行处理,加上 HDLC 标题、FCS 以及 01111110 帧标志构成一帧,送往 X.25 的第一层,最后送往线路进行传输。

实际信息是从同一系统的高层到低层及低层到高层传送的,但逻辑上按开放系统互联层次模式的概念，信息是两个系统的同等层之间传送的。

2. X. 25 第一层的 X. 21

ITU-T 的 X. 21 建议规定了在公用数据网外采用同步工作方式的 DTE 与 DCE 之间的通用接口，它是以数字传输链路作为基础而制定的。DCE 装设在用户处，DTE 与 DCE 的接口如图 8-19 所示。

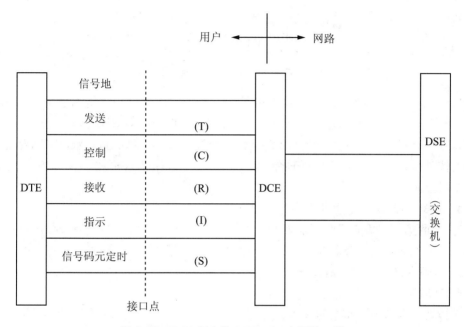

图 8-19 X. 21 规定的 DTE-DCE 主要接口线

DTE-DCE 之间的主要接口线有 6 条，发送线 T 用于发送数据，接收线 R 用于接收数据，控制线 C 用于显示传统的摘机/挂机状态，指示线 I 用于显示数据传送阶段开始与结束，信号码元定时线 S 用于 DCE 向 DTE 提供码元定时，以便使 DTE 与 DCE 实现码元同步。

DTE 与 DCE 之间的数据通信分为三个时间阶段，即空闲阶段（DTE 待用）、控制阶段（呼叫的建立和拆除）和数据传送阶段。这三个阶段由 C 线和 I 线加以指示。在数据传送阶段，X. 21 接口可提供比特序列的数字传送。在采用调制解调器的模拟传输线路或使用具有 V 系列接口的 DTE 情况下，可采用 X. 21 建议，这时 DTE 与 DCE 的接口实际采用 V. 24 建议。

3. 第二层的 LAPB 及 MLP

X. 25 中的 LAPB 就是 HDLC 中的异步平衡方式。多链路规程 MLP 是 ITU-T（原 CCITT）1984 年在 X. 25 中新加的内容。一条链路最多可存在 4096 条逻辑信道，实际上，当链路传输速率较低时达不到这个上限。要增加实际的逻辑信道数及通过链路的业务量，可提高链路的传输速率，但有时受到链路传输能力的限制，必须更换更高容量的传输链路，这会使得扩容不方便。为了提高 DTE 和 DCE 之间的传输能力，增加传输的可靠性，并使扩容简单，因此便产生了 MLP，多链路是指多条链路平行工作，一般用多条物理链路，所以一条链路出故障只影响局部工作。MLP 的基本原理是把传送的分组分散通过多个 LAPB 的单链路，为了能在接收站正确排序，必须要在原 LAPB 的单链路帧上加上多链路控制字段 MLC，如图 8-20 所示。

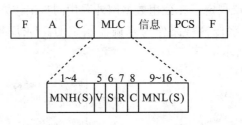

图 8-20　多链路帧格式

　　MLC 中的 V、S 比特用以控制是否排序，而 R、C 比特用作为多链路复位联络，MNH(S) 及 MNL(S) 用作为多链路帧序列的编号，其中 MNH(S) 表示高位，共 4 位，MNL(S) 表示低位，共 8 位。由于多链路的帧分散通过多个单链路，所以必须对每个多链路的帧进行编号，以便对方能正确识别并进行排序，MNH(S) 和 MNL CS) 就是用于各帧编号以及排序。

4. X. 25 第三层

　　X. 25 的第三层规定了分组层 DTE/DCE 的接口虚电路的业务规程、分组格式、任选的用户补充业务规程及其相应的格式等内容。

5. 分组交换机主要性能指标

　　分组交换机的主要性能指标如下：

　　端口数，这包括同步与异步端口数。

　　吞吐量，这表示该交换机每秒处理的分组数。在给出该指标时，必须指出分组长度，通常为 128 字节/分组。

　　每秒能处理的呼叫次数，在一般情况下，该指标是在不传送数据分组时给出的值。

　　路由数，这表示该交换机能与其他交换机相连接并能进行路由选择的数目。一般它等于中继端口数。

　　平均分组处理迟延，这是指在传送一个数据分组从输入端口至输出端口的所需平均处理时间。在给出该指标时也需指出分组长度。

　　提供用户可选的补充业务的能力。

　　支持 X. 25 等协议的版本(版本的执行日期)。

　　提供非标准接口的能力(如 SDLC，BSC 等)。

8. 4. 4　我国的公用分组交换网(CHINAPAC)

1. 我国分组交换网的发展

　　我国第一个公用分组交换数据网(CNPAC)是 1989 年 11 月从法国 SESA 公司引进设备并投入试用的试验网络。该网设有三个节点机、八个集中器和一个网络管理中心。三个节点机分别安装在北京、上海和广州。八个集中器分别安装在北京、天津、武汉、南京、西安、成都、沈阳和深圳；网络管理中心设在北京；国际出入口局也设在北京。全网端日数为 580 个，其中同步端口 256 个，异步端口 324 个。

　　由于业务量不断发展，CNPAC 试用二年后已经超过负荷，加上该网技术较为陈

旧，速率较低，同步端口数量少，网络覆盖面小，不能满足我国分组交换数据通信日
益增长的要求。从 1992 年开始，邮电部开始建设新的公用分组交换数据骨干网（CHI-
NAPAC），该网于 1993 年正式投入使用。

2. CHINAPAC 的网络组成

CHINAPAC 用 DPN-100 系列设备，由全国 31 个省、市、自治区的 32 个交换中
心组成（其中北京有两个）。网络管理中心设在北京。建网初期采用不完全的网状网络
结构。网中的北京、上海、南京、武汉、广州、西安、成都、沈阳等八个城市为汇接
中心。北京为国际出入口局，上海为辅助出入口局，广州为港澳地区出入口局。汇接
中心采用完全网状的拓扑结构，网内每个交换中心都具有两个或两个以上不同汇接方
向的中继电路，以确保网络安全可靠。交换中心之间根据业务量的大小和网络可靠性
的要求可设置高效路由。CHIN、APAC 骨干网结构如图 8-21 所示。

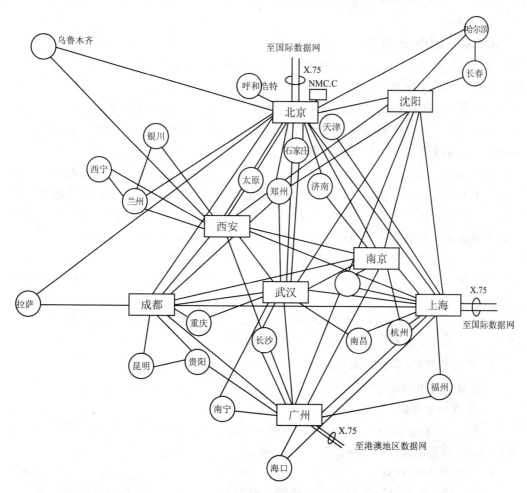

图 8-21　CHINAPAC 骨干网结构图

从广义上讲，CHINAPAC 除了骨干网外，尚有各省、市的地区网，地区网由各
省、市地区交换中心组成。骨干网与各省、市地区的各交换中心采用辐射式连接。地
区的每个交换机可具有两个或两个以上不同方向的中继电路。

3. CHINAPAC 可提供的业务

CHINAPAC 可与公用电话交换网(PSTN)、甚小口径卫星地球站(VSAT)网、用户电报网、各地区分组交换网、国际及港澳地区分组交换网及局域网(LAN)相连,也可以与计算机的各种主机及终端相连,可通过 PAD 与非分组终端相连。CHINAPAC 除可以提供基本业务(可交换虚电路、永久虚电路和任选业务闭合用户群、快速选择业务、反向计费业务、阻止呼入/呼出业务及呼叫转移)以外,还可提供以下新业务:虚拟专用网、广播业务、帧中继、SNA 网络环境、令牌环形局域网的智能桥功能、异步轮询接口功能及中继线带宽的动态分配等功能。另外,CHINAPAC 上还可以开放电子邮件系统和存储转发传真系统等增值业务。

▶ 8.5 DDN 数字数据网

8.5.1 DDN 的概念

数字数据网(DDN)是采用数字信道来传输数据信息的数据传输网。数字信道包括用户到网络的连接线路,即用户环路的传输也应该是数字的。DDN 一般用于向用户提供专用的数字数据传输信道,或提供将用户接入公用数据交换网的接入信道,也可以为公用数据交换网提供交换节点间用的数据传输信道。DDN 一般不包括交换功能,只采用简单的交叉连接复用装置。如果引入交换功能,就成了数字数据交换网。

DDN 是利用数字信道为用户提供话音、数据、图像信号的半永久连接电路的传输网络。半永久性连接是指 DDN 所提供的信道是非交换性的,用户之间的通信通常是固定的。一旦用户提出改变的申请,由网络管理人员,或在网络允许的情况下由用户自己对传输速率、传输数据的目的以及与传输路由进行修改,但这种修改不是经常性的,所以称为半永久性交叉连接或半固定交叉连接。已克服了数据通信专用链路永久连接的不灵活性,以及以 X.25 建议为核心的分组交换网络的处理速度慢、传输时延大等缺点。

DDN 向用户提供端到端的数字型传输信道,它与在模拟信道上采用调制解调器(MODEM)来实现的数据传输相比,有下列特点:

1. 传输差错率(误比特率)低

一般数字信道的正常误码率在 10^{-6} 以下,而模拟信道较难达到。

2. 信道利用率高

一条 PCM 数字话路的典型传输速率为 64kbps。通过复用可以传输多路 19.2kbps 或 9.6kbps 或更低速率的数据信号。

3. 不需要 MODEM

与用户的数据终端设备相连接的数据电路终接设备(DCE)一般只是一种功能较简单的通常称做数据服务单元(DSU)或数据终接单元(DTU)的基带传输装置,或者直接就是一个复用器及相应的接口单元。

4. 要求全网的时钟系统保持同步

DDN 要求全网的时钟系统必须保持同步,否则,在实现电路的转接、复接和分接时就会遇到较大的困难。

5. 建网的投资较大

8.5.2　DDN 的组成

DDN 由用户环路、DDN 节点、数字信道和网络控制管理中心组成，其网络组成结构框图如 8-22 所示。

1. 用户环路

用户环路又称用户接入系统，通常包括用户设备、用户线和用户接入单元。用户设备通常是数据终端设备(DTE)(如电话机、传真机、个人计算机以及用户自选的其他用户终端设备)。目前用户线一般采用市话电缆的双绞线。用户接入单元可由多种设备组成，对目前的数据通信而言，通常是基带型或频带型单路或多路复用传输设备。

2. DDN 节点

从组网功能区分，DDN 节点可分为用户节点、接入节点和 E_1 节点。从网络结构区分，DDN 节点可分为一级干线网节点、二级干线网节点及本地网节点。

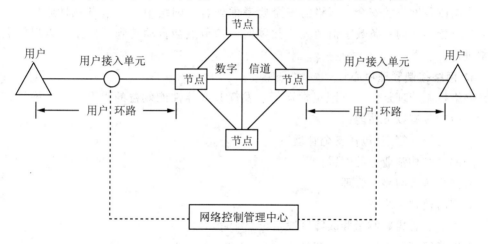

图 8-22　DDN 网络组成结构框图

1)用户节点

用户节点主要为 DDN 用户入网提供接口并进行必要的协议转换，这包括小容量时分复用设备以及 LAN 通过帧中继互联的桥接器/路由器等。小容量时分复用设备也可包括压缩话音/G3 传真用户接口。

2)接入节点

接入节点主要为 DDN 各类业务提供接入功能，主要包括有：

a)$N \times 64$kbps($N = 1 \text{-} 31$)，2048kbps 数字信道的接口；

b)$N \times 64$kbps 的复用；

c)小于 64kbps 的子速率复用和交叉连接；

d)帧中继业务用户的接入和本地帧中继功能；

e)压缩话 b/G3 传真用户的接入功能。

3)E_1 节点

E_1 节点用于网上的骨干节点，执行网络业务的转接功能，主要有：

a)2048kbps 数字信道的接口

b)2048kbps 数字信道的交叉连接

c)N×64kbps(N=1-31)复用和交叉连接

d)帧中继业务的转接功能

E_1 节点主要提供 2048kbps(E_1)接口以收集来自不同方向的 N×64kbps 输出，或直接接到 E_1 进行交叉连接。对 N×64kbps 进行复用和交叉连接电路，并把它们归并到适当方向的 E_1 输出，或直接到 E_1 进行交叉连接。

4)枢纽节点

枢纽节点用于 DDN 的一级干线网和各二级干线网。它与各节点通过数字信道相连，容量大，因而故障时的影响面大。在设置枢纽节点时，可考虑备用数字信道的设备，同时合理地组织各节点互联，充分发挥其效率。

3. 数字信道

各节点间数字信道的建立要考虑其网络拓扑，网络中各节点间的数据业务量的流量、流向以及网络的安全。网络的安全要考虑到若在网络中任一节点一旦遇到与它相邻的节点相连接的一条数字信道发生故障时，该节点会自动转到迂回路由以保持通信正常进行。

4. 网络控制管理中心

网络控制管理是保证全网正常运行，发挥其最佳性能效益的重要手段。网络控制管理一般应具有以下功能：

1)用户接入管理(包括安全管理)；

2)网络结构和业务的配置；

3)网络资源与路由管理；

4)实时监视网络运行；

5)维护、告警、测量和故障区段定位；

6)网络运行数据的收集与统计；

7)计费信息的收集与报告。

8.5.3 DDN 的网络结构

DDN 网按组建、运营和管理维护的责任区域来划分网络的等级，可分为本地网和干线网，干线网又分为一级干线网、二级干线网。因此，分为二级的网络结构如图 8-23 所示。

不同等级的网络主要用 2048kbps 数字信道互联，也可用 N×64kbps 数字信道互联。

1. 一级干线网

一级干线网由设置在各省、市、自治区的节点组成，它提供省间长途 DDN 业务，一级干线网可在省会和省内发达城市中设置节点，此外，由电信主管部门根据国际电路的组织和业务要求设置国际出入口节点，国际间的信道应优先使用 2048kbps 数字信道，也允许采用 1544kbps 数字信道，但此时该出入口节点应提供 1544kbps 和 2048kbps 之间的转换功能。为减少备用线的数目，或充分提高备用数字信道的利用率，

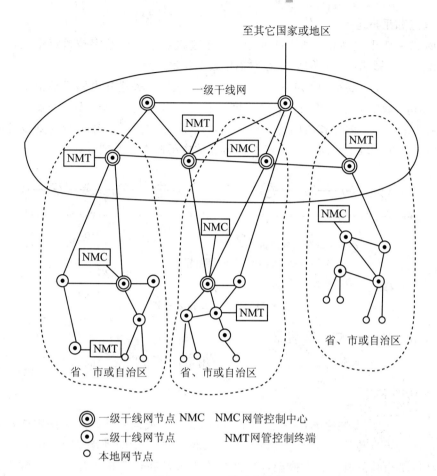

至其它国家或地区

一级干线网

省、市或自治区

省、市或自治区

省、市或自治区

◎ 一级干线网节点　NMC　NMC网管控制中心
⊙ 二级十线网节点　　　　NMT网管控制终端
○ 本地网节点

图 8-23　DDN 的网络结构

在一级和二级干线网，应根据电路组织情况、业务量和网络可靠性要求，选定若干节点为枢纽节点。一级干线网的核心层节点互联应遵照下列要求：

1）枢纽节点之间采用全网状连接；

2）非枢纽节点应至少与两个枢纽节点相连；

3）国际出入口节点之间、出入口节点与所有枢纽节点相连；

4）根据业务需要和电路情况，可在任意两节点之间连接。

2. 二级干线网

二级干线网由设置在省内的节点组成，它提供本省内长途和出入省的 DDN 业务。二级干线在设置核心层网络时，应设置枢纽节点，省内发达地、县级城市可组建本地网。没有组建本地、县级城市所设置的中、小容量接入节点或用户接入节点，可直接连接到二级干线网节点上或经一级干线网其他节点连接到二级干线网节点。

3. 本地网

本地网是指城市范围内的网络，在省内发达城市可组建本地网，为用户提供本地和长途 DDN 网络业务。本地网可由多层次的网络组成，其小容量节点可直接设置在用户室内。

4. 节点和用户连接

DDN 的一级干线网和二级干线网中，由于连接各节点的数字信道容量大，复用路数多，其故障时影响面广，因此应考虑备用数字信道。

节点间的互联主要采用 2048kbps 数字信道，根据业务量和电路组织情况，也可采用 N×64kbps 数字信道。两用户之间连接，中间最多经过 10 个 DDN 节点，它们是一级干线网 4 个节点，两边省内网各二个节点，如图 8-24 所示。在进行规划设计时，省内任一用户到达一级干线网节点所经过的节点数应限制在 3 个或 3 以下。

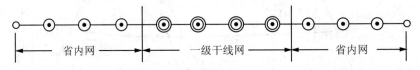

图 8-24　用户之间最长连接

8.5.4　DDN 的应用和发展

DDN 作为一种基本的数据通信设备，应用范围十分广泛，根据 DDN 所提供的业务，可应用于以下几个方面：

1. 公用 DDN 网络

DDN 可向用户提供速率在一定范围内可选的异步或同步传输、半固定连接的端到端数字信道。异步传输速率为 50bps～19.2kbps，同步传输速率为 600bps～64kbps。半固定连接是指其信道为非交换型，由网络管理人员在计算机上用命令对数字交叉连接设备进行操作，并控制传输速率、到达地点和路由转换等。

2. 数据传输信道

DDN 可为公用数据交换网、各种专用网、无线寻呼系统、可视图文系统、高速数据传真、会议电视、ISDN(2B+D 信道或 30B}D 信道)以及邮政储蓄计算机网络等提供中继信道或用户的数据通信信道。

3. 网间连接

DDN 可为帧中继、虚拟专用网、LAN 以及不同类型的网络互联提供网内连接。

4. 其他方面的应用

1)利用 DDN 单点对多点的广播业务功能进行市内电话升位时通信指挥。

2)利用 DDN 实现集团用户(如银行)电脑局域网的联网。

在未建立 DDN 之前，这些用户使用调制解调器通过话音频带传送计算机数字信号，这种方式不但速度慢，而且误码率高，加上用户电缆线路经常出现故障，通信得不到保证。采用数据终端连接单元(DTU)进入 DDN，不仅可提高传输速率，达到与计算机 I/O 接口相对应的速率(9.6kbps 以上)，而且前在大多数情况下误码率小于 10-io(由于 DDN 网大部分采用光纤作为传输介质)，质量及可靠性均有保证。

3)利用 DDN 建立集中操作维护中心。

由于 DDN 独立于公用电话交换网(PSTN)，所以可使用 DDN 为集中操作维护中心提供传输通路。不论交换机处于何种状态，它均能有效地将信息送到集中操作维护中心。

8.5.5　我国 DDN 发展

为了满足社会对通信业务的需要，我国 DDN 骨干网一期工程于 1994 年 10 月 22 日正式开通。已通达各省会城市和直辖市。全网有北京、上海和广州三个出入口局，以及北京、上海、成都、沈阳、广州、武汉、南京、西安等八个枢纽局。

骨干网由传输层、用户接入层和用户层组成。传输层采用美国 AT&T 公司的 DACS-Ⅱ设备，每个枢纽局和省中心局配置一台，负责传送用户接入层来的数字信号。用户接入层采用加拿大新桥网络公司的 3600 Main Street 带宽管理器，每个省、市和枢纽局设置若干个，作为用户接入设备，具有 64kbps 和 N×64kbps(N＝1-31)速率的交叉连接和子速率交叉连接复用功能，国际出入口局采用新桥网络公司的 3600MainStreet 带宽处理器，负责与国际 DDN 接续。这里的用户层是指进网的终端设备及其链路。骨干网在北京设有全国网管中心(NMC)，负责骨干网上的电路管理及调度。其他已枢纽局设有网络管理终端(NMT)，NMT 在 NMC 授权范围内执行网络控制管理功能，并能互相交换网管的控制管理信息。骨干网的核心网管设备采用新桥网络公司的 4602MainStreet 智能网管站。该网管设备为冗余配置，彩色图形显示。通过多台图形管理站，不但能管理新桥网络公司的带宽管理器，也能管理美国 AT&T 公司的骨干数字交叉连接设备。其网管能力达 2500 个节点机。

▶ 8.6　本章小结

公用交换电话网即 PSTN(Public Switched Telephone Network)，它是以电路交换为信息交换方式，以电话业务为主要业务的电信网，综合业务数字网 ISDN 是一种基于公共电话网的数字化网络系统。一直以来，电话通信使用的都是模拟连接方式，而 IS-DN 是第一部定义数字化通信的协议，该协议支持标准线路上的语音、数据、视频、图形等的高速传输服务。

帧中继(Frame Relay)是分组交换技术的新发展，它是在通信环境改善和用户对高速传输技术需求的推动下发展起来的。帧中继仅完成 OSI 层核心层的功能，将流量控制、纠错等留给智能终端去完成，大大简化了节点之间的协议。

分组交换也称包交换，它是将用户传送的数据划分成多个更小的等长部分，每个部分叫做一个数据段。在每个数据段的前面加上一些必要的控制信息组成的首部，就构成了一个分组。

数字数据网(DDN)是采用数字信道来传输数据信息的数据传输网。数字信道包括用户到网络的连接线路，即用户环路的传输也应该是数字的。

▶ 8.7　关键术语

PSTN 公用交换电话网(Public Switched Telephone Network)。

ISDN(Integrated Service Digital Network)的中文名称是综合业务数字网，中国电信将"窄带综合业务数字网"(N-ISDN)俗称为"一线通"。

FR 帧中继(Frame Relay)是分组交换技术的新发展。

DDN(Digital data network)是采用数字信道来传输数据信息的数据传输网。

8.8 复习题

一、单选题

1. TCP 段格式中，数据偏移字段指出的段头长度单位为(　　)。

    A. 比特　　　　　B. 8 比特　　　　C. 16 比特　　　　D. 32 比特

2. 帧中继的帧结构中不包括的字段是(　　)。

    A. 标志字段　　　B. 地址字段　　　C. 控制字段　　　D. 帧校验字段

3. 数字数据网(DDN)提供(　　)。

    A. 电路交换连接　　　　　　　　B. 逻辑连接

    C. 永久交叉连接　　　　　　　　D. 半永久交叉连接

4. ISDN 的用户网络接口中参考点是指(　　)。

    A. 不同功能群的位置　　　　　　B. 不同功能群的分界点

    C. 不同设备连接点　　　　　　　D. 不同设备功能的分界点

5. 网络管理的作用是(　　)。

    A. 使网络性能达到最佳　　　　　B. 监测网络运行

    C. 管理网络用户　　　　　　　　D. 实现用户计费

二、问答题

1. 试画出 ISDN 的结构模型，其基本接口有几种类型？

2. 为什么帧中继可以把流量控制、差错控制等放到终端里实现？

3. 什么是分组交换网？

4. PSTN 采用哪种数据交换技术，描述其网络结构。

8.9 实践项目

8.9.1 项目 8-1

实训目标：

ISDN 用户数据配置与管理

实训内容：在本局增加 ISDN 用户，号码为 8880000～8880031 中的偶数，对应的设备为 1 号 SM 模块 0～31 中的偶数。其中 8880000、8880002、8880004 为多用户号码，对应的另外一个号码分别为 8880001、8880003、8880005。ISDN 数据配置的各种常用命令；并理解命令参数。

实训仪器：C&C08 程控交换机

PC 机

实训原理：

一、2B＋D 及 30B＋D 释义

【2B＋D】意思是：在一对用户线的物理通道上，双向同时提供两个 64kbps 的 B 信道和一个 16kbps 的 D 信道。2B＋D 是通俗的提法，正式的名称是 BRA，BRI—Basic Rate Access，Basic Rate Interface。

【30B＋D】意思是：在一对用户线的物理通道上，双向同时提供 30 个 64kbps 的 B 信道和一个 64kbps 的 D 信道。30B＋D 是通俗的提法，正式的名称是 PRA，PRI—Primary Rate Access，Primary Rate Interface。

二、ISDN 基本概念

ISDN 综合业务数字网（Integrated Services Digital Network，ISDN）是一个数字电话网络国际标准，是一种典型的电路交换网络系统。它通过普通的铜缆以更高的速率和质量传输语音和数据。ISDN 是欧洲普及的电话网络形式。ISDN 是全部数字化的电路，所以它能够提供稳定的数据服务和连接速度，不像模拟线路那样对干扰比较敏感。在数字线路上更容易开展更多的模拟线路无法或者比较困难保证质量的数字信息业务。例如除了基本的打电话功能之外，还能提供视频、图像与数据服务。ISDN 需要一条全数字化的网络用来承载数字信号，与普通模拟电话最大的区别就在这里。ISDN 有 3 种标准化接入速率：

基本速率接口（BRI）由 2 个 B 信道，每个带宽 64kbps 和一个带宽 16kbps 的 D 信道组成。三个信道设计成 2B＋D。

主速率接口（PRI）由很多的 B 信道和一个带宽 64kbps 的 D 信道组成，B 信道的数量取决于不同的国家：北美和日本：23B＋1D，总位速率 1.544 Mbps (T1)；欧洲，澳大利亚：30B＋2D，总位速率 2.048 Mbps(E1)。

一、ISDN 用户数据配置一般步骤

1. 增加 ISDN 用户数据的一般步骤：

(1)如果 ISDN 用户所属的呼叫源不存在，则增加相应的呼叫源(ADD CALLSRC)；

(2)如果 ISDN 用户号码的呼叫字冠不存在，则增加相应的呼叫字冠(ADD CNACLD)；

(3)如果 ISDN 用户号码对应的号段不存在，则增加号段(ADD DNSEG)；

(4)增加 ISDN 数据(ADD ISDNDAT)；

(5)增加 ISDN 用户(ADD DSL/ADB DSL)；

(6)如果为多用户号码，则增加多用户号码(ADD MSN)。

2. 删除 ISDN 用户数据的一般步骤：

(1)如果为多用户号码，首先删除多用号码(RMV MSN)；

(2)删除一个 ISDN 用户号码(RMV ST)，或删除连续的一批号码(RVB ST)；

(3)如果相应的 ISDN 索引没有被引用，则删除该 ISDN 数据(RMV ISDNDAT)；

(4)如果相应的号段没有被引用，则删除该号段(RMV DNSEG)；

(5)如果 ISDN 用户对应的呼叫字冠已不使用，则删除该呼叫字冠(RMV CNACLD)；

(6)如果 ISDN 用户所属的呼叫源码不被引用，则删除该呼叫源码(RMV CALLSRC)。

二、ISDN 用户数据配置

1. 增加、删除 ISDN 数据

ISDN 数据是实现 ISDN 用户功能的必要数据，在增加 ISDN 用户之前先增加 ISDN 数据。ISDN 数据是对 ISDN 用户的属性的描述，通过 ISDN 索引将两者关联起来。

（1）相关命令

命令名称	命令功能
ADD ISDNDAT	增加 ISDN 数据
RMV ISDNDAT	删除 ISDN 数据
MOD ISDNDAT	修改 ISDN 数据
LST ISDNDAT	查询 ISDN 数据

（2）主要参数说明

【ISDN 索引】对应增加 ISDN 用户时的 ISDN 索引值，代表一种 ISDN 用户属性的描述。取值范围 0～65535。

【电路接入】表示使用该索引的 ISDN 用户是用于电路接入方式还是分组接入方式。目前使用缺省值，即为电路方式。

【分组接入】分组接入的具体方式，分为 B 信道接入和 D 信道接入，电路接入参数选是否有效。默认值为 B 信道接入。

【B 通道最大数目】一次呼叫允许使用的 B 通道的最大数目。对 BRI 接口，最大为 2；对 PRI 接口，最大为 30。

【呼叫等待数目】只在该用户已登记呼叫等待业务时才有效，表示呼叫等待用户的最大个数，一般使用其默认值 3。

【被叫号码变换索引】对应一个已定义的号码变换索引值，取值范围为 0～255。表明用户呼出时需要进入号码变换。

【呼叫最大次数】表示在同一时刻，使用本 ISDN 索引的用户可以存在的呼叫的最大次数，包括发起或接收的呼叫。该值应设置为大于 2 的数值，一般可设置为 10 左右，当使用会议业务时，此值应超过参加会议方的数目。

【前转通知主叫】只在被叫用户已登记呼叫前转业务时有效。指当发生呼叫前转时是否通知主叫用户，前转发生及成功与否、前转号码等。建议选择"TDN（是带有前转目的用户号码）"，默认值为"FALSE（否）"。

【前转通知方式】根据需要可全选或部分选择。

【传输能力】不同的数字业务要求对应的传输能力不同，根据实际情况填写。如果不对传输能力进行限制，建议全部选中。

【传输速度】不同的数字业务要求对应的传输速度不同，根据实际情况填写。如果不对传输速度进行限制，建议全部选中。

注意：ISDN 索引 0 是数据库缺省数据，安装 BAM 时系统自动生成，不需命令加入，该索引不能删除，只能修改。

2. 增加、删除一个 ISDN 用户

增加 ISDN 用户与增加普通用户一样，在增加时用户号码应在号段中已定义，对应的呼叫源、计费源码、设备(对应的 DSL 板)、ISDN 数据都必须事先配置完成。

(1)相关命令

命令名称	命令功能
ADD DSL	增加 ISDN 用户
RMV ST	删除普通用户(包含 ISDN 用户)
MOD DSL	修改 ISDN 用户属性
LST ST	查询普通用户属性(包含 ISDN 用户)

(2)主要参数说明

【ISDN 索引】对应一个已定义的索引值。

【ISDN 特性】选择 ISDN 用户的网络检测、点到多点配置、多用户号码、远端供电和检测 NT1 本地电源特性。通常使用默认值,为网络检测和点到多点配置。网络检测表示网络侧是否进行主叫号码检测。点到多点配置是指网络侧认为该设备号对应的 S 接口连接了多个终端。多个用户号码权限标志该设备号占用有多个用户号码。一个电话号码对应多用户号码最多为 4 个,一个端口对应的多用户号码最多为 8 个。远端供电标明该端口是否向用户终端进行远端供电。检测 NT1 本地电源标明是否检测 NT1 本地电源。

【针对端口的前转预约】通常使用默认值,为针对号码。选中相应的选项,表示该项转移针对端口,不选中则表示该项转移针对号码。如对遇忙前转,针对端口时,只有当端口两个 B 信道全忙时才激活前转,针对号码时,只要号码对应的话机忙就激发前转。

注意:

(1)用户对应的呼叫源、计费源码、设备(对应的 DSL 板)、ISDN 数据都必须事先配置完成,并且设备号必须是偶数;

(2)修改 ISDN 用户属性(MOD DSL),当"端口状态"设置为"停机"时,该用户将既不能呼入又不能呼出;

(3)命令中与 ADD ST 命令相同的参数说明,请参考本手册第二章的相关内容。

三、ISDN 用户管理中的其他命令

1. 批增 ISDN 用户(ADB DSL)

对于增加号码和设备连续的 ISDN 用户,可以使用批增 ISDN 用户命令(ADB DSL)。删除一批 ISDN 用户使用命令 RVB ST。

相关命令

命令名称	命令功能
ADB DSL	批增 ISDN 用户
RVB ST	批删普通用户(包含 ISDN 用户)
LST STA	查询用户放号方案
LST FRPRT	查询用户未用端口

注意：

(1)用户对应的呼叫源、计费源码、设备(对应的 DSL 板)、ISDN 数据都必须事先配置完成，并且设备号必须是偶数；

(2)ADB DSL 命令不能增加未占号码资源的小交用户；

(3)RVB ST 命令可以批删 ISDN 用户，删除时可以根据区间号码删除，也可以根据区间设备号删除；

(4)ADB DSL 和 RVB ST 一次最多处理 608 个用户。

2. 增加一个端口的多用户号码(ADD MSN)

增加某个端口的多用户号码之前，必须在增加 ISDN 用户时将该端口设置为多用户号码，即在 ADD DSL 或 ADB DSL 时将"ISDN 特性"参数中的"多用户号码"选项选中，或使用 MOD DSL 命令将"ISDN 特性"参数中的"多用户号码"选项选中。

(1)相关命令

命令名称	命令功能
ADD MSN	增加一个端口的多用户号码
RMV MSN	删除一个端口的多用户号码

(2)主要参数说明

【原端口电话号码】该端口已分配的电话号码。

【新增多用户号码】该端口拟增加的多用户号码。

【号首集】新增号码的号首集。

【是否 Centrex 用户】表示新增号码是否是 Centrex 用户。

【Centrex 群号】"是否 Centrex 用户"为"是"时有效，指明新增号码的 Centrex 群号。

【Centrex 短号】"是否 Centrex 用户"为"是"时有效，指明新增号码的 Centrex 短号。

实训步骤

一、用 LST CALLSRC 命令查询呼叫源 1 的记录是否存在。如果不存在，则增加呼叫源。例如，呼叫源码为 1，呼叫源名为本局 ISDN 用户，预收码位数为 3，命令输入为：

ADD CALLSRC：CSC=1，CSCNAME="本局 ISDN 用户"，PRDN=3；

二、用 LST CNACLD 命令查询呼叫字冠 888 的记录是否存在。如果不存在，则增加呼叫字冠 888，业务类别为基本业务，最小号长、最大号长为 7。命令输入为：

ADD CNACLD：PFX=K'888，CSTP=BASE，MIDL=7，MADL=7；

三、增加号段：号段为 8880000~8880031，号首集为 0，起始用户索引取默认值(由系统自动生成)。命令输入为：

ADD DNSEG：P=0，BEG=K'8880000，END=K'8880031；

四、增加 ISDN 索引：ISDN 索引为 1，其他参数取默认值。命令输入为：

ADD ISDNDAT：ID=1；

五、增加 ISDN 用户：由于用户号码连续，用户号码对应的设备号也连续，可以使用批增命令。具体命令输入为：

ADB DSL：SD＝K'8880000，P＝0，MN＝1，DS＝0，NUM＝16，STEP＝2，RCS＝1，CSC＝1，ISDN＝1；

六、设置多用户号码：首先将 8880000、8880002、8880004 设置为多用号码，命令输入为：

MOD DSL：D＝K'8880000，P＝0，ISA＝MSN-1；

MOD DSL：D＝K'8880002，P＝0，ISA＝MSN-1；

MOD DSL：D＝K'8880004，P＝0，ISA＝MSN-1；

再增加多用户号码，命令输入为：

ADD MSN：OD＝K'8880000，ND＝K'8880001；

ADD MSN：OD＝K'8880002，ND＝K'8880003；

ADD MSN：OD＝K'8880004，ND＝K'8880005；

8.9.2　项目 8-2

实训目标：PSTN 用户数据配置与管理

实训内容：

在本局放号，号码范围为 6660000～6660063，对应的设备为 1 号 SM 模块的 0～63。

实训仪器：C&C08 程控交换机

　　　　　　PC 机

实训原理：

一、普通用户数据配置一般步骤

1. 增加普通用户数据的一般步骤：

(1)如果用户所属的呼叫源不存在，则增加相应的呼叫源(ADD CALLSRC)；

(2)如果用户号码的呼叫字冠不存在，则增加相应的呼叫字冠(ADD CNACLD)；

(3)增加号段(ADD DNSEG)；

(4)增加用户号码(ADD ST/ADB ST)。

2. 删除普通用户数据的一般步骤：

(1)删除一个用户号码(RMV ST)，或删除连续的一批号码(RVB ST)；

(2)如果相应的号段没有被引用，则删除该号段(RMV DNSEG)；

(3)如果用户对应的呼叫字冠已不使用，则删除该呼叫字冠(RMV CNACLD)；

(4)如果用户所属的呼叫源码不被引用，则删除该呼叫源码(RMV CALLSRC)。

关于呼叫源和呼叫字冠配置的详细描述，请参考学习情境三程控交换机基本呼叫配置。

二、普通用户数据配置

1. 增加、删除号段

号段是指从起始电话号码到终止电话号码的一串连续电话号码。增加号段时，号码对应的号首集必须在呼叫源中已定义。

（1）相关命令

命令名称	命令功能
ADD DNSEG	增加号段
RMV DNSEG	删除号段
LST DNSEG	查询号段

（2）主要参数说明

【号首集】本号段所属的号首集。与对应字冠的号首集相同。

【起始号码】表示该号段电话号码的起始值。

【终止号码】表示该号段电话号码的终止值。

【用户起始索引】号段起始电话号码对应的用户数据索引值。本域为空时由系统自动分配号段的用户数据索引。

注意：号段内的号码是连续的，起始号码必须小于或等于终止号码，且要求起始号码与终止号码等长。

2. 增加、删除一个普通用户

增加一个普通用户（包括小交换机用户），即对指定模块的设备进行"放号"。增加普通用户号码时，该号码对应的号段应已存在，且该用户相应设备号所在的单板已配置。

（1）相关命令

命令名称	命令功能
ADD ST	增加普通用户（含小交换机用户）
MOD ST	修改普通用户属性
RMV ST	删除普通用户
LST ST	查询普通用户属性

（2）主要参数说明

【电话号码】该用户的电话号码。

【号首集】电话号码所属的号首集，与对应号段的号首集相同。

【模块号】电话号码对应端口所属的模块号。

【设备号】用户端口的编号。

【计费源码】定义该用户对应的计费属性，取值范围为0～255。对应计费数据中已定义的本局分组中的主/被叫方计费源码或计费情况索引中的主叫计费源码。

【前转计费源码】定义该用户进行呼叫前转时的计费属性，取值范围为0～255。对应计费数据中已定义的本局分组中的主/被叫方计费源码或计费情况索引中的主叫计费源码。

【呼叫源码】该用户所属呼叫源的编码，与增加呼叫源命令中的呼叫源码对应。

【用户类别】一般设为普通；对于选路具有优先属性的用户设为优先；Centrex话务台、呼叫中心话务台、液晶话务台及具有强插、强拆、监听、录音功能的用户设为话务员；也可根据实际用途按国标设为数据用户（通话时不允许插入、强拆）和测试用户。本项设置的不同将使发送信令中用户类别取值有所不同。

【用户状态】表示主叫用户的状态，有正常、欠费两种，一般设为正常，当用户欠费时设为欠费。当某一用户的用户状态设为"欠费"时，则该用户作为被叫可以接通呼入电话，而作为主叫，只能呼叫 110、119 等特服号码。

【附加用户类别】一般设为普通用户。对于小交引示号用户设为"小交换机引示号"。对于小交换机非引示号用户设为"占用号码资源的小交用户"或"不占用户号码资源的小交用户"，当设为"不占用户号码资源的小交用户"时，本命令的用户号码域置空。不占号码资源的小交用户不能作为 Centrex 群用户。

【小交群号】用户为小交用户时，表示其所属的小交换机的群组号。

【用户群号】用户是小交用户时，表示其所属的用户群号。

【Centrex 标志】对于普通用户设为否，Centrex 群内用户设为是。

【Centrex 群号】Centrex 标志为是时有效，表示 Centrex 用户所属的 Centrex 群号。Centrex 标志为否时输入参数无效。

【Centrex 短号】Centrex 标志为是时有效，表示群内呼叫所使用的短号。Centrex 标志为否时输入参数无效。

【话务台呼入权控制】对 Centrex 群内用户有效。定义话务台对该用户的呼入权限的控制，分别对应本局、本地、本地长途、国内长途、国际长途、Centrex 群内、Centrex 出群。默认值为全选。

【呼入权】定义该用户的允许呼入权限，有本局、本地、本地长途、国内长途、国际长途、Centrex 群内、Centrex 出群七种，可以同时选择。默认取值为全部，一般选默认值。

【话务台呼出权控制】对 Centrex 群内用户有效。定义话务台对该用户的呼出权限的控制，默认值为除国内长途、国际长途和 30 个备用权限之外的七种权限。

【呼出权】定义该用户的允许呼出权限，有本局、本地、本地长途、模块内、模块间、Centrex 群内、Centrex 出群、国内长途和国际长途，另外还有 30 个备用呼出权限，根据用户需要选择。默认取值为除国内长途、国际长途和 30 个备用权限之外的七种权限。

【话务台新业务控制】对 Centrex 群内用户有效。话务台申请的控制该用户新业务的权限。

【新业务权限】该用户所具有的新业务权限。当为 Centrex 群内用户时，"新业务权限"不得大于"话务台新业务控制"。

【呼叫代答组号】取值范围 0～255，无效时设为 255。呼叫代答组就是指一组可以相互代答的用户。用户使用同组代答新业务时，将同组用户的"呼叫代答组号"设置为相同。

【反极性标志】表示用户的计费属性，指示该用户是否为反极性用户，本参数需用户板端口的硬件支持。反极性是交换机为了用户终端计费的需要，在通话开始时和通话结束时将用户的 a、b 线间的极性反转。

需注意的是：除 CC06、CC09、CC0E 用户板可以全部端口提供反极性外，其他用户板仅中间两路端口可以提供反极性。

【计费类别】根据具体情况设定。通常为定期;设为免费用户时,则该用户作主叫时,将生成免费话单;对于需要进行立即话单打印的(如营业厅的公用电话)设置为立即打印机用户,此时将传送立即话单;立即用户表一般不用。

【被叫计费源码】对应于被叫分组表中的被叫计费源码,取值范围为 0~255。当要求对被叫计费时有效,不需要被叫计费时设为 255。

【脉冲索引】当用户需要修改拍叉时长等脉冲参数时,按照本项设置索引值查找脉冲参数表,取值范围 0~63。如脉冲索引表中无记录相对应,系统将取程序默认值作为拍叉时长。

【收号设备类型】收号设备有脉冲和音频两种,一般设为自动,此时交换机将根据用户所用话机的拨号方式自动选择脉冲或音频收号器。

【KC16 标志】针对 KC16 计费的用户设为是。一般设为否。应用时与计费类别"立即用户表"配合,在营业点或用户处,设置 16kHz 的脉冲计次表。在通话过程中用户板周期性地向用户计次表发送计数脉冲。脉冲间隔有费率决定。需注意的是:仅 CC06、CC0E 等用户板可以实现 KC16 计费。

【计费申告标志】当用户对自己的话费有疑问时,可以将该用户的"计费申告标志"设为"是",此时将对该用户作主叫的每次呼叫产生一张申告话单,以便查询。一般设为否。

由于将"计费申告标志"设为"是"时要产生大量的申告话单,占用话单存贮空间,当用户对申告检查满意后,应及时将本标志设为"否"。

【振铃方式】设定当有来话接入时,用户话机振铃的方式。一般设为正常振铃。

需注意:当用户有主叫识别 CID 新业务时,振铃方式固定为 FSK 振铃,与所设振铃方式无关。

【限呼组号】该用户所属的限呼组的限呼组号。

【最大限时时长】当用户使用"限时限呼"新业务时有效,表示一次呼叫的最大时长,取值范围为 1~65535,单位为分钟。

【呼出口令】该用户使用新业务呼出限制时所使用的呼出初始密码。默认取值为 1000。

设置呼出限制,双音话机的拨号方式为 ＊54＊KSSSS♯,其中 K 表示呼出权限,SSSS 表示密码。

该密码可以在话机上修改,对双音话机拨号方式为 ＊541＊SSSS＊S'S'S'S'＊S"S"S"S"♯。使用密码呼叫,详细说明请参考本手册附录 B 中的"呼出限制"。

【最大限额】用户同时使用"限额呼叫"和"每月恢复最大限额"或"限额告警"和"每月恢复最大限额"新业务时有效,取值范围为 0~10000000,单位为分。

注意:

(1)在使用 ADD ST 增加用户时,该用户对应的呼叫源、计费源码、设备(对应的用户板)必须事先配置完成;

(2)RMV ST 删除一个用户,此命令支持模拟用户、ISDN 用户、小交用户,可以根据外码删除,也可以根据模块号＋设备号来删除;

(3)修改普通用户属性(MOD ST),当"话机操作"设置为"停机"时,该用户将不能呼出,也只能呼入;

(4)LST ST 显示一个用户的属性,此命令支持模拟用户、ISDN 用户、PRA 用户、TCI 用户等。可以根据"电话号码+号首集"或"模块号+设备号+设备类型"或"Centrex 群号+短号"来确定用户,但一次只能用一种方式来确定。

3. 增加、删除一批普通用户

对于特性相同的用户,增加、删除、修改时可以使用批操作。

相关命令

命令名称	命令功能
ADB ST	批增普通用户
MOB ST	批改普通用户属性
RVB ST	批删普通用户

主要参数说明

【起始电话号码】表示批增用户的起始电话号码。

【终止电话号码】表示批增用户的终止电话号码。

【起始设备号】起始用户所连接的设备号,模块内统一编号。

注意:

(1)批操作,一次最多只能增加、修改或删除同模块的 608 个用户;

(2)批操作时,如果其中任何一个用户操作失败,那么对所有用户的操作都失败;

(3)ADB ST 不能增加不占用号码资源的小交非引示号用户;

(4)批删用户(RVB ST)通过指定起始号码和批删数目来完成,参数电话号码增量只用于数字用户。

实训步骤:

一、用 LST CALLSRC 命令查询呼叫源为 0 的记录是否存在。如果不存在,则增加呼叫源。例如:呼叫源码为 0,呼叫源名为本局普通用户,预收码位数为 3。命令输入为:

ADD CALLSRC:CSC=0,CSCNAME="本局普通用户",PRDN=3;

二、用 LST CNACLD 命令查询字冠为 666 的记录是否存在。如果不存在,则增加呼叫字冠 666,业务类别为基本业务,最小号长、最大号长均为 7。命令输入为:

ADD CNACLD:PFX=K′666,CSTP=BASE,MIDL=7,MADL=7;

三、增加号段:号段为 6660000～6660063,号首集为 0,起始用户索引取默认值(由系统自动生成)。命令输入为:

ADD DNSEG:P=0,BEG=K′6660000,END=K′6660063;

四、增加普通用户:由于用户号码连续,用户号码对应的设备号也连续,可以使用批增命令。具体命令输入为:

ADB ST:SD=K′6660000,ED=K′6660063,P=0,DS=0,MN=1,RCHS=0;

注意:批量增加模拟用户,一次最多增加同一模块内的 608 个用户。如果其中任何一个用户增加失败,那么就一个也不增加。

参考文献

［1］谢希仁. 计算机网络(第四版). 北京：电子工业出版社，2003

［2］Tanenbaum，A. S.. 计算机网络(第4版)Computer Networks(影印版). 北京：清华大学出版社，2004

［3］R. W. 勒基 等著. 数据通信原理. 北京：人民邮电出版社，1975

［4］曹志刚，钱亚生 编著. 现代通信原理. 北京：清华大学出版社，2008

［5］周炯槃，庞沁华 等编著. 通信原理. 北京：北京邮电大学出版社，2005

［6］张辉，曹丽娜 编著. 现代通信原理与技术. 西安：西安电子科技大学出版社，2008

［7］John G. Proakis 著. 张力军、张宗橙，郑宝玉译. 数字通信. 北京：电子工业出版社，2005

［8］黄载禄，殷蔚华 编著. 通信原理. 北京：科学出版社，2005